U0619657

"初学的时髦"

海派文学场的关联结构及生产机制

周黎燕 著

ZHEJIANG UNIVERSITY PRESS
浙江大学出版社
·杭州·

图书在版编目（CIP）数据

"初学的时髦"：海派文学场的关联结构及生产机制/周黎燕著. -- 杭州：浙江大学出版社，2022.6
ISBN 978-7-308-22977-7

Ⅰ.①初… Ⅱ.①周… Ⅲ.①海派－文学流派研究－上海 Ⅳ.① I209.951

中国版本图书馆 CIP 数据核字（2022）第 157458 号

"初学的时髦"：海派文学场的关联结构及生产机制

周黎燕　著

策划编辑	吴伟伟
责任编辑	马一萍
责任校对	陈逸行
封面设计	李腾月
出版发行	浙江大学出版社
	（杭州市天目山路 148 号　邮政编码 310007）
	（网址：http://www.zjupress.com）
排　版	杭州浙信文化传播有限公司
印　刷	杭州宏雅印刷有限公司
开　本	880mm×1230mm　1/32
印　张	9.375
字　数	238 千
版印次	2022 年 6 月第 1 版　2022 年 6 月第 1 次印刷
书　号	ISBN 978-7-308-22977-7
定　价	78.00 元

目　录

绪　论

　　上海，作为"现代中国的缩影"，在20世纪的中国史上具有举足轻重的地位。就在这个城市，中国第一次接受和吸收了19世纪欧洲的治外法权、炮舰外交的经验教训。就在这个城市，胜于任何其他地方，理性的、重视法规的、科学的、工业发达的、效率高的、扩张主义的西方和因袭传统的、全凭直觉的、人文主义的、以农业为主的、效率低的、闭关自守的中国——两种文明走到一起来了。两者接触的结果和中国的反响，首先在上海开始出现，现代中国就在这里诞生。[1]城市的出现、现代文明的兴起促成中国传统乡土社会的全面革新与迅速转型。在上海这座世界第五大城市，现代科技、摩登时尚、艺术传媒等多种元素闪亮登场，构成了现代中国最为绚丽而迷幻的一页。1926年，曾经周游世界的作家阿道斯·赫胥黎描述，"无论东方或西方，没有一座城市能够以它高密度的人口、明显的贫富差异和丰富多彩的生活给我留下这样的印象"。并且，"旧上海具有柏格森所说的那种蓬勃生机，并用一种赤裸裸的方式表现出来，也就是说，是种不受限制的活力。上海就代表了生活本身"[2]。

---

［1］罗兹·墨菲. 上海：现代中国的钥匙［M］. 上海社会科学院历史研究所，编译. 上海：上海人民出版社，1986：4.
［2］卢汉超. 霓虹灯外：20世纪初日常生活中的上海［M］. 段炼，吴敏，译，太原：山西人民出版社，2018：25.

深受上海开埠以来特有城市文化的浸染，海派文学应时而生。

相较于中国其他城市，海派文学面临着十里洋场商业文化严峻的考验，文学场内的作家、编辑、读者等行动者关系复杂，作品的生成、出版、传播与接受各环节构成巨大而繁复的网络。1927—1949 年是海派文学的发生、发展时期，也是现代上海、市民社会与民族国家意识建构的重要阶段。小说的流变与"中国之命运"看似无甚攸关，却每有若合符节之处。[1]海派文学同中国现代化历史紧密相连，是世俗现代性的产物。与现代中国复杂的社会变革背景及知识分子文化姿态的多元化相适应，寄予着深厚社会文化乃至心理内容的海派文学也异常丰富混杂，熔铸都市先锋性与俗世化、审美现代性与政治现代性于一体，在 20 世纪中国文学史上具有非常特殊的地位。

基于海派文学的创作实绩以及与其他文学现象的广泛联系性，这一创作现象颇受学界重视，大量直接或间接的成果为进一步研究奠定了一定基础。首先是文学思潮层面的研究。伴随"重写文学史"的推进，文学思潮层面研究为海派文学在文学史的定位做出开拓性贡献。如在《论新感觉派小说》（1985）中，严家炎确立新感觉派为中国现代文学史上第一个现代主义流派的地位。在《都市漩流中的海派小说》（1995）中，吴福辉首度从都市文化的角度探析海派的成因，指出海派小说具备"现代质"的品格，"为海派文学正名"[2]。在京派、海派文化比较研究中，杨义发掘海派文学的文化因缘、脉络流变和审美姿态。随之，在不少专论性文学史著、论著中，如许道明、杨剑龙、杨扬、张鸿声、李俊国等综合性地阐述海派文学的

［1］ 王德威. 想象中国的方法：历史・小说・叙事［M］. 北京：生活・读书・新知三联书店，1998：1.

［2］ 吴福辉. 都市漩流中的海派小说［M］. 上海：复旦大学出版社，2009：2.

概貌、特征及艺术成就，奠定了文学史研究的基础。陈思和、陈平原、朱寿桐、陈晓明等的专论则开掘其与社会历史、文化传统之间的关联、渊源及特质，都有相当独特的建树。

其次是作家作品层面的研究。自20世纪80年代海派文学重新"浮出历史地表"，有较大影响的作家作品都得到不同程度的关注。在《海派小说与现代都市文化》（2000）中，李今考察张爱玲、刘呐鸥等小说电影化叙事作为都市精神表达的含义及其创造性转化后的新范式。在《徐訏论》（1993）中，吴义勤考察徐訏的创作实践及文化心理的养成过程，指出其作为"通俗的现代派"的史学意义。随着作家群体的国际声望日隆，施蛰存、叶灵凤、王安忆等作家还成为汉学家夏志清、卢玮銮、顾彬等关注的焦点。如在《上海摩登》（2001）中，李欧梵通过整合实物与文本"重建"都会语境，阐释海派小说"摩登"现代性的多重面相。这些论述或许稍显粗疏，但往往有更开阔的视野，带给我们不少启发。

再则是文学史料层面的研究。在文学内部研究繁荣的同时，以海派为主体的史料工作也纷纷展开，覆盖资料编选、传记撰写、小报整理、期刊研究等各个方面。如在《晚清民国时期上海小报》（2006）中，李楠立足于大量文本，考察小报文学的文化成因及其呈现的市民都市空间。在《上海沦陷时期文学期刊研究》（2009）中，李相银以《古今》《杂志》《万象》期刊为例，考察"亲汪"文人、左翼文人、通俗文人三类作家群体的文化姿态及其建构的文学场域。

概言之，相关研究硕果累累，不过还存在一些待开拓的地方：一是概念、范畴方面存在一些认知上的分歧或模糊。关于海派、海派文学、上海文学等概念的界定，有待跳出地域、流派框架的拘囿，从海派文学场生成方面予以把握，以继续推进"大海派"研究。二是共时性与整体性的研究有待推进。相对而言，相关研究偏重文学审美的静态研究，而海派文学的发生、发展是一个动态的、共时性的过程，故整合静态与动态、历时性与共时性的整体研究更有利于客观审视及价值评估。这类研究有较大的开拓前景，可惜尚未得到充分的重视。三是研究角度、研究样本有待更新与拓展。相较以往外部研究方面取得的丰硕成果，关联文学现代转型基因演化的内部研究亟待进一步开拓。与之相应的，研究样本的采集需要研究者更广阔的视野，从而使研究有坚实的个案支撑。

本书即是探讨海派文学在现代转型中的发生、发展及其构建的文学场。考察作为一种"社会事实"，海派文学场各类行动者的位置、习性及资本运作构成的权力关系和区隔网络，揭示文学生产的社会实践和力量规制，从而探究文学与社会、虚构与现实的复杂关联及历史意味。基于此，本书分五个版块予以展开。一是从地理和空间两个维度"重读"海派文学的发生。上海文人以地理集聚的形式获取话语权，报章传媒营造现代公共空间，世界主义的文化理念铸就文学现代性的内核。二是考察作家习性养成与资本积累的关系。海派作家对稿酬的态度，除了源于经济场对文学场的压迫，主要出于习性使然。习性决定作家获取象征资本的策略与方式。作为文学生产的内驱力，习性是行动者建构共同体的思想基础。三是考察关于文学传播与报章媒介的关系。出版社、书局利用报刊连载、平台构筑等手段，推出新书、打造文学新星，彰显作家、出版商与批评家等权力关系的良性合谋，初具现代商业运作模式。四是考察文学出版与场域自治的关系。作为文学传播的重要依托，海派出版业系于民族国家运命之起伏，沙龙等公共空间的营造助力文学现代性的生成。五是考察文学消费与大众接受的关系。都市大众读者的阅读趣味推进海派文学的升级换代,经历媚俗—向雅—趋俗的演绎过程,海派文学实现小说叙事文学传统的承继与更新。

在学术价值方面，本书旨在还原历史本相，求索文学的真实与真实的文学两个问题。通过考察海派文学发生、勃兴的原初状态，捕捉文学传播中的元素、环节，关注文学中的社会与社会中的文学的互动关系，文化资本与经济资本的相互转化，以及代际作家之间叙事模式与作者习性、读者接受等关系的衍变，还原文学场发生与传播的动态面貌及其复杂性，从而为文学史的写作提供丰富性与可能性。

在方法论方面，实现文学与社会学的跨学科融合。突破以往偏重审美与思想层面的研究模式，注重文学与社会形态的关联、影响及效果，开辟文学—社会学的研究路径，即沉潜于历史原场，考察海派文学场内外力量的牵制及效应；从"作家世代"的视野，借鉴德国实证主义舍雷尔"三 E.s"模式，从传承、学养、经历层面，将行动者的生平、文学传统以及文本历史等作为社会学元素予以考量，以达成实证研究与理论研究的融会贯通。

在应用价值方面，也具备相应的现实意义。在科技、资本和传媒三峰并峙的时代，人与物、人与城、城与城何以重建对话关系？海派文学是一种鲜明的城市形象和问题视域下的审美想象。"小说是近代市民阶级的史诗"[1]，作为城市形象建构的一部分，海派文学在参与现代中国文化形象塑造及传达对都市社会的人文关怀方面功不可没，故本书对建立现代中国话语、推进国际传播能力及提升国家文化软实力提供相应的经验和启发。

因此，本书期待在相关研究领域有所突破与创新。借鉴文学—社会学的理论与方法，克服文学内部研究的静态与封闭，规避文学

---

[1]　黑格尔. 美学: 第三卷（下）[M]. 朱光潜, 译. 北京: 商务印书馆, 1997: 167.

作为社会"反映论"的机械，使文学场的"重绘"具备相应的科学性与合理性。换言之，既捕捉文学为作家遣愁寄情的感性与个性，也统摄海派文学作为都市文化生态的社会功能，达到静态凝视与动态观照、宏观俯察与微观细读的辩证统一，以探究作为社会存在的都市上海和作为文学表现的海派叙事的内在关联及其历史意义。

第一章　何谓"海派文学"？

第一节　海派文学及作家谱系

　　文学流派是一群或几个风格相近的作家同声相求的产物，它是某一文学空气的象征，也是某一文学倾向的现实。[1]以"摩登""现代"为旗帜，20世纪20—40年代的三代海派作家对中西文学资源的自觉吸纳与有意偏离，脉络清晰而深意存焉。由于时代因素与意识形态的规约，海派作家曾受文学史的遮蔽与贬抑。其政治理想与思维方式大多不合主流，但关于"我是谁"等生命的本体性问题，并未搁置。"浪荡子"刘呐鸥、"鬼才"穆时英、"诗人邵洵美""唇红齿白"叶灵凤及为"杀夫者辩"的苏青等，或以"轻逸"对抗生命之重，或从十字街头退隐书斋，在这一群"都会诗人"看似"颓废"的面影之下，隐藏着与左翼作家、英美派自由主义作家别样的思想路径与文化诉求。

---

[1]　许道明. 海派文学论[M]. 上海：复旦大学出版社，1999：72.

一、"现代质"：海派文学的本质属性

文学意义上的"海派"一词由京剧衍生而来。一般认为，海派肇始于清代同光年间的绘画界。最早的海派是一种贬称，即内地（北方）传统画派对上海为生计所迫而迎合流行趣味的非正统画派的贬称。[1] 延至京剧，以北京"京朝派"的正宗京剧为中心，上海京剧被称为"外江派"，即京剧海派。可见，不论是绘画还是戏剧，"海派"一词都含有被排斥、被边缘化的含义。文学中的海派因之遭遇求证"命名"合法性的尴尬局面，在很长时期里，与京派文学对峙而作为南北两种代表性的文学流派。

学界关于"海派文学"这一概念的界定及其"源与流"，因视域不同而存有歧见，代表性观点有三种。

其一，是从地理学的视域界定，但又不等同于上海文学。陈思和将因上海而发生的文学视为海派文学。他认为，"考察'海派文学'的前提，是要认识到它已经不是属于上海地区土著的历史的文学现象，而是一种因为特殊的经济环境而造成人口流动，并随之发生的文学以及一切文化艺术的新因素"[2]。创作群体囊括鸳鸯蝴蝶派、文学研究会、创造社、新感觉派、左翼文学及钱锺书、张爱玲等作家。从价值取向的角度，海派文学有两个传统，"一条是以交织着繁华与糜烂同体的文化模式描绘复杂的现代都市图像，另一条是以左翼文化的立场揭示现代都市文化的阶级分野及其人道主义的批判。前者为现代性的传统，后者为批判性的传统"[3]。两者时而疏离，时而

[1] 黄德志. 对立与冲突的公开化：重读 20 世纪 30 年代京派与海派的论争 [J]. 鲁迅研究月刊，2005（6）：4
[2] 陈思和. 复杂的叛逆性：现代海派文学的特点 [J]. 郑州大学学报，2009（1）：102.
[3] 陈思和. 海派文学的传统 [M] // 草心集. 广州：广东教育出版社，2004：63.

交织，共同构筑了海派文学的图景。

其二，是从文化学的视域界定。许道明指出海派文学是一种都市文学，全面、完整地吸纳了上海文化，"从内容到形式，以至于发育过程和方式，具体而生动地演绎着上海在空间结构上传统的'城'与现代的'市'的边缘性，以及与之相联系的'内陆文化'与'海洋文化'的边缘性、传统'农耕文化'与现代'商品文化'的边缘性"[1]。始于1925年前后新文学阵营动荡、分化之际，"依赖新锐的商品经济的背景，以文学的方式表示对城市的认同"，但同时，对"文化上的现代性趋向"做出"程度不等的反讽乃至颠覆"[2]。创作群体以20世纪20年代的张资平始，中经30年代的刘呐鸥、穆时英等新感觉派，至40年代的张爱玲、苏青等为终。

其三，是从文学现代性的视域界定。吴福辉认为，所谓"海派文学"应同时具备四种"现代质"特征。第一，最多地"转运"新的外来的文化。它吸纳了19世纪末与20世纪初之交的世界近代文学，具有某种前卫的先锋性质。第二，迎合读书市场，是现代商业文化的产物。第三，站在现代都市工业文明的立场，看待中国的现实生活与文化。第四，新文学，而非充满遗老遗少气味的旧文学。始于20年代末期，至40年代结束。作家群有张资平、曾虚白、章克标、曾今可、刘呐鸥、穆时英、施蛰存、叶灵凤、杜衡、黑婴、徐霞村、徐訏、予且、周楞伽、丁谛、张爱玲、苏青、施济美、谭惟翰、东方蜥蜒，共20位。[3]

相对而言，第一种观点从广义的角度，从上海及其海派精神文化特征来把握，视野开阔。第二种、第三种观点从狭义的角度，

---

[1] 许道明. 海派文学的现代性[J]. 复旦学报，1997（3）：42.
[2] 许道明. 海派文学略论[J]. 江苏行政学院学报，2004（5）：108.
[3] 吴福辉. 都市漩流中的海派小说[M]. 上海：复旦大学出版社，2009：2.

从创作背景、对象及作家属地来界定，研究对象较为集中、清晰。因研究范围所囿，本书遵从第三种观点予以界定。关于论述时间，本书择取1927年至1949年这一时段。1927年，在现代文学史上是第二个十年之开端；在革命史上是第二次国内革命战争的开端，"四·一二"事变对中国现代史、上海史都具有重大的历史意义。正是在这一宏大的历史语境下，曾虚白等第一代海派作家"浮出历史地表"。世上没有纯粹的文学。文学发生与历史场景的偶合，实则蕴含着某种必然性的关联。伴随新中国的诞生，现代文学走向当代文学，海派文学随之尘埃落定。1949年5月27日上海解放，从此掀开中国历史的新纪元。同月，历时17年之久的海派期刊——《论语》，由邵洵美主编并出版至第177期而终刊，这一标志性事件意味着海派文学就此落下帷幕。[1]

二、海派作家的前世今生

罗兰·巴特认为，在最终意义上，城市只是一种话语和一种语言，因为物理意义上的城市永远是被人经历、叙述和评论而生成的，"每一天，我们说到城市，我们就是在说一种这个城市的语言"。苏珊·桑塔格也提出："城市就是一种话语，因为它自身没有意义，它是在言说、写作和表达中获得存在的，这种呈现不光是书面的，还在哲学、电影、报道、运动、各种秀等层面上呈现的。"[2]用一种话语或语言来形容上海这座城市，实在是一件难事。且不论庙堂与江湖有

---

[1] 诚然，1949年后海派文学并未全部结束。如1951—1952年，张爱玲用笔名梁京在上海《亦报》上连载长篇小说《十八春》等，但某种意义上已是另一历史时空里的文学书写，故不在本书考察范围。
[2] 许纪霖，罗岗，等. 城市记忆：上海文化的多元历史传统[M]. 上海：上海书店出版社，2011：114.

截然不同的态度，就是各路史家恐怕也歧见纷存。

相对其他文学流派，海派作家比较特立独行，很难用某一标尺来衡定或考量。就文学形态而言，穆时英的"鬼才"、叶灵凤的"杂学"、邵洵美的"颓加荡"以及张爱玲的"放恣"、苏青的"为杀夫者辩"等构成一幅幅绚丽而独特的景致，光彩灼灼，引人展读。就政治取向而言，海派作家多持远离主流意识形态的态度，兼之遭受鲁迅、沈从文等名家批判，海派作家多笼罩于"汉奸""色欲""颓加荡"等阴霾。新中国成立后，不论是远赴境外的叶灵凤、张爱玲、徐訏，还是留在大陆的施蛰存、邵洵美、苏青等，抑或早已消亡的刘呐鸥、穆时英，海派作家大都为人遗忘，乃至被"误读"多年，沉寂文坛近半个世纪。

刘呐鸥（1905—1940），出生于台湾台南县"南瀛第一世家"的柳营刘家。本名刘灿波，笔名呐呐鸥、莫美、葛莫美、梦舟、洛生、白璧等。1920 年 4 月，由台南长老教中学校修业两年，转入日本东京青山学校中等学部，学习夏目漱石、武者小路实笃等文学课程后，渐渐萌生对文艺的喜好。1923 年 4 月，升至高等部文科学习"英文专攻"。9 月 1 日，关东大地震发生，青山学院校舍被毁坏，被迫停课。1926 年 3 月毕业，赴上海插班就读于震旦大学法文特别班，结识诗人戴望舒等。主要作品有小说集《都市风景线》，1930 年由水沫书店出版，1940 年任职汪伪政府《文汇报》社长时遭暗杀而亡。据记载，刘呐鸥"对中国文坛的新文艺运动曾尽了不少的力量"，鲁迅、丁玲、姚篷子、冯雪峰等译著就是最先在他创办的水沫书店出版，"当时的水沫书店是被认为左翼作家大本营的，因左翼作家时常在书店的楼上召开会议"[1]。关于刘呐鸥的文学成就及定位，除

----

[1] 一统. 记刘呐鸥[M]//杨之华. 文坛史料. 上海：上海中华日报社，1944：233-234.

了杨义的《中国小说史》中有专节阐述，国内现代文学史大多忽略不计。被目之"汉奸""色欲"主义的膜拜者，不免片面。不过，作为"新感觉派"的急先锋，刘呐鸥的贡献不容忽略。他倾力创办《新文艺》《无轨列车》等文学期刊，因"左"倾被国民党当局查封，遭战乱而钱财严重亏空。而穆时英、施蛰存、戴望舒、杜衡等同人走上文学现代主义之路，在一定程度上都得益于刘呐鸥的推崇与引介及共同创办期刊、书店等系列文学实践的历练。可以说，中国现代都市文学发端于斯。

叶灵凤在相当长的时间,头顶三顶帽子——"叛徒""汉奸""反鲁迅"[1]。首先，是脱离组织的革命者。1931 年 8 月 5 日,《文学导报》第 1 卷第 2 期出版,刊发"左联"常委会发布的《开除周全平、叶灵凤、周毓英的通告》，原因有二。一是"半年多以来，完全放弃了联盟的工作，等于脱离了联盟"；二是"屈服于反动势力，向国民党写'悔过书'，并且实际的为国民党民族主义文艺运动奔跑，道地的做走狗"。论者认为，这两条理由都带有某种不确定性，不过，叶灵凤主动脱离左翼阵营而流入"都市海派"一脉则无疑。[2]其次，因事关鲁迅而"恶名"垂史。1958 年版《鲁迅全集》中《文坛的掌故》一文有注释："叶灵凤，当时虽投机加入创造社，不久即转向国民党方面去，抗日时期成为汉奸文人。"[3]出于对鲁迅的敬仰与对"汉奸"的鄙视，后人自然"误读"叶灵凤。其实不然。1984 年，施蛰存撰文澄清，指出这是因当年叶灵凤的姐夫在潘公展手下担任上海市教育局督学之便，"消息灵通"，"在两边说话，失于检点。但他毕竟没有出卖或陷害革命同志。潘汉年每次化装来

---

[1] 陈漱渝. 叶灵凤的三顶帽子[N]. 人民政协报，2006-08-24.
[2] 吴福辉. 叶灵凤的〈灵凤小品集〉及其他[M]. 中国现代文学编年史：以文学广告为中心（1928～1937）. 北京：北京大学出版社，2013：259
[3] 鲁迅. 三闲集[M]. 北京：人民文学出版社，1958：161.

沪，总是到编辑部来找他，也许他还为潘汉年做过一些事"。[1]这是指他1939年在香港受潘汉年之嘱，"保持超然的态度，不直接介入政治，留待将来'为我们帮忙'"[2]而做的大量工作。遗憾的是，多年来史家依然"维持原判"。1981年版《鲁迅全集（四卷）·革命咖啡店》有注释："叶灵凤（1904—1975），江苏南京人，作家和画家，他们（指叶灵凤与潘汉年）都曾经参加创造社。"但同卷《上海文艺之一瞥》一文的注释为"1926年至1927年初，他在上海办《幻洲》半月刊，鼓吹'新流氓主义'"[3]。其实，且不论"新流氓主义"主张的合理与否，提出者是潘汉年，非叶灵凤。这又是一个误会。2010年版《中国现代文学期刊目录汇编》（第三卷）《现代文学评论》的"简介"中也赫然冠之以"被中国左翼作家联盟宣布开除的叶灵凤"[4]。因缺乏相关背景信息，这些注释不免令人产生诸多隔阂。

叶灵凤与鲁迅的罅隙确乎不浅，对此，叶灵凤很坦然。1950年8月6日，他在日记中记述："我与鲁迅翻脸极早，因此从未通过信，也从未交谈过。左联开会时只是对坐互相观望而已。在内山书店也时常相见，但从不打招呼。"[5]与鲁迅的纷争是叶灵凤"首先"挑起的，并且"图文并谬"[6]。1928年1月，创造社、太阳社的文艺青年发起关于"革命文学"的论争。冯乃超讥讽鲁迅"常从幽暗的酒家

［1］ 施蛰存. 我和现代书局［M］//刘凌，刘效礼. 施蛰存全集·北山散文集：第1辑. 上海：华东师范大学出版社，2011：289-291.
［2］ 姜德明. 夏衍为戴望舒、叶灵凤申辩［M］. 书廊小品. 上海：学林出版社，1990：136.
［3］ 亚灵（潘汉年）. 新流氓七义［J］. 幻洲，1926（1）.
［4］ 唐沅，等. 中国现代文学期刊目录汇编［G］. 北京：知识产权出版社，2010：1679.
［5］ 罗孚. 叶灵凤的日记［J］. 书城，2008（5）：55.
［6］ 宗兰. 叶灵凤的后半生［M］//读书随笔. 北京：生活·读书·新知三联书店，2008：11.

的楼头，醉眼陶然地眺望窗外的人生"[1]。作为"创造社小伙计"[2]，叶灵凤也配合进攻。同年5月，《戈壁》半月刊创刊，叶灵凤任主编。第1卷第2期刊发一幅模仿西欧立体派的讽刺画，附以文字说明："鲁迅先生，阴阳

图1-1 《戈壁》1928年第2期

脸的老人，挂着他以往的战绩，躲在酒缸的后面，挥着他'艺术的武器'，在抵御着纷然而来的外侮。"（见图1-1）遭到鲁迅猛击。8月10日鲁迅撰文《文学的掌故》，在论及上海文艺界动向时，讥讽成仿吾、蒋光慈、"潘（潘汉年，引者注）叶（叶灵凤，引者注）之流"等革命立场"惧伪""左右"不定，呼之"青年革命艺术家"。[3]同日，鲁迅撰写《革命咖啡店》一文，讥之为"年青貌美，齿白唇红"的"革命文学家"[4]。对此，叶灵凤再度出击。1929年11月，在《现代小说》第3卷第2期小说《穷愁的自传》中，主人公魏日青早起"照着老例，起身后我便将十二枚铜元从旧货担上买来的一册《呐喊》撕下三页到露台上去大便"[5]。此番粗鲁之辞自然令鲁迅愤慨。在《上海文艺之一瞥》《答〈戏〉周刊编者信》两文中，鲁迅斥之为"新的流氓画家"[6]"最彻底的革命文学家"[7]。

[1] 冯乃超. 艺术与社会生活[J]. 文化批判，1928（1）.
[2] 陈子善. 导言[M]//叶灵凤小说全编：上[M]. 上海：学林出版社，1997：1.
[3] 鲁迅. 三闲集[M]. 北京：人民文学出版社，1958：98-99.
[4] 鲁迅. 三闲集[M]. 北京：人民文学出版社，1958：94.
[5] 叶灵凤. 叶灵凤小说全编：上[M]. 上海：学林出版社，1997：303.
[6] 鲁迅. 上海文艺之一瞥：八月十二日在社会科学研究会讲[J]. 文艺新闻，1931（20）.
[7] 鲁迅. 答《戏》周刊编者信[N]. 中华日报，1934-11-25.

叶灵凤遭到鲁迅讥嘲主要源于版画、木刻等艺术观念的分歧。叶灵凤崇尚"尊美抑善"[1]的唯美主义理念，倡导"为艺术而艺术"的文艺观。他认为，"艺术家是美的创造者"，"书籍绝对没有所谓道德的或不道德的。书籍只有写得好或写得不好"。[2]出于对比亚兹莱、蕗谷虹儿的崇拜，叶灵凤在主编《幻洲》《现代小说》时，常仿效其风格制作封面、插图，画风绮丽，显示颓废主义的艺术趣味。鲁迅则认为这种对西方艺术的"摘取"[3]与模仿看似摩登，却不得真义。1928年7月4日在《铁流·编校后记》一文中，他嘲讽："可惜有些'艺术家'，先前生吞'琵亚词侣'（即比亚兹莱，引者注），活剥拾谷虹儿，今年突变为'革命艺术家'，早又顺手将其中的几个作家撕碎了。"[4]同时，以实际行动以正视听。1929年，由他编选、朝华社出版的《比亚兹莱画选》和《蕗谷虹儿画选》作品集问世，"是为了扫荡上海滩上的'艺术家'，即戳穿叶灵凤这纸老虎而印的"[5]。

其实，鲁迅与叶灵凤观照艺术的视角有异，偏重不同的美学风格，并不存在绝对的是非对错。前者重在理念的辨正，后者则喜好画风的赏鉴。在叶灵凤看来，比亚兹莱的作品"虽是病态的，但他的线条和构图，却带有希腊艺术和东方艺术的浓厚影响，对当时伦敦画坛来说，是一种反抗和新的刺激"。在审美上，"装饰趣味很浓，黑白对照强烈，怪异而又华丽"[6]，新奇、诡异而具有绮丽之美。蕗谷虹儿的画风则空灵、深邃而无妖气，他是"用了简洁之笔，写

[1] 杨义.中国现代小说史：第1卷[M].北京：人民文学出版社，1986：634.
[2] 叶灵凤.艺术家[M]//天竹.上海：现代书局，1928：82.
[3] 鲁迅.《比亚兹莱画选》小引[M]//集外集拾遗.北京：人民文学出版社，1973：307.
[4] 鲁迅.铁流·编校后记[M]//集外集.北京：人民文学出版社，1973：141.
[5] 鲁迅.为了忘却的记念[J].现代，1933（6）.
[6] 叶灵凤.郁达夫先生的《黄面志》和比亚斯莱[M]//陈子善.北窗读书录：叶灵凤随笔合集之三.上海：文汇出版社，1998：40-45.

出丰富的情思，精神又是现代的，与当下社会的内在意识接近"[1]。可见，叶灵凤注重蕗谷虹儿、比亚兹莱的艺术审美，耽于美术层面的新异与时尚。鲁迅则一贯崇尚"质实刚健"[2]的美学风格，对于艺术的态度极其认真。在个人欣赏方面，鲁迅并不排斥唯美主义，1932年上海北四川路举行的版画展览会上，他曾对陈烟桥赞叹比亚兹莱的画"纯净美丽"[3]。但就艺术鉴赏而论，鲁迅从笔法、题材、意境等层面细细把玩，反复揣摩而力求斩获。他认为比亚兹莱不是一个插画家，"因为他的艺术是抽象的装饰"，插画与文字之间"缺乏关系性底律动"。反之，作为一个装饰艺术家，比亚兹莱是卓越的，因为"他把世上一切不一致的事物聚在一堆，以他自己的模型来使他们织成一致"[4]。与比亚兹莱不同，蕗谷虹儿的版画"以纤细为生命，同时以解剖刀一般的锐利的锋芒为力量"，冲破现实而游弋于艺术的幻境，倘若时下中国青年耽于蕗谷虹儿"幽婉之笔"而刻意模仿，难免"将他的形与线任意的破坏"[5]。故此，鲁迅是从艺术与文学、民族国家之间的关系考量其价值，目光之深、之远，确乎超乎其然。

诚然，青年叶灵凤不免有些年少轻狂，对艺术的痴迷也多于对意义的理解，有消化不良之嫌，不过，一方面，"模仿在艺术学习中并不是一种不好的开始"[6]；另一方面，与鲁迅的争议推动了西方

［1］ 孙郁. 蕗谷虹儿［M］// 鲁迅藏画录. 广州：花城出版社，2008：125.
［2］ 鲁迅. 为了忘却的记念［J］. 现代，1933（6）.
［3］ 对此，李欧梵也有相关论述，认为"鲁迅个人的主观爱好包括了唯美的一面，至少他并不以卫道者的立场排斥颓废派的艺术"。参阅陈烟桥. 缅怀鲁迅先生对我们的教诲［M］// 回忆鲁迅的美术活动. 北京：人民美术出版社，1979：81；李欧梵. 鲁迅与现代艺术意识［M］// 铁屋中的呐喊. 北京：人民文学出版社，2010：214.
［4］ 鲁迅.《比亚兹莱画选》小引［M］// 集外集拾遗. 北京：人民文学出版社，1973：306.
［5］ 鲁迅.《蕗谷虹儿画选》小引［M］// 集外集拾遗. 北京：人民文学出版社，1973：287.
［6］ 叶灵凤. 新的长成：序梁永泰的木刻集《血的收获》［N］. 大公报，1940-12-08.

版画在中国的接受与传播。叶灵凤对比亚兹莱、蕗谷虹儿的版画艺术的大力推崇，影响着当时的青年读者，林林就是其中一个[1]。这引发鲁迅的关注，他倡导青年要"逐渐认真起来，先会有小小的真的创作"[2]，"据说当时出版时，一些画家也纷纷模仿，今人略可以想象当年读者与其相逢时的快慰"[3]，从而掀起一股学习西方艺术的新潮。并且，宣扬比亚兹莱、蕗谷虹儿所倡导的反抗传统、张扬个性的风潮，对中国传统文化的"隐逸气""道学气"不失为一种强烈的冲击，而有益于现代中国新风尚的树立与培养。

继之，是关于料治朝鸣木刻的意见分歧。1934 年 10 月 10 日，《文艺画报》创刊，叶灵凤、穆时英主编。在戴平万的随笔《沈阳之旅》中，插入日本人料治朝鸣的木刻，引起鲁迅的不满，认为"日本记念他对中国的战胜的作品，却就是被战胜国的作者的作品的插图"[4]。其实，"《战争版画集》的意图绝不是为了纪念日本的战胜"，鲁迅与叶灵凤的理解存在错位。料治朝鸣在创刊的版画杂志《版艺术》组编《战争版画集》。在同期刊发的《兵车行——随感》一文中，他阐发组编这些木刻的用意，是源于感怀《兵车行》关于"兴亡、无常、中国的历史"所传达的"人生凄凉"，"以杜甫之心用心"描绘这二三年（1931—1933）的战争。当然，诚如藤井省三所言，即便是纪念"停战协定""试图将战争的悲哀也似乎化的作品"，"入城"奉天的日军仍然是不折不扣的侵略军。故此，"叶本质上是个文学艺术的爱好者，在对现状本身的认识外不具备尽可能付诸行动的思想"[5]。诚然，《文艺画报》以纯艺术的态度作插图也考虑不周。

[1]　林林. 八八流金[M]. 北京：北京十月文艺出版社，2002：183.

[2]　鲁迅.《蕗谷虹儿画选》小引[M]//集外集拾遗. 北京：人民文学出版社，1973：288.

[3]　孙郁. 蕗谷虹儿[M]//鲁迅藏画录. 广州：花城出版社，2008：124-125.

[4]　白道. 奇怪（三）[M]//花边文学. 北京：人民文学出版社，1951：164.

[5]　藤井省三. 鲁迅与料治朝鸣：关于《战争版画集》[J]. 陈福康，译. 绍兴文理学院学报，1996（1）：59.

关于与鲁迅的宿怨，多年以后叶灵凤未作解释，但忏悔是显然的。他去鲁迅先生墓前"默默地表示过我的心意"[1]，以致敬意与歉意。其实，叶灵凤对鲁迅怀有深厚的情感。年幼时读发表于《新青年》上的《狂人日记》，可谓受益终身，"这是当年这个作为五四运动代表刊物给我留下的唯一记忆"[2]。1957 年重回上海寻找四马路、北四川路等故迹时，在内山书店旧址时伫立片刻，刹那之间，仿佛时光倒转，看到"坐在一张藤椅上悠然吸着纸烟的正是鲁迅先生"[3]，怀念与伤感之情溢于言表。

再则，是叶灵凤在港的相关活动为人误解，被视作"汉奸"。1941 年 12 月 25 日—1945 年 9 月 2 日，叶灵凤曾在日军文化部所属的大冈公司工作，在大同图书印务局出版的《新东亚》月刊发表文章，为"问题人物"卢梦殊的《山城雨景》写过序言，以及与周作人的文章一起被收进香港沦陷时期出版的《南方文丛》第一辑。目前，相关事实得以基本澄清。1942 年经同事介绍，叶灵凤进入国民党中央调查统计局香港站任特别情报员，每月领取工作费 50元。他利用担任大同图书印务局编辑部主任身份之便，搜集并提供各种有关文化活动的消息，联合胡汉辉等从事抗日情报工作。[4]1943年 5 月 12 日遭到日本宪兵部的逮捕并入狱三个多月。[5]80 年代，叶灵凤"汉奸文人"的帽子被摘掉，然距其去世已近十年。反之，

[1] 宗兰. 叶灵凤的后半生 [M] // 叶灵凤. 读书随笔. 北京：生活·读书·新知三联书店，2008：11.
[2] 叶灵凤. 五四的记忆 [M] // 陈子善编. 北窗读书录：叶灵凤随笔合集之三. 上海：文汇出版社，1998：300.
[3] 叶灵凤. 书店街之忆 [M] // 读书随笔. 北京：生活·读书·新知三联书店，1988：48.
[4] 参阅陈漱渝. 甘瓜苦蒂集 [M] // 广州：百花文艺出版社，1999：59；宗兰. 叶灵凤的后半生 [M] // 读书随笔. 北京：生活·读书·新知三联书店，2008：11.
[5] 朱鲁大. 日本宪兵部档案中的叶灵凤 [M] // 卢玮銮、郑树森. 沦陷时期香港文学作品叶灵凤、戴望舒合集. 上海：天地图书有限公司，2013：326-328.

叶灵凤主持迁移萧红骨灰一举鲜为人知。1944 年 11 月 20 日，他与戴望舒长途跋涉拜谒萧红墓，戴望舒写下《萧红墓畔口占》："走六小时寂寞的长途，到你头边放一束红山茶，我等待着，长夜漫漫，你却卧听着海涛闲话。"1957 年 7 月，因浅水湾要修建旅游设施，坟墓可能毁于一旦，而香港又没有萧红的亲人，于是，叶灵凤被推为"好友"，奔走申请迁移骨灰事宜。8 月 3 日，在政府的支持下，叶灵凤主持把萧红的骨灰迁移到广州，最后安葬于银河公墓。[1]

可以说，叶灵凤在 20 世纪中国文学史的定位亟待修正。除了廓清政治阴影，其创作成就也有待关注。作为"创造社后期与三四十年代海派文学之间的衔接性作家"[2]，叶灵凤研究都存在较大的空白。叶灵凤（1904—1975），原名叶蕴璞，笔名叶林丰、叶林、林丰、L·F、丰、临风、叶烟着、霜崖、秦静闻、佐木华、小子、雨品巫、昙华、赵克臻、克臻、赵克进、克、白门秋生、秋生、秋郎、柿堂、南村、任诃、任柯、风轩、燕楼、番僧、凤兮、凤、风、叶等。原籍江苏南京，肄业于私立上海美术专门学校西洋画科。自 1925 年发表处女作《故乡行》，叶灵凤创作近 50 年，以 1938 年 10 月赴香港为界分两个阶段。前期作为"创造社小伙计"，参与《洪水》复刊及创建创造社出版部，主编《幻洲》《戈壁》《现代小说》《现代文艺》等，负责装帧设计。1930 年加入"左联"，次年被除名。至 1930 年，已出版小说集《女娲氏之遗孽》、小品集《白叶杂记》、译著《新俄短篇小说集》等 11 部。1936 年郑伯奇编选《中国新文学大系·小说三集》，由上海良友图书印刷公司出版，收入《女娲氏之遗孽》，认为其关于性变态的心理描写，"注意

---

[1]　叶灵凤. 寂寞滩头十五年:记萧红骨灰迁送离港始末[M]// 陈子善. 叶灵凤散文. 杭州: 浙江文艺出版社，2007: 281-283.
[2]　金宏达. 纪念一位"注"销过的作家:写在《叶灵凤文集》出版之前[J]. 出版广角，1998（4）: 7172.

的是故事的经过，那些特殊事实的叙述颇有诱惑的效果"，情节"有趣"，刻画"精细"。[1]1937年上海《救亡日报》创刊，叶灵凤任编委，后随该报迁到广州。1938年广州失陷，转赴香港定居，担任文协香港分会第一、二、三届理事，致力于随笔写作、报刊编辑及香港地方志研究，主编《星岛日报·星座》《立报·言林》等，与戴望舒共同创办《大众周报》《华侨日报·文艺周刊》，出版《文艺随笔》《北窗读书录》等随笔集及《香港方物志》《香江旧事》等著作。

　　迁居香港后，虽笔耕不辍，但叶灵凤远离内地研究者的视野，直至1988年生活·读书·新知三联书店出版《读书随笔》三集，其人其文才渐为读者知晓。21世纪以降，相关研究多为"颓废"与唯美特质的文学解读。作家研究仅有《叶灵凤传》（李光宇著，河北教育出版社2003年版），而《叶灵凤小说全篇》（学林出版社1997年版）、《叶灵凤书话》（小思选编，北京出版社1998年版）等文献有不同程度的错漏。笔者细梳叶灵凤一生的创作，在《叶灵凤创作年表》一文中，以年表的形式展现其丰富而曲折的创作轨迹。[2]所幸的是，2020年5月三联书店（香港）有限公司出版三卷本《叶灵凤日记》，日记内容与卢玮銮的评点同时展读，既有阅读史料的现场感，又有论者适时的点拨，无疑丰富了对作家作品及历史场景的理解与认知。

---

［1］　郑伯奇. 导言[M]// 赵家璧. 中国新文学大系. 小说三集. 上海：上海文艺出版社，2003：21.

［2］　参阅拙文. 叶灵凤创作年表[J]. 信阳师范学院学报，2017（1）：131.

　　硕果仅存的，只有施蛰存。[1]虽中经波折，但最终其道德、文章皆为读者、史家等多方认同。关于创作，1993年施蛰存自况："我的作品，在中国新文学中并不占有重要的地位，只能被看作是，在六十年前，一个倾向于西方现代文学的中国青年的文学实验，它们没有得到成长和发展的机会，就终止了。"[2]"没有得到成长和发展的机会"，有很多原因。其一是因为战争与乱世的缘故。学生陈丹燕认为，"抗日战争迫使他离开上海，离开他创作的精神土壤，使他最终成为一个古文教授，而不是一个现代主义作家"[3]。全面抗战爆发，上海局势日益紧张。由朱自清介绍，应云南大学新校长熊庆来之聘，1937年9月6日施蛰存启程前往云南大学任教，之后辗转于云南、福建、广州等地执教、任编辑等，直至1949年返沪。其二，是与生前60年间遭受批评界褒贬不一的反应有关。1929年8月，其小说集《上元灯》由水沫书店出版。出版之前，邵洵美在主编的《金屋月刊》刊发《介绍与批评讨论——〈上元灯〉》一文，结合当时盛行的革命文学，认为该书营造了别致的"情绪"："喜欢听口号声喧的革命文学崇拜追随者，没有看《上元灯》的资格，就是欢喜肉感丰富热情激越的东西的人，也不能理解《上元灯》的：这是像溪流的细响，这是像微风的偷过秋林，要你静静地去玩

---

[1] 因篇幅限制，其他类似作家不一一展开。章克标之所以"名扬"史家，源于鲁迅的批判檄文《登龙术拾遗》《文坛登龙术》等。邵洵美则因鲁迅《拿来主义》一文中"富家翁的女婿"一条注释"掩埋"半个世纪。20世纪90年代，这些作家开始为人关注，但真正得到"正名"则大多已然在21世纪以后，纳入文学史写作更需假以时日。40年代作家张爱玲、苏青、予且、东方蝃蝀、徐訏、无名氏等，因后有专章论述，为避免行文重复，此处不赘展开。参阅刘凌声.前言[M]//章克标.文坛登龙术.哈尔滨：黑龙江教育出版社，1993：2；鲁迅一条注释，"掩埋"邵洵美一生[N].北京青年报，2006-06-26.

[2] 施蛰存.英译本《梅雨之夕》[M]//刘凌，刘效礼.施蛰存全集·北山散文集：第3辑.上海：华东师范大学出版社，2011：1583.

[3] 陈丹燕《良友》往事[M]//蝴蝶已飞.杭州：浙江文艺出版社，2012：104

味领略的。"[1]10 月 24 日，朱湘拜读小说集《上元灯》后，致信施蛰存，《栗芋》中的奶娘，《闵行纪事》中的女子，都写得很好"，《牧歌》布局上，造辞上，都有许多超过前人的处所"，《妻之生辰》则是"全集的压卷"，因为"在布局、情调之上，都是恰到好处"。[2]12 月 28 日，叶圣陶也致信夸赞，赋诗一首以示祝贺："红腮珍品喜三分，持作羹汤佐小酿。滋味清新何所似，《上元灯》里颂君文。"

1931 年 5 月 10 日，沈善坚撰文《施蛰存和他的〈上元灯〉》刊发于《读书月刊》2 卷 2 号，指出"能运用他诗似的叙述，用散文的笔法，来说出一个动人的故事"。"在风景及人物，他能从容不迫地写，有着一种散文的美丽，而感伤的情调，笼罩了他的文字之间"，"作者并不狂喊，并不愤恨然的呻吟，作者只是轻微地发出对于人生的叹息。那是沉着的，深刻的"（原文已注）。11 月，沈从文撰文《论施蛰存与罗黑芷》，指出施蛰存延续鲁迅乡土文学的传统，"于江南风物，农村静默和平，作抒情的幻想，写了如《故乡》《社戏》诸篇表现的亲切，许钦文等没有做到，施蛰存君，却也用于鲁迅风格各异的文章，补充了鲁迅的说明"，以至于"在中国现代短篇作家中似乎还无人可企及"。[3]

未曾料想的是，左翼批评界发难。1931 年 8—9 月，施蛰存小说《在巴黎大戏院》《魔道》连续刊发于《小说月报》第 22 卷第 8、9 号。10 月 26 日，《文艺新闻》第 33 号刊发楼适夷的《施蛰存的新感觉主义——读了〈在巴黎大戏院〉与〈魔道〉之后》一文，冠以"新感觉派"之名。1931 年 3 月 16 日《文艺新闻》创刊于上

[1] A·B：介绍与批评讨论——《上元灯》[J]. 金屋月刊，1929（6）.
[2] 朱湘.《上元灯》与《我的记忆》[J]. 新文艺，1929（3）.
[3] 沈从文. 论施蛰存与罗黑芷[J]. 现代学生，1931（2）.

海，袁殊主编，左翼色彩较浓。楼适夷批评施蛰存作品表达"一种生活解消文学的倾向"[1]，充斥着颓废、空虚的思想意识。12月，《北斗》第1卷第4期也刊发沈起予（署名沈绮雨）的《所谓新感觉派》一文，把新感觉派定为"舶来品"，与"武器、鸦片和吗啡"同属有害物质，认为"打破精神道德，提倡物质道德"是不正确的，大众应当清醒地认识危害性。对楼氏的批评，施蛰存未予回应，多年以后表示"不反对，不否认"，但认为"我和日本的新感觉派还有些不同，因为我写的还是以封建社会小市民为主，而日本的新感觉派所写的是资本主义大都市里的男男女女"。[2]这些批责无疑给文学青年施蛰存当头棒喝，产生深远的影响。

中华人民共和国成立后，施蛰存转而从事古典文学和碑版文物研究。1954年，王瑶主编的《中国新文学史稿》将其纳入文学史，第八章第六节"历史讽喻小说"中指出，《石秀》《将军底头》《鸠摩罗什》《阿褴公主》等"用力于佛罗依德式的心理分析"[3]，可谓切中肯綮。但随着"反右"的来临，施蛰存渐为隐没。1957年6月5日，施蛰存的杂文《才与德》发表于《文汇报》，指出国家任用领导干部存在"任德不任才的倾向"，希望大力提用有识之士，被判作"大毒草"而划为右派分子。6月20日，《人民日报》发表署名阿木的文章《辟〈才与德〉》一文，批判"第三种人"施蛰存反党、反革命的政治立场。继之，姚文元在《驳施蛰存的谬论》一文中指出，"他（施蛰存）是有变化的——由'第三种人'变成了第二种人。历史给他提升了一级"，进入社会主义革命时期，"以在拥护共产党、拥护社会主义的人民之外的反对共产党、反对社会

[1] 楼适夷. 施蛰存的新感觉主义：读了《在巴黎大戏院》与《魔道》之后[J]. 文艺新闻，1931（33）.
[2] 吴福辉. 施蛰存对"新感觉派"身份的有限认同[J]. 汉语言文学研究，2010（3）：91.
[3] 王瑶. 中国新文学史稿：上册[M]. 上海：新文艺出版社，1954：257.

主义的第二种人的姿态，挺身而出，施放冷箭"[1]。其实，施蛰存从未"自称""第三种人"，当年杜衡与左翼"第三种人"论争的系列文章虽刊于《现代》，但他"绝不介入"[2]，只以编者身份为双方提供交流平台而已。"反右运动"中，施蛰存被上海作协、华东师范大学等作为重点批斗对象，直至1961年10月摘去"右派帽子"。

　　新时期以来，随着文学研究的复兴，施蛰存被视作"重新发现的作家"[3]。可以说，"很多作家之所以了解到中国30年代曾经有一个现代主义的文学，是通过严家炎、吴福辉他们这些研究者的"[4]。但相关观点有分歧。予以高度褒扬的首推吴福辉。1982年，吴福辉在《十月》第6期发表《中国心理小说向现实主义的归依——兼评〈春阳〉》一文，后附原作《春阳》，引起读者"重读"的兴趣。在吴福辉看来，该作"描写困境中的女性照样用得上纯熟的精神分析笔触，但又与对现实社会的批判紧紧结合，密不可分"，较之于当时盛行的刘呐鸥、穆时英等"现代主义引进"的低拙，意识与技术都较成熟，从而推进中国现代小说的文体发展。《春阳》本是施蛰存"自己满意"的作品，"在二三十年代，我们家乡小城市里，这样的女性不少，我写这一篇，是有现实模特儿的"[5]。1985年，吴福辉撰文《对西方心理分析小说的向往》，认为施蛰存"从现代派文学所依据的理论之一弗洛伊德主义那里，获得一种眼光，觅得一种人类心灵的＋探测器，从而彻底改造了自己的小说，为中

---

[1] 姚文元. 驳斥施蛰存的谬论[J]. 文艺月报，1957（55）.
[2] 施蛰存.《现代》杂忆[M]//刘凌，刘效礼. 施蛰存全集·北山散文集：第1辑. 上海：华东师范大学出版社，2011：278-279.
[3] 转引自施蛰存. 致古剑[M]//施蛰存海外书简. 郑州：大象出版社，2008：130.
[4] 王晓明、杨庆祥访谈. 历史视野中的"重写文学史"[J]. 南方文坛，2009（3）：84.
[5] 参阅吴福辉. 施蛰存对"新感觉派"身份的有限认同[J]. 汉语言文学研究，2010（3）：92；施蛰存. 致古剑[M]//施蛰存海外书简. 郑州：大象出版社，2008：111.

国心理分析小说提供了活的标本"[1]。继之,杨义在《中国小说史》中予以专节《施蛰存:现代心理小说的探索者》论述,指出"无论现代派的还是写实风的,多是力图独辟蹊径,从新的角度(原始本能的角度或文化心理的角度,等等)审视社会和人性,尽管气魄不大,但不乏细丽、自然、圆熟之笔,使之成为小说史上富有探索性、又富有风格的作家"[2],享有现代小说史上的一席之位。

严家炎则不然。在《论三十年代的新感觉派小说》一文中,严家炎认为人物二重人格的描写失度,如花将军、石秀意识颓废,存在"变态心理"。此文刊发于 1985 年《中国社会科学》第 1 期,后作为作品集《新感觉派小说选》的前言和专著《中国现代小说流派史》的专章。对此,施蛰存不接受,认为存在理解上的失误[3]。这些评论及其分歧引起国内外学者的关注,相关研究开始趋热。同年 5 月,人民文学出版社出版严家炎编选的《新感觉派小说选》,收录刘呐鸥、施蛰存、穆时英等小说,3 个月 3 万册售罄,轰动一时,当年又出版修订版。不久,该书销往香港,并刊发相关书评。[4]1986 年 9 月,北京大学出版社出版严家炎编选的《中国现代各流派小说选》,其中第二册为《新感觉派与心理分析小说·早期普罗小说》,可见施蛰存在史家笔下的地位。

---

[1] 曾逸. 走向世界文学:中国现代作家与外国文学[M]. 长沙:湖南文艺出版社,1986:284.
[2] 杨义. 中国现代小说史:第 2 卷[M]. 北京:人民文学出版社,2001:678—679.
[3] 如严家炎认为《魔道》中的石秀作为英雄人物害人心理刻画不合理,"说明作者为表现怪异的心理过程而实在有点走入魔道了"。对此,施蛰存不以为然,指出该文用"各种官感的错觉,潜意识和意识的交织,有一部分的性心理的觉醒",来"表现的是一种都市人的不宁静情绪",不应用"英雄人物"的思维模式来考量人物。参阅施蛰存. 为中国文坛擦亮"现代"的火花:答新加坡作家刘慧娟[N]. 联合早报,1992-08-20;杨迎平. 新时期施蛰存研究述评[J]. 中国文学研究,2000(1):90.
[4] 施蛰存. 致古剑[M]// 施蛰存海外书简. 郑州:大象出版社,2008:127.

进入 20 世纪 90 年代，施蛰存声誉渐高，被誉为"中国现代派鼻祖"[1]，地学者时有拜访，他则自嘲为新文学的"旁观者"[2]"出土文物"[3]。1987 年 10 月，李欧梵的《中国现代小说的先驱者：施蛰存、穆时英、刘呐鸥的作品简介》一文刊发于《联合文学》第 3 卷第 12 期，尊之"中国现代小说的先驱"。1990 年李欧梵编选的《新感觉派小说选》由台北允晨文化出版公司出版。同年台湾现代派作家林燿德赴大陆"寻根"，拜访施蛰存，开启台湾都市文学与大陆海派文学的对话，隔代文缘得以接续[4]。1992 年，新加坡作家刘慧娟赴上海造访施蛰存，撰文《为中国文坛擦亮"现代"的火花》，刊载于 8 月 20 日新加坡《联合早报》。

同时，1991 年人民文学出版社出版《十年创作集》（上册《石秀之恋》、下册《雾·鸥·流星》）标志着国内学术界对其文学成就的认可。5 月，在香港三联书店可以购得此书（上海、北京才上市，连出版社给施蛰存本人的赠书及自购的书都尚未收到[5]），后远销日本、美国。1994 年，中国文学出版社选译十篇小说，列入"熊猫丛书"，书名为"One Rainy Evening"（"梅雨之夕"），向世界各国发行，成为汉学界研究中国文学的重要参考资料。在生命的最后十年，施蛰存享有盛誉，但恬淡通透的他并不看重荣辱得失。1993 年获第二届"上海文学艺术杰出贡献奖"，这是上海市政府设立的上海文学艺术最高荣誉。1995 年，获亚洲华文作家文艺基金

---

[1]　对此，吴福辉不认同，认为施蛰存"没有一切现代派，包括新感觉派在内的急速、浮躁、令人目眩的叙事节奏"。我们以为，此论将"现代派"窄化为"新感觉派"为代表的文学流派。本书取广义意义上的"现代派"。参阅吴福辉. 施蛰存：对西方心理分析小说的向往［M］// 曾逸. 走向世界文学：中国现代作家与外国文学. 长沙：湖南文艺出版社，1986：291.

[2]　施蛰存. 致古剑［M］// 施蛰存海外书简. 郑州：大象出版社，2008：155.

[3]　施蛰存. 致痖弦［M］// 施蛰存海外书简. 郑州：大象出版社，2008：230.

[4]　张羽. 台湾都市文学与海派文学［J］. 台湾研究集刊，2007（1）：7.

[5]　施蛰存. 致古剑［M］// 施蛰存海外书简. 郑州：大象出版社，2008：179.

会颁发的"亚洲华文作家文艺基金会敬慰奖"，被授予"中国新文学大师"奖牌。2003年11月，施蛰存去世。2011年，华东师范大学出版社出版《施蛰存全集》，收入《十年创作集》及《北山散文集》，皇皇五大卷，蔚为大观。这是施蛰存多年文艺创作的集大成者。[1] 至此，施蛰存其人其作获得了来自官方、学术界及读者的一致认同，彻底扫除半个多世纪以来笼罩着的阴霾。

柯林武德曾语："人不仅生活在一个各种'事实'的世界里，同时也生活在一个各种'思想'的世界里。"[2] 思想理论常新常变，但"事实"终究不能轻易抹去。20世纪80年代人民文学出版社陆续选印一批文学原著单行本，其中有张资平的《冲击期化石·飞絮·苔莉》、穆时英的《南北极》和《白金的女体塑像·圣处女的感情》、沉樱的《喜宴之后·某少女·女性》、叶灵凤的《时代姑娘·未完的忏悔录》、张爱玲的《传奇》等。同时，上海书店也出版一批"中国现代文学史参考资料"丛书，依照原样复印，其中有张资平的《冲击期化石》、张爱玲的《传奇》和《流言》，叶灵凤的《灵凤小品集》、施蛰存的《善女人行品》。祛除历史阴影，重新检阅海派作家的前世今生及其传世著作，不得不说光芒仍在，令人感慨系之。在20世纪的中国语境中，叶灵凤、穆时英等长期被冠以"汉奸"，张爱玲、杜衡等离开中国大陆，对于文学史而言造成了不同程度的缺失。这是文学史常有的现象，有少数华年早丧的诗人，像是稀有的彗星忽然出现在天边，放射异样的光芒，不久便消逝。他们仿佛预感自己将不久于人世，迫不及待地要为人类作出一点贡献。他们的思想格外活跃，感触格外锐敏，经历虽然不多，生活却显得格外

---

[1] 遗憾的是，《全集》在编排、汇集方面也仍有遗漏，如《十年创作集》中"附录"列有《〈善女人行品〉序》《〈小珍集〉编后记》，书中却没有相关内容。

[2] 柯林武德. 历史的观念·原编者序[M]. 何兆武，张文杰，译. 北京：商务印书馆，2007：1.

灿烂，在短暂的时期内真可以说是春花怒放。[1]此论为当年冯至对梁遇春散文的评价，笔者以为绳之海派作家，也还恰当。

第二节　海派文学的发生

从媒介地理学的角度，空间、景观、地方、时间与尺度是五大核心概念，它们共同影响并制约着媒介传播的幅度与力度。[2]空间是文学场各类行动者依据位置、习性，建构权力关系、运用资本运作而展开文学实践活动的场域。海派文学的发生与上海这一地域环境密切关联。"京海"之争中上海文人以地理集聚的形式发声，"新性道德特刊"事件中报章传媒的公共空间为之奠定社会基础，世界主义的文化理念则铸就文学现代性的内核。

一、作为场域的都市语境

"京海"之争跨越天津、上海两地而展开，并非偶然。这里既蕴含着长期以来南北地域文化差异所造成集体无意识的分野，也凸显了 20 世纪文学史上京、海两大文学流派价值立场的分歧。论争的缘起是 1933 年 5 月章克标的《文坛登龙术》在上海自费印行后，一时洛阳纸贵，当年重版两次，名声大噪。6 月 16 日《论语》第19 期刊载章克标《文坛登龙术》的《解题》和《后记》，8 月 16

---

［1］　冯至. 谈梁遇春［J］. 新文学史料，1984（1）：109.
［2］　邵培仁，杨丽萍. 媒介地理学：媒介作为文化图景的研究［M］. 北京：中国传媒大学出版社. 2010：3.

日第 23 期又刊发该书的广告及目录。这引起了沈从文的关注，10 月 18 日，沈从文在主编的天津《大公报·文艺副刊》刊发《文学者的态度》一文，列举中国当前文坛存在诸多"玩票白相"的情状，缺乏应有的严肃与"庄重"，直指章克标等上海文人"登龙有术"[1]而败坏文坛风气。此论一出，海派作家苏汶（即杜衡）撰文《文人在上海》刊发于 1933 年 12 月 1 日《现代》第 4 卷第 2 期，指出沈论"海派文人""爱钱，商业化，以至于作品的低劣、人格的卑下这种种意味"，及"不问一切情由而用'海派文人'这名词把所有居留在上海的文人一笔抹杀"的褊狭。1934 年 1 月 10 日，沈从文《论"海派"》一文刊发于《大公报·文艺副刊》，以"礼拜六""新斯文人"等"不入流"的文艺现象为例，指出"海派"是"'名士才情'与'商业竞卖'相结合"的产物。这引发曹聚仁、徐懋庸、鲁迅、师陀、胡风、韩侍桁、姚雪垠等撰文发表观点。上海《申报·自由谈》和天津《大公报·文艺副刊》成为双方论争的主要阵地。京派方面，继沈从文的两文之后，后期有师陀的《"京派"与"海派"》一文发表于《大公报·文艺副刊》。并且，师陀不偏袒京派，认为沈从文"因为愤慨至于极端，主观的成分很大"[2]，不免有些偏执而有失公允。

　　上海方面对沈从文"海派"论的反应尤为强烈。1933 年 11 月，韩侍桁撰文《论海派文学家》刊发于《小文章》，次年即由上海良友图书公司出版。继之，《申报》的附张《自由谈》上刊发多篇相关文章。1934 年初，有曹聚仁的《京派与海派》（1 月 17 日）、徐懋庸《"商业竞卖"与"名士才情"》（1 月 20 日）、毅君的《怎样清除"海派"？》（2 月 10 日）、栾廷石（鲁迅）的《"京派"与"海派"》（2 月 3 日）和《北人与南人》（2 月 4 日）、古明（胡风）的

---

[1]　沈从文. 文学者的态度[N]. 大公报，1933–10–18.
[2]　师陀. "京派"与"海派"[N]. 大公报，1934–02–10.

《再论京派海派及其他》（3月17日）等。这些文章虽不无对海派文人恶俗风气的抨击，但对"北方文学家"沈从文的优越自得不乏揶揄，鲁迅"'京派'是官的帮闲，'海派'则是商的帮忙"[1]成为不刊之论。显然，上海文人存异求同，摒弃各自文学理念的差异，以地理集聚的形式自觉为"海派"及海派文学正名，捍卫这一地域流派的合法性，并由此在全国范围造就一种强大的效应。2月17日，沈从文发表《关于海派》一文表示退出讨论，论争因之结束。"地方感是一种强烈的、通常是积极地将我们与世界联系起来的能力，但是，它也能够变成有害的和摧毁性的。"[2]沈从文以"北方文学家"自居而贬斥上海文坛的"不良"风气，除了高扬端正的文学理念的初衷，也不失以北平为新文学圣坛的骄傲。北方文坛之厚重、严肃、纯粹本是新文学的优良传统，但"厚重之弊也愚"[3]，当它凝固为"有害的和摧毁性的"风气而成为一种压制文坛的力量时，失去了本有的古朴与端正。在一定意义上，这次论争为海派文学的崛起奠定了文学基础。

上海文明的最大心理品性是建筑在个体自由基础上的宽容并存。[4]现代价值观的形成有赖于都市报章传媒构建的公共空间。综观京海论争期间，除了沈从文、师陀、杜衡，双方同人并未积极参与、声援。同人期刊，如沈从文主编的天津的《大公报·文艺副刊》与施蛰存主编的《现代》，也未充分参与。最为活跃的当数《申报·自由报》。20世纪30年代，伴随现代民族国家意识的兴起，《申报》在上海乃至全国享有广泛的影响。尤其在留法回来的黎烈文任主编

［1］ 栾廷石."京派"与"海派"［M］//花边文学.北京：人民文学出版社，1973：13.

［2］ 苏珊·汉森.改变世界的十大地理思想［M］.肖平等，译.北京：商务印书馆，2009：244.

［3］ 鲁迅.北人与南人［N］.申报，1934-02-04.

［4］ 余秋雨.上海人［M］//文明的碎片.沈阳：春风文艺出版社，1994：201.

时期，《自由谈》邀约名家，刊发诸多观点新锐的文章，成为现代文艺思潮传播的重要领地。报章传媒成为上海新思想发声、勃兴的公共场域，可追溯至京沪两地的"新性道德特刊"事件。这次讨论始于上海，也以京派学者的告退为终。这不仅促成20年代中国现代性爱意识的转变，更为海派文学的发生提供了社会基础。

受五四及西方新思潮的激荡，20世纪20年代初掀起了一场关于现代性爱观的风潮。1925年1—6月，京沪两地《妇女杂志》《现代评论》《莽原》《妇女周报》《京报副刊》等关于"新性道德"的讨论可谓意义重大。这源于1925年1月1日《妇女杂志》刊发主编章锡琛《新性道德是什么》一文，借鉴福莱尔的《性的问题》，遵从自由与平等的人生原则，章锡琛提出性道德"以有益于社会及个人为绝对标准"[1]。同期刊发的有周建人的《性道德之科学的标准》一文，指出"人的自然的欲望是正常的"，"科学的性道德"只需合乎两个标准——"不损害自己和他人""顾到民族的利益"。[2]两文一出，国内为之哗然。3月14日，《现代评论》第1卷第14期刊发北大教授陈百年的文章，批判章、周二人的言论为"一夫多妻的新护符"[3]。随之，章锡琛撰文《新性道德与多妻》、周建人撰文《恋爱自由与一夫多妻》予以驳斥，与陈百年的《答章周二先生论一夫多妻》展开笔战，5月9日，三篇文章同时刊发于《现代评论》第1卷第22期。

引起南北如此震动，是《妇女杂志》未曾预料的。为商业计，发行机构"商务印书馆的几位先生，素来是以中正和平为主的，背时固然不对，激烈尤其大忌"[4]，章锡琛渐受干预与排挤。《现代评论》

---

[1] 章锡琛，周建人，百年. 新性道德讨论集[M]. 上海：开明书店，1926：19.
[2] 章锡琛，周建人，百年. 新性道德讨论集[M]. 上海：开明书店，1926：28.
[3] 章锡琛，周建人，百年. 新性道德讨论集[M]. 上海：开明书店，1926：28.
[4] 宋原放. 中国出版史料：现代部分·补卷[M]. 济南：山东教育出版社，2006：53.

虽刊发论争文章，也有所顾忌，以至于编辑在排版上巧妙布置。翻阅《现代评论》第1卷第22期，陈百年的《答章周二先生论一夫多妻》一文编排于"时事短评"一栏，这是每期必有的头版，赫然醒目。而章、周二文列于刊末的"通信"一栏，按鲁迅的说法，"挂在那边的尾巴上"，"委屈得很"。[1]在此情势下，章、周二人转而将文稿寄给鲁迅，请他代为介绍别处刊登，鲁迅慨然自用。5月15日，鲁迅主编的《莽原》同时刊发周建人的《答〈一夫多妻的新护符〉》、章锡琛的《驳陈百年教授〈一夫多妻的新护符〉》两文；6月5日，又刊发章锡琛的《与陈教授谈梦》、周建人的《再答百年先生》两文，予以声援。其间，5月29日，陈百年《给周章二先生的一封短信》一文刊发于《莽原》，表示退出论争。北京、上海两地其他报刊也参与了讨论。3月22日，《妇女周报》刊发顾均正的《读〈一夫多妻的新护符〉》；4月16日，《京报副刊》刊发许言午的《新性道德的讨论》；6月10日，《妇女周刊》刊发君萍《新性道德与一夫多妻》。这些文章虽角度不一，措辞委婉，但基本观点一致，均为支持或认同章、周二人的"新性道德"观点，彰显了现代性爱意识的强大与趋时。

"新性道德号"事件影响深远。京派文人的性理论将性与生育、婚姻等传统伦理相捆绑，海派文人的性理论则视性为本能享乐的个人行为，两者的思想渊源和价值取向泾渭分明。前者维护中国文化纲常有序的传统，折射着士大夫的男权意识和等级观念，后者卫护现代个人情感的自由选择，颠覆了"传统的灵与肉的价值等级关系，也打破了惟有灵魂、精神纯洁高尚的价值观念"。诚然，言辞之锋利，情绪之激烈，即使在今天看来，也会有些不适。但毋庸置

---

[1] 鲁迅. 编完写起[M]// 章锡琛、周建人、百年. 新性道德讨论集. 上海：开明书店，1926：100.

疑，"新性道德"倡导人本主义的现代理念与生活方式，"适应了在大都市的商品经济体制中逐步发展起来的性关系形式的要求"[1]，显示出激进的思想先锋性，促成现代性爱观在上海乃至全国的传播与接受。在"新性道德号"特刊期间，《妇女杂志》拥有相当可观的读者群，"杂志发行量由过去的二千来本增至一万以上"[2]，开创妇女杂志界的新纪元。而章锡琛离职后，《妇女杂志》复归保守立场，开设育儿、美食等家庭事务的栏目，销量一落千丈。可见，传统女性议题已然背时，新的家庭、新的思想才是时人关注的焦点。反之，章锡琛离职后创办开明书店，1926 年出版《新性道德讨论集》一书，销量甚好，当年"居然"再版，后又再版，于章锡琛"大可慰藉"[3]的同时，也足见上海民众对现代性观念的广泛接受与普遍认同，可谓开风气之先。

在这两场南北论争中，上海《申报·自由谈》与天津《大公报·文艺副刊》、上海《妇女杂志》与北京《现代评论》分别构成相互对抗的态势。天津的《大公报·文艺副刊》、北京的《现代评论》为同人主持或创办的学院派报章，秉持自由主义的文化立场，宣扬端正、纯粹的文艺审美趣味，少有围绕某一时代主题同声呼气、集结发声；而上海的《申报·自由谈》《妇女杂志》则不然。它们面向大众，拥有持续而稳定的读者群，如《妇女杂志》曾突破 1 万份的销量；《申报》最高的发行量更达 1.5 万份。同时，为上海文人的发声提供了广阔的言论平台，给予充分表达思想的空间。如《自由谈》积极捕捉社会热点，力求"与人以智识，使人得有优良的消遣与娱

---

[1] 李今. 海派小说与现代都市文化[M]. 合肥：安徽教育出版社，2000：79、82.

[2] 宋原放. 中国出版史料：现代部分·补卷[M]. 济南：山东教育出版社，2006：58.

[3] 章锡琛. 再版后记[M]//章锡琛、周建人、百年. 新性道德讨论集. 上海：开明书店，1926：10.

乐"[1]。兼之鲁迅施以援手，无疑壮大了上海一方的声势。相比之下，《大公报·文艺副刊》《现代评论》延续的是新文学同人办刊，相对独立的路径，因此，不论是文化理念，还是营销手段，都难以与上海报章传媒相抗衡。同时，对上海女性而言，这无疑是一场巨大的思想革命运动，从而为女性成为海派文学的言说主体，乃至成为忠实读者、核心作者奠定了思想与文化基础。鉴于此，上海报章传媒已然为海派文学"浮出历史地表"提供了良好的时空场域。

二、摩登："初学的时髦"

自 1842 年开埠以来，上海逐渐形成复杂多元的社会结构形态。从空间分布上，当时上海的地缘政治情况处于一市三政的分裂状态，法国租界和公共租界（包括日本人在虹口一带的非正式地盘）各据上海面积（约 25 平方公里）的一半。从人口结构上，华洋杂居，五方杂处。据统计，1930 年上海的 200 万人口来自 48 个国家，而 80% 的中国居民来自广大内陆的移民。[2] 故此，不论是文人还是百姓，彼此之间难以达成认同。他们承受"地狱"般残酷的经济压迫、多方政治势力角逐的"黑暗"统治，也享受着"东方巴黎"这一璀璨明珠物质与文化的双重"盛宴"。因之，上海呈现出两种迥然不同的文化特征。她既是"光明的城市"，启蒙教育、杂志出版、文学革命和社会变革等居于中国前列；又是"黑暗的城市"，是污秽、堕落、性关系混乱和道德腐败的温床。[3]

[1] 张静庐. 中国现代出版史料：丁编[M]. 北京：中华书局，1959：188.
[2] 史书美. 现代的诱惑：书写半殖民地中国的现代主义（1917～1937）[M]. 何恬，译. 南京：江苏人民出版社，2007：267.
[3] 张英进. 中国现代文学与电影中的城市空间、时间与性别构形[M]. 秦立彦，译. 南京：江苏人民出版社，2007：9-14.

鲁迅在《夜颂》一文描绘夜上海的风景："高跟鞋的摩登女郎在马路边的电光灯下，阁阁的走得很起劲，但鼻尖也闪烁着一点油汗，在证明她是初学的时髦。""初学的时髦"不免笨拙，但学"摩登"如此"起劲"，也不无裨益。上海文化的多质性哺育了海派文学的发生，对世界先锋文艺思想的吸纳促成其崛起。以20世纪20年代海派期刊译介外国作家作品情况为例，如表1-1所示。

表1-1 20年代海派期刊译介外国作家作品情况

海派期刊	编辑	被译介的外国作家
《无轨列车》（1928—1929）	刘呐鸥	瓦莱里（Paul Valéry）、保尔·穆杭（Paul Morand）、Azorvín、José、Martínez Ruiz
《新文艺》（1929—1930）	刘呐鸥、施蛰存、杜衡（苏汶）等	雅姆（Francis Jammes）、乔伊斯（James Joyce）、马拉美（Stéphane Mallarme）、Colette、Azorvín、片冈铁兵（Kataoka Teppei）、亚瑟·史奈兹勒（Arthur Schnitzler）、谷崎润一郎（Tanizaki Junichiro）、奥内斯特·道森（Ernest Dowson）等
《现代》（1932—1935），平均每期销售量7000份，最大时达14000～15000份	施蛰存、杜衡、汪馥泉	纪尧姆·阿波利奈尔（Guillaume Apollinaire）、埃米·洛威尔（Amy Lowell）、H.D、艾略特（T.S.Eliot）、斯泰因（Gertrude Stein）、让·科克多（Jean Cocteau）、雷蒙德·哈第盖（Raymond Radiguet）、马里诺·莫雷蒂（Marino Moretti）、横光利一（Yakomitsu Riichi）、帕索斯（John Dos Passos）、济慈（W.B.Jeats）、劳伦斯（D.H.Lawrence）、Azorvín、古尔蒙（Rémony de Gourmont）、卡明斯（E.E.Cummings）、威廉·福克纳（William Faulkner）、费德里戈·加西亚·洛尔卡（Federico García Lorca）等
《文艺风景》（1934）	施蛰存	斯泰因（Gertrude Stein）

续表

海派期刊	编辑	被译介的外国作家
《幻洲》 （1926—1928）， 每期销量 4000份	叶灵凤、 潘汉年	奥布瑞·比亚兹莱（Aubrey Beardsey）、奥斯卡·王尔德（Oscar Wilde）
《现代小说》 （1928—1930）	叶灵凤、 潘汉年	爱伦·坡（Edgar Allan Poe）、奥内斯特·道森（Ernest Dowson）、奥斯卡·王尔德（Oscar Wilde）、亚瑟·史奈兹勒（Arthur Schnitzler）
《金屋月刊》 （1929—1930）	邵洵美、 章克标	谷崎润一郎（Tanizaki Junichiro）、奥布瑞·比亚兹莱（Aubrey Beardsey）、奥斯卡·王尔德（Oscar Wilde）、夏目漱石（Natsume Sōseki）

资料来源：［美］史书美：《现代的诱惑——书写半殖民地中国的现代主义（1917～1937）》，第272—273页，何恬译，南京：江苏人民出版社，2007年。本表在其表格的基础上修整而成。

如表 1-1 所示，7 个杂志译介的外国作家多达 30 多位。地域方面，涵括法国、英国、意大利、西班牙、德国、美国和日本等多个欧亚国家。日、法国作家深受青睐与追捧。文学流派方面，视野开阔。日本新感觉派之于《无轨列车》《新文艺》，法国象征主义、美国现代主义之于《现代》[1]，英国颓废派之于《幻洲》《现代小说》及日本唯美主义之于《金屋月刊》等，输送了较充足的文学滋养，追随前沿、放眼世界的热力铸就了海派文学现代性的内核。

作为"初学的时髦"最生动的外化形式，"摩登"充分体现于新感觉派小说中。这是 20 世纪 30 年代十里洋场的时尚用语，取自

---

[1] 1934 年 10 月号，《现代》第五卷第六期以 400 多页的篇幅刊载"现代美国文学专号"，介绍美国诗歌、小说、散文的发展状况，评述白璧德、杰克·伦敦、辛克莱、德莱塞、福克纳、安德森、庞德、帕索斯、奥尼尔、海明威等多位作家作品。

英文"modern"（现代）的音译,几乎遍布日常生活的每个角落:"摩登大衣、摩登鞋袜、摩登木器、摩登商店、摩登按摩院、摩登建筑、摩登男女……。这普遍化的现象是不胜指屈的,一言以蔽之:有物皆'摩',无事不'登'!"[1]在穆时英的小说《PIERROT》中,摩登成为主打色:

> 在一间不十分大的书室里边,充塞了托尔斯泰的石膏像,小型无线电播送器放送着的《春江花月夜》,普洱茶,香蕉皮,烟蒂儿和烟卷上的烟,笑声,唯物史观,美国文化,格莱泰嘉宝的八寸全身像,满壁图画,现代主义,沙发,和支持中国文坛的潘鹤龄先生的一伙熏黄了手指和神经的朋友们。

在这个书房里,闪耀着当时世界最时髦的元素——托尔斯泰、弗洛特（弗洛伊德,笔者注）、现代主义,大家一边享受着奢华的物质生活,一边探讨女人和性的关系:"现代女子的可爱,多半在她们的沙嗓子上面。沙嗓子暗示着性欲的过分亢进,而性欲又是现代生活最发展,最重要的一部门,所以沙嗓子的嘉宝被广大的群众崇拜着吧？"[2]一时间,新感觉派的"摩登"风席卷上海文坛,涌现了不少作品,有张若谷的《都会交响曲》（1929年,真美善书店）、李青崖的《上海》（1933年,新月书店）、徐蔚南的《都市的男女》（1929年,真美善书店）、徐霞村的 MODERN GIRL（《新文艺》第1卷第3号,1929年11月15日）、林疑今的《一个台湾女儿》（《时报·号外》）等。它们描绘都市快速发达的现代化,宣扬求速度、图享乐的

[1]　忻平. 从上海发现历史:现代化进程中的上海人及其社会生活（1927—1937）[M]. 上海:上海人民出版社,1996:360.
[2]　穆时英. PIERROT [M]. 上海:现代书局,1934:199-201.

物质主义精神，虽多为效仿刘呐鸥、穆时英的"非驴即马"或"画虎类犬"之作[1]，但促成了中国现代主义的勃兴与发展。上海新感觉派的开始，乃是中国现代文学首度真正跟世界文学同步发展。[2]

按照刘呐鸥的说法，"横光利一是新感觉派第一代，他是第二代，穆时英是第三代，黑婴是第四代了"[3]。1924 年 10 月日本《文艺时代》杂志创刊至 1927 年 5 月号终刊，前后共两年零八个月。川端康成发表创刊辞，标志着日本新感觉派的诞生。所谓感觉，横光利一认为是"主观与直观相结合的倾向"，川端康成则认为还"包含着新生命"[4]的意思。代表作家有横光利一、片冈铁兵、川端康成等，其理论资源颇为宽泛，"表现派说是我们之父，把达达主义说是我们之母，把俄罗斯文艺的新倾向说是我们之兄，把莫朗说是我们之姐"[5]。面对都市，他们的态度既批判又迷恋，"一边在痛骂都市的消费与享乐，而别一面却又在歌颂物质文明和美化了都市生活"。在艺术表现上，秉承自然主义之风，"凡是描绘，都是立体的，而且是诉诸视觉，听觉，嗅觉的，创立了色音味三者混合在一起的感觉"[6]。

海派文学的另一要义是"颓废"，是文学现代性的精神内核。颓废，英文为 Decadent，法文为 décadent。把颓废视为一种世纪末的美学风格，出自 1868 年泰奥菲勒·戈蒂埃为波德莱尔《恶之花》

［1］ 叶灵凤. 致穆时英函一通［M］// 孔另境. 现代作家书简. 广州：花城出版社，1982：159.
［2］ 施蛰存. 中国现代主义的曙光：答台湾作家郑明娳、林燿德［M］// 沙上的脚迹. 沈阳：辽宁教育出版社，1995：167.
［3］ 翁灵文. 刘呐鸥其人其事：上［N］. 明报，1976-02-10.
［4］ 川端康成. 新感觉派辩［M］// 川端康成散文：下册. 叶渭渠，译，北京：中国广播电视出版社，1999：240.
［5］ 川端康成. 新感觉派辩［M］// 川端康成散文：下册. 叶渭渠，译，北京：中国广播电视出版社，1999：253.
［6］ 杨之华. 新感觉主义的文学［J］. 众论，1944（1）.

写的序言，他称波德莱尔的诗歌"艺术达到了极端成熟的地步"，以"神经官能症的幽微密语，腐朽激情的临终表白，以及正在走向疯狂的强迫症的幻觉"等看似极端的艺术形式表现"精细复杂"[1]的"恶之花"之思想。西方及日本唯美—颓废主义文学在中国的传播，在 20 年代末 30 年代初达到了前所未有的广度和深度[2]。"颓废"通常被译作"颓加荡"，"颓唐的美感"深得要义，可谓"音义兼收，颇为传神"[3]。海派作家是颓废美学风范的膜拜者，"在官能的颓靡里，或者精神的困惫里"，书写"一种'生之要求'"，"即使在失败的叹息中，仍有一种对于生活强烈的欲望与爱恋"[4]。1929 年，曾孟朴、曾虚白父子合译法国作家皮埃尔·路易的名作《阿弗洛狄德》（*Aphrodite*），中文译名为"肉与死"，大胆描写肉欲之美而被视作淫书。但在曾氏父子看来，那些"人类最丑恶的事材"，如变态性欲、卖淫杂交、狂乱、蛊惑、妒忌等，源于"在他（指作者，笔者注）思想的园地里，细腻地，绮丽地，渐渐蜕化成了一朵朵珍奇璀灿的鲜花，我们只觉得拍浮在纸面上的只是不可言说的美"[5]。

叶灵凤、穆时英、邵洵美都沉迷比亚兹莱。叶灵凤是比亚兹莱的忠实粉丝，"我一向就喜欢比亚兹莱的画。当我还是美术学校学生的时候，我就爱上了他的画。不仅爱好，而且还动手模仿起来，画过许多比亚兹莱风的装饰画和插画。"[6]1931 年 4 月 1 日，《现代

[1] 马泰·卡林内斯库. 现代性的五副面孔[M]. 顾爱彬，李瑞华，译. 北京：商务印书馆，2004：164-165.
[2] 解志熙. 美的偏至[M]. 上海：上海文艺出版社，1997：58.
[3] 李欧梵. 漫谈中国现代文学中的"颓废"[M]//现代性的追求. 北京：生活·读书·新知三联书店，2000：141-142.
[4] 张若谷. 都会生活与文学[M]//十五年写作经验. 上海：谷峰出版社，1940：60.
[5] 转引自唐弢. 肉与死[M]//晦庵书话. 北京：生活·读书·新知三联书店，2007：378.
[6] 叶灵凤. 比亚斯莱的画[M]//陈子善. 比亚兹莱在中国. 北京：生活·读书·新知三联书店，2009：87.

文艺》创刊，叶灵凤主编，封面（见图1-2）是比亚兹莱原作《新生》：一位女人怀抱胚胎型的婴孩，微笑地注视着正摊开书阅读的婴孩，封面赫然印着"IN CIPIT VITA NOVA"（注：意为"新生"）字样。

图1-2 《现代文艺》1931年第1期

1934年，穆时英小说《PIERROT——寄呈望舒》刊发于《现代》第4卷第4、5期。对此文题，叶灵凤释义："比亚兹莱与'黄面志'是当时流行的。Pierrot这个字很难解释，简单说是小丑，亦可说是戏剧开场前的报幕人，表示一件事的先驱，用文艺点的话说就像大风雨来前的海燕一样，PIERROT出现后一定有新东西来，比亚兹莱最多画PIERROT，似小丑又不像，瘦瘦的，穿方格衣，有时戴小丑帽有时不戴，有时抓枝棍子像权杖，来代表时代先驱,穆时英认为戴望舒的诗是中国新诗的先驱。"[1]将好友戴望舒比作比亚兹莱笔下的PIERROT，可见穆时英对比亚兹莱的追崇。

"唯美主义诗人"邵洵美在英国剑桥留学期间热衷西方浪漫主义和现代主义诗歌，对他产生最深影响的是英国从拉斐尔前派（Pre-Raphaelites）到斯温朋（A.C.Swinburne）和王尔德（Oscar

---

[1] 灵凤.三十年代文坛的一颗彗星：叶灵凤先生谈穆时英[J].四季，1972（1）.

Wilde）的唯美主义文学思潮。[1]每期《黄面志》必读，近 18 开、硬面的方形开本，十分华美、壮观，以至于后来不惜重金从英国购得整套以珍藏。1927 年，邵洵美第一本诗集《天堂与五月》由光华书局出版。此集被列为"狮吼社丛书"之一，诗集的封面一半是骷髅，一半是裸体女人。作品充溢着浓厚的唯美——颓废风范，抒发由对人生的失望转而沉溺"颓加荡的爱"，陶醉"色的诱惑，声的恣悬，动的罪恶"，歌颂死尸、坟墓等"恶"之美。1928 年第二本诗集《花一般的罪恶》由金屋书店出版。在邵洵美的诗歌中，除了"春三月的天气"的"柔美""迷人"以及妇人般的"艳丽"[2]，弥漫着火、肉、吻、玫瑰、处女等字眼，但这"并非单纯是'醇酒妇人'式的颓废"，而是借"多方面的逃避、挣扎和嘲弄"表达对都会生活情欲、物质喧嚣至上的反抗，揭示"烂熟期的文化行将崩溃的预兆"[3]。

　　鲁迅论及"俄国现代都会诗人第一人"勃洛克诗歌的美学特色："用空想，即诗底幻想的眼，照见都会中的日常生活，将那朦胧的印象加以象征化，将精气吹入所描写的事象里，使她苏醒；也就是在庸俗的生活，尘嚣的市街中，发现诗歌底要素。"[4]即是说，在都会诗人眼里，"庸俗的生活""尘嚣的市街"底下是"诗歌底要素"，"空想""幻想"则是艺术"象征化"的表现手法。在这个意义上，新感觉派自觉吸纳了世界文艺的理论资源，提取都会上海世俗风情"诗歌底要素"，以"摩登""颓废"等艺术范式凸显出文学现代性的先锋理念与精神诉求。

[1]　赵毅衡. 邵洵美：中国最后一个唯美主义者[M]// 对岸的诱惑：中西文化交流记. 上海：上海人民出版社，2007：78.
[2]　陈梦家. 序言[M]// 新月诗选. 上海：上海书店出版社，1981：27.
[3]　叶灵凤. 郁达夫先生的《黄面志》和比亚斯莱[M]// 陈子善. 北窗读书录：叶灵凤随笔合集之三. 上海：文汇出版社，1998：40-45.
[4]　鲁迅. 集外集拾遗[M]. 北京：人民文学出版社，1982：157.

第二章　文学生产与作家资本

　　文学场并非诗意漫溢的形而上的文字空间，而是一个不同的权力持有者角斗的场所。布尔迪厄认为，艺术家和作家的许多实践和表现可以参照权力场得到解释。权力场是不同权力（或各种资本）的持有者之间的斗争场所。在这个行动者或机构的力量关系空间里，权力的持有者拥有必要的资本，以在不同场（经济场或尤其是文化场）中占据统治地位。[1]在权力场内部，文学场处于被统治地位。资本有三种类型：经济资本、文化资本和社会资本。社会资本，是指个人或群体，凭借拥有一个比较稳定、又在一定程度上制度化的相互交往、彼此熟识的关系网，从而积累起来的资源的总和。[2]

　　在文学场中，作家是文化资本的持有者，属于支配阶级，但在经济资本、社会资本方面，又是匮乏者，属于被支配阶级。这样的身份归属决定了作家在文学场内外的尴尬处境。尤其对于海派作家而言，场内遭受洋场资本的驱逐，场外遭受政府权力的压制，文学则是他们自觉坚守而难以把持的精神高地。与传统文人不同，海派作家需要在文学的言志功能之前，确保其具备相应的致用性。换言

---

[1]　皮埃尔·布迪厄. 艺术的法则：文学场的生成与结构[M]. 刘晖，译. 北京：中央编译出版社，2011：67.

[2]　布埃尔·布迪厄，华康德. 实践与反思：反思社会学导引[M]. 李猛，李康，译. 北京：中央编译出版社，1998：162.

之，只有在经济和社会场拥有一定的资本，作家的言说才能获得许可，而这反过来又影响其文学的影响力。

第一节　从书斋走向市场

在喧嚣繁华的十里洋场，从事文学创作似乎是一件全然无用的事。但是，无论社会形态发生何种变化，文学不会退出这个世界的意义生产。以文为生是作家的生活方式，也是他们恪守的人生之道。艾斯卡皮认为，"一种真正大众化的文学应该从真正民间的文化生活中脱颖而出"，文学"是人口中某一阶层的文化觉醒的结果而不是原因"。[1] 相比于乡土作家，海派作家与都市上海的关系尤为密切。生于都市，面向都市，这种"文化生活"的压迫是全方位的。大多数作家，作为商业社会中的生产者和雇佣者（如编辑），他们一提笔就面对市场，要预判市场需求的方向与趣味，力图以新的理念、审美和艺术手段吸引读者，商业化的运作机制改变着文学的生产方式和作家的创作心态。[2]

一、作家文人的经济生活

就职业形态而言，作家是最不规范化的职业之一。他们是最不能确定仰仗名声而养活自己的群体之一，经常只有在拥有从副业中

---

[1]　罗贝尔·艾斯卡皮. 文学社会学[M]. 于沛. 杭州：浙江人民出版社，1987：73.
[2]　谢昭新. 论蒋光慈小说创作与三十年代上海都市文化市场[J]. 文学评论,2011（3）：166.

获得主要收入的条件下，才能保证他们从事主业。当然，这双重身份也带来主观利益。有时特权的位置——出版商、杂志、丛书或集体著作主编的身份——在这种"环境"中赢得，这些身份能够以出版、赞助和建议等作为交换获得新来者的认可和尊敬，借此服务于特定资本的增加。[1]进入 20 世纪 20 年代，上海逐渐形成了较繁荣的现代文化市场，成为作家从事副业，并获取"认可和尊敬"的首选之地。原因有二。

一是上海拥有最发达的出版机构和最新型的传播媒介。仅商务印书馆、中华书局和世界书局三家出版社出版的新书就占全国所出新书的 65% 以上。《申报》《新闻报》《大公报》等大报发行量可高达两万，行销大江南北。以《申报》为例。1872 年创办当年发行量为 1000 份，3 年后增至 6000 份，1887 年达到 1 万份[2]，堪称全国报界翘楚。发达的出版系统、便捷的报章传媒为上海文学市场的繁荣提供了物质基础。

二是上海拥有当时中国最庞大的知识群体，形成一个能量巨大的文化场。自 1862 年开办京师同文馆始，新式学堂的毕业生构成一个新兴阶层，与稍后留学欧美、日本的返国学生一起，成为第一代由近代城市文明培养起来的新知识分子。1912 年中华民国定都南京后，云集北京官场的文人学士也南下至沪。上海逐渐成为知识分子最集中的地区。据统计，至 1949 年底，在上海专业从事文化性质职业的知识分子（不包括在经济、社会各部门从事文化活动和受到较高教育的人）人数就达到 117000 多人。[3]《申报》之所以销量可观，原因之一是拥有一批高水准的撰稿人。30 年代黎烈文任

[1] 皮埃尔·布迪厄. 艺术的法则：文学场的生成与结构[M]. 刘晖，译. 北京：中央编译出版社，2011：203.
[2] 杨扬，陈树萍，王鹏飞. 海派文学[M]. 上海：文汇出版社，2008：37.
[3] 唐振常. 上海史[M]. 上海：上海人民出版社，1989：730.

副刊《自由谈》主编期间，邀请鲁迅、茅盾、陈望道、叶圣陶、巴金等名人撰稿。名人即销量。这些论者见识独到，笔锋犀利，直击时弊，故此，《自由谈》一扫往日"茶余酒后消遣"之风，行销一时。而对于作家而言，《申报》的销售网络为之赢得文化市场的传播力与影响力，借刊扬名、以书带刊，作者与报馆形成共赢的良好局面。如鲁迅自 1933 年 1 月始，连续在该刊发表杂文，1 月至 5 月发表的文章集编为《伪自由书》一书，当年由青光书局出版；6 月至 11 月的文章集编为《准风月谈》一书，1934 年兴中书局出版。

故此，一改旧式文人的落魄与颓丧，现代文人从书斋走向市场，通过写作、翻译、办刊物、开书店等途径，不但经济生活得到一定的保障，社会地位也得以提升。1933 年、1934 年，林语堂先生在上海的收入很高，主要是开明书店英文教科书的版税，这也就是鲁迅挖苦语堂的"以教科书起家"的话。开明应付林语堂的版税，因为数字太大，常有争议，最后大概是议定每月付七百元，当时七百元银洋是一个很大的数目。那时林语堂先生在中央研究院也有薪金，《天下》月刊也有报酬，《论语》《人间世》也有编辑费，合起来当不会少过七八百元，当时一个普通银行职员不过六七十元的月薪，他的收入在一千四百元左右，以一个作家来说，当然是很不平常的。[1]

不过，集作家、编辑、学者身份于一体，自由游走于文坛如鲁迅，赚得盆满钵满如林语堂者，毕竟是少数。居住于中国商业化程度最高的城市——上海，生活成本很高，对于仅靠写作谋生的作家来说负担甚重。上海亭子间的住客多是收入较少的小夫妻或小职员，

---

[1] 徐訏. 追思林语堂先生［M］// 徐訏文集：第 11 卷. 北京：生活·读书·新知三联书店，2008：157.

尤其是贫苦的文艺作家、知识分子。[1]1928 年 1 月，沈从文从北京来到上海，租住法租界善钟里的亭子间，每月房租 13 元，外加倒马桶费、扫地费等杂费，而物价很高，生活用品的性价比很低，"炭九毛多一篓，抵北京一半多罢了"。[2]兼之与母亲、妹妹合住，日常开支相应增加，生活的困窘可想而知，至年底，母亲终因不忍连累儿子而独自返回湘西。同年 9 月 13 日，柔石致信兄长赵平西，请求援助："福（柔石原名赵平福，引者注）近数月来之生活，每月得香港大同报之资助，月给廿圆，嘱福按月作文一二篇。惟福尚需负债十圆，以廿圆只够房租与饭食费、零用钱与购书费，还一文无着也！……因此不能不请西哥为我设法五十圆，使半年生活，可以安定。"[3]即是说，每月 20 ～ 30 元的日常开支，对于沈从文、柔石等作家而言，都是一笔难以承受的开销。故此，少年时期令狐彗因酷爱文学，向寄居上海的叔父表明志向时，遭到呵斥："你要靠写作维生？一生注定要过亭子间生活？"[4]最终他投身新闻界，恐怕便是寻求文学与生活平衡的无奈之举。

对于大多数作家而言，卖文为生就是主业，尤其是战乱之中，除了写作，几乎别无生路。由于杨树浦印刷厂等产业被战火所毁，即便富家子弟如邵洵美，也陷入穷途末路，提笔著文以赚取稿费："写文章人除了写文章，真是一点没有别的用处，我到今天才相信了这句话，明白了这句话的重要。"[5]上海沦为"孤岛"后，出版市场陷于混乱，作家失去了原先较稳定的收入，

[1] 叶灵凤. 亭子间的生活[M]// 陈子善. 北窗读书录：叶灵凤随笔合集之三. 上海：文汇出版社，1998：259.
[2] 璇若. 南行杂记[M]// 沈从文全集：第 11 卷（散文）. 太原：北岳文艺出版社，2002：76.
[3] 陈明远. 文化人的经济生活[M]. 上海：文汇出版社，2007：114.
[4] 董鼎山. 写作生涯的终结（代序）[M]// 忆旧与琐记：鼎山回忆录. 天津：百花文艺出版社，2012：2.
[5] 邵洵美. 一年在上海[J]. 自由谭，1938（2）-（5）.

日见困窘。1942年，路易士回到上海，境遇不可谓不凄惨："为了要养家糊口，我不能不找点事情做做。除了教书，我还可以编报编杂志，但是一时也找不到一个适当的工作。像我这样一个肩不能挑、手不能提篮的书生，穷困到这种地方，究竟还有什么谋生的能力呢？想来想去，还是写稿卖文比较方便，虽说是杯水车薪，但总比坐吃山空好些。"[1]面对一家八口，除了担任中国艺术学院职务及《中艺月刊》编辑委员，谭正璧还在《万象》《小说月报》《大众》《杂志》四大刊物担任撰稿人，"写得很多，为了维持生活，只要文字有出路，几乎什么文章都写：小说、故事、评论、研究；到后来，则专事通俗文学和戏曲的研究"[2]。写稿之辛苦，事务之繁杂，难以想象。

20世纪30年代叶灵凤已然在文坛有一席之地，但也不时为未来的生活担忧："我常默想，假如我一旦发觉了我没有书可买，没有书可读，没有人将文学视作商品来向我购买，我那时的生活是怎样呢？我真不敢预想。没有文学的生活，就是等于死的生活。想到这里，我才知道郁达夫所以要在文章上极力地喊穷，张资平所以要用文章拼命的聚钱，这里面原是各有各的苦衷。说前者是发牢骚，说后者是商人化，那都未免流于表面的观察了。"[3]为郁达夫、张资平辩护，固然有创造社同仁的私谊，但说的也是多数作家的实情。对于叶灵凤来说，文学是第一位的，"没有文学的生活，就是等于死的生活"，但稿件换不来米饭，直至50年代，他之所以笔耕不辍，原因之一也是为一家十几口人生计而作。相比之下，穆时英比较阔绰。30年代初穆时英声名日隆，《现代》、良友图书出版公司都在

[1]　纪弦. 纪弦回忆录：第一部　二分明月[M]. 台北：联合文学出版社，2001：120.
[2]　胡山源. 文坛管窥：和我有过往来的文人[M]. 上海：上海古籍出版社，2000：22.
[3]　叶灵凤. 编者随笔[J]. 现代文艺，1931（1）.

发表、出版他的作品，一时生活优越，过了一段快意的寓公生活。他独自住在北四川路的虹口公寓。房间很窄，一张单人床、一张书桌，室内很整洁，环境安静，月租四五十元。[1]

　　面对上海的文化市场，多数作家缺乏经济意识而深受出版商的盘剥。西美尔指出，在大都市中，货币经济和主导精神在本质上是相互联系的。它们在对待人和事物时都采用实用主义态度；而且在这种态度中，形式公正（指人们获得用规则严格确定的东西，而这些规则又不注意个体的不同）经常与不为他人着想的冷漠结合在一起。[2]上海出版商具有敏锐的市场意识和强烈的实用主义，精于算计，善于盘剥，极尽敷衍、拖延、赖账之能事，如北新书局拖欠鲁迅版税、创造社欠张资平版税数千元不给[3]等，均非个案。但是，由于文化传统与习性使然，作家耻于谈钱，缺乏应对商人的有效方法。30年代中期，上海曾一度盛行翻版书，有人指责作家们的漠视与放任态度，对此，叶灵凤反驳"作家并不是特殊阶级"，无需担负沉重的道德责任，"中国有许多作家，一直到今天，还抱着一种成见，以为文人是'清高'的，不该斤斤于'钱'的问题。所以念念要稿费的投稿人时常要受编辑先生的瞧不起，而到期催讨版税的作家也要被书店老板骂一声'穷相'，以致清高到自己应享的权利被剥夺尽了，还在那里肩着'更光明更伟大的任务'，为书贾制造翻版的原料"。其实，作家谈钱，"乃是为了要取得写作时心理上必须的安静，乃是为了要充实作品的内容提高作品的水准"，何况

[1] 黑婴. 我见到的穆时英［M］// 严家炎，李今. 穆时英全集：第3卷. 北京：北京十月文艺出版社，2008：536.
[2] 格奥尔格·西美尔. 大都市与精神生活［M］// 郭子林，译，孙逊，杨剑龙. 阅读城市：作为一种生活方式的都市生活. 上海：上海三联书店，2007：21-22.
[3] 张资平. 我与乐群［M］. 南京：江苏文艺出版社，1998：276.

"用自己的文学生命去换取自己的生活保障"[1]本无可厚非，所以，不应当拿道德来绑架作家，以出版界的混乱无序来责难作家。

　　面对金钱，20世纪40年代海派作家张爱玲、苏青则不然，"都是明显地有着世俗的进取心，对于钱，比一般文人要爽直得多"[2]。特立独行固然是一种造势手段，但生计的压迫，对女性作家也必定沉重。民国三十二年是股票年，三十三年是国货年，但是到了三十四年开始，不论是有钱的抑或无钱的，有力的抑或无力的，都不免沦于彷徨迷惑之境了。[3]苏青的家累很重，赡养老母、照顾弟妹、抚养三个子女，"米卖四万多元一石，煤球八万左右一吨"，"房间里每一样东西，连一颗钉"[4]都要自己买，"每月至少也得花去几十万元钱，做衣服生病等项费用，还不在内"[5]，生活的压力何其沉重。为此，她在《断肉记》《饭》等诸文中予以描述，热切地表达对饮食的热爱："我爱饭，可以说是爱得无微不至了。想它之心直如大旱之望云霓一般"，"老实说，在一天二十四小时当中，除去十小时左右的睡眠，我是起码有八九小时光景总是想着饭的问题"。[6]可见，饮食男女是苏青文学写作的母题，更是其日常生活中真实的焦虑与深切的感受。无米下锅之际，大雪纷飞之中，她坐上黄包车，载了一车的小说《结婚十年》，如小贩叫卖小菜一般沿街兜售。所以，对于苏青而言，写作首先是为了钱，为了生活，她感慨自己"不是为了自己写文章有趣，而是为了生活，在替人家写

［1］　叶灵凤. 作家生活保障问题的另一面［M］// 姜德明. 叶灵凤书话. 北京：北京出版社，1998：249.

［2］　张爱玲. 我看苏青［J］. 天地，1945（19）.

［3］　张爱玲. 童言无忌［J］. 天地，1944（7）-（8）.

［4］　张爱玲. 童言无忌［J］. 天地，1944（7）-（8）.

［5］　苏青. 如何生活下去［M］// 苏青经典散文. 北京：中国三峡出版社，2010：293-294.

［6］　苏青. 饭［M］// 苏青经典散文. 北京：中国三峡出版社，2010：185-186.

有趣的文章"[1]。在《续结婚十年》卷首《关于我（代序）》中，苏青更坦陈"只求果腹""吃饭第一"，"我投稿纯粹是为了钱"。并且，这份钱拿得不卑不亢，"正如米商也卖过米，黄包车夫也拉过任何客人一般。假使国家不否认我们在沦陷的人民也尚有苟延残喘的权利的话，我就是如此苟延残喘下来了，心中并不觉得愧怍"[2]。

如果说苏青对钱的坦率主要是源于生计逼迫，那么，在张爱玲这里，爱钱则是个性使然。张爱玲自诩为"拜金主义者"，被呼之"财迷"也洋洋自得[3]，这在现代作家中很少见，也很难得。首先，她自知文人的劣根性而有意改之。在《气短情长及其他》一文中，张爱玲曾描绘阳台破竹帘子上的布条子形似儒者，"宽袍大袖，冠带齐整"，酷似孟子，"一连下了两三个礼拜的雨，那小人在风雨中连连作揖点头，虽然是个书生，一样也世事洞明，人情练达，辩论的起点他非常地肯迁就，从霸道谈到王道，从女人谈到王道，左右逢源，娓娓动人，然而他的道理还是行不通……怎么样也行不通"[4]。此番对中国文人的揶揄令人啼笑皆非。文人有才，乐于坐而论道，但面对出版商，常常一筹莫展而难以启齿。故此，生于都市的张爱玲很有商业头脑，她重视书籍的装帧设计，既是为了审美，也利用读者心理而自我促销："纸面上和我很熟悉的一些读者大约愿意看看我是什么样子，即使单行本里的文章都在杂志里谈到了，也许还是要买一本回去，那么我的书可以多销两本。我赚一点钱，可以彻底地休息几个月，写得少一点，好一点；这样当心我自己，我想是对的。"[5]

［1］ 苏青. 自己的文章（代序）［M］//饮食男女. 南京：江苏文艺出版社，2009：3.
［2］ 苏青. 结婚十年［M］. 合肥：安徽文艺出版社，1997：185、190.
［3］ 胡兰成. 今生今世［M］. 台北：远行出版社，1990：180.
［4］ 张爱玲. 气短情长及其他［J］. 小天地，1945（5）.
［5］ 张爱玲. "卷首玉照"及其他［J］. 天地，1945（17）.

其次，张爱玲敢于与出版商叫板，在稿费、出版事宜坚决捍卫自身的利益。作为一个"自食其力的小市民"[1]，她看重付出与收入的合理性，"她认真的工作，从不沾人便宜。人也休想沾她的，要使她在稿费上头吃亏，用怎样高尚的话也打不动她"[2]。长篇小说《连环套》被腰斩即为一例。关于《连环套》"未落地便夭折"命运的起因，歧见纷呈。以往论者多认为张爱玲是因傅雷发表《论张爱玲的小说》一文的批评而辍笔，今有论者则提出根本的原因是稿酬高低问题。[3]平襟亚向张爱玲约稿，分期连载《连环套》，讲定每千字一百元，但此后张爱玲要求将稿酬提高到每千字 150 元，平襟亚没有答应而令张爱玲不满，以减少字数而对抗。后来，平襟亚接受柯灵建议，加送 2000 元却被张爱玲如数退回。[4]这种拒不合作的决绝姿态激怒了平襟亚，牵引出蔓延甚久的"一千元灰钿"事件。当时，平襟亚冠之以"生意眼"[5]，小报记者称张面议稿费"态度之认真，甚于阎间之论买卖"[6]，更有读者赋诗评论，"襟须酬爱三千元，爱却还君半段长"[7]。面对种种争议，张爱玲不为所惧，并且认为自己的反击"为许多艺人对贪婪的出版家作了报复"[8]，快意之情溢于言表。

总之，对于物质、金钱的欲望，张爱玲毫不掩饰自己的痴迷和

---

［1］　张爱玲. 童言无忌[J]. 天地，1944（7）-（8）.

［2］　胡兰成. 张爱玲与左派[J]. 天地，1945（21）.

［3］　唐文标. 张爱玲研究[M]. 台北：联经出版事业公司，1983：84；刘川鄂. 张爱玲传[M]. 北京：十月文艺出版社，2000：127；张均. 月光下的悲凉：张爱玲传[M]. 广州：花城出版社，2002：338；徐步军. 张爱玲长篇小说〈连环套〉夭折之谜[J]. 新文学史料. 2010（4）：117.

［4］　秋翁. 一千元的灰铀——记某女作家：下[N]. 海报，1944-08-19.

［5］　参阅秋翁（平襟亚）. 一千元的灰铀——记某女作家[N]. 海报，1944-08-18、1944-08-19.

［6］　啼红. 女作家一字一金[N]. 力报，1944-09-11.

［7］　梅雪. 稿费·劝息争[N]. 海报，1944-09-05.

［8］　张爱玲. 不得不说的废话[J]. 语林，1945（2）.

喜爱，"对于我，钱就是钱，可以买到各种我所要的东西"[1]，一如幼时拿平生第一笔稿费五块钱"立刻"去买了一支小号丹琪唇膏，理直气壮。在情感方面，她表达爱意的方式也是钱，胡兰成陷入困境，她汇款接济他，与赖雅定情也以金相赠。从哲学的意义上，灵与肉、精神与金钱是辩证统一的关系。"精神上与物质上的善，向来是打成一片的，不是像一般青年所想的那样灵肉对立，时时要起冲突，需要痛苦的牺牲。"[2]应该说，这种重视金钱的观念具有先锋性，摒除了中国传统文人视金钱为粪土的迂腐习性，彰显出人性的本真、直面现实的勇敢，从而实现个人价值的现代人格魅力。

二、那一点稿酬

稿酬是作家主要的经济来源。依据市场的效应及作家名气大小，稿酬不等。1931 年抗战爆发前，上海作家可分四个等级。最低的四等作家稿酬为千字 1～2 元，住亭子间每月房费 10 元，大米小菜油盐煤球等生活费 40 元。三等作家稿酬为千字 2～3 元，住一前楼加亭子间，每月房租 15 元左右，生活费 120 元。二等作家稿酬为千字 3～4 元，前楼、亭子间之外加一会客厅，生活费约 160 元。一等作家稿酬为千字 4～5 元，住房一幢，生活费 200 元。[3]1933 年，施蛰存、杜衡、戴望舒应天津《文艺副刊》主编沈从文之约，稿酬为千字 5 元，短篇小说 4000～6000 字，可得 20～30 块钱。[4]1935 年，戴望舒从法国回国后，经人介绍，"中英庚款委员会"请

［1］ 张爱玲. 童言无忌[J]. 天地，1944（7）-（8）.
［2］ 张爱玲. 私语[J]. 天地，1944（10）.
［3］ 魏京伯. 海派与京派产生的背景[J]. 鲁迅风，1939（16）.
［4］ 沈从文. 致施蛰存函四通[M]//孔另境. 现代作家书简. 广州：花城出版社，1982：41-43.

他翻译《唐·吉坷德传》，要求每月交稿 2 万字，由"中英庚款委员会"预支稿费 200 元，收入可观，保障了 1936—1937 年的基本生活。[1]1942 年,应杨之华之邀,路易士接受伪报《中华日报》约稿,稿酬每千字高达 15 ～ 30 元[2]。待遇虽高，但这是伪政府稿费，为多数作家所不齿。对于普通作家，即便按四等作家每月 40 元的消费计，也需每月撰文 2 万～ 4 万字，平均每日撰文 1000 ～ 3000 字，这还不包括投稿不中或收不回来的。每天每月要保持如此产量几乎是不可能的，所以，总体上多数作家的稿酬生活处于极不稳定的状况。

将文学作为终身事业来经营，予且的心愿代表了大多数作家的心理需求，他希望："（一）作品可以早一点发表，（二）提高稿费，（三）如果发表的东西多，还希望出版家能帮忙，刊印单行本，使作者多得一些版税。"[3]这正是文人创作的三部曲。发表稿件是第一步，但投稿、评审、发稿有相应的周期，而房租每月必须按时缴纳。尤其是新人投稿，如果没有名人、熟人提携，很可能如同大海沉石，杳无音信。章衣萍曾将投稿人分为四类：一是"元老投稿者"，不论好坏，每稿必登；二是"亲属投稿者"，"理当提前登载，以示亲热"；三是"投机投稿者"，想方设法博取编辑的关注；四是"无名投稿者"，这是投稿的主力军，他们"大都是普通学生，穷困青年，他们创作心热，发表心健，稿子挥笔即成，寄去是大概不登"[4]。对于热情满怀的"无名投稿者"，尽早发表作品，甚至不惜稿费全免。《现代》开设"诗选"一栏，纪弦从未拿过一毛钱稿费。《现代》

［1］　施蛰存. 诗人身后事［M］// 沙上的脚迹. 沈阳：辽宁教育出版社, 1995：90-91.
［2］　李相银. 上海沦陷时期路易士（纪弦）行迹考［J］. 新文学史料, 2014（3）：99.
［3］　予且. 关于提高文化人生活及扩大作者群［J］. 杂志, 1943（5）.
［4］　孔尊. 章衣萍谈编辑心理［M］// 杨之华. 文坛史料. 上海：上海中华日报社, 1944：351.

等诗，一向分为两类：一类是既成作家的作品，如戴望舒，一辑数首，冠以总题，刊于显著地位，那是有稿费的；一类是青年诗人的"诗选"，如纪弦、徐迟、金克木、玲君、南星、禾金、侯汝华、陈江帆等，一次只选用一二首，而且难得入选，是稿约上言明了不给稿费的。虽无稿费，但是一般青年诗人，仍以能有作品发表于《现代》为一大光荣事，盖因施蛰存和杜衡主持编务，对于"诗选"一栏，宁缺毋滥，选稿特严之故。所以凡是有作品发表于《现代》之"诗选"栏的，就不啻于已被公认为一位优秀的诗人了。[1]经马博良推荐，1948年东方蝃蝀的短篇小说集《绅士淑女图》由上海正风文化出版社出版。这个出版社的老板本钱有限，言明在先，不开稿费，东方蝃蝀与同时同社出书的其他朋友如董鼎山等一样，都不计稿酬，但求出书。[2]

1932年施蛰存主编《现代》期间，让戴望舒翻译《朝颜》，稿酬千字4元。[3]当时，"一般普通报刊，三元二元一元不等"，"一般朋友在《东方杂志》《小说月报》写稿的，大概是四元五元六元一千字"。[4]戴望舒享有千字4元的稿酬颇为可观。诚然，诗人深厚的学养及法国留学生的背景是稿酬的主要依据，但戴望舒与施蛰存既是朋友，又是其妹施绛年的未婚夫，这一份私谊恐怕也是不容忽略的。尽管有这份襄助，施蛰存也多次代向编辑部陈情，但稿费并不能定时付给，在双方往来的书信中，戴望舒总是不断地催讨稿费，"以至于面临辍学的威胁"。1933年6月27日，他致信里昂中法大学校方，写道："我唯一对付它的办法就是卖文为生，但酬劳

[1] 纪弦. 纪弦回忆录　第一部　二分明月[M]. 台北：联合文学出版社，2001：63-64.

[2] 东方蝃蝀. 作者自序[M]//伤心碧. 北京：人民文学出版社，2005：4.

[3] 施蛰存. 致望舒函十四通[M]//孔另境. 现代作家书简. 广州：花城出版社，1982：75.

[4] 徐訏. 徐訏文集·第10卷[M]. 北京：生活·读书·新知三联书店，2008：219.

并不能按时收到，由于国内动乱，编辑本许诺定会寄钱给我，但现在他们一方面不承认其许诺，一方面又取消合同。不安、焦虑、来自生活上的困难，每天都折磨着我，我完全不知道怎样熬过这些糟糕的日子。"[1]巴黎期间戴望舒生活清苦，一度在华人开的树声楼饭店吃包饭，由好友陆懿付钱。[2]

生计困顿之际，即便有稿酬，也容不得合适的时机发表或出版，只好贱卖文稿以度日。在《文人在上海》一文中，苏汶描绘大多数上海文人的处境："文人在上海，上海社会的支持生活的困难自然不得不影响到文人，于是在上海的文人，也像其他各种人一样，要钱。再一层，在上海的文人不容易找到副业（也许应该说正业），不但教授没份，甚至再起码的事情都不容易找，于是在上海的文人更急迫的要钱。这结果自然是多产，迅速地著书，一完稿便急于送出，没有闲暇搁在抽斗里横一遍竖一遍的修改。这种不幸的情形诚然是有，但我不觉得这是可耻的事情。"[3]1932 年 11 月，施蛰存拿小说集《梅雨之夕》向现代书局预支 150 元，未得，一怒之下卖断版权给新中国书店，就无法抽取版税。1988 年晚年施蛰存感叹当年的艰辛："发表文章，可得稿费，取得稿费，可以补贴生活。我不能饿着肚子，自鸣清高。"[4]身为《现代》主编，况且如此逼仄，普通作家的境况自然更难尽人意。

出版书籍，按照上海各书店的惯例，10 万字左右的集子，只能拿到 100 元左右的稿酬。这是一种一次性买断稿酬的商业行为。相比每次新版时应抽取的版税，作者遭受的剥削更严重。许多书店

［1］ 王宇平. 戴望舒在里昂中法大学始末［J］. 新文学史料，2017（2）：58.
［2］ 应国靖. 戴望舒年表［M］// 施蛰存、应国靖. 戴望舒. 香港：香港三联书店 1987：302.
［3］ 苏汶. 文人在上海［J］. 现代，1933，4（2）.
［4］ 施蛰存. 我为什么写作［M］// 刘凌，刘效礼. 施蛰存全集·北山散文集：第 1 辑. 上海：华东师范大学出版社，2011：378.

都营业日上，作者却还是难于维持一个中学教员的收入水平，因为许多劳动所得都被出版商人剥削了。[1]1928年，戴望舒、施蛰存、杜衡、冯雪峰四人在松江施家合办"文学工场"。戴望舒、冯雪峰大约每两个星期去一次上海，一为买书，一为到四马路一带找出版社"销货"。戴望舒将他们的译书或创作——"文学工场"的产品出售给文化商人时，总会被压到最低价格，当然，文化商人之间也有竞争，低价也并不是就是低到无法接受，他们自己也可以"价比三家""择优卖出"，但是，商人的基本利润总要保证，绝大部分的盈利最后还是被书商赚走。[2]

叶灵凤"通常被视作作家生活度得很安稳的一个。其实，这仅是一个表面肤浅的观察"。他的经济来源主要是版税收入与编辑的薪酬。创作方面，叶灵凤成绩斐然，至1930年已出版12个单行本。其中短篇小说集有5个，为《女娲氏之遗孽》（1927年5月，光华书局出版）、《菊子夫人》（1927年12月，光华书局出版）、《鸠绿媚》（1928年1月，光华书局出版）、《处女的梦》（1929年5月，现代书局出版）；小品集两个，《白叶杂记》（1927年9月，光华书局出版）和《天竹》（1928年7月，光华书局出版）；长篇小说《红的天使》（1930年1月，现代书局出版），以及《蒙地加罗》（1928年10月，光华书局出版）、《新俄短篇小说集》（1928年10月，光华书局出版）、《世界短篇杰作选》（编译，1930年5月光华书局出版）、《木乃伊恋史》（1930年5月，现代书局出版）4本译著。同时，于1928—1930年现代书局担任《现代小说》《现代文艺》等编辑，有一份较稳定的工作与收入。

---

[1] 沈从文. 我到上海后的工作和生活[M]//沈从文全集·集外文存. 太原：北岳文艺出版社，2002：224.
[2] 刘保昌. 戴望舒传[M]. 武汉：崇文书局，2007：55.

尽管如此,生活常常"处于不断的恐慌与挣扎"之中,因为"由文学得来的生活"是一种怎样的境况? "用被视为劳动者血汗一样贱价的心思创造的东西,仅仅换得一点比原稿纸还要薄的酬报",何谈"安稳的余裕"[1]与个人尊严? 可见,看似著作等身,实则也不过是惨淡经营。编辑的工作也充满打工者的心酸与无奈:"庸庸碌碌的海上十年生活,我都消磨在所谓'文化街'的四马路上,从这家书店跑到那家书店,从这张写字台换到另一张写字台而已",以至于"纵然不是'一贫如洗',然而孑然一身,几套薄薄的洋服,袖口小得连'清风'也装不住,家里只有几张画和几本书,说得美丽一点虽是'四壁琳琅',其实是几架卖起来一钱不值的旧书罢了。"[2]没有殷实家境的支撑,也没有象牙之塔的庇佑,杂志社、亭子间就是作家们的栖身之地。

进入 20 世纪 40 年代,物价飞涨,出版业处于严重萎缩状态。对于卖文为生的作家,这不啻于雪上加霜。文章却愈不值钱,由三元至五元跌到八角至二元(一般稿价),每月写上三万字,以最高价格计算,也不过六十元,绞尽脑汁,只够得一个人的生活费。束紧裤带,卖脱子女,依旧活不了。[3]徐訏感叹"米价大涨,稿费不涨;我的文章虽有进步,而报酬则反而小了"[4]。为此,上海作家曾向杂志社联合会提出要求,涨价为千字百元。《杂志》编辑部也曾召开座谈会,组织一批关于稿费的稿件,以引起社会关注。有人也曾提议稿费应为每千字 300 元,改善作家生活水平,但出版商并不理会。[5]1944 年 11 月 1 日南京举行中国文学年会首届会议,路易

[1] 叶灵凤. 文学与生活[J]. 现代文艺. 1931(1).
[2] 叶灵凤. 辟谣[J]. 文艺画报, 1935(3).
[3] 唐弢. 唐弢杂文集[M]. 北京:生活·读书·新知三联书店, 1984: 565–566.
[4] 徐訏. 徐訏文集·第 10 卷[M]. 北京:生活·读书·新知三联书店, 2008: 219.
[5] 雨生. 稿费问题[J]. 杂志, 1943(5).

士等提出"保障作家生活案"，即稿费以千字斗米为标准，而"事变"以前，每千字稿费至少两元，可买两斗米[1]。即便如此，作家的生活水准也下降大半。秀才要造反，三年不成；文人想罢工，准会一世也办不到。[2] 时值战乱，兼之政府不作为，这些呼吁、抗争不过是纸上谈兵。不久，未及稿酬提高，各杂志倒纷纷停办，作家的生活彻底陷入困顿之中。

逼迫之下，不得不从事违心之作。大众爱读通俗故事，阴谋、性爱和暴力是不可缺少的小说元素。倘若报刊连载，则有相应的规制，需要在较短的篇幅里不断设置有趣的剧情、惊险的悬念或反转的桥段等，以吸引读者持续阅读的兴趣。1932—1936年，叶灵凤在《时事新报·青光》和《小晨报》上逐日连载了小说《时代姑娘》《未完的忏悔录》《永久的女性》三部长篇小说。每天一小段，每段要一个标题，字数要平均，标题要新颖，而且每一段之中，似乎还要有一个起首，有一个结束。虽然是第二次尝试，比较有点把握，但是因为每天写一小段，不仅时间匆促，而且主题有时也会岔开了去。[3] 可以想见，对于作家而言，每天急就章式的写作带来的不是创作的欣喜与愉悦，而是为写作而写作的痛苦与沮丧，他坦陈："我自己从来不喜欢自己所写下的这类小说，因此几乎漠然没有好恶之感。"[4]

作家创作如此，从事翻译也不得不屈从生计所需。20世纪30年代赵景深寓居上海，常为写批评还是做翻译犯难："为了生活的原故，拿起一本书来，总要先想一想，看了这本书以后，是否可以

---

[1] 杨光政. 中国文学年会记[J]. 杂志，1944（3）.
[2] 邵洵美. 编辑随笔[J]. 论语，1948（149）.
[3] 叶灵凤. 未完的忏悔录·前记[M]// 叶灵凤小说全编：下. 上海：学林出版社，1997：581.
[4] 叶灵凤. 永久的女性·题记[M]// 叶灵凤小说全编：下. 上海：学林出版社，1997：695.

写一点批评换稿费，或者写批评文章是否比翻译吃亏。比方，以我的速率来说，每天译小说可得五千多字。写批评则须先用去数小时的功夫才能看完一本书，看过再写批评，不过一两千字，天色已经晚了。因此之故，我在经济窘迫的时候，是没有闲暇看创作。"[1]据施蛰存回忆，戴望舒的翻译也仅有一小部分是自己选题，大部分是为了生活，接受出版社的预定而翻译，如普尔谐的《弟子》（中华书局，1936年出版）、提格亨的《比较文学论》（法国，商务印书馆，1937年）。而《现代土耳其政治》（商务印书馆，1937年）、《从苏联回来》（引玉书社，1937年）这两本书更是不得已而为之，勉强接受任务而完成。[2]1934年，章克标翻译《日本现代戏曲集》也是迫于无奈。当时中华书局要出版一批日本文学丛书，选好题材，找人翻译。但因为接洽晚了，只剩一本戏曲集。"戏曲剧本，完全是台词，对话，说白，普通话都不会说，译剧本有困难，但是要想谋一点收入，也只好接受下来了。"[3]

为了谋取作品市场价值的最大化，有些作家甚至不惜大量、快速地复制作品，从而影响了作品的质量与水准。张资平在上海郊外真如筑"望岁小农居"，开办文艺工场，雇佣学生，每月给予很低的生活费而协作他，每一部小说，先由张资平拟定提纲和主要情节，叫他们去发挥、补充。写好后，再由张资平略加修改、润色，即付刊行。因此他一年之内往往出版二三十万字的长篇小说三四本，成为一位"文艺商场老板"[4]。张爱玲对作品的反复改写也受人非议，把中篇《金锁记》改写成《怨女》，《十八春》改写成《半生缘》（又名《惘然记》），写了电影剧本《不了情》又改成小说《多少恨》，

［1］赵景深. 曾氏父子［M］// 现代文人剪影. 武汉：湖北人民出版社，2009：17.
［2］施蛰存. 诗人身后事［M］// 沙上的脚迹. 沈阳：辽宁教育出版社，1995：90—91.
［3］章克标. 世纪挥手：章克标回忆录［M］. 深圳：海天出版社，1999：138.
［4］苏雪林. 多角恋爱小说家张资平［J］. 青年界，1934（2）.

一个故事在她手里还不是反复地运用？[1]

要了解一个人的意义，就必须了解他心目中的问题是什么，而他所说的（或他所写的）就意味着对于这一问题的答案。[2]萦绕于海派作家心中、笔下，挥之不去的莫过于稿酬。为稿酬而写作，这与现代主义高蹈的文学理念实在相距甚远。而且，作家终日周旋于读者、编辑与出版商之间，身心俱惫之下创作质量难以保证，从而在相当程度上斫伤文学场的自治原则。一向严谨治学的鲁迅，在1934年9月20日致徐懋庸的信中，教导投稿之法："至于投稿，则可以做得隐藏一点，或讲中国文学，或讲外国文学，均可。这是专为卖钱而作，算是别一回事，自己的真意，留待他日发表就是了。"[3]这究竟是幸，抑或不幸？

第二节　从象牙塔到十字街头

由于一件艺术品只会对有文化感受力的人产生意义与趣味，也就是说，他拥有了对这种艺术品内含的编码进行解读的能力，因此，他就掌握了这一文化资本。文化资本的多寡决定了他在社会结构中所拥有的地位和声望。在文学场中，作家、编辑、批评家、史家等行动者都拥有文化资本，共同参与着文学作品的生产与流通。如果说，从书斋走向市场是海派作家实现现代转型的第一步，那么，从象牙塔到十字街头，置身都市上海的商业化语境并谋取相应的文化

[1]　吴福辉. 都市漩流中的海派小说[M]. 上海：复旦大学出版社，2009：178.
[2]　柯林武德. 历史的观念[M]. 何兆武，等译. 北京：北京大学出版社，2010：483.
[3]　鲁迅. 致徐懋庸[M]//鲁迅书信集：上卷. 北京：人民文学出版社，1976：624.

资本，则是实现现代转型的第二步。

广告是文学进入文化市场最便捷的通道。消费主义是广告的隐蔽基础。杰姆逊曾说，"广告必须作用于深一层的欲望，甚至是无意识的需要，通过形象引入到消费者中去"，如果广告使消费者"直接的欲望和深层的无意识的需求都得到了满足"，[1]有效触发其心理动机，商品才能产生商业价值。广告构设作家作品形象，要使形象发生作用，就必须激发读者阅读与消费的欲望，并使两者产生完美的化学反应。

一、广告的迷思

20世纪初，由于中华民族工业的迅速崛起和国际资本的大量涌入，上海的消费逐步走向繁荣，广告业也随之兴盛。至三四十年代，广告图片日趋精美，体现出时尚与艺术相融合的特征，充分显示了当时商品文化的发达程度，如月份牌广告已基本不再如初期简单粗糙，漂亮性感的女郎与促销商品趋于比较和谐的状态，"与维多利亚晚期大英帝国的广告相比是毫不逊色的"[2]。文学生产的成品是书籍。书籍是借用字词激活想象力的作品，而阅读、思考、咀嚼是一个抽象而缓慢的过程。相比报刊、电影等其他商品，书籍的形象性、诱惑性都大为逊色，这就需要编辑、出版商用广告手段激发读者"直接的欲望和深层的无意识的需求"。《海上述林》的出版广告可谓典范。《海上述林》是鲁迅为亡友瞿秋白编辑并出版的译文集，也是生前编辑的最后一本书。从文学价值而言，"作者既系大作家，

[1] 杰姆逊. 后现代主义与文化理论[M]. 唐小兵，译. 北京：北京大学出版社，2005：200.
[2] 周小仪. 唯美主义与消费文化[M]. 北京：北京大学出版社，2002：179.

译者又是名手，信而且达，并世无两"。从艺术功能而言，该书装帧之精美，可谓珍稀，内含"玻璃版插图九幅。仅印五百部，佳纸精装，内一百部精装，金顶"[1]。这则广告凝聚着鲁迅对瞿秋白的眷眷情谊，也体现了作家对文学作品艺术品格的极致追求。

诚然，早期海派作品广告无法与鲁迅之精美媲美，但也有一份素朴与敦厚，展现了文艺青年对艺术与文学的敏感与执著。1928年邵洵美的诗集《花一般的罪恶》由金屋书店出版。次年2月1日《金屋月刊》第1卷第2期出版，广告：

> 沉寂的诗坛，久不闻花般的芬芳。邵先生谁也认为最努力于诗的一人。他的诗格，是轻灵的，娇媚的，浓腻的，妖艳的，香喷的；而又狂纵的，大胆的——什么的都说的出来，人家所不能说不敢道的。简直首首是香迷心窍是灵葩，充满着春的气息，肉的甜香；包含着诱惑一切的伟大的魔力。真值得我们欣赏，赞叹，沉醉在他的诗境里边。

《金屋月刊》由邵洵美创刊，与章克标主编，故本书推断此广告是他本人手笔。该广告意在阐释其诗歌"颓加荡"的审美意识，如果结合封面设计，则可看到两者构成互文关系。封面由邵洵美本人所绘，正下方一大朵六瓣形的纯黑色的花，暗合了书名"花一般的罪恶"的寓意。黑底浓墨、热烈绽放的花朵应和诗歌之"浓腻""妖艳""香喷"，这一份"狂纵""大胆"不禁让人联想到波德莱尔的《恶之花》。这是向遥远的法国诗人致敬，也是年轻的中国诗人借爱与美的主题，表达对现代都市生活的憧憬与追问。

---

[1] 鲁迅. 绍介《海上述林》上卷. 集外集拾遗[M]. 北京：人民文学出版社，1973：496.

1928 年 9 月 10 日，《无轨列车》半月刊（图 2-1）创刊[1]。这是刘呐鸥为首的新感觉派创办的第一本文学期刊。它外形小巧，介乎 24 至 32 开本，每期二三十页。初刊本仅刊有《游戏》（呐鸥）、《瓦莱荔的诗》（L.Galantiere 著，徐霞村译）、《诗二首》（戴望舒）、《大都会》（L.Sosnovsky 著，画室译）、《委巷寓言》（安华）5 篇作品。除了现代派倾向，也刊发革命文艺动态，其时创造社和太阳社正展开"革

图 2-1 《无轨列车》封面

命文学"论争，可视作对普罗文学的回应与支持。这份刊物最具有广告色彩的是刊名。"新闻纸说伯林、北平、上海间将有航空路了。地球上的一切是从有轨变为无轨的时间中。"[2]借航空新科技的发展喻示"无轨"时代的来临，由此开启文学现代性的"列车"，贴切生动。将世事变迁纳入"有轨"至"无轨"序列，无疑是一种凝眸于世界性大工业生产及科学技术而获得的"时间"意识——它在点明这份期刊刊名的同时，亦提供了一种"超越政治"和"乡村中国"的历史逻辑。[3]也许，年轻的文艺青年当年未必有这般宏阔的历史视野，但力图追赶世界新文艺思潮的意念鲜明而强烈："我是无轨列车，我要大声地嚷，我要跑，我要飞，力和热充满着我的身子。

［1］ 许秦蓁. 刘呐鸥小传［M］//摩登·上海·新感觉：刘呐鸥（1905～1940）. 台北：秀威资讯科技，2008：65.
［2］ 刘呐鸥. 列车餐室［J］. 无轨列车. 1928（3）.
［3］ 叶中强. 上海社会与文人生活（1843～1945）［M］. 上海：上海辞书出版社，2010：413.

我是伟大的。"[1]

图2-2 《色情文化》封面

《无轨列车》12月25日出至第8期被封，次年9月15日《新文艺》月刊创刊。如果说《无轨列车》重在宣告现代性的先锋姿态，那么《新文艺》则重在文艺思想与内容的介绍，初具期刊应有的丰富与朴实。重点推出日本新感觉派，赫然刊有两则广告。一则是关于日本现代短篇小说集《色情文化》[2]（见图2-2）的题记。1928年9月，该书由第一线书店出版，次年1月水沫书店再版，刘呐鸥选译，署名呐呐鸥，其中有《色情文化》（片冈铁兵）、《七楼的运动》（横光利一）、《桥》（池谷信三郎）、《孙逸仙的朋友》（中河与一）、《以后的女人》（川崎长太郎）、《黑田九郎氏的爱国心》（林房雄）、《描在青空》（小川未明）7篇新感觉派作品。刘呐鸥指出，文艺是时代的反映，好的作品应该描画"时代的色彩与空气"，有别于正统日本文的"艰涩"，这些文章"根据于现代日本的生活而新创"，"新锐而且生动可爱"。[3]另一则是关于短篇小说集《新郎的感想》的序言。该书为日本新感觉派主将横光利一所著，1929年5月由水沫书店出版，郭建英翻译。刘呐鸥作序："横光利一是

[1] 穆时英.公墓[M]//严家炎、李今.穆时英全集：第一卷.北京：北京十月文艺出版社，2008：306-307.
[2] 许秦蓁.刘呐鸥小传[M]//摩登·上海·新感觉：刘呐鸥（1905~1940）.台北：秀威资讯科技，2008：53.
[3] 刘呐鸥.色情文化·译者题记[M].上海：第一线书店，1928：1.

现在日本压倒着整个文坛的形式主义的主唱者。他的作品篇篇都献呈给我们一个新的形式。他又能用敏锐的感觉去探索着新的事物关系，而创出适宜的文辞来描写它，使他的作品里混然发散着一种爽朗的朝晨似的清新的气味。"[1] 广告通常用于产品促销，但在这里，传播文艺新知、介绍世界前沿动态成为其重心所在。新感觉派对"时代的色彩与空气"的敏锐感知与对"新感觉"的激情膜拜，体现出一种引领时代的勇猛与信念。

打造作家形象、拉动作品消费需求是报章传媒广告宣传的要义。在文学场中，作家、作品与报章传媒构成三足鼎立、互为依存的关系。一方面，报章传媒为作家提供文学言说的平台，打造个人形象，扩大读者群，以促进作品的发行与销售。另一方面，作家为报章传媒提供产品，输送新颖而丰富的思想和文化资源，扩大其社会影响力的同时带动作品的传播。1930 年，为推广刘呐鸥短篇小说集《都市风景线》的出版，《新文艺》第 2 卷第 1 号《文坛消息》一栏刊发广告：

> 呐鸥先生是一位敏感的都市人，操着他的特殊的手腕，他把这飞机、电影 JAZZ（爵士乐）、摩天楼、色情、长型汽车的高速度大量生产的现代生活，下着锐利的解剖刀。在他的作品中，我们显然地看出了这不健全的、糜烂的、罪恶的资产阶级的生活的剪影和那即刻要抬起头来的新的力量的暗示。[2]

这则乐于为论者反复引用的文段，概括刘呐鸥作为新感觉派笔法之

---

[1]　新文艺[J]，1930，1（1）.
[2]　新文艺[J]，1930，2（1）.

新颖、文采之出众。摩天楼、汽车是都市上海的地理景观，也可谓新感觉派的文学象征；作为"力量最新的、最现代的形式"[1]，高速具有引领进步、抗争传统的革命现代性。"不健全的、糜烂的、罪恶的资产阶级的生活的剪影"则是"新的力量"的来源与保障。新感觉主义的秘诀是象征的现代主义、反资本主义的社会主义和舶来的色情文化的结合。[2]故此，通过两则书目广告，一位具有超前意识而具有"特殊的手腕"的文学新星跃然纸上。

1932年5月1日《现代》创刊。5月3日，《申报》刊出广告：

现代最伟大的文艺刊物
《现代》创刊
施蛰存　主编

本杂志每期十万余言，凡是属于文艺这园地的，便是本杂志的内容，担任经常执笔的都是现代文坛第一流的作家。每期并附有精美名贵文艺画报四页，为一九三二年最伟大最充实的纯文艺刊物。此种刊物为本局之基本定期杂志，本局当以全副力量经营，务使出版时间提早，于出版前送达订户，绝无脱期之弊。

这一份似乎有些自夸的广告，但纵观中国现代文学史，它确实成就了"一九三二年最伟大最充实的纯文艺刊物"。通过前期编辑《璎珞》《无轨列车》《新文艺》等刊物的摸索，主编施蛰存已然积

---

[1] 邝可怡. 战争语境下现代主义的反思[J]. 中国现代文学研究丛刊，2014（10）：133.

[2] 史书美. 现代的诱惑——书写半殖民地中国的现代主义（1917～1937）[M]. 何恬，译. 南京：江苏人民出版社，2007：293.

累了较丰富的实践经验，从而成功地将《现代》的文学性与商业性
糅合起来。借新人新作来打造品牌是《现代》的重要举措，下面以
叶灵凤为例。

1931 年 7 月，叶灵凤短篇小说
集《灵凤小说集》（见图 2-3）由现代
书局出版。1932 年 10 月 1 日《现代》
第 1 卷第 6 期出版，扉页郑重刊发广
告。广告内容有二：一是介绍作品，
宣扬其作为"现代中国文坛收获极少"
中的"最可珍贵的一粒"的文学价值，
二是展示作品出版情况，以凸显作者
雄厚的创作实力。有短篇小说《处女
的梦》，长篇小说《红的天使》，译著《白
利与露西》《木乃伊恋史》《九月的玫
瑰》，小品《天竹》，共五个作品。广

图 2-3 《灵凤小说集》广告，
《现代》，1932 年第 6 期

告占据整整一个页面，两块内容分别各半，出版情况用较大的字体
排版，十分醒目。继之，《现代》第 2 卷第 2 期（1932 年 12 月 1 日）、
第 6 期（1933 年 4 月 1 日）继续刊发该书广告。删除已出版情况，
新设"内容一斑"，罗列本作品集的 7 个篇目。一个页面，文字疏朗，
整体排版效果也很美观。

1933 年 4 月，《灵凤小品集》由现代书局出版。3 月 1 日，《现
代》第 2 卷第 5 期出版，以"预告"的形式造势：

内容　艳阳天气，在水滨，在花间，都是读小品文的好时光，
从三四分钟便可读毕的短文中，你将获得生活苦的慰安，神经
衰弱的兴奋剂，和幻梦的憧憬。

　　　　装帧　三十二开本　三百零九页　上等印刷　穿线钉的上
下切

　　这则广告较为简短，主要着重渲染阅读小品文的心灵愉悦，没
有相关文学评论。俟4月《灵凤小品集》（见图2-4）正式出版，4
月1日《现代》第2卷第6期、5月1日第3卷第1期刊发广告：

本书共收散文随笔六十
余篇，是叶先生六七年以来
散见各杂志的小品文的总
集。全书约十五万字，共分
五辑，第一集双凤楼随笔十
篇，第二辑她们十二篇，第
三辑游记及文艺随笔十二
篇，第四辑白叶杂记二十余
篇，第五辑太阳夜记等七篇。
叶先生的文字，素来以艳丽
见称，这集子里的小品，更
能代表他那一种婉约的作

图2-4　《现代》1933年第1期

风。所描写的都是一种空灵的无可奈何的悲哀，和昙花一样
的欢乐，如珠走盘，如水银泻地，能使读者荡气回肠，不能
自已。几年以来，为作者这种文笔所倾倒的已经不知有多少人，
实在是中国文坛上小品文园地中唯一的一畦奇葩。对于追求
梦幻和为生活所麻醉的人们，这是最适宜的一剂安神剂。[1]

---

[1]　现代，1933，3（1）．

这则广告 271 字,篇幅之长不多见,详细介绍了作家作品的内容、风格及其特征。诚然,有些用语不免夸张,但"艳丽"与"婉约"并蓄的概括确实把握了叶灵凤早期小品文的精髓。并且,该广告紧随同期《灵凤小说集》的广告,描写通俗题材的小说与"最适宜的一剂安神剂"的小品文联袂推出,热与冷、通俗与高雅,两种体裁,两副笔墨,既显示作家卓越的艺术风华,也使整个版面有一种端庄大气的审美愉悦。

不过,文学再美,"人们总爱好感觉","而在诸感觉中,尤重视觉。无论我们将有所作为,或竟是无所作为,较之其他感觉,我们都特爱观看。理由是:能使我们识知事物,并明察事物之间的许多差别,此于五官之中,以得之于视觉者为多"。[1] 在摩登的十里洋场,照片在商品的生产传播中发挥迅捷而生动的效果:"照相能把你的姿貌传神出来,比之文字只有姓名,更加具体更加动人,而且有许多画报可以替你刊登,散布于全国,如是你的尊容,就很容易为全国人所认识瞻仰了。"[2] 如果说书籍出版预告作为传统的广告形式,意在传达文本信息,使读者明白消费的目的与意义,那么,作为现代科技产品的照片,以近距离的视觉效果直接将作家推到读者眼前,瞬间建构一种既真实又虚幻的心理想象,极大地刺激了读者消费的欲望。

在当时,配发绘画、图像、照片等成为时尚的广告宣传手段。1928 年,章衣萍散文集《樱花集》由北新书局出版,妻子吴曙天为他作画。毛边本,封面是用白描勾勒的一簇簇樱花,小而美。同年,短篇小说集《古庙集》由北新书局出版,扉页有吴曙天的画,还配

---

[1] 亚里士多德. 形而上学[M]. 北京:商务印书馆,1981:1.
[2] 章克标. 文坛登龙术[M]. 哈尔滨:黑龙江教育出版社,1988:139.

设作者照片。可以想见，在打开作品集的一瞬间，首先吸引读者的，恐怕不是文本内容，而是新式文人郎才女貌的传奇色彩。在这里，照片、图像成为文学的酵母。甚至，作家的私生活也可成为杂志的头条。1934 年 6 月 23 日，违背父亲生前意愿的穆时英与舞女仇佩佩终于成婚。旋即，7 月《小说》第 3 期"文艺画报"一栏刊载系列照片，居中为结婚照，左上角辅以儿时照片。照片旁标示"小说家穆时英"字样，展现了从小到大灵锐英气的容貌。9 月，第 7 期刊载散文《中年》，同时配发黄苗子为穆时英作的漫画像，寥寥几笔画出其笑容可掬的神态，也是为作品加分。次年 2 月，第 18 期刊载小说《贫士日记》。由此，运用照片、漫画、私生活等多种元素，一扫中国旧日文人酸腐、迂讷的老夫子形象，穆时英俨然成为 30 年代上海文坛耀眼夺目的明星作家。

穆时英则乐于在小说中植入好友刘呐鸥、戴望舒、刘易士等真人真名，形成一种文学写真的广告效应。在小说《被当做消遣品的男子》（1930）中，借都市女郎之口，作者宣扬新感觉派的时髦趣味："我喜欢读保尔穆杭，横光利一，崛口大学，刘易士——是的我顶爱刘易士。……我喜欢刘呐鸥的新的艺术，郭建英的漫画，和你那种粗暴的文字，犷野的气息……"在小说《五月》（1935）中主人公刘沧波为排遣寂寞，买了许多小说《不开花的春天》，《曼侬摄实戈》，《沙弗》，《都市风景线》，《茶花女》，《色情文化》"。[1]将刘易士与法国意象派先驱保尔·穆杭、日本新感觉派代表横光利一、崛口大学等并列，将刘呐鸥的代表作《都市风景线》《色情文化》作为小说主人公的读物，乃至直接礼赞"刘呐鸥的新的艺术，郭建英的漫画"，也许有些唐突、随意，不过与文中人物形象基本吻合。

[1] 严家炎，李今. 穆时英全集：第 2 卷[M]. 北京：北京十月文艺出版社，2008：181.

他最激赏的是好友戴望舒。1934 年，《现代》第 4 卷第 4、5 期刊载穆时英小说 *PIERROT* 一文，副标题即"寄呈望舒"。路易士 16 岁开始写诗，出现在小说《被当做消遣品的男子》中时年 17 岁，可谓文坛小卒。刘呐鸥、施蛰存、戴望舒、杜衡、郭建英等虽出版了一些作品，但也只是崭露头角，尚未得到文坛的广泛认可。这些亦师亦友的情谊对穆时英的创作均产生重要的影响。故此，这种植入式广告表达了同人之间的提携之谊，也可视作新感觉派的一种抱团营销。

　　书籍广告的通病在于它们是冲着理想读者，而不是以出版商瞄中的读者大众为对象。理想读者的消费链存在严重弊端：消费基础不够宽广，生产者过剩，建立在连续挑选基础上的系统内部不断提出新的需求，但有些作品因来不及消费而被埋没，造成浪费。[1]规避风险的方法之一是扩大消费圈，将作家作品直接推到大众眼前，文学生产与消费接受形成开放式局面。在这个意义上，通过出版广告、配发照片以及植入式广告等多种形式，以时尚而摩登的趣味打造作家作品形象，穆时英、叶灵凤、戴望舒等新秀逐一闪亮登场，在一波又一波的消费潮流中，新感觉派文学得以在都市上海这一片土地生根发芽。

　　至 20 世纪 40 年代，广告全面侵入文学场，以至于成为文学叙事的手段。据统计，1992 年安徽文艺出版社出版的《张爱玲文集》所收录的 93 篇（部）作品中，涉及广告描写的作品有 44 篇（部），占作品总数的 47.4%；在全部作品中，使用广告的频率为 162 次。[2]对于文学，这种情况未必妥当，以至于"孤岛"时期一些广告反客

---

[1]　罗贝尔·艾斯卡皮. 文学社会学[M]. 于沛. 杭州：浙江人民出版社，1987：265.
[2]　孙文清. 张爱玲笔下的洋场广告[J]. 新闻爱好者，2008（6）：76-77. 为避免行文重复，关于张爱玲的广告意识此处暂不展开，参见相关章节。

为主，置实际发表情况于不顾，出现为广告而广告的现象。1943
年10月10日苏青创刊《天地》。在《发刊词》中，她倡导撰稿人
不拘身份、地位，不论体裁，尽可畅所欲言，希望"把达官贵人，
贵妇名媛，文人学士，下至引车卖浆者流都打成一片，消除身份地
位观念，以人对人的资格来畅谈社会人生"。但事实上，这番创刊
理念并未践行，除了余且、谭正璧等少数文人，实际撰稿人的身份
多数显赫，与广告南辕北辙。

　　《天地》创刊号发行之前，《风雨谈》曾为之刊发广告。除了刊
物的基本信息，右侧有一行竖的字："原野上无一点风，是一个秋
日午后。"安静、平凡的世俗生活，简洁素朴，清新雅致。不久，
又刊发一则目录广告，中间用较大字体标示"杨淑慧《我与佛海》"，
分外醒目；左侧"下期特稿"一栏，为陈公博的《改组派的史实》。
第4期首篇为杨淑慧的《在日本的小家庭生活》，《编者的话》叙
述索稿经过："幸蒙周夫人俯允，《我与佛海》在本刊创刊号发表
时，万人争诵，盛况空前。本篇乃其续篇，所述在日本小家庭生活
近形，读之令人感动。"[1]1943年4—8月，苏青自传体小说《结婚
十年》连载于《风雨谈》月刊第1—5期，已然引起读者关注，得
到不少好评。她认为，"'金总理'与'戚先生'（指陈公博、周佛海，
笔者注）也许是民族罪人，但于己却有知遇之恩"[2]。她坚持只对他
们私人性的那一面做出反映，拒绝以国家、民族的名义做政治、历
史、道德的评断。[3]政治立场及道德评判自有历史公论，姑且不论。
不过，从文学的角度而论，这些达官贵人的加盟无益于斯，毕竟撰
稿人作品的艺术性乏善可陈，所以，不免被视作对政治、权贵的献

[1]　苏青.编者的话[J].天地，1944（4）.
[2]　苏青.关于我：续《结婚十年》代序[M]//苏青文集.上海：上海书店出版社，
　　　1994：446.
[3]　余斌.文坛文事[M].南京：南京大学出版社，2009：89.

媚，这对苏青及《天地》都是一种难以修复的损害。

《天地》有一些广告跑在著作之前，与实际发表文不对版。以创刊号为例。有三篇文章有较大出入。一为撞庵的《随感录》，出版时改为《甘和苦》，《随感录》始终未见；二为张爱玲的小说《封锁》，后刊发于第 2 期，延后一个月；三为胡咏唐的《无白丁室随笔》，后刊发于第 3 期，延后两个月。拾一的《谈纪念日》、实斋的《揩油辩》这两篇，广告中并没有，显然是临时加发。显然，主编与撰稿人事先并未商定相关事宜，广告只是为了先声夺人，等到实际出版只能匆忙应付。1944 年 8 月，苏青创刊《小天地》月刊，周班公任主编，希望借此挽救《天地》衰落的颓势。创刊号预告"下期佳作"将有苏青的《记徐訏》一文。1943 年号称"徐訏年"，这显然是借名人炒作。但直到停刊也未见该文，其他地方也未见踪影。1945 年 6 月，《天地》月刊终止，最后一期第 21 期"编辑后记"中还预告下期有桅供的《红楼一角》、许季木的《恋爱的况味》等篇目。[1]固然，这很大程度上是因为时局动荡，但也在一定程度对作家作品及期刊本身造成了不良的后果。

二、跨地域文学市场

西美尔认为，人类不会以他身体的界域或包含着他当前活动的界域为终结。城市最显著的特征是在其自然疆界外的功能的扩展，而且该效用依次做出反应并对城市居民生活给予影响力、重要性和责任。[2]路易斯·沃斯（Louis Wirth）也指出现代人生活方式的鲜

[1]　王一心. 海上花开——民国上海四才女之苏青传[M]. 合肥：安徽文艺出版社，2011：127.
[2]　格奥尔格·西美尔. 大都市与精神生活[M]//郭子林，译，孙逊，杨剑龙. 阅读城市：作为一种生活方式的都市生活. 上海：上海三联书店，2007：21-22.

明特征是中心城市集聚着大量人口，而次级城市围绕在他们周围。我们称之为文明的观念和习惯就是从这些中心传播出去。[1]20世纪初，作为新文学、新文化运动的发祥地，北平是整个中国的文学文化核心，《新青年》《新潮》《晨报副刊》等成为"对城市居民生活给予影响力、重要性和责任"，倡导"文明的观念"的重要园地，名重一时。20年代国内政局动荡，知识分子纷纷南迁，移居上海。一南一北，与北京渐成并峙之势。

很长时期内，由于交通阻滞、文化差异及传播途径的单一，南北文坛相对隔阂。对此，张恨水有切身感受："我在北方，虽有多年的写作，而在上海所发表的，却是很少很少。上海有上海的一个写作圈子，平常是不容易突入的，我也没有在这上面注意。"[2]不过，随着新文学的发展，南北文坛开始互通声气，营造更广阔而开放的文艺氛围。《时事新报·学灯》《晨报·晨报副镌》《民国日报·觉悟》以及《京报·京报副刊》"四大副刊"均在京沪两地发行。随之，名家名作的广泛传播给南北读者带来了新鲜的空气。以鲁迅的中篇小说《阿Q正传》为例，1921年12月4日—1922年2月12日，《阿Q正传》连载于北京《晨报副镌》。由于阿Q形象之生动，之逼真，"许多人都粟粟危惧"[3]，疑似映射自己，"有小政客和小官僚惶怒，硬说是在讽刺他，殊不知阿Q的模特儿，却在别的小城市中，而他也实在正在给人家捣米"[4]。刊载四章后，有读者投书上海《小说月报》杂志社。1922年2月10日第13卷第2期"通讯"一

［1］ 路易斯·沃斯. 作为一种生活方式的都市生活［M］// 赵宝海，魏霞，译，孙逊、杨剑龙. 阅读城市：作为一种生活方式的都市生活. 上海：上海三联书店，2007：3.
［2］ 张恨水. 写作生涯回忆［M］// 张占国，魏守忠. 张恨水研究资料. 天津：天津人民出版社，1986：42.
［3］ 涵庐. 闲话［J］. 现代评论. 1926，4（89）.
［4］ 鲁迅.《出关》的"关"［M］// 且介亭杂文末编. 北京：人民文学出版社，1973：46.

栏刊载了读者谭国棠《致记者》与编辑沈雁冰的《复谭国棠》两文。谭文认为《阿Q正传》"真正是锋芒得很，但又是太锋芒了，稍伤真实"；沈雁冰则认为"实是一部杰作"，作为"中国人品性的结晶"，阿Q形象"很是面熟"，具有人类的普遍性与永恒性。

总体上，较之北京，上海文学市场具有更敏锐的市场意识，他们积极关注北京及全国各地的出版动向，迎头赶上，并逐渐呈现出上海带动北京的态势。1921年5月10日，文学研究会的机关刊物《文学周报》创刊于上海，初名"文学旬刊"，以文艺副刊的形式附在上海《时事新报》发行；1923年7月第81期起改名"文学"周刊，1925年5月第172期起定名"文学周报"，脱离《时事新报》，开始按期分卷独立发行，成为民国史上颇具影响的文学期刊。1927年，蹇先艾、朱自清等感于"北京近年来沉寂极了，旧有的文艺刊物都逐渐消灭或消沉了，新生的又没有什么生气。我们觉得很有一度呐喊的必要"[1]，故拟在北京创办《北京文学》，与赵景深主编的《文学周报》南北呼应，共同促进文坛的繁荣。反之，1934年黎锦明的《文艺批评概说》一书由北新书局出版后，身在北京的他因为深感"北平的刊物没意义之至"[2]，致信赵景深请其代为接洽上海出版事宜。

南北文坛画地为牢局面的突破始于"张恨水小说的'传播史'——由南至北的传播经历"[3]。在此之前，"北方的小说作者与上海的小说作者很少通声气的。北方的出版商和南方的出版商虽然发行上有交易往来，但出版的取材，是各走各的路，显然是'分疆

---

[1]　参阅蹇先艾. 致赵景深[M]// 赵景深. 现代文人剪影. 武汉：湖北人民出版社，2009：288.

[2]　赵景深. 现代小说家书简[M]// 现代文人剪影. 武汉：湖北人民出版社，2009：290.

[3]　范伯群. 中国现代通俗文学史（插图本）[M]. 北京：北京大学出版社，2007：445.

划界'的。自从张恨水的作品在北方报纸披露，为读者所喜爱后，上海的出版商就转移了眼光，把他的作品和上海作者的作品等量齐观，兼收并蓄了"[1]。张恨水在北京声名鹊起，迅速引起了上海出版业的重视。1924年张恨水的《春林外史》在北京《世界日报》连载，上海世界书局总经理沈知方即北上与之洽谈上海出版事宜。张恨水同意将《春明外史》和《金粉世家》两部小说付之印刷，世界书局获利颇丰。继之，1929年严独鹤北上，经《上海画报》编辑钱芥尘介绍，结识张恨水并邀约撰稿。1930年3月17日—11月30日，《啼笑因缘》连载于《新闻报》副刊《快活林》，同年单行本由上海三友书社出版，继而改编为话剧、电影及地方戏曲等，广为传唱，以至在南方，"上至党国名流，下至风尘少女，一见着面，便问《啼笑因缘》"[2]，成就了一代通俗小说大师的赫赫声望。《金粉世家》在《世界日报》连载，《啼笑因缘》在上海《新闻报》粉墨登场，两部作品同时写作、刊发，充分展示了张恨水的艺术才情，也呈现了南北出版界通力合作的繁荣景观。

故此，上海文坛的商业意识为北方文坛所侧目，海派文学的现代性也得到相应的关注。1937年5月1日，《文学杂志》创刊，朱光潜主编。编辑部设在北平，上海商务印书馆出版。这种跨北平、上海两地的办刊模式以全国发行为目标，吸纳两地精英分子为撰稿人，具有打通南北、横扫全国之气势。该刊撰稿人以京派作家为主干，但对海派作家不曾忽略，创刊刊有戴望舒的《新作二章》，《寂寞》与《偶成》。在《编辑后记》中，朱光潜将戴望舒、卞之琳与胡适作比，作为新诗"新技巧与新风格""向最大的抵抗力去冲撞"

[1] 范烟桥. 章回体的社会小说（下）：张恨水的《啼笑因缘》[J]. 万象，1975（5）：34-35.
[2] 张恨水. 我的小说过程[M]// 张占国、魏守忠. 张恨水研究资料. 天津：天津人民出版社，1986：275.

的两股力量，赞誉其现代象征诗的文学成就。同年 3 月 11 日施蛰存的小说《黄心大师》完稿，旋即刊载于该刊 6 月 1 日第 1 卷第 2 期；杜衡的小说《移植》刊载于 8 月 1 日第 1 卷第 4 期，这说明以朱光潜为代表的学院派在一定程度上接纳了海派文学。

　　进入 20 世纪 30 年代，海派文学对北京文坛的吸纳形成鲜明的优势，以小品文为例。1934 年 4 月《人间世》创刊，1935 年 12 月停刊，共 42 期。在徐訏与陶亢德担任编辑期间，他们积极沟通京沪两地作者。据藏书家何挹彭回忆，30 年代他忍饥挨饿在东安市场购得上海的三大小品文名刊——《论语》《人间世》《宇宙风》，以及《西风》等。[1] 这些刊物均是当时最负盛名的文艺期刊，先后在上海创刊，借林语堂的"论语派"势力迅速蹿红，而读者可以在北平一睹为快，这说明当时海派文学已进入北京文学市场，并占据一定的份额。1942 年 3 月《古今》月刊创刊，主编周黎庵。1944 年 10 月终刊，共 57 期。创办人朱朴时为汪伪文化官员，具有政治背景。留守上海的爱国人士相约不给"汉奸"杂志写稿，这使其在组稿上捉襟见肘，前几期内容不甚乐观。自 10 月 16 日第 9 期陶亢德参与编辑后，面目发生变化。继周作人之后，他大力邀请沈启无、徐一士等北方作家撰稿，形成一支较稳定的作者队伍，发表了一些内容谨严的论学、格调高雅的随笔，周作人的《怀废名》（第 20、21 期合刊）、《我的杂学》（连载于第 48、50、52、55 期）为之增色。瞿兑之、纪果庵、周黎庵、冒鹤亭等关于《孽海花》及《读孽海花》的讨论，可以说是现代史上关于《孽海花》讨论最为深入的研究之一，文字上的补遗不少[2]。北京文人的加盟提升《古今》的文学品位，

---

[1]　转引自谢其章. 北平何挹彭藏书记[M]//书蠹艳异录. 北京：中华书局，2009：83.
[2]　肖进.《古今》研究[D]. 上海：华东师范大学，2008：17.

促进《古今》的成功，而《古今》则为北京的"遗老""遗少"提供"怀古伤今、纵谈文史"的场所，渐成南北沦陷区文人"同声相应、同气相求"的重要文化空间。[1]

世界上大都市的兴起主要依靠两个因素：一个大帝国或政治单位，将其行政机构集中在一个杰出的中心地点（罗马、伦敦、北京）；一个高度整体化和商业化的经济体制，将其建立在"成本低、容量大的运载工具的基础上的贸易和工业制造，集中在一个显著地都市化的地点（纽约、鹿特丹、大阪）"[2]。上海属于后者。它拥有发达的海上交通优势。位于长江三角洲的临海，长江体系的诸多水道在此汇集，中国的海岸线从这里向公海伸展到最远处。外国商人远销海外的物品经由上海出口至远近不同的地区；同时，装运到中国的洋货经由上海分发到广大无垠的内地。上海成为连接世界、中国及其各地区的重要城市，是摩登与进步的象征，不论是商业、金融，还是文化、价值体系，"提供了用以说明中国已经发生和即将发生的事物的锁钥"[3]。凡世界上所有新出品，本地尚不能买到，立即见于上海，并由此在全国各地传播开去，形成时尚的风潮。30 年代的中国女学生已学会画口红，年轻男子着 Knickerboker，称为"灯笼裤"。当时在长沙读书和同学着土布制模仿品，来源即为上海，沪上则抄袭西方[4]。而自 19 世纪末期太平天国以降，全国印刷文化及书籍文化的中心苏州、南京、杭州、常州等江南名城明显地衰落。"各种文化的思潮、书籍、报刊及国内外重要信息反转过来，从上海呈辐射状向江南各城流布。原有的文化中心一蹶不振，逐渐沦为

[1] 李相银. 上海沦陷时期文学期刊研究［D］. 上海：华东师范大学，2006：58.
[2] 罗兹·墨菲. 上海：现代中国的钥匙［M］. 上海社会科学院历史研究所，编译. 上海：上海人民出版社，1986：2.
[3] 罗兹·墨菲. 上海：现代中国的钥匙［M］. 上海社会科学院历史研究所，编译. 上海：上海人民出版社，1986：5.
[4] 《万象》编辑部编. 城市记忆［M］. 沈阳：辽宁教育出版社，2011：10-11.

上海的卫星城。"[1]当时在上海搜集线装书,机会极好。因为许多好书都集中在上海，北京和其他内地的好书，也纷纷汇集到上海来争取市场。[2]

上海的文学影响力是强大的。1926年创造社开始筹备，向全国征集出版部招股之际，情势甚为乐观，"上海新文艺出版物的销路特别大，北京和广州不用说了"[3]，就是边缘地区如南边的汕头、梅县和海口等地，读者也纷纷来信响应。而身处边陲之地的文人，也尤其渴望来自上海的信息反馈，以明确自己未来的发展方向。1930年，叶鼎洛在开封河南师范学校执教，致信赵景深询问拟译日本现代文艺十二讲的计划是否可行，因为深感"来开封一年，已和上海文艺界隔绝，几乎无处可以去投稿了"[4]。海派文学的崛起自然令全国读者为之欣喜。1926年10月1日，《幻洲》月刊在上海创办，至1928年1月16日第2卷第8期终刊，共20期。这本薄薄的48开本的半月刊，在当年发行颇为喜人："在当时，短小精悍的《幻洲半月刊》，上部象牙之塔里的浪漫的文字，下部十字街头的泼辣的骂人文章，不仅风行一时，而且引起了当时青年极大的同情。汉年和我，年轻的我们两个编者，接着从四川云南边境的读者们热烈的来信时，年轻的血是怎样在我们的心中腾沸着哟。"[5]1927年，时年21岁湖南人罗皑岚就读于清华大学，作为《幻洲》的投稿者，他善写幽默杂文，先后在《幻洲》第1卷第9期（3月16

［1］ 赵敬立. 出版史上的赵家璧［J］. 中国现代文学研究丛刊. 1998，（3）：123.
［2］ 叶灵凤. 西谛的藏书［M］//读书随笔. 北京：生活·读书·新知三联书店，2008：199.
［3］ 叶灵凤. 记《洪水》和出版部的诞生［M］//陈子善. 北窗读书录：叶灵凤随笔合集之三. 上海：文汇出版社，1998：263-271.
［4］ 赵景深. 现代小说家书简［M］//现代文人剪影. 武汉：湖北人民出版社，2009：290.
［5］ 叶灵凤. 回忆《幻洲》及其他［M］//陈子善. 文艺随笔：叶灵凤随笔合集之二. 上海：文汇出版社，1998：98-99.

日出版）、第 12 期发表《骂刘半侬劝"北新"》《卓宾鞋和田汉的翻译》（9 月出版）两文，笔名"山风大郎"。同期还刊有梅绍的诗三首《死心》《告别辞：致秋影》《鬼影》，这些作品是从云南邮寄而来。[1]

《幻洲》的影响甚至远及境外，培植了一批忠实读者。据侣伦、谢晨光、平可回忆，他们在香港都看上海出版的刊物，并以自己的稿子能在这些刊物中刊出为荣。[2] 谢晨光发表的作品有 4 篇，即小说《加藤洋食店》（第 1 卷第 11 期）、评论《谈谈陶晶孙和李金发》（第 1 卷第 11 期）、小说《剧场里》（第 1 卷第 12 期）、散文《最后的一幕》（第 2 卷第 5 期）。这些作品多是写文艺青年（男性）在爱情上的挫折，以浓缩的时地为背景，文字以极度个人及浪漫的内心独白及心理描写为主。作品情节淡化，以某种感伤的情绪为推动。这种风格，实为模仿早期创造社的文艺作品，与《幻洲》"象牙之塔"中的文艺作品也有相似之处。[3] 谢晨光主编《岛上》"内容多少是摹仿《幻洲》的"[4]。

1928 年 1 月，《现代小说》创刊，叶灵凤、潘汉年主编。1929 年，年仅 18 岁的侣伦向《现代小说》投稿，叶灵凤不但予以录用，先后刊发其作《以丽莎白》（第 2 卷第 1 期，署名李霖）、《烟》（第 2 卷第 4 期，署名李霖），而且致信鼓励他继续投稿，"把作品寄到内地去，否则只是'宋皇台偏安之局'"。[5] 谢晨光也发表小说《跳舞》（第 1 卷第 4 期）、《胜利者的悲哀》（第 2 卷第 2 期）。对这位作者，编者的喜爱之情见诸笔端："作者是一位寄居在香港很倾心都市生活的青年作家。文笔很细腻。创作题材大概是恋爱的悲剧。文章的

[1] 叶灵凤. 煤［J］. 幻洲，1927（9）.
[2] 小思. 香港故事［M］. 济南：山东友谊出版社，1998：221.
[3] 徐霞. 论《幻洲》中的香港来书：V 城 1927 年［M］// 陈平原. 现代中国：第 11 辑. 北京：北京大学出版社，2008：231.
[4] 侣伦. 岛上草及其他［N］. 大公报，1983-03-19.
[5] 侣伦. 故人之思［N］. 大公报，1980-05-23.

描写虽然有许多地方不很紧凑，但是像朝雾中草上的露珠一般，你不时可以遇到一些可喜的地方。电影院、跳舞场、咖啡屋，几乎是作者专用的背景。"[1]

1929 年 1 月，第一线书店搬至租界，改名为水沫书店。一度营运良好，特别是革命文艺理论著作卖得相当热火，不少边远省份的书商都慕名前来购买或者预订，书店业务十分繁忙，效益也很不错。[2] 戴望舒从上海到北平，"为水沫书店收账，同时来调查当时东安市场书摊上出卖的私自翻印的水沫书店出版的书"[3]。1932 年 1 月，施蛰存小说集《将军底头》由上海新中国书局出版。9 月 13 日，身在天津的巴金致信施蛰存，给予高度赞誉，"谨慎、细致、华美的作品"，"我也爱读你的《将军的头》，而且也为里面的某一些奇丽的图画所感动"[4]。1935 年 5 月，穆时英短篇小说集《圣处女的感情》由良友图书印刷公司出版。9 月 9 日，沈从文撰文《论穆时英》刊发于《大公报·文艺副刊》，指出"'都市'成就了作者，同时也限制了作者"[5]。这些或褒或贬的评论不仅显示了北方文坛对海派文学的关注，也流露着作为同道的殷切期望。

1935 年 9 月 1 日，《声色画报》创刊。取名"声色"，并非有"声色犬马"之癖或"放情声色"之意，而是想办得有声有色，吸引更多读者。这是一本中英对照的月刊，前半本为中文，后半本为英文，封底有英文名字"Vox"（"评论"之意，笔者注），邵洵美、项美丽分别担任中、英文编辑。一开始很热销，外国读者比中国读者还多，在上海的洋人圈里一时间出现几乎人手一册的新鲜事，甚

[1]　记者. 新书一瞥[J]. 现代小说，1929，3（1）.
[2]　刘保昌. 戴望舒传[M]. 武汉：崇文书局，2007：62.
[3]　罗大冈. 望舒剪影[J]. 中国作家，1987（7）.
[4]　施蛰存. 作者的自剖·附录[M]// 刘凌，刘效礼. 施蛰存全集·北山散文集：第三辑. 上海：华东师范大学出版社，2011：995-996.
[5]　沈从文. 论穆时英[N]. 大公报，1935-09-09.

至远销南洋和美洲。[1]惜乎这本中英合璧的杂志没能维持多久，英文稿源又少，出了10期停刊。

期刊、书籍的发行有赖于出版业。抗战前，大半作家、出版商都集中在上海，交通方便，书籍、杂志畅销各地，即使在美国，那时期的书籍杂志，在第一流的中文图书馆也很容易看到。全面抗战八年，文学创作集中在好几个城市：重庆、桂林、昆明、上海、香港、北平、延安。[2]上海向全国各地延伸，较大规模的书局、出版社等在重要城市、港口均设有分部，构成一个庞大而有序的文化传播体系。从北平迁入上海的北新书局，至30年代已拥有上海、北平、成都、重庆、厦门、广州、开封、汕头、武汉、温州、云南、济南的分部。实力雄厚、历时弥久(1925—1946年)的良友图书印刷公司，不仅在北平、南京、厦门、汉口、重庆、广州、梧州等地设立分公司，远至纽约也有分部。1939年2月，因抗战而中止的《良友画报》在上海复刊，"仍可远销港澳与东南亚，国外华侨订户也不少；而且通过海防，还能销至重庆、昆明、桂林等地"[3]。即是说，无论和平年代还是战争时期，上海都是现代中国文坛的重镇。

1927年现代书局创立，先后在全国设有16个分部，分别为南京、北平、广州、汉口、杭州、重庆、厦门、九江、开封、郑州、洛阳、福州、成都、汕头、云南、贵阳，辐射全国经济、贸易、文化最发达的地区及城市。1932年现代书局创办《现代》，在济南、天津都可以购到。1932年9月1日《现代》第1卷第5号刊载巴金小说《复仇》的书评，当月13日，巴金就在天津致信施蛰存，切磋个中问题，足见《现代》发行之迅捷。戴望舒的象征诗陆续发表于

---

[1] 邵绡红. 我的爸爸邵洵美[M]. 上海：上海书店出版社，2005：143-144.
[2] 夏志清. 现代中国文学史四种合评[M]// 新文学的传统. 北京：新星出版社，2010：19.
[3] 赵家璧. 重印全份旧版《良友画报》引言[J]. 良友画报，1986（1）.

《现代》，形成了广泛的影响。在上海，"有意无意地摹仿他的青年诗人，差不多在每一个载着诗的刊物上都可以看到"[1]；在南京，有刊物称戴望舒以《现代》为大本营，倡导象征诗、自由诗等新诗歌，以至于大杂志的诗多其"徒党"[2]；纪弦就是在从上海返回扬州的火车上，一口气读完了《望舒草》，并因此而交费订阅了《现代》杂志[3]。

南京是上海周边地区的重要城市。钱锺书曾揶揄上海、南京两地没文化："说上海或南京会产生艺术和文化，正象说头脑以外的手足或腰腹也会思想一样的可笑。"[4]此论不免偏颇。在 20 世纪二三十年代，上海与南京作为"手"与"足"声气互通，自成气象。南京多贩卖上海出版的书刊，国民政府初期十年，在南京设分店的上海出版机构，有商务印书馆、中华书局、世界书局等，共计13 家之多，成为推动海派文学地域传播的重要力量。1944 年 9 月，张爱玲的小说集由上海杂志社《传奇》出版，四天后再版。仅隔两月[5]，南下的沈启无在南京的建国书店买到此书，而此前，"张爱玲的文章，我读过的没有几篇，北京书摊上还没有《传奇》卖"，可见，当时北京的文学市场有些滞后，而南京的文学市场比较趋时。

同时，对于南京的市场动向，上海也随时关注，形成区域之间传媒互动的良好局势。1943 年，应重庆《扫荡报》之约，徐訏的长篇传奇小说《风萧萧》开始连载，迅速掀起一股阅读狂潮，形成

［1］　施蛰存. 我的创作生活之历程［M］//刘凌，刘效礼. 施蛰存全集·十年创作集：第 1 卷. 上海：华东师范大学出版社，2011：633.
［2］　施蛰存. 致望舒函十四通［M］//孔另境. 现代作家书简. 广州：花城出版社，1982：79.
［3］　纪弦. 纪弦回忆录：第一部　二分明月［M］. 台北：联合文学出版社，2001：61.
［4］　钱锺书. 猫. 人·兽·鬼：写在人生边上［M］. 福州：海峡文艺出版社，1992：21.
［5］　沈启无在文中说未及将《传奇》全书读完，"接着我读她在《苦竹》月刊上的谈音乐"，此文发表于 11 月，故沈启无的购书时间与此相近. 参见沈启无. 南来随笔［M］//子通，亦清. 张爱玲评说六十年. 北京：中国华侨出版社，2001：103.

"重庆江轮上，几乎人手一纸"[1]，争相一睹为快的盛况。不久，《风萧萧》在全国范围内广为流传，南京《和平日报》根据重庆《扫荡报》的剪报予以转载，见此情景，上海《和平日报》又根据南京《和平日报》的剪报予以转载。[2] 1944年10月，《风萧萧》由成都东方书店出版发行，不到两年就连印5版。1945年抗战胜利后，在昔日的"沦陷区"内又大大流行了一回。当年的上海中学生们以争先阅读小说《风萧萧》为荣，没有阅读的，则被大家讥讽"太不'时尚'"，"太不领书市行情"。[3]

---

［1］ 陈乃欣，等. 徐訏二三事［M］. 台北：尔雅出版社，1980：249.

［2］ 徐訏.《风萧萧》初版后记［M］// 徐訏文集：第10卷. 北京：生活·读书·新知三联书店，2008：133.

［3］ 范伯群. 中国现代通俗文学史（插图本）［M］. 北京：北京大学出版社，2007：558.

第三章　文学传播与报章传媒

在高度分化的社会里，社会世界是由大量具有相对自主性的社会小世界构成的，这些社会小世界就是具有自身逻辑和必然性的客观关系的空间。[1]报章传媒是海派文学场的首要一环。依赖上海发行及时、网络完备的现代传媒体系，报章以定期或不定期发行的方式将文学作品在市场上播散开来。

Journalism，出版人袁殊译之为"集纳"，意指每天朝夕发行的日刊新闻纸以外，还包括定期刊物（每期刊行的时间距离三日、五日、周、月不等）。[2]报章指报纸副刊、文学杂志以及其他刊载文学作品的综合性刊物。一般而论，因篇幅及读者定位不同，文学杂志与报纸副刊、综合性刊物的面貌有较大差别。但在民国时的上海，随着文学的市场化，报纸及其副刊、综合性刊物也时时刊发小说、诗歌、随笔等各类文学作品，既为学术界认同，又广为大众读者欢迎。故此，报纸及其副刊、文学杂志与综合性刊物构成海派文学生产与传播的场域。

---

[1]　布埃尔·布迪厄，华康德. 实践与反思:反思社会学导引[M]. 李猛，李康，译. 北京：中央编译出版社，1998:134.

[2]　袁殊. "集纳"题解[M]// 记者道. 上海：上海群力书店，1936:84.

第一节　文学与报纸

现代城市的特征之一是流动性，而传媒就是传输现代信息的重要手段。在现代中国，报纸的发展分为四个时期——嘉道以前的官报时期、甲午以前的西人办报时期、光复以前的华报开创时期以及民国的华报勃兴时期。作为近代传媒的主要方式，民国以后的报纸具有了"宣传民意"[1]的功能，为公众开辟了一个自由评说、信息传播的公共渠道，从而参与都市文学的现代性进程。朱光潜曾言："居今之世，一个文学作家不能轻视他的读者群众，因此也就不能轻视读者群众最多的报章，报章在今日是文学的正常的发育园地，我们应该使他成为文学的健康的发育园地。"[2]报纸，是面向读者最多、信息传播最快的传媒形态。

一、报纸:"单日的畅销书"

民国以来，报纸之于文学的意义日渐显然。伴随着民族国家的崛起与现代科技的发展，"由于印刷事业的发达，没有前此那样刻书的困难，由于新闻事业的发达，在应用上需要多量产生"[3]，小说逐渐进入报纸而走向大众。报纸的市场特征非常显著，作为书籍的

---

[1]　秦理齐.中国报纸进化小史:1922年[M]//张静庐.中国现代出版史料:丁编.北京:中华书局，1959:5.

[2]　朱光潜.谈报章文学[M]//天资与修养:朱光潜谈阅读与欣赏.沈阳:辽宁教育出版社，2006:146.

[3]　阿英.晚清小说史[M].北京:人民文学出版社，1980:1.

一种"极端的形式"，报纸每日大规模地出售，具有"单日的畅销书"的市场效应。它在印行的次日即宣告作废，但介入当下的即时性、有效性则是其他纸媒难以企及的。早在1849年，马克思和恩格斯在《〈新莱茵报、政治经济评论〉出版启事》一文中就指出："报纸最大的好处，就是它每日都能干预运动，能够成为运动的喉舌，能够反映出当前的整个局势，能够使人民和人民的日刊发生不断的、生动活泼的联系。"[1]在现代社会里，借着"想象的共同体"的作用，报纸"创造了一个超乎寻常的群众仪式"，因为"作为小说的报纸几乎分秒不差地同时消费（想象）"[2]，为公众缔造出"把从前相互无关的事件、众人、对象并列在一起的空间"[3]。从此，文学得以突破传统意义怡情养性、托物言志的个人小天地，走向广阔的现代社会公共领域。

与四马路毗邻的望平街（今福州路山东中路），是中国近代书报印刷出版业的发源地。1843年英国伦敦会在上海设立墨海书馆，1872年《申报》馆开办，随后，《新闻报》《时报》《时事新报》《沪报》《民国日报》等报刊以及国民新闻社、国闻通讯社等机构陆续建立。在这里，十几家报纸、各种名目的通讯社、杂志社即起即落，竞争激烈，气象喜人。每天清晨报纸批发行报贩云集，人声鼎沸，集中着上海一天最早开始奔波的人们。"报纸一到，其抢发抢领之热烈、高速、紧张气氛，可以说是上海醒来的第一声市声。"[4]

[1] 中共中央马克思恩格斯列宁斯大林著作编译局. 马克思恩格斯全集：第7卷[M]. 北京：人民出版社，1974：3.
[2] 本尼迪克特·安德森. 想象的共同体[M]. 吴叡人，译. 上海：上海人民出版社，2003：34-35.
[3] 柄谷行人. 日本现代文学的起源[M]. 赵京华，译. 北京：生活·读书·新知三联书店，2003：221.
[4] 唐振常. 重塑上海城市形象论[M]// 马逢洋. 上海：记忆与想象. 上海：文汇出版社，1996：232.

小报更是多如牛毛，只要买得起几令新闻纸的便可注册办一份，随办随停，随停随办。这为海派文学的生产、作家作品的推广提供了一个空前的场域。

在上海，20世纪20年代以来，报刊逐渐成为最常见、最广泛的公众阅读材料。它被放置在大众每天必经之路上，从而能第一时间、全方位地进入大众的日常生活。如果说，文学批评对"有文学修养的"的读者发生影响，那么，对全部读者施加影响，就要通过长篇连载小说、连环画或是作品改编本这些效力无穷的方法。[1]都市小说的出路在于报纸。"正是上海渐渐盛行小说的当儿，读者颇能知所选择，小说与报纸的销路大有关系，往往一种情节曲折，文笔优美的小说，可以抓住了报纸的读者。"[2]报纸对读者知识水平的要求很低，可以说只要识字就能阅读，尤其是章回小说颇能吊住读者的胃口，"作者常常故弄玄虚，在紧要处煞住不说，留待下次再叙。而阅者则急不可耐，必以先睹全豹为快。所谓'美酒饮常微醉后，好花看到半开时'。读者日阅一页，此中玩索，自有趣味，山重水复，柳暗花明。如果得到全书，终日伏案，目无旁瞬，不数时已终卷，大嚼之后，反感无味"[3]。盛佩玉的大娘，每天读两份报纸——《时报》和《新闻报》，读完还要求盛佩玉整整齐齐地折好放在桌上[4]，可见珍爱之情。借助报纸吸引读者，确实是小说传播行之有效的方法。

小说与报纸的亲密关系对于作者也是极为有利的。倘若一部小说在发行量大的日报上用连载的形式予以推出，立即会在大众圈子中掀起购书热潮。作家也可以借此迅速提升知名度，为作品的出版

[1] 罗贝尔·艾斯卡皮.文学社会学[M].于沛.杭州：浙江人民出版社，1987：66.
[2] 包天笑.钏影楼回忆录[M].香港：大华出版社，1971：318.
[3] 郑逸梅.长篇小说刊载报纸创始[M]//艺海一勺.天津：天津古籍出版社，1994：154-155.
[4] 盛佩玉.盛氏家族邵洵美与我[M].北京：人民文学出版社，2013：48.

发行奠定基础。而市场的需求极大地推动了小说的再生产与后期传播。在杂志上连载完毕,往往随之出版单行本,乃至再版本等,流传后世而名扬四方。1932年叶灵凤的长篇小说《时代姑娘》连载完毕,次年7月即由上海四社出版社出版单行本。1934年冬小说《未完的忏悔录》连载于《时事新报》副刊《青光》,1936年由今代书店出版单行本。1935年长篇小说《永久的女性》连载完毕,次年7月即由上海大光书局出版单行本。施蛰存在给学弟古剑(本名辜健)的信中,也多次劝告须重视"通俗文学"以谋取效益,因为"不打进通俗文学界,名利均受限制,海明威、沙洛扬早年都给通俗刊物写稿,发得量大,容易得名",何况"文人的级别还是系于作品,并不系于他所发表的刊物"[1],"风花雪月之中,也可以有文艺价值"[2]。

　　另一方面,报纸由小说吸纳读者,拉动销售,扩大自身的影响力,从而构成双赢互动的局面。有时,小说连载甚至可以挽救报纸的厄运。1938年,周天籁的小说《亭子间嫂嫂》连载于小报《东方日报》,受到市民的追捧。当时,《东方日报》一蹶不振,每天只印3000份,但小说连载后3个月就增至两万多份。连载了一年之后,已长达50多万字,周天籁准备"杀青",报社老板邓荫先获知后,"即来坦白诉陈,报纸即赖该文支持。因又写了30万字,共80万字,要求结束。又来阻止。至100万字时,一切不顾,将女主角'饮恨而殁','全书完'付之"[3]。

[1]　施蛰存. 致古剑[M]//施蛰存海外书简. 郑州:大象出版社,2008:128.
[2]　施蛰存. 致古剑[M]//施蛰存海外书简. 郑州:大象出版社,2008:112.
[3]　周天籁. 亭子间嫂嫂[M]//逍遥逍遥集. 台北:星光出版社,1967:167.

二、小说与副刊

据不完全统计，从 1815 年我国第一份中文期刊《察世俗每月统记传》问世到 1919 年间，海内外累计出版的中文报刊约有 2000 余种。[1] 但真正将文学创作作为报章的重要栏目来认真经营，有待报纸文艺副刊与文学杂志的出现。1882 年 4 月 2 日，上海《字林沪报》(初期名为《沪报》)创刊。郑逸梅认为，长篇小说刊载于报纸，以夏敬渠的长篇小说《野叟曝言》为创始。当时蔡紫黻受聘于《字林沪报》总编辑，取乾隆年间夏敬渠创作的长篇小说《野叟曝言》，逐日连载而开风气之先。[2] 1897 年 11 月 20 日，《字林沪报》开设副刊《消闲报》，日出一张，随报分送。这是中国最早的报纸副刊。

继之，众报纸纷纷效仿，创设副刊，延请名家执笔，腾出固定的版面刊载文艺作品，尤以连载小说而带动报纸的销路。1900 年《中国日报》开辟副刊《鼓吹录》。1911 年，《申报》开辟副刊《自由谈》。1914 年，严独鹤进入《新闻报》。在他的主持下，《新闻报》把原来的副刊《庄谐丛录》改为《快活林》(后改为《新园林》)，与《申报·自由谈》成为民国时期最负盛名的两大副刊。严独鹤总结办副刊有三个要领："其一是每期须有一篇好的短文（言论）；其二是须有一幅好的漫画；其三是须有一部好的连载。唯有如此，方能相得益彰，吸引读者。"[3] 如果说，短文、漫画主要是抢眼球，追求视觉效应，那么连载则是放长线，吊住读者的胃口。在他的策划下，李涵秋的《侠凤奇缘》《镜中人影》《战地莺花录》，平江不肖

［1］ 陈思和. 现代出版与知识分子的人文精神［M］// 犬耕集. 上海：上海远东出版社，1996：18-19.
［2］ 郑逸梅. 长篇小说刊载报纸创始［M］// 艺海一勺. 天津：天津古籍出版社，1994：155
［3］ 严祖佑. 父亲严独鹤散记［J］. 档案春秋，2006（5）：30.

生的《玉玦金环录》、顾明道的《荒江女侠》,张恨水的《啼笑因缘》等逐日连载,迅速地提升了《快活林》的名气,引起大众的普遍关注。副刊俨然成为文学生产的重要领地。

小说在副刊上连载打破了以往文学阳春白雪、曲高和寡的处境,为作家提供较好的经济保障,从而开创了作家与出版商共赢共生的良好局面。对很多作家而言,本无意于取悦大众读者,但生计所迫也不得不作。《时事新报》副刊编辑黄天鹏曾提出 21 字的用稿要求:"取材隽永,文字生动,引起读者之兴趣,足供娱乐之助。"[1]"足供娱乐之助"成为写作的指向。1932 年,应黄之邀,叶灵凤撰写长篇小说《时代姑娘》,自 10 月至 12 月连日刊载,约 7 万字。小说讲述香港豪门女子秦丽丽因无法摆脱包办婚姻而远赴上海,陷入与银行职员萧洁的纠葛,最终导致爱人韩剑修悲愤自杀的结局。"这是我第一次意识地要尝试的大众小说,是想将一般的读者由通俗小说中引诱到新文艺园地里来的一种企图。"在这里,情爱纠缠成为故事的主体内容,与"将一般的读者由通俗小说中引诱到新文艺园地"的作者旨意实在相距甚远,以至于被朋友责之"堕落"。

不过,大众读者广为欢迎,小说被追捧的盛况超乎想象,"在这部小说刊出半个月之后,每天从报馆里转来的读者来信,从编者的口中,从许多朋友的谈话中,都对于我这部每天匆促写成的小说有了极大的兴味。神经过敏的更在探问着这是不是真的事实,是不是作者自己的事实"。他们积极参与故事的发展,提出种种关于人物、情节等意见及建议,"李大华先生指出我对于丽丽的相貌始终没有作过正面的描写,小天先生劝我将故事的时间性要加长,水青先生指出上海与香港之间是不通快信的,朱锦霞女士劝我不可将一位大

---

[1]　天庐. 青光编辑室的文案[M]// 逍遥阁随笔集. 上海:女子书店,1932:91-92.

学生的女性写得太放浪"，以至于"最后的几段，因了故事的发展已经达到了最高点，读者的热忱同时也达到了最高潮，每天接到的来信更多"。[1]读者积极参与创作的热情，和作者的互动之热烈堪与当今网络小说相媲美。

　　1934年冬，应朱曼华之邀，叶灵凤创作长篇小说《未完的忏悔录》，继续连载于《时事新报》副刊《青光》，历时三个月，约7万字。受小仲马《茶花女》的影响较大，"它与都德的《沙弗》，勃莱费斯的《漫侬》，都是恋爱小说中不可多得的杰作"。小说讲述痴情男与神秘负心女之间的爱恨情仇。与玛格丽特类似，主人公陈艳珠出身卑微，个性复杂，"沾染了都市浮华气息，但是在内心里还潜伏着一点良善的现代女性"[2]，曾决意退出交际圈，但无论怎样努力，都无法得到男友及其家族的认可，终以悲剧收尾。对于这个人物的塑造，叶灵凤并不满意，"我的本意，要用浓重的忧郁和欢乐交织的气氛笼罩全书，要写出内心的挣扎，这愿望都不曾实现"[3]。1935年秋，接受新创刊的日报《小晨报》之约，叶灵凤创作小说《永久的女性》，每日一章，连载达四个多月，计14万字。这是他最长的一部小说。小说以上海某洋画社为背景，运用章回体、浪漫抒情和现代心理小说相融合的手法，描写画家秦枫谷与模特朱娴为世俗所迫的爱情悲剧。与一般的情爱小说相比，该小说关注"艺术与人性的争夺"，突出秦枫谷为创作而舍弃爱情的痛苦挣扎的心路历程，考量艺术与人性相冲突的复杂性。

[1] 叶灵凤. 自题[M]//时代姑娘. 上海：四社出版部，1933：1-4.
[2] 叶灵凤. 未完的忏悔录·前记[M]//叶灵凤小说全编：下. 上海：学林出版社，1997：592.
[3] 叶灵凤. 叶灵凤小说全编：下[M]. 上海：学林出版社，1997：581.

　　这三部长篇小说，作者都立意于从新文学的角度，"写出内心的挣扎""将一般的读者由通俗小说中引诱到新文艺园地"，但读者在意的并非于此，而是集豪门、情爱、自杀于一体的通俗元素，一个好看、好读而情节曲折离奇的故事，兼之缠绵悱恻的情爱心理。同时，运用心理分析、多种叙事视角等现代小说技巧，小说通俗又富有艺术情趣，在当时享有较理想的市场效应。诚然，作为作家，叶灵凤不满意自己的应时之作，"自己从来不喜欢自己所写下的这类文字，因此几乎漠然没有好恶之感"[1]。但这些创作的出现给大众读者提供一份消遣的读物，也在一定程度上繁荣了当时的文学市场。小说《永久的女性》刊完不久，《小晨报》也停刊了，可见小说连载成为报纸的主要支撑。

　　小说借报章传媒的景象也延伸至杂志，包括文学期刊与综合性杂志。苏青小说《结婚十年》的轰动也得益于期刊连载。1943 年 4 月《风雨谈》创刊于上海，柳雨生为"代表人"，太平出版印刷公司出版，1945 年 8 月出至第 21 期终刊。创刊伊始，苏青的长篇小说《结婚十年》就开始分章连载，至第 4 期（7 月 25 日出版）刊至第四章，第 5、6 期分别刊发苏青的散文《豆酥糖》（8 月 25 日出版）、《自己的文章》（10 月出版），第 9、10、11 期（1944 年 1、3、4 月出版）续载《结婚十年》第 5、6、7 三章。大胆、纪实的内容及文风引起了读者大众的广泛反响，各方评议不一。正在日本游历的陶亢德看了寄去的杂志，激赏有加，夸赞《结婚十年》是"至性至情之作，非时下一般搔首弄姿者可比"[2]，并建议编辑柳雨生放在杂志卷首位置，第 10 期以首篇刊出。对于普通读者而言，自传体

[1]　叶灵凤. 题记［M］// 永久的女性. 北京：新世界出版社，2003：2.
[2]　王一心. 海上花开：民国上海四才女之苏青传［M］. 合肥：安徽文艺出版社，2011：2.

的爱情、婚姻经历强烈地激发了人们的窥探欲，大家抱着一睹为快的心理期待，"许多人，对于文艺本来不感到兴趣的，也要买一本《结婚十年》看看里面可有大段的性生活描写"[1]。小说引起强烈的轰动，褒贬不一的议论更使苏青暴得大名，成为当红女作家。1944年7月，《结婚十年》由苏青创办的天地出版社出版单行本。一经面世，立即受到读者的狂热欢迎。8月再版、3版，9月4版、5版，半年之内再版了九次，后竟达36版之多。在华北地区，《结婚十年》被大量盗印。在上海，书贩们纷纷前来批购，因为不仅当地读者，就是"内地来的人很爱读此书"[2]。

按照朱光潜的观点，作为作者，"他所写的应该是他的读者群众在现状所能接受的文学，同时也应该是使这群众能得到教益的文学"[3]。一种真正大众化的文学应该从真正民间的文化生活中脱颖而出，是人口中某一阶层的文化觉醒的结果而不是原因。[4]作为上海都市化过程中快速崛起的创作流派，海派文学与报章传媒联袂的写作方式"打破了严肃小说与通俗小说壁垒分明的界限"，"探索新文学小说的大众化之路"[5]，从而开启了现代中国的都市文学序幕。副刊推动小说连载，促成单行本的出版，这些都及时汇总作家的创作成果，为文学史提供了重要而宝贵的史料，利于后人有机传承与发扬光大。埃斯卡皮曾援引奥尔德斯·赫青黎有趣的比方说，文化修养恰似一个家族，"这个家族里的全体成员都在追忆家谱上一些

[1] 张爱玲. 我看苏青[J]. 天地，1945（19）.
[2] 苏青. 结婚十年[M]. 合肥：安徽文艺出版社，1997：187.
[3] 朱光潜. 谈报章文学[M]//天资与修养：朱光潜谈阅读与欣赏. 沈阳：辽宁教育出版社，2006：146.
[4] 罗贝尔·艾斯卡皮. 文学社会学[M]. 于沛. 杭州：浙江人民出版社，1987：73.
[5] 陈子善. 编后记[M]//永久的女性. 北京：新世界出版社，2003：257.

有名望的人物"[1]。21世纪以降,随着中国都市化进程的迅速推进,文学商品化、大众化的特征愈发显著。回顾20世纪中国文学史,海派文学也可谓其"家谱"上重要的一支。

第二节 文学与期刊

在现代社会文艺杂志占据一个非常重要的地位,因为文艺的对象不再是有产阶级,而是广大的大众市场,文学面临一个巨大的挑战:"如何在这社会因素、艺术因素与心理因素三者间求得一种适度的平衡,则正是作为现代文学中创作家、批评家与大众读者间的联系的文艺杂志所负的最高使命。"[2]海派文学直接面向商业发达的十里洋场。处于这一华洋杂处的文化语境,杂志创刊的理念、内容、目标读者以及文体形式都受到严重的制约。杂志出版,预设着亲密性和即时性的诗学,服务于与一个读者分享思想、情感、经验的需要,同时带着娱乐、教育或只是沟通的目的。这种沟通越是有效,文本(及其作者)的象征资本就越高,而不管杂志的实际身份只是可有可无的消费产品。[3]读者,除购买杂志的消费者,也包括批评家、检查员、编辑等文学场各个环节中的行动者。故此,为了促进沟通的有效性,期刊需要建构作家、编辑(出版商)、读者等诸行动者之间的紧密关联,在彼此的合作与妥协中,达成文学艺术性、市场需求

[1] 罗贝尔·艾斯卡皮.文学社会学[M].于沛.杭州:浙江人民出版社,1987:79.
[2] 盛澄华.《新法兰西杂志》与法国现代文学[J].文艺复兴,1947,3(3).
[3] 贺麦晓.文体问题:现代众多的文学社团和文学杂志(1911—1937)[M].陈太胜,译.北京:北京大学出版社,2016:126.

与意识形态等多方诉求的共建与平衡，从而营造作品、作家以及杂志本身的象征资本。

一、繁花似锦的海派文学期刊

20世纪30年代，"杂志渐夺单行本书籍之席"成为上海出版界普遍的现象。从读者接受的角度来说，较之书籍，期刊更为人所欢迎。首先，内容广博，不单调，"自庄严的论文至谐谑的小品文都有"，并且，每期载有最新的消息或资料。不论是信息量还是知识性，杂志能较大程度地满足读者的阅读需要，上海逐渐卷起一种争相翻阅杂志的新风潮。"爱看杂志的人，每天早晨翻报纸找新出杂志的广告，宛如像电影迷找新影片的广告一样；走过书店，更像有要公似地必需往杂志部去浏览那像万花镜般陈列着的新刊物。"[1]刊物并不是一个单纯的静态的文学作品集合物，很大程度上，它是交会着资本、知识与市场等各种力量的特定文化场域。[2]作为文化产业的一环，现代文学期刊处于产业链的核心部分。商家投入资金，作者投稿发表，编辑运作发表，书店经营出版，构成一个生产、发行和传播的产业链，从而形成投资、盈利、再投入资本运行的闭环。出版一种期刊，对中小型书店来说，是很有利的。如果每月出版一册内容较好的刊物，在上海，可以吸引许多读者每月光顾一次，买刊物之外，顺便再买几种单行本回去。对于外地读者，一册刊物就是一册本店出版书籍广告。[3]

[1] 一九三三年的上海杂志界[M]//上海通社. 上海研究资料. 上海：上海书店出版社，1984：398.
[2] 蔡翔，董丽敏. 空间媒介和上海叙事[M]. 上海：上海大学出版社，2013：135.
[3] 施蛰存. 我和现代书局[M]//刘凌，刘效礼. 施蛰存全集·北山散文集：第1辑. 上海：华东师范大学出版社，2011：289-291.

期刊一般有三种出版模式:代理发行、合作出版以及自办杂志。海派文学期刊多为第三种形式。海派作家创办或主编的期刊,统计如表 3-1 所示。

表 3-1　海派作家创办或主编的期刊

名称	主编	出版概况	出版机构
狮吼	滕固、邵洵美等	初为半月刊,1924 年 6 月创刊,国华书局发行,12 期止。1926 年 1 月 1 日起改由光华书局出版《新纪元半月刊》,至 4 期止。1928 年 4 月邵洵美改出《狮吼月刊》,出 2 期止;7 月 1 日改为半月刊,出至 12 期止	国华书局、光华书局、
金屋月刊	邵洵美、章克标	1929 年 1 月创刊,1930 年 9 月出至第 1 卷第 12 期终刊。共 12 期	金屋书屋
幻洲周刊	周全平、叶灵凤等	1926 年 6 月创周刊,周全平等主编,当月 18 日出至第 2 期止	后期创造社
幻洲半月刊	叶灵凤、潘汉年	1926 年 10 月 1 日～1928 年 1 月 16 日,半月刊,2 卷 8 期被禁,共 20 期	幻社、上海光华书局
璎珞旬刊	施蛰存、戴望舒、杜衡	1926 年 3 月创刊,4 期	
真美善	曾孟朴、曾虚白	初为半月刊,1927 年 11 月 1 日创刊。自第 2 卷(1928 年 5 月 16 日出版)起改为月刊,卷期续前;1931 年 4 月改为季刊,卷期另起,7 月第 1 卷第 2 号终刊。共 47 期。又《女作家专号》一期	真美善书店
现代小说	叶灵凤	月刊,1928 年 1 月—1930 年 3 月,共 17 期	现代书局

续表

名称	主编	出版概况	出版机构
戈壁	叶灵凤	半月刊，1928 年 5 月创刊，出至 4 期终刊	光华书局
小物件[1]	叶灵凤、周全平、潘汉年	1929 年创刊，出至 2 期终刊	
无轨列车	刘呐鸥	半月刊，1928 年 9 月 10 日—12 月 25 日，出至第 8 期被封	第一线书店
乐群	张资平、陈勺水等	1928 年 10 月 1 日，初为半月刊，4 期；1929 年 1 月 1 日起改为月刊，卷期号另起，1930 年 3 月 1 日出至第 3 卷第 13 期止。共 17 期	乐群书店
熔炉	徐霞村	月刊，1928 年 12 月 1 日[2]，1 期。	复旦书店
新文艺	刘呐鸥、施蛰存、戴望舒	月刊，1929 年 9 月 15 日～1930 年 4 月 15 日，第 2 卷第 2 期被封。7 期	水沫书店
诗与散文	徐蔚男	月刊，1929 年 9 月，1 期	世界书局
当代诗文	徐蔚男	月刊，1929 年 11 月，1 期	世界书局
女作家杂志	张若谷	季刊，1929 年 9 月创刊，终刊日期、卷期不详	金屋书局
洛浦	洛浦月刊社	月刊，1930 年 5 月创刊，终刊日期、卷期不详	乐群书店

---

[1] 可谓新文学开本最小的杂志，一寸多宽，两寸多长，四五十页。杨义. 中国现代小说史：第 1 卷[M]，北京：人民文学出版社，1986：633.
[2] 创刊日期另一说为 1929 年 1 月，姑且存疑。

续表

名称	主编	出版概况	出版机构
诗刊	徐志摩、邵洵美[1]	季刊，1931 年 1 月 20 日[2]—1932 年 7 月 30 日，4 期	新月书店
现代文艺	叶灵凤	月刊，1931 年 4 月—5 月，2 期	现代书局
新时代	曾今可	月刊，1931 年 8 月 1 日[3]—1934 年 2 月 1 日，第 6 卷第 2 期停刊。1937 年元旦复刊，4 月 1 日出至第 7 卷第 4 期止。共 36 期	新时代书局
絜（又名絜西）	张资平、丁丁	月刊，1932 年 1 月 15 日—9 月 15 日，出至第 2 期止	乐群图书公司
现代	施蛰存、杜衡	月刊，1932 年 5 月 1 日创刊，出至 1934 年 11 月 1 日第 6 卷第 1 期休刊。1935 年 3 月 1 日复刊，出至第 6 卷第 4 期止。共 34 期	现代书局
文艺茶话	章衣萍等	月刊，1932 年 8 月 15 日—1934 年 5 月 1 日，出至第 2 卷第 10 期止。共 20 期	文艺茶话月刊社、嘤嘤书屋

[1] 邵洵美创立的"时代"系列刊物，其中文学期刊有论语（1932 年 9 月—1937 年 8 月；1946 年 12 月—1949 年 5 月）、《十日谈》（1933 年—1934 年）、《人言周刊》（1934 年—1936 年）、《文学时代》（1935 年—1936 年）。为避免行文重复，此处不展开，详见相关章节。

[2] 创刊日期另一说为 1 月 10 日，姑且存疑。

[3] 创刊日期另一说为 7 月 1 日，姑且存疑。本书遵从唐沅等编. 中国现代文学期刊目录汇编. 北京：知识产权出版社，2010.

续表

名称	主编	出版概况	出版机构
论语	林语堂、陶亢德、郁达夫、邵洵美	半月刊, 1932 年 9 月 16 日—1937 年 8 月 1 日出至第 117 期停刊。1946 年 12 月 1 日复刊, 卷期号续前, 1949 年 5 月 16 日出至第 177 期止	中国美术刊行社、时代图书公司等
现代电影	刘呐鸥、黄嘉谟	月刊, 1933 年 3 月 1 日创刊, 终刊日期、卷期不详	
文艺春秋	章衣萍	月刊, 1933 年 7 月 1 日—1934 年 6 月 1 日出至第 1 卷第 9、10 合刊止。10 期	文艺春秋社
文艺座谈	曾今可	半月刊, 1933 年 7 月 1 日创刊, 终刊日期、卷期不详	新时代书局
《万象》画报		1934 年 5 月创刊, 张光宇、叶灵凤主编, 至第 3 期改由张光宇主编兼发行人。3 期	
文艺风景	施蛰存	月刊, 1934 年 6 月 1 日—7 月 1 日, 出至 2 期止	光华书局
文饭小品	康嗣群	月刊, 1934 年 6 月 1 日—7 月 31 日, 出至 6 期止	发行人施蛰存, 实际为上海杂志公司
文艺画报	叶灵凤、穆时英	月刊, 1934 年 10 月—1935 年 4 月, 出至 4 期止	上海杂志公司
六艺	叶灵凤、穆时英、刘呐鸥、高明、姚苏凤	月刊, 1936 年 2 月 15 日—1936 年 4 月, 出至 3 期止	

名称	主编	出版概况	出版机构
文学青年	周楞伽	月刊，1936 年 4 月创刊，终刊日期、卷期不详	群众杂志公司
今代文艺	杜衡	月刊，1936 年 7 月 20 日创刊，3 期	今代文艺社
南风	林微音	半月刊，1939 年创刊，终刊日期、卷期不详	商务印书馆
天地	冯和仪	月刊，1943 年 10 月—1945 年 6 月，共 21 期	天地出版社
小天地	周班公	月刊，1944 年 8 月—1945 年 5 月，出至 5 期	天地出版社
山海经	冯和仪、周文玑	月刊，1945 年 7 月创刊，1 期	天地出版社

　　资料主要来源于鲁深：《晚清以来文学期刊目录简编》（初稿），张静庐辑注：《中国现代出版史料》（丁编·下），第 581 页，中华书局，1959 年版；胡道静：《上海的定期刊物》，《胡道静文集》，第 282—289 页，上海人民出版社，2011 年版；唐沅等编：《中国现代文学期刊目录汇编》（七卷），知识产权出版社，2010 年版。但这些统计尚有遗漏，如《小物件》《现代电影》《文学青年》等部分期刊未列入，终刊时间、卷期号因资料所限而不详。互为龃龉之处也尚待勘误，故相关地方存疑。

　　从现代性的角度，海派期刊分为三个阶段——"新旧过渡"的杂志、"全新"型刊物、"新旧合流"的通俗期刊[1]。据此，本书将其分为三个阶段。第一阶段为 1924—1927 年的草创时期，有《狮吼》《幻洲》《璎珞旬刊》《真美善》等期刊；第二阶段为 1928—1936 年

---

[1]　吴福辉. 作为文学（商品）生产的海派期刊[J]. 中国现代文学研究丛刊，1994（1）：2.

的勃兴时期，自《乐群》至《六艺》，有 20 多个期刊（前后更名、跨时段的不重复计算）；第三阶段为 1937—1949 年的转型时期，有《论语》[1]《文学青年》《南风》《天地》等期刊。以 1928 年为第一、第二阶段的分界，是因为该年刘呐鸥创办的《无轨列车》富有先锋意识，标志着海派文学告别传统，迈入"现代"。1937 年抗战全面爆发，影响海派文学及期刊发展的方向，故第二、第三阶段以此为界。

第一阶段是 1924—1927 年的草创时期。作为早期海派文学的代表作家，曾孟朴兼具中西文学底蕴。他曾赴法留学，广泛接触西洋文学，而且积极推进新文化运动，与友人徐念慈等在上海合股创立小说林书社。除自版小说《孽海花》外，推崇翻译、发行现代外国小说。据说商务印书馆刊行林畏庐（纾）的翻译小说，也是由于小说林的刺激而然。[2] 1927 年，曾孟朴、曾虚白父子开设真美善书店，同年发行《真美善》月刊，为期四年。在创刊号《编者的一点小意见》一文中，曾孟朴阐发其办刊理念，"真"作为"文学的体质"，旨在将"形式的事实或情绪""恰如分际""如实地写出"；"美"作为"文学的组织"，需用技巧将"全体的布局和章法句法字法""排列配合得整齐紧凑"，"现出精神、兴趣、色彩和印感"而怡悦读者；"善"是"文学的目的"，是"希望未来的，不是苟安现在，是改进的，不是保守的，是试验品，不是成绩品，是冒险的，不是安分的"。

秉持"打扫夫"的精神，该刊致力于中国传统文学的"改进"，大力介绍法、英等西洋文学以吸纳新的滋养，意在"这文学乱丝般

[1] 因本书论述范围所限，有关小品文期刊《论语》的主编邵洵美等时有涉略，但不拟展开。

[2] 苏雪林. 曾孟朴的鲁男子及其父子的文化事业 [M] // 二三十年代作家与作品. 广州：广东出版社，1980：359.

纠纷时代——不独我们中国——尤其是我们中国沉睡了几千年乍醒觉惺忪的当儿"，即使"明知力量脆薄，开不了新路径，但拾去些枯枝腐叶，驱除些害菌毒虫，做得一分是一分，或与未来文学界，不无小补"[1]。主要撰稿人除徐蔚男、邵洵美、张若谷等海派作家外，历时最长、篇幅最多的是曾孟朴父子，即曾孟朴的小说《孽海花》《鲁男子》及曾虚白的小说《三棱》，故此，该刊虽留存近代小说的遗风，不过已开始涉及现代都市文学主题，呈现出新与旧、中与西芜杂的景象。

相较而言，滕固等主编的《狮吼》虽"也算步创造社的后尘，是模仿了他们的做法"[2]，但其崇尚唯美的风格初显海派文学的现代品格。早在留日期间，滕固、方光熹等志趣相投，"大家有了作品轮流传看，互相督励读书"，受到创造社成立的启发，"有时高兴起来，计划一种刊物"[3]。1924年章克标、方光焘、滕固等陆续回国，成立狮吼社。当时卿云图书公司想出版一种杂志作自己的招牌，以广宣传，商定由狮吼社负责办刊。书店每月出钱100元作为编辑费及稿费，并负责纸张印刷。7月15日创办同人半月刊《狮吼》，滕固、张水淇、方光焘先后任主编，章克标接洽出版、发行事宜。撰稿人有滕固、章克标、张水棋、黄中（即黄花奴）、倪贻德、滕刚、方光焘等。同年12月15日出版至第12期停刊。"狮吼"一词取自古埃及Sphinx雕像："Sphinx原为古代埃及人雕刻，妇人的面狮子的身体。有人说：人性的原素一半是兽性；是古代人烦闷的象征。我们现在要建一座近代人的Sphinxo。"[4]文学是苦闷的象征。

［1］曾孟朴. 回戴望舒. 戴望舒作品集［EB/OL］. https://www.m.zhangyue.com/readbook/12044083/1.html?p2=116731.
［2］章克标. 世纪挥手：章克标回忆录［M］. 深圳：海天出版社，1999：134.
［3］滕固.《屠苏》牟言［M］//张伟. 花一般的罪恶：狮吼社作品、评论资料选. 上海：华东师范大学出版社 2002：338.
［4］附告［J］. 狮吼，1924（1）.

宣泄人压抑于内心的烦闷，向社会宣示"猛兽出现的警告"，是"五四""人的文学"的核心主题。他们崇尚现代主义，"醉心于唯美派"，新文学"标榜为艺术而艺术的艺术至上主义者"。创作上"拾取了外国波莱尔、梵尔哈伦、王尔德的余唾，大事模仿效尤，讲些死和爱，化腐朽为神奇的种种论调，想以此来独树一帜，在文学艺术界里开放奇花异草"[1]。

1926 年 1 月 1 日，滕固创办《新纪元》半月刊，踌躇满志，以为"本志便是《狮吼》的新生"，仅仅出版了两期，因滕固赴日养病而再次停刊。后邵洵美接管该刊，1927 年 5 月 1 日《狮吼月刊》创刊，16 开，共 15 篇文章，内容包括翻译、创作及文学批评等，其中邵洵美的作品有 6 篇——《Sphinx》《Legende de Paris（帕里斯的传奇）》《口的贡献》《Paul Verlain 选译》《史文朋》《再生的话及其他》，几乎成了个人专刊。1928 年 3 月 1 日，第二期出版。

图 3-1 《一个人的谈话》，上海书店出版社，2008 年扉页

次年，改组为《金屋月刊》（图 3-1），1929 年 1 月 1 日创刊。这是邵洵美独立创办的第一本杂志。为此，他邀请章克标共同担任主编。封面由书画篆刻家钱君匋设计，采用金黄色，意在效仿 19 世纪英国唯美派杂志《黄面志》（Yellow Book），倡导"打倒浅薄"，"打倒顽固"，"打倒有时代观念的工具的文艺"，"示以人们以真正的艺术"[2]的文学主张。在创

[1] 章克标. 世纪挥手：章克标回忆录[M]. 深圳：海天出版社，1999：134.
[2] 色彩与旗帜[J]. 金屋月刊，1929（1）.

刊号上，他以"浩文"为笔名翻译了英国 Arthru Symons 所创办的 Savoy 杂志的"编辑者言"，严正地提出："若非真的诗我们绝不刊登；若非为人生中所选择出的小说我们也绝不刊登；若非真有见地与学问以及忠实的判断力的批评我们也绝不刊登。"他也很重视纸张的质量与装帧的精致，32 开，纸张采用黄色的毛边厚纸，印面不大，每一页都留有很宽的天地，体现出艺术至上的唯美风格。

比较早期《狮吼》，《金屋月刊》的撰稿人较可观，除了曾虚白、章克标、方光焘、朱维基、徐蔚南、戴望舒、张若谷、滕固等海派同人，还有傅彦长、叶秋原、叶鼎洛等文艺评论家，徐悲鸿、江晓鹣等画家，以及卢世侯、张道藩等社会人士，一时名声大作。但适逢时局动荡，《金屋月刊》走的又是高端路线，终于难以为继，一则稿荒严重，"经常脱期延误，销路一直打不开"，印 2000 本常常卖不完。二则因为生不逢时，"这个唯美主义好像已经过时了，一点也没有吸引力号召力了"[1]。1930 年 9 月出至第 12 期宣告停刊，邵洵美投身文艺的壮志豪情化为一腔苦水："办一种定期刊物，真不容易，办《金屋月刊》更苦。既不受某部的津贴，也不受某人的帮助，更不趋就低级趣味，赶热闹，卖笑。凭着以文艺而结合的几个朋友，把个人对文艺的忠诚的贡献拿出来贡献给读者，不带色彩也不张旗帜：外界的讥讽超过了勉励，内部的困难胜过了安慰。"[2]

在这个时期最具实力的当属"幻洲"系列。1926 年 6 月《幻洲》创刊，32 开，主编周全平、叶灵凤，当月 18 日出至第 2 期夭折。"幻洲"源自世界语 OAZO，意为沙漠中的绿洲。创刊的目的似乎用于自娱自乐，"除了出版部的重要消息，报告，启事，广告外，依旧

---

[1]　章克标. 世纪挥手[M]//陈损康，蒋山青. 章克标文集：下. 上海：上海社会科学院出版社 2000：144.
[2]　金屋谈话[J]. 金屋月刊，1930（12）.

是留出一半地位供伙计们在'工余'时作为娱乐地的"。封面由叶灵凤所作，"有一片沙漠，沙漠中一只骆驼高耸着他的峰脊，在追逐一株青棕"[1]。

图3-2 《幼洲》1926年第2期封面

继之，1926年10月《幻洲》（图3-2）半月刊创刊。"本刊之创设，在摆脱一切旧势力的压迫与缚束，以期能成一无顾忌地自由发表思想之刊物"[2]，故竭诚欢迎青年朋友踊跃投稿，不限题材、体裁，以求同声。短小精悍，46开，分"象牙之塔""十字街头"上下两部，分别对应艺术、社会两个领域。上部由叶灵凤主编，以文学创作为主；下部由潘汉年主编，以言辞激烈的杂文时评为主。叶灵凤时为上海美术专科学校学生，对文学的热爱胜过绘画，白天上学，晚上回来编辑刊物，同时兼作撰稿人，运用"郁达夫式的笔调"[3]创作了不少小说、散文及随笔。1927年，散文集《白叶杂记》由光华书局出版，1936年大光书局再版。其中小说《姊嫁之夜》《昙花庵的春风》凸显主人公性心理与非常态的情爱过程，显现海派文学唯美而颓废的现代主义色彩。他一生深受比亚斯莱的影响，认为表现"多方面的逃避、挣扎和嘲弄，并非单纯是'醇

［1］编者. 又要谈自己的事情了［J］. 洪水，1926，2（19）.
［2］幻洲［J］，1926，1（1）.
［3］叶灵凤. 记《洪水》和出版部的诞生［M］// 陈子善. 北窗读书录：叶灵凤随笔合集之三. 上海：文汇出版社，1998：263-271.

酒妇人'式的颓废"[1]，故此，"希望在这一片被撒旦和耶稣抛弃的土地上缔造人造的艺术和文学的'幻洲'"[2]。同时，装帧设计方面，从封面到插图、题画、尾饰、广告等，几乎均由叶灵凤一人包办，渲染"世界末"（fin-de-siècle）风格。对此，他十分珍爱："这一次我对于插画的卖力，这一点心血确是不可埋没的。除开封面画和一幅半面的插画外，仅是那许多零星的饰画，已值得自己珍赏了，我画了许多杂志上的饰画，从来没有这一次这样的用力。才华易尽，你们或者是等闲的看过抛开，在我自己却是很珍惜哩！"

叶灵凤主编"象牙之塔"可谓用心用力，文类繁多、视野开阔而旨趣较高。每期均刊有 6 篇作品，叶灵凤是主编兼撰稿人。刊有小说《浪淘沙》（创刊号）、《禁地》（连载于 1 卷 3 期、5 期、11 期，2 卷 1、5 期）、《口红》（1 卷 4 期）、《菊子夫人》（1 卷 4 期）、《Isabella》（1 卷 9 期）、《奠仪》（1 卷 11、12 期），共 6 篇。散文方面（包括小品）有《象牙塔中》（创刊号）、《幔》《红灯小撷》（1 卷 2 期）、《病榻呓记》（1 卷 6 期）、《璅缀》（1 卷 7 期）、《煤》（1 卷 9 期）、《桃色的恐怖》（1 卷 10 期）、《她们》（2 卷 3 期）、《天竹》（2 卷 6 期），共 9 篇。散文诗有《贺柬》（1 卷 8 期）。绘画有《瓞衣》（创刊号）、《幻象》（1 卷 4 期）、《夜的顶礼》（1 卷 9 期）、《残夜》（2 卷 2 期）、《囚》（2 卷 4 期）、《昨夜的梦》（2 卷 5 期）、《无名的病》；翻译有《补白一则（节录"Dorian Gray"）》（王尔德著，1 卷 10 期），共 8 帧。

"象牙之塔"引起鲁迅的关注。1926 年 11 月 9 日，鲁迅致信韦素园，写道："《狂飙》已经看到四期，逐渐单调起来了。较可注

---

[1]　叶灵凤. 郁达夫先生的《黄面志》和比亚斯莱［M］// 陈子善. 北窗读书录：叶灵凤随笔合集之三. 上海：文汇出版社，1998：40-45.
[2]　编后随笔［J］. 幻洲，1926，1（1）.

意的倒是《幻洲》《莽原》。在上海减少百份，也许是受它的影响，因为学生的购买力只有这些。"[1]1927年1月26日，鲁迅又写道："闻创造社中人说，《莽原》每期约可销四十本。最风行的是《幻洲》，每期可销六百余。"[2]较之鲁迅主编的《莽原》，《幻洲》每期销量居然可达其15倍之多，可见其风行程度。读者的喜爱，一方面是因为上下两部风格之迥异与别致，"上部象牙之塔里的浪漫的文字，下部十字街头的泼辣的骂人文章，不仅风行一时，而且引起了当时青年极大的同情"[3]。另一方面是叶灵凤的装帧艺术功不可没。《幻洲》的封面，受日本女画家路谷虹儿的影响，幽婉、抒情的审美性充溢整个页面。《飯衣》《幻象》《残夜》《昨夜的梦》等吸收了比亚兹莱插画的风格，但"还保持着我自己固有的风格"。除了封面画、插画，叶灵凤还做了许多零星的饰画，这番"对于插画的卖力"[4]深得读者倾心。当年，创造社出版部出版的书籍如张资平的《飞絮》、郭沫若的长篇小说《落叶》，"几乎成为青年们的枕畔珍宝，人手一编，行销钜万"，"这不但由于内容的动人，就是形式方面，也非常美观，封面和装帧的图案，统出于叶灵凤的手笔，可说自有出版物以来，装潢没有如此精美过的，自然更使青年们爱好了"。[5]以至于半个世纪后，冯亦代依然记忆犹新："一想到他，他在《幻洲》杂志上所画的一些题花，便会呈现在我的眼前。我喜欢日本落谷虹儿的画，我记得是叶灵凤第一个把他的画介绍到中国来的，我特别喜欢他那些深带诗意的画面。"[6]

[1] 鲁迅. 鲁迅书信集：上卷 [M]. 北京：人民文学出版社，1976：104.
[2] 鲁迅. 鲁迅书信集：上卷 [M]. 北京：人民文学出版社，1976：126.
[3] 叶灵凤. 回忆《幻洲》及其他 [M]// 陈子善. 文艺随笔：叶灵凤随笔合集之二. 上海：文汇出版社，1998：98-99.
[4] 编后随笔 [J]. 幻洲，1926，1 (1).
[5] 史蟫. 记创造社 [J]. 文友，1943，1 (2).
[6] 冯亦代. 在香港认识的朋友 [J]. 香港文学，1988，(39)：17.

1928 年 5 月 1 日,《戈壁》半月刊创刊,叶灵凤主编,光华书局发行,出至四期停刊。创刊启事与 1926 年 10 月创办的《幻洲》一字不差,"本刊之创设,在摆脱一切旧势力的压迫与缚束,以期能成一无顾忌地自由发表思想之刊物"[1],说明是对《幻洲》的承继与光大。较之《幻洲》,有读者认为《戈壁》"稍有逊色",因为"幻洲的编辑技巧上和革命的精神,确是中国青年读物者所少有"[2]。可以说,无论是内容,还是技巧,在一定意义上《幻洲》代表了当时文学期刊的高度。

第二阶段是 1928—1936 年的勃兴时期,由张资平、叶灵凤[3]、刘呐鸥、施蛰存、张若谷、徐蔚男、章衣萍、周楞伽等主编。张资平创办了《乐群》和《絜茜》。1928 年 10 月 1 日,《乐群》半月刊创刊,以张资平的创作和翻译为重,刊有:译作《土敏土坛里的一封信》(叶山嘉树作,半月刊第 1 期)、《地主》(藤森成吉作,半月刊第 1、2、3 期)、《遥远的眺望》(小岛勗作,月刊第 1 卷第 6、7 期);小说《残灰里的星火》(半月刊第 4 期)、《Lumpen Intelligentsia 在上海》(月刊创刊号)、《明珠和黑炭》(月刊第 2 卷第 9、10、12 期)等。1932 年 1 月 15 日《絜茜》创刊,仅出 2 期。该刊自称"绝不空谈什么主义,是纯文艺的刊物",撰稿人除了张资平、丁丁,还有李赞华、杨昌溪、虞岫云等,后在"民族主义文学运动"中表现出较强的政治倾向。

新感觉派作家是这一阶段期刊的核心力量,有《璎珞旬刊》《文学工场》《无轨列车》《新文艺》《现代》《文艺风景》《文饭小品》等刊物。20 世纪 30 年代正是报刊、丛书等纸质媒体兴盛的时

[1] 戈壁[J].1928,1(1).
[2] 孙秀.向戈壁的要求.戈壁[J].1928,1(2).
[3] 这一时期叶灵凤主编《现代小说》《戈壁》《小物件》《现代文艺》《文艺画报》《六艺》六个期刊,因避免行文重复,此处不赘述,详见相关章节。

期。据不完全统计，1915—1948 年间全国创办的文学期刊有 276 种（附录 4 种），其中 1915—1927 年间全国创办 41 种，平均每年 3.2 种；1928—1937 年间创办 132 种，平均每年 13.2 种；1938—1948 年间创办 103 种，平均 9.0 种。[1] 可见，不论总量，还是平均数，1928—1937 年期刊都多达前后两个时段之和。在此情势下，刘呐鸥、施蛰存、穆时英、戴望舒、杜衡、徐霞村等同人聚集一堂，身兼编辑、撰稿人，共同投身于他们挚爱的文学事业，探索现代主义之路。

所谓"文学上的 Modernism"，按照施蛰存的观点，"是指第一次世界大战之后出现的各种各样新的文学流派，新的文学创作手法，包括采用新的文学体裁"，如苏联文学也被视作"Modernism 中间的一个 Left Wing（左翼）"[2]。"新的文学流派""新的文学创作手法"及"新的文学体裁"鼓舞满腔热情的文学青年。1926 年 3 月 17 日，"文士三剑客"[3]施蛰存、杜衡、戴望舒创办同人杂志《璎珞旬刊》，编辑部设在施蛰存松江县（今上海市松江区）的家中。这是他们从事文艺实践的第一个期刊。此刊小得有些可怜，32 开小本样，刊载的都是他们自己的著作和译文，销路不佳，4 月 17 日出至第 4 期停刊。

[1] 唐沅，等. 中国现代文学期刊目录汇编[M]. 北京：知识产权出版社，2010：4803-4830.

[2] 施蛰存. 为中国文坛擦亮"现代"的火花：答新加坡作家刘慧娟[N]. 联合早报（新加坡），1992-08-20. 相关作品有：被誉为"新俄文学的第一朵花"的利别金斯基的《一周间》，继蒋光慈（笔名华维素）翻译，1930 年 1 月北新书局出版后，同年戴望舒、杜衡（江思、苏汶）重译，水沫书店出版。参阅：蒋光慈. 译者后记[M]// 一周间. 上海：北新书局，1930：210-211. 另《铁甲车》，继韩侍桁翻译《铁甲列车 Nr. 14—69》，神州国光社 1932 年 4 月出版后，同年 11 月，戴望舒译本《铁甲车》由现代书局出版。

[3] 赵景深. 戴望舒、施蛰存和杜衡[M]// 我与文坛. 上海：上海古籍出版社，1999：164-165.

1928 年初，施蛰存、杜衡、戴望舒重聚松江，加上北下的冯雪峰，四人专心写作、翻译，力图"用笔打出一个世界"[1]。戴望舒将他们栖住的施家小楼称为"文学工场"，决心用工人一般的苦心劳力，来从事苦役一般的文学事业。[2]20 世纪 20 年代初，苏联无产阶级文化派和未来主义诗人提出了"社会订货"的概念，"文学工场"的寓意与此相同。6 月 5 日，半月刊《文学工场》创刊，希望"努力于指示出一个新的途径，创造现时代的伟大的文学"，"把一切腐化的、反动的文学抹杀，让她们在过去的时代中求息坏"。在冯雪峰的影响下，刊物内容带有鲜明的普罗文学风格。在这里，文学不再是诗人的风月行吟，而是"很时髦，很有革命味儿"[3]，"充分体现了他们对于'五四'时期个人主义和浪漫主义的文学观念的反叛"[4]。很快编了两期稿件。不曾预料，原先答应出版的光华书局老板沈松泉看了第一期清样后心生犹疑，觉得面向社会发出挑战的呐喊太激烈，"实在有点'左'"[5]。时值国内大革命风云变幻之际，为免遭书店不测，书局不敢印行，遂将做好的纸版退还，《文学工场》因之夭折。

在上海，新感觉派期刊的领军人物莫过于刘呐鸥。他的贡献得到时人认可，"中国文坛上有感觉主义，及感觉主义作品的尝试，应归功于他的介绍及习作"[6]。1927 年，刘呐鸥出资几千元钱，创

[1]　施蛰存. 最后一个老朋友——冯雪峰[M]// 沙上的脚迹. 沈阳：辽宁教育出版社，1995：126.
[2]　刘保昌. 戴望舒传[M]. 武汉：崇文书局，2007：40.
[3]　施蛰存. 绕室旅行记[M]// 施蛰存散文选集. 天津：百花文艺出版社，1986：109.
[4]　旷新年. 1928 年的文学生产[M]//1928：革命文学. 济南：山东教育出版社，2002：24.
[5]　杨之华. 文坛史料[M]. 上海：上海中华日报社，1944：231-232.
[6]　周楞伽. 文坛沧桑录[M]// 伤逝与谈往. 哈尔滨：黑龙江人民出版社，1998：249

办《无轨列车》，"意思是刊物的方向内容没有一定的轨道"[1]。换言之，"速度的追求、机械都会文明的耽溺、逾越尺度的欲望、空虚惫懒的姿态，尽囊括在'无轨列车'四字之中"[2]。同时，在北四川路东宝兴路租下 142 号，开设书店，名之曰"第一线书店"。呐鸥亲自写了五个美术字，做了一块大招牌，挂在二楼阳台外。这个新开张的书店，除了经售光华、北新、开明等书店的出版物，唯一的出版物只有《无轨列车》。为一个小小的半月刊，开一家书店来支撑[3]，足见刘呐鸥投身文学事业之热烈。

1928 年 9 月《无轨列车》创刊，可谓新感觉派的代言者，其中刘呐鸥小说《游戏》堪称发轫之作。小说运用重复、心理独白、电影蒙太奇以及人物人格化处理等写作技巧，第一次实验性地创造了一种与都市生活感觉紧密契合的新语体，表现霓虹灯、舞厅、餐厅及快节奏的都市生活给人的精神压迫与心理的重负。撰稿人有刘呐鸥、施蛰存（安华）、戴望舒（江思）、杜衡（苏汶）、冯雪峰（画室）、姚篷子、徐霞村。每期刊有小说、诗歌、译作等 5 ～ 9 篇作品。相对而言，译作方面数量最多，小说、诗歌次之，文论最少，仅有冯雪峰的《革命与知识阶级》（第 2 期）。这说明此时新感觉派主要致力于学习与消化西方现代主义，创作实践和理论提炼尚在摸索中。比较醒目的是关于法国新兴作家保尔·穆杭的引进与传播。1928 年 10 月，保尔·穆杭来华。10 月 25 日，《无轨列车》第 4 期旋即刊发穆杭的"一小专号"，有刘呐鸥的译文《保尔·穆杭论》和戴望舒的译文《懒惰病》《新朋友们》（署名江思）。《保尔·穆杭

[1] 施蛰存. 最后一个老朋友——冯雪峰[M]// 沙上的脚迹. 沈阳：辽宁教育出版社，1995：128.
[2] 王德威. 文学的上海：一九三一年[J]. 上海文学，2001（4）：52.
[3] 施蛰存. 最后一个老朋友——冯雪峰[M]// 沙上的脚迹. 沈阳：辽宁教育出版社，1995：128.

论》一文描述保尔·穆杭都市文学的写作风格,"他喜欢拿他所有的探照灯的多色的光线放射在他的作品中人物上","探求""大都会里的欧洲的破体","使我们马上了解了这酒馆和跳舞场和飞机的现代是什么一个时代"。[1]并且,《编后记》再度重申穆杭在世界文坛的突出地位:"穆杭在中国虽然很少有人知道,可是他现在不但是法国文坛的宠儿,而且是万人注目的一个世界新兴艺术的先驱者。"1929 年 1 月出至第 8 期,因"左"倾倾向,《无轨列车》被勒令停刊。

1928 年 12 月 1 日,徐霞村主编的《熔炉》创刊于上海,仅出一期即终刊。这是与《无轨列车》同声相应的刊物,刊有刘呐鸥的小说《热情之骨》、戴望舒的译作《洛迦特金博物馆》(穆杭作)、杜衡的译作《无产阶级艺术底批评》(波丹诺夫作)、徐霞村的译作《六个寻找作家的剧中人》(皮蓝得娄作,1929 年 8 月水沫书店出版)等作品。

1929 年 9 月 15 日,刘呐鸥创刊《新文艺》,刘呐鸥、施蛰存、戴望舒任编辑,水沫书店杂志部出版发行。作为新感觉派同人创办的第 4 本期刊,内容与形式都渐趋成熟。该刊每期平均 150 页,不仅开设了小说、诗歌、随笔小品、翻译等栏目,还有书评、通信等读者互动环节,内容充实、风格朴素,具备了一本文学期刊应有的敦厚与扎实。翻译方面,除了继续关注日、法现代主义文艺思想,英、美、意等欧美国家的文艺动向也时有介绍,展现出一种宏阔的世界主义视域。刘呐鸥、施蛰存、郭建英(迷云)、戴望舒、姚篷子(姚杉尊)、穆时英、章克标等刊发不少作品见表 3-2。

---

[1] B.Cremieux.保尔·穆杭论[J].刘呐鸥,译.无轨列车,1928(4).

表 3-2　新感觉派在《新文艺》上的刊发情况

卷期	小说	随笔小品	诗歌
第 1 卷第 1 号	《鸠摩罗什》（施蛰存）、《礼仪与卫生》（刘呐鸥）	《鸦》（安华）、《Amour 与 Amore》（迷云）	
第 1 卷第 2 号	《残留》（刘呐鸥）	《文艺漫谈》（迷云）	《到我这里来》《祭日》（戴望舒）
第 1 卷第 3 号	《MODERN GIRL》（徐霞村）、《凤阳女》（施蛰存）		
第 1 卷第 4 号	《学校教师论》（章克标）、《方程式》（刘呐鸥）		
第 1 卷第 6 号	《咱们的世界》（穆时英）、《阿秀》（安华）	《现代人的娱乐姿态》（迷云）、《烟草艺术家》（郭建英）	
第 2 卷第 1 号	《黑旋风》（穆时英）、《花》（施蛰存）	《我们的小母亲》（戴望舒）、《流水》（戴望舒）	
第 2 卷第 2 号	《狱啸》（穆时英）		《建筑匠底歌》《斗争的交响曲》（姚杉尊）

表 3-2 显示，小说的成就最为突出，现代主义文学创作开始涌现。刘呐鸥、施蛰存、章克标以及新人穆时英[1]均有不俗作品，有

---

[1]　为避免行文重复，关于施蛰存主编的《现代》《文艺风景》《文饭小品》以及穆时英小说的发表情况详见相关章节，此处不赘展开。

些可谓中国现代派的扛鼎之作，如创刊号刊发施蛰存的心理分析小说《鸠摩罗什》，"创造了一种小说的亚类型，使他能够追溯爱欲的主题而不必受现实主义或道德检查的牵制"[1]。1930 年 10 月 10 日，小说《将军底头》发表于《小说月报》第 21 卷第 10 号。这两篇小说运用现代性心理分析的手法刻画历史人物，大胆、新奇、独辟蹊径，在现代文学史享有较高的声誉。《新文艺》创刊号的政治倾向不甚明显，但从第 2 卷开始，编者决定改变办刊方向，"以左翼刊物的姿态出现"。因此，"到第二卷第二期排版竣事，即将出版的时候，受到了政治压力，刊物和书店都有被查封的危险"[2]，于是，为保全书店，1930 年 4 月 15 日出至第 2 卷第 2 号自动停刊。

"1931 年的上海文坛已是如此熙熙攘攘"[3]，但是，没有《无轨列车》《熔炉》《新文艺》《现代小说》等期刊的铺垫与渲染，1931 年的上海文坛不可能如此热闹而繁盛。叶灵凤对期刊的全心投入，刘呐鸥对新感觉派的沉醉，施蛰存在性心理分析小说方面的小试牛刀，"新人"穆时英的横空出世，依托这些繁花似锦的文学期刊所提供的平台，新星闪现，同人云集，勤于切磋、乐于交流，不论于个人，还是中国的现代主义，都是一段不可重现的美好时光。

第三阶段为 1937—1949 年的后续时期。据统计，1942 年 3 月至 1945 年 8 月，上海沦陷时期创办的文学期刊约 60 种，但大多维持时间很短。只发行 1 期的有 13 种，2 期的有 8 种，3 期的有 4 种，4 期的有 6 种，5 期的有 4 种，6 期的有 9 种，发行不超过 6 期的占了 73%。能存活半年并发行 6 期以上的期刊只有 12 种，不

---

[1] 李欧梵. 上海摩登：一种新都市文化在中国 1930 ～ 1945 [M]. 毛尖，译. 上海：上海三联书店，2008：163.
[2] 施蛰存. 我们经营过三个书店 [M]// 刘凌，刘效礼. 施蛰存全集·北山散文集：第 1 辑. 上海：华东师范大学出版社，2011：336.
[3] 王德威. 文学的上海：一九三一年 [J]. 上海文学，2001（4）：52.

到 20%。[1]原因之一是通货膨胀导致文学出版业的萎缩。上海沦陷使国民经济处于崩溃的边缘，投机商趁机囤积居奇，哄抬纸价，杂志的价格一涨再涨而终于停刊。1941 年 7 月《万象》创刊时定价1 元，1943 年 8 月第 3 年第 2 期涨至 20 元，两年间涨了 19 倍。1942 年 3 月《古今》创刊时定价八角，1944 年 3 月第 54 期则涨至60 元，1944 年 10 月第 57 期休刊号时至 100 元。从创刊至终刊，两年半时间涨了 100 多倍。"编后记"中，编辑为纸价飞涨苦恼，一再向读者解释："最令我们感到痛苦和不安的，就是一再涨价。……我们决不随便增加读者负担，但事实又不得不然……如果纸价仍旧上涨，只有将《万象》停刊。"[2]

原因之二是由于严苛的文化管理机制。尤其是进入汪伪时期，审查机制对文化市场的掌控越发严密。《中美周刊》《正言周刊》《正言文艺》等宣扬抗战的期刊被迫停刊，综合性期刊《小说月报》《万象》《乐观》等得以留存。小品文期刊独领风骚，《论语》《人间世》《宇宙风》及《西风》等[3]一时蔚然成风。《论语》成为现代历时最长的小品文期刊。之所以定为"半月刊"，多是源自市场化需求。在《说〈小品文半月刊〉》一文中，林语堂比较季刊、月刊等文体指出，从内容上，半月刊"犀利自然，轻爽如意"；文风上"稍近游击队，朝暮行止，出入轻捷许多"；从读者接受方面，"半月刊文约四万，正好得一夕顽闲阅看两小时"[4]，轻巧、随意而适于通读。

总体上，在 20 世纪 40 年代上海沦陷、战事连绵的历史语境下，海派期刊逐渐偏离 30 年代同人趋奉世界文艺的先锋性，而再度回

［1］ 李相银. 上海沦陷时期文学期刊研究［D］. 上海：华东师范大学，2006：24.
［2］ 秋翁. 二年来的回顾（出版者的话）［J］. 万象，1943（1）.
［3］ 因本节篇幅所限，《宇宙风》等不拟展开，《论语》《天地》详见相关章节.
［4］ 林语堂. 说《小品文半月刊》［J］. 人间世，1934（4）.

归通俗化、大众化的路线。但这种转向并非简单的重复或循环。如果说，早期海派文学重在言情叙事，以达到媚俗、媚众的目的，那么，40 年代海派文学在正视文学的商业性、娱乐性的同时，对雅与俗、自由写作与功利写作等对立性命题进行了全新的诠释，从而使其文学品格得到相应的创新与提升。最为突出的是徐訏的"娱乐"观。在《谈艺术与娱乐》一文中，他提出从艺术的本质来说，文艺则是娱乐，"艺术的欣赏必是由娱乐出发"。文艺离不开功利，不论载道还是言志，其功利性实质是一样的。在这个意义上，娱乐与艺术是相通的，"高级的娱乐就臻于艺术的境界，艺术正是一种精神的娱乐"。因此，他反对为雅文学而雅文学，认为"文学也不过是一种娱乐"[1]。他认为五四新文艺运动也有需要反思的地方。在《五四以来文艺运动中的道学头巾气》一文中，他指出五四新文学高张反"鸳鸯蝴蝶"、反游戏、反消遣的大旗，殊不知，艺术是一种"高贵的消遣"，因为"艺术虽是离不开人生，艺术创作虽是严肃的工作；但在创作的过程中，作者陶醉在工作里正是如儿童陶醉在游戏里的一种境界。在欣赏过程中，读者或观众陶醉在艺术中，也正是一种高贵的消遣"。故此，"我们的文艺运动，一开始就反对游戏与消遣，这也不是健全的现象"[2]。断然抽离艺术的"消遣"功能，确实有失科学。在 40 年代，徐论敢于质疑新文学的合理性，为俗文学的"高贵的消遣"张旗而向雅文学叫板，既显示了其理论的思辨性，也体现了其坚持己见而不流于俗的勇气与信心。

---

[1]　徐訏. 徐訏文集·第九卷[M]. 上海：三联书店，2008：416.
[2]　徐訏. 场边文学[M]. 香港：上海书局，1968：35.

二、《现代》的占位及"新人穆时英"的打造

自新文学以来，文学场与时代的关系是如此紧密。"初期的启蒙运动和五四时代的一般的思潮相符合，第 2 期创造社的浪漫主义运动和 1927 年的国民革命相适应，第 3 期 1931 年现代社也正是和沪战后民族解放运动的早气相呼应。"[1]淞沪战役使上海出版业遭致重创。"第一位大书店商务印书馆，因闸北总厂被敌机炸毁，东方图书馆也遭了殃，更因工友职员的去留问题，发生严重纠纷，整个的事业，都停顿下来了。"[2]停战协定签订后，社会秩序逐渐恢复安定，文化出版事业有待复兴。这正是中小书店推广出版物，抢夺市场份额的最佳时机。可以说，"1932 年在最初四个月之间根本没有文坛"[3]。商务印书馆出版发行的大型文学月刊《小说月报》，自 1910 年 8 月 29 日创刊后，1931 年 12 月 10 日出至第 22 卷第 12 期停刊。在国民政府的文化管制之下，不少刊物纷纷夭亡，《拓荒者》1930 年 5 月 1 日出至第 4、5 期合刊号后被国民党政府查禁；《北斗》1932 年 7 月 20 日出至第 2 卷第 3、4 期合刊后被查禁；《文艺新闻》1932 年 6 月 20 日出至第 60 号后被查禁。

在此情景下，现代书局的出版商洪雪帆、张静庐决定"立刻出版一种纯文艺刊物"[4]，因为"在上海一切文艺刊物都因战事而停刊的真空期间，出版第一个刊物"[5]意义重大。未曾料想，这一举

［1］ 江兼霞. 一九三五年中国艺坛回顾·一九三五年中国文学的倾向、流派与人物［J］. 六艺，1936（1）.
［2］ 张静庐. 在出版界二十年［M］. 南京：江苏教育出版社，2005：101.
［3］ 中国文艺年鉴（1932）［M］. 中国文艺年鉴社编. 上海：现代书局，1933：3.
［4］ 张静庐. 在出版界二十年［M］. 南京：江苏教育出版社，2005：102.
［5］ 施蛰存. 我和现代书局［M］//刘凌，刘效礼. 施蛰存全集·北山散文集：第 1 辑. 上海：华东师范大学出版社，2011：289-291.

措促成了"中国杂志史上的一个'准神话'"[1]，所谓"文坛的恢复，是以五月一日《现代》杂志创刊为纪元"[2]。在经营过程中，现代书局运用较成熟的商业运作的模式，注重编辑、作者、读者与批评家文学场各行动者之间的互动关系，力图建构创作、发表（出版）、批评与传播各环节紧密配合的良性循环，不仅助力作家作品在文坛的占位，并且，推动了现代书局期刊书籍的发行与销售，从而有效地扩大了海派文学场的路径与界限。现代书局对"新人穆时英"的打造即为经典案例。

1.《现代》的占位

占位空间的根本转变（文学或艺术革命）只能来自于组成位置空间的力量关系的转变，取决于一部分生产者的颠覆欲望和一部分（内部和外部的）公众的期待之间的契合，因而取决于知识场与权力场之间的关系变化。[3]在上海现代出版市场中，商务印书馆、中华书局、世界书局三家长期占据核心位置，其他出版机构规模较小，力量薄弱，但1932年淞沪战役使这个本来稳固的市场趋于瓦解，现代书局抓住时机，力图改变文学场力量关系的构成，《现代》得以"浮出历史地表"。

1932年5月1日《现代》（见图3-3）创刊，1935年4月止，历时三年，每月一期，由现代书局发行。一本成功的期刊须有鲜明而颇具个性的办刊理念，唯其如此，才能实现较精准的自我定位，吸纳有影响力撰稿人，培养一个相对稳定而有实力的读者群，以确保期刊的生存与发展。作为20世纪30年代负有盛名的文学期

[1]　吴福辉.中国现代文学编年史：以文学广告为中心（1928～1937）[M].北京：北京大学出版社，2013：240

[2]　中国文艺年鉴社.中国文艺年鉴（1932）[M].上海：现代书局，1933：4.

[3]　皮埃尔·布迪厄.艺术的法则：文学场的生成与结构[M].刘晖，译.北京：中央编译出版社，2011：281.

刊，《现代》的创办肇始于商业利益，"现代书局老板要求办一个文艺人刊物，动机完全是起于商业观点，但望能由一个持久的刊物按月出版，使门市维持热闹，连带的也可以多销些其他刊物"。首任主编施蛰存与现代书局之间是"佣雇关系"[1]，月薪 100 元。但显然，将文学情怀糅于商业性才是施蛰存所希望的。为规避来自政治和市场的双重风险，确保期刊发行安全而获取较好的商业利

图 3-3 《现代》1932 年第 1 期封面

润，结合新文学同人杂志难以延续的经验，《创刊宣言》倡导自由、开放、包容的办刊理念，声明是"普通的文学杂志"，而"不是狭义的同人杂志"，"不预备造成任何一种文学上的思潮、主义或党派"；所刊载的文章"只依照着编者个人的主观为标准"，即只关注于"文学作品的本身价值"[2]，不涉及政治信仰与文艺立场，以建构一个"综合性的、百家争鸣"[3]的言论平台。这份宣言展现了主编施蛰存对《现代》的定位。多年来，施蛰存一手搞创作，一手办刊物，不仅拥有较高的文艺修养，也积累了较丰富的编辑经验，从选题策划到市场营销，对社会需求、读者接受以及意识形态动向等有较准确的预判。

［1］ 施蛰存.《现代》杂忆［M］// 刘凌，刘效礼 . 施蛰存全集·北山散文集:第 1 辑. 上海：华东师范大学出版社，2011：273.
［2］ 施蛰存 . 创刊宣言［J］. 现代，1932，1（1）.
［3］ 施蛰存 . 我和现代书局［M］// 刘凌，刘效礼 . 施蛰存全集·北山散文集:第 1 辑. 上海：华东师范大学出版社，2011：289-291.

1932—1935 年《现代》"中国唯一的纯文艺月刊"[1]独领风骚，在政治与文学的钢丝上翩翩起舞。当年《现代》杂志的立场，在文艺上是自由主义，但并不拒绝左翼作家及作品，"因为我们的现代派，就是不采用以前的传统，所以左翼的苏联小说，在当时我们认为也是现代派。当然我们不接受国民党作家及作品"[2]。比较同时期在上海的大型文学月刊《文学》，"论政治态度，《现代》比《文学》左；论文学倾向，《现代》比《文学》更有现代意识"[3]。《现代》的殊荣自然主要归属于施蛰存。1933 年 11 月《现代》第 4 卷第 1 期刊发《又关于本刊的诗》一文，施蛰存阐释其关键词"现代"的含义：

> 《现代》中的诗是诗，而且纯然是现代的诗。它们是现代人在现代生活中所感受到的现代的情绪用现代的词藻排列成的现代的诗形。
>
> 所谓现代生活，这里面包括着各式各样的独特的形态：汇集着大船舶的港湾，轰响着噪音的工场，深入地下的矿坑，奏着 Jazz 乐的舞场，摩天楼的百货店，飞机的空中战，广大的竞马场……甚至连自然景物也和前代的不同了。这种生活所给予我们的诗人的感情，难道会与上代诗人从他们的生活中所得到的感情相同的吗？
>
> ……《现代》中的诗大多是没有韵的，句子也很不整齐，但它们都有相当完美的肌理（Texture）。它们是现代的诗形，是诗！

————————

[1] 张芙鸣. 执着的中间派：施蛰存访谈[J]. 新文学史料，2006，（4）：23-29.
[2] 林祥. 世纪老人的话：施蛰存卷[M]. 沈阳：辽宁教育出版社，2003：121.
[3] 施蛰存. 致李欧梵[M]//施蛰存海外书简. 郑州：大象出版社，2008：10.

这里的"现代"有两层意思，既指创作主体（"现代人"）、创作内容（"现代的情绪"），也涵括表现形式（"现代的词藻""现代的诗形"），如二战后出现的未来派、印象派、达达派、前卫派、超现实等。1926 年 11 月 10 日，刘呐鸥在致戴望舒的信中也说道："现代的生活没有美的吗？那里，有的，不过形式换了罢，我们没有 romantice，没有古城里吹着号角的声音，可是我们却有 thrill，carnal intoxication，这就是我说的近代主义。"[1] 概言之，表现"现代生活"都市大众之"战栗""肉的沉醉"，借这种强烈而刺激的生命直觉与精神痛感，表达叛逆、革新、怀疑与颓废是文学"现代"之要义。

期刊的成功首先依赖撰稿人及其稿件质量。主编施蛰存的约稿能力很强大。编辑是一种综合的人才，集导演、厨子、商人的职业功能为一体。所谓导演，是指"一本刊物等于是一部戏，虽是每篇文章都有独立性，但编辑把它编成刊物后，也一定要成为一个综合的整体"。其次，编辑如同厨子烹调食物，"要把不同的材料烧成一个可口的菜，他必须懂得运用油盐酱醋使他在色香味都非常吸引人"。在人才辈出、经济压迫的十里洋场，编辑"还需要是一个商人，知道读者是他的衣食父母的主顾。不同性质的杂志有不同性质的读者，这些读者是有他最低的数量与最高的数量。编辑刊物的人早已了然于胸"[2]。施蛰存学贯中西且性情温和，"他是一个中产阶级的作者，他的生活很平静，没有突兀的激变，所以他的作风也如静水一般，很从容自然，内容也没有惊心动魄的事迹"[3]。这种为人为文的气质很契合《现代》编辑的需求。它引领时潮，开创一种自淞沪

[1]　孔另境. 现代作家书简[M]. 广州：花城出版社，1982：185.
[2]　徐訏. 编辑之道[M]// 徐訏文集：第 10 卷. 上海：上海三联书店，2008：253.
[3]　谭正璧. 新编中国文学史[M]. 上海：光明书局，1936：473.

战役以来未有的新风尚，正需要一位学养深厚、性格平和而有容乃大的编辑来驾驭刊物。

施蛰存投身于《现代》，希望"给全体的文学嗜好者一个适合的贡献"[1]。他发掘新人、延请在外留学生等创作、译介国外文艺，既培植撰稿人群体的新生力量，也及时更新与充实刊物内容。1932年12月致信戴望舒，他谈及未来办刊之规划，"第三卷的《现代》拟增加字数为十五万，每页文字加密，内容拟仿日本的《新潮》之类，多载于文艺有关的趣味文字"，要求多做些访问记、文艺杂谈，并配以照片、插图等，且"画四页可望改为影写版，乐得神气也"[2]。"文学通讯"一栏拟定多人担任留学所在国的通讯员，有熊式一（英国）、冯至（德国）、罗皑岚（美国）、谷非（日本）、耿济之（苏联）、戴望舒（法国）、虞和瑞（波兰）等，以广泛汲取世界各地文艺思想的艺术滋养，凸显其放眼全球、追赶先锋的文艺理想。

尤为壮观的是《现代》邀约了诸多名家名作，力量之雄厚、质量之上乘，可谓中国现代文学期刊史之翘楚。以下为笔者统计：

理论方面，有鲁迅2篇、茅盾1篇、郁达夫1篇、杜衡7篇、瞿秋白（静华）2篇、周扬（周起应）3篇、冯雪峰（洛扬、丹仁）2篇、舒月1篇、陈云帆1篇、戴望舒1篇、胡秋原1篇、杨邨人1篇、赵家璧3篇、傅东华1篇、李长之2篇、王淑明1篇、苏雪林2篇、韩侍桁5篇、Vaillant-Couturier1篇、郑伯奇1篇、高明1篇、穆木天2篇、任钧（森堡）1篇、黎君良1篇、魏猛克1篇、桀犬2篇、陈君冶1篇、李影心1篇、郑重2篇、徐迟1篇、汪馥泉1篇，共计53篇；

————————
[1] 施蛰存.创刊宣言[J].现代，1932，1（1）.
[2] 施蛰存.致望舒函十四通[M]//孔另境.现代作家书简.广州：花城出版社，1982：75.

　　小说方面，有茅盾3篇[1]、巴金5篇、张天翼7篇、彭家煌3篇、鲁彦4篇、老舍1篇、赵景深2篇、丁玲1篇、叶圣陶1篇、郁达夫3篇、沈从文3篇、张兆和（叔文）1篇、沙汀3篇、楼适夷1篇、靳以5篇、郑伯奇2篇、何家槐1篇、王绍清1篇、许钦文1篇、叶紫1篇、丘东平1篇、穆时英9篇、杜衡9篇、施蛰存4篇、刘呐鸥1篇、叶灵凤4篇、黎锦明5篇、魏金枝4篇、林微音3篇、黑婴1篇、沈樱1篇、严敦易1篇、汪锡鹏1篇、王林（亻隽闻）1篇、朱雯1篇、庄若安1篇、金丁2篇、周林朗1篇、康嗣群1篇、陈福熙1篇、周建人（克士）1篇、刘飞1篇、刘宇1篇、蒋牧良1篇、汪雪楣1篇、杨刚1篇、徐訏1篇、艾芜1篇、林俪琴1篇、徐转蓬1篇、昭得1篇、李秀1篇、何家槐1篇、圣旦1篇、白莱1篇、陈致道1篇、马国亮1篇、罗洪1篇等，共计119篇；

　　散文方面，有鲁迅4篇、丰子恺2篇、周作人3篇、废名1篇、茅盾5篇、郑伯奇1篇、张天翼1篇、老舍2篇、巴金4篇、沈从文1篇、郁达夫4篇、叶圣陶1篇、赵家璧1篇、芦焚4篇、王莹5篇、楼适夷3篇、张资平1篇、徐蔚南1篇、陈子展1篇、曹聚仁1篇、谢六逸1篇、叶灵凤1篇、施蛰存5篇、李一冰3篇、杜衡4篇、瞿秋白1篇、戴望舒2篇、玄明11篇、安簃1篇、盛明若1篇、安簃1篇、高明2篇、李曦晨2篇、周建人（克士）1篇、韩侍桁2篇、傅东华2篇、黄金瑞1篇、贝叶1篇、傅平1篇、陈伯吹3篇、胡秋原2篇、田村1篇、阳翰笙（思明）1篇、朱学勉（秋悲）1篇、柯琴1篇、杨藻章3篇、人也2篇、杨乃夫1篇、叶永蓁2篇、翁达藻2篇、李又燃1篇、唐晴1篇、杨邨人1篇、马国亮1篇、何章陆1篇、王今野1篇、曹英1篇、苏菲1篇、靳以1篇、

---

[1]　姓名后面的数字表示该作者刊有的作品数量，以下同。其中连载发表的作品不重复计算，翻译作品包括小说、诗歌、传记、访问记等，合译者不纳入统计。

苏伍 1 篇、刘莹姿 1 篇、徐萌祥 1 篇、何家槐 1 篇、朱湘 1 篇、史卫新 2 篇、章克标 3 篇、穆木天 1 篇、许幸之 1 篇，共计 128 篇；

诗歌方面[1]，有郭沫若 4 篇、臧克家 3 篇、李金发 10 篇、何其芳 2 篇、朱湘 2 篇、艾青 4 篇、戴望舒 16 篇、杜衡 1 篇、施蛰存 4 篇、徐霞村 1 篇、禾金 1 篇、陈江帆 12 篇、丽尼 1 篇、邵洵美 1 篇、金克木 11 篇、宋清如 8 篇、李心若 12 篇、林庚 3 篇、伊湄 2 篇、钟敬文 1 篇、欧外欧 1 篇、侯汝华 3 篇、严敦易 2 篇、史卫新 3 篇、李曦晨 1 篇、陈琴 1 篇、龚树揆 1 篇、洛依 3 篇、吴慧风 2 篇、孙默岑 1 篇、水弟 1 篇、吴汶 1 篇、徐迟（爽啁）1 篇、南星 1 篇、少斐 1 篇、放湖 1 篇、舍人 1 篇、林加 1 篇、李同愈 1 篇、王一心 2 篇、李健吾 1 篇、吴天籁 2 篇、寒人 1 篇、钱蕙荷 1 篇、次郎 1 篇、王振军 1 篇、杨志粹 1 篇、林英强 1 篇、辛予 1 篇、杨世骥 6 篇、佚名 1 篇、番草 1 篇、平林杏子 1 篇、苏俗 2 篇、莪伽 1 篇、庄启东 1 篇、肖敏颂 1 篇、顾雪莪 1 篇、柳倩 4 篇、杨予英 3 篇、陈雨门 1 篇、缪崇群 1 篇等，共计 162 篇；

戏剧方面，有马彦祥 1 篇、彭彤彬 1 篇、李健吾 1 篇、欧阳予倩 1 篇、洪深 1 篇、袁牧之 1 篇、白薇 1 篇、熊式弌 1 篇、陈白尘 1 篇，共计 9 篇；

翻译方面，有陈御月 4 篇、高明 9 篇、凌昌言 2 篇、李青崖 1 篇、赵景深 1 篇、黎烈文 1 篇、赵家璧（小延）1 篇、楼适夷 1 篇、玄明 2 篇、江兼霞 1 篇、季羡林 1 篇、柯灵 1 篇、蹇先艾 1 篇、戴望舒 17 篇、安簃 14 篇、施蛰存 1 篇、朱寿百 1 篇、刘呐鸥 6 篇、季克仁 1 篇、周彦 1 篇、方光焘 1 篇、谢达明 1 篇、孙用 1 篇、贝叶

---

[1]　施蛰存曾在《〈现代〉杂忆》一文中，对前三卷《现代》诗歌方面的主要撰稿人及发表诗篇的数量做过统计，有 17 人 65 篇。参阅施蛰存.《现代》杂忆[M]// 刘凌，刘效礼. 施蛰存全集·北山散文集：第 1 辑. 上海：华东师范大学出版社，2011：278-279.

1篇、尹庚2篇、傅平1篇、惜蕙1篇、穆木天1篇、任钧（森堡）2篇、唐锡如1篇、陈君冶1篇、钱歌川1篇、韩侍桁1篇、江兼霞1篇、俞遥1篇、夏衍（沈端先）1篇、肖参1篇、文萃1篇、徐迟1篇、吴家明1篇、陈君涵1篇、唐旭之3篇、万蔓1篇、张崇文1篇，共计95篇；

纪事、史料方面有张资平1篇、叶灵凤1篇、杨邨人2篇、杜衡1篇、陈翔鹤1篇、薛卫1篇、康嗣群1篇、黎君良1篇、钱杏邨（阿英）2篇、赵景深2篇、徐迟1篇、穆木天1篇、高明1篇、章伯雨1篇，共计17篇；

书评方面有杜衡1篇、凌冰1篇、李虹1篇、陆春霖2篇、王淑明4篇、李影心1篇、穆木天1篇，共计11篇；

书信方面有梁遇春6篇；"序"有废名1篇。

在这200多名撰稿人中，有文坛宿主，也有后起之秀；有的声名显赫，也有的初出茅庐；有专业作家，也有自由撰稿人或即兴写作者。总之，他们来自全国不同的区域，秉持不同的政治信仰，信守不同的文学理念，甚至时有人事纠纷[1]，但一时云集于《现代》麾下，共同谱写了一曲华美而灿烂的艺术篇章。并且，不时有特辑推出，这充分体现了主编选题、约稿及其整合多方资源的能力。1932年9月1日第1卷第5期刊有"特辑——夏之一周间"，其中有周作人的《苦雨斋之一周》、老舍的《夏之一周间》、巴金的《我底夏天》、

---

[1] 如郭沫若的"争座位帖"事件，经施蛰存小心伺候才斡旋停当。事情起因是《现代》第4卷第1期（1933年11月1日）目录中郭沫若的《离沪之前》排在周作人的《苦茶随笔：性的心理》之后，引起郭不满，致信叶灵凤要求停止刊载，转而印行单行本。因已排印，施蛰存一边赶紧在文末加一行小字，申明本文将印单行本，下期不再续载，一面请叶灵凤代为解释，言明目录上虽"先周后郭"，但正文中郭文排在周文之前，后得到郭谅解，允许续载。参阅施蛰存.《现代》杂忆［M］//刘凌，刘效礼.施蛰存全集·北山散文集：第1辑.上海：华东师范大学出版社，2011：278-279.

沈从文的《一周间给五个人的信摘抄》、郁达夫的《在热波里喘息》、废名的《今年的暑假》、茅盾的《热与冷》、叶圣陶的《夏？》、赵景深的《书生的一周间》。这九位作者均为当时文坛的实力派作家，其才学、见识与声名广为共知，在中国现代文学史享有一席之地。在短时间内，《现代》邀约众多名家为刊物做同题作文，以"特辑"的形式集体亮相，这无疑是一次华丽的盛装舞步，充分展现了《现代》在现代中国文坛上的影响力与号召力。

就刊发作品的题材而言，除了翻译文学 95 篇，创作部分成绩骄人，还有小说 119 篇、散文 128 篇、诗歌 162 篇，数量、质量都堪称可观。诸多新作以长篇连载的形式发表，有张天翼的讽刺小说《洋泾浜奇侠》连载于 1932 年 8 月 1 日第 1 卷第 4 期至 1934 年 3 月 1 日第 4 卷第 5 期，历时 8 个月；老舍的科幻小说《猫城记》连载于 1932 年 8 月 1 日第 1 卷第 4 期至 1933 年 4 月 1 日第 2 卷第 6 期，历时 8 个月；戴望舒的译作《陶尔逸伯爵的舞会》（法国拉第该著）连载于 1933 年 5 月 1 日第 3 卷第 1 期至 1934 年 2 月 1 日第 4 卷第 4 期，历时 9 个月。

同时，《现代》密切关注"十字街头"的社会现实，以文学的方式发声，积极参与民族复兴之伟业。1931 年 2 月 7 日，"左联五烈士"在上海龙华被国民党淞沪警备司令部秘密枪杀。1933 年 2 月，鲁迅撰文《为了忘却的纪念》以寄哀思，"舍不得鲁迅这篇异乎寻常的杰作被扼杀，或被别的刊物取得发表的荣誉"[1]，考虑了两三天，施蛰存毅然决定发表，1933 年 4 月 1 日第 2 卷第 6 期作为首篇刊载。为增强宣传效果，"现代文艺画报"一栏特设"柔石纪念"专版，向鲁迅索取柔石的留影、手迹，另配上一幅苏联珂勒惠支（Kathe

---

[1] 施蛰存. 关于鲁迅的一些回忆 [M] // 刘凌，刘效礼. 施蛰存全集·北山散文集：第 1 辑. 上海：华东师范大学出版社，2011：270.

Kollwitz）的木刻画《牺牲》。此帧作品鲁迅在文中提及，也曾在《北斗》创刊号上刊印，在这里则是向柔石等五烈士为正义而"牺牲"致敬。故此，鲁迅的作品、近照，柔石的留影、手迹与珂勒惠支的木刻画以互文的形式宣告反抗黑暗、追求光明的革命立场，凸显《现代》作为商业性期刊难能可贵的政治操守，从而赢得了社会的广泛认可。

《现代》的发行一度空前鼎盛。创刊号再版两次，"销售大约六千册，这是当时文艺刊物发行量的新纪录"[1]，一般的文艺刊物能销售 2000 册已属不易[2]。1932 年 11 月 1 日第 2 卷第 1 期为"创作增大号"，这一期的发行更为可观。发行的当日，上海门市即售出 400 本，初印的 8000 份在当月就销完，即刻再版，所以销售总量突破一万。[3] 书局老板张静庐回忆当年《现代》"销数竟达一万四五千份"，现代书局因此名声大噪，声誉渐隆，营业蒸蒸日上。鉴于此，书局着手扩大经营范围，"在第一年内完成了初步发行网，设立各省市直接或间接的分支店"，同时"决定了出版路线，提高新书的'质'，增加新书的'量'"，谋划一个宏伟的、"资力可能范围内的三年计划"。[4]

遗憾的是，从 1933 年 5 月 1 日第 3 卷第 1 期起，施蛰存与杜衡合编，情况出现变化。杜衡参加编务后，《现代》的理论稿件，多出自杜衡之手，如与胡秋原"文艺的自由论"等问题的商榷，施

[1] 施蛰存. 我和现代书局[M]//刘凌，刘效礼. 施蛰存全集·北山散文集：第 1 辑. 上海：华东师范大学出版社，2011：289-291.
[2] 如 1922 年 5 月《创造》季刊（泰东书局出版）创刊，印行 2000 本，两三个月销售了 1500 本，"在当时已经要算是很好的成绩"。郭沫若. 创造十年[M]. 昆明：云南人民出版社，2011：105.
[3] 施蛰存. 致望舒函十四通[M]//孔另境. 现代作家书简. 广州：花城出版社，1982：72.
[4] 张静庐. 在出版界二十年[M]. 南京：江苏教育出版社，2005：102.

蛰存并不认同，但碍于同学情面[1]等，不便干涉而一任由之。[2] 11月1日第4卷第1期狂大号出版。12日鲁迅致信杜衡，写道："本月《现代》已见，内容颇丰满，而颇庞杂，但书店所出，又值环境如此，亦不得不然。至于出版界形势之险，恐怕不只《现代》，以后也许更甚，只有摧毁而无建设，是一定的。"[3]出版界的不景气难以规避，但《现代》内容之芜杂是难以争辩的事实。更为严重的，是自1932年至1934年杜衡陷入与左翼关于"第三种人"的笔战，历时弥久，双方僵持，以至于鲁迅、茅盾等调转矛头予以斥责。也正因为与杜衡的合编关系，施蛰存被鲁迅斥为"第三种人"，《现代》被贴上"第三种人"的标签，部分撰稿人退出，刊物的发行遭受影响。

施蛰存与鲁迅的笔战也造成一定的负面影响。1933年10月，施蛰存与鲁迅发生了"庄子"与"文选"之辩。这场文墨官司，在施蛰存看来，是"两个人在报纸上作文字战，其情形正如弧光灯下的拳击手，而报纸编辑正如那赶来赶去的瘦裁判，读者呢，就是那些在黑暗里的无理智的看客"[4]。文人之间的笔战本属平常。鲁迅在文章中指名道姓"骂"过的人，有百人上下；与其论战的重要人物，也有三十人左右。[5]这本是文坛通行的一种写作方式，除了文人相争，有时也不过是持论不同，无所谓对错。一是彼此角度有异，意在切磋；二也是炒作需要，涨涨名气的手段。一位从近处想，读点古书对青年写作有助，一位从远处想，提醒青年不要沉到古书中去，原都有善意在，并不复杂，在宽松理性环境中，原是不会产生对立

---

［1］ 1926年，施蛰存、戴望舒、杜衡和刘呐鸥四人就读于上海震旦大学的法文班。施蛰存与戴望舒同一班，杜衡和刘呐鸥同一班。

［2］ 现代社［M］//杨之华. 文坛史料. 上海：上海中华日报社，1944：393-394

［3］ 鲁迅. 致杜衡函六通［M］//孔另境. 现代作家书简. 广州：花城出版社，1982：176.

［4］ 施蛰存. 推荐者的立场：《庄子》与《文选》之论争［N］. 大晚报. 1933-10-19.

［5］ 房向东. 导言［M］//鲁迅与他的论敌. 上海：上海书店出版社，2007：1.

的。[1]施蛰存身为编辑，鲁迅则是文坛泰斗，论辩的胜否自然立见，但也不乏有同情者。1933 年 12 月 15 日，远在天津的沈从文致信施蛰存，劝告"不必再作文道及"，因为"既持论相左，则任之相左可，何必使主张在无味争辩中获胜"。[2]在《新编中国文学史》一书中，谭正璧也写到，施蛰存"最近因提创读《庄子》与《文选》，颇受一般文人的非难。平心论之，他也另有主观的理由的"[3]，深为谅解。不过，以鲁迅之威望，这番论争对于个人及《现代》都极为不利。

屋漏偏逢连夜雨。现代书局资方的内讧，更加速了《现代》的衰落。虽然运用种种方法刺激销路，如由"特大号"到"增大号"再到"狂大号"一再改版，但内外交困之下，《现代》的销量直线下降。从第 4 卷起，刊物发生重大转向，"一个原本是纯文艺的杂志没有鲜明的旗帜，变成包容政治、经济、妇女问题、国内外通讯等的大杂烩"[4]，销路每期只有两三千册。1934 年，《现代》危机日深，社内同人分歧日深，施蛰存遂另起炉灶，主编月刊《文艺风景》。此刊为《现代》的姊妹刊物，撰稿者有"现代派"、京派和左翼作家，有施蛰存、刘呐鸥、徐霞村、沈从文、李长之、丁玲、阿英等。1935 年，施蛰存又创办《文饭小品》半月刊。撰稿者除现代社同人外，兼有京派作家。但由于没有足够的资金储备与各方力量的襄助，"独行无侣，孤掌难鸣"，两刊相继停止。施蛰存更是颓丧之至，

［1］ 徐中玉. 回忆蛰存先生［M］// 陈子善. 夏日最后一朵玫瑰：记忆施蛰存. 上海：上海书店出版社，2008：34-35.
［2］ 沈从文. 致施蛰存函四通［M］// 孔另境. 现代作家书简. 广州：花城出版社，1982：41-43.
［3］ 谭正璧. 新编中国文学史［M］. 上海：光明书局，1936：473.
［4］ 温梓川. 洪雪帆与现代书局［M］// 温梓川. 文人的另一面. 桂林：广西师范大学出版社，2004：354-355.

所谓"文艺生活，从此消沉"。[1]

毋庸置疑，无论在 20 世纪 30 年代还是中国现代文学史，《现代》独一无二。一方面，它为海派作家提供了一个起飞的平台，"新感觉派"叶灵凤、穆时英成为其倾力打造的骁将，黑婴、林微音、徐訏等后起之秀也崭露头角。另一方面，在现代期刊史上《现代》被誉为"最大最充实的纯文艺刊物"，具有深远的影响。内容之多元，思想之兼容，编排之讲究，兼之与读者建立的良好沟通，开创了一种既先锋又务实的新风尚，非一般期刊能媲美。后期文艺期刊如《文艺风景》（施蛰存主编），《文艺画报》（叶灵凤、穆时英合编），《六艺》（叶灵凤、穆时英、刘呐鸥等合编）都不同程度地传承或延续其风格，至 40 年代在《万象》《小说》等期刊上也仍然可见《现代》的光芒犹在。

2. 现代书局对"新人穆时英"的打造

"中国新感觉派圣手"[2]穆时英曾在 20 世纪 30 年代的上海文坛耀如星辰。在经济环境不景气、出版业受严厉审查的情势下，从事文学创作似乎太过奢侈。"一只庞大的骆驼要想穿过细小的针眼很难，一位无名作家第一次要想出头比骆驼穿过针眼更难。"[3]穆时英却是一个异数。1930 年，年仅 18 岁的穆时英由施蛰存提携，在《新文艺》第 1 卷第 6 号上发表第一篇小说《咱们的世界》。次年，亦由施蛰存推荐，小说《南北极》发表于《小说月报》第 22 卷第 1 号，一举成名。随后，作品开始见诸《申报》《晨报》《小说》等报章，一时遍地开花。但在相当程度上，是现代书局给予穆时英浮出文学

［1］ 施蛰存. 浮生杂咏·六十七·注释［M］// 沙上的脚迹. 沈阳：辽宁教育出版社，1995：215.
［2］ 严家炎. 略说穆时英的文学史地位［M］// 严家炎，李今. 穆时英全集：第 1 卷. 北京：北京十月文艺出版社，2008：3.
［3］ 叶灵凤. 编者随笔［J］. 现代小说，1929，3（1）.

史地表的契机与空间。

作为淞沪会战后在上海最先问世的大型文学期刊，1932 年 5 月 1 日《现代》月刊由现代书局创办，至 1935 年 4 月止，历时三年，每半年为一卷，每卷六期。第一、二卷由施蛰存主编，"可以代表我的文艺态度"[1]。自第 3 卷起至第 6 卷第 1 期与杜衡合编，共 19 期。中经休刊 4 个月。1935 年 3 月 1 日复刊，出第 6 卷第 2 期（革新号），改为综合刊，汪馥泉接编，至第 4 期止，共 34 期。

泰纳提出文学的三要素为种族、时代和环境，朱光潜则把"环境"译为"周围"，并指出"法文的 Milieu 略似英文的 circle，意为'圈子'，即常接近的人物"[2]。这种小圈子端的不可忽略。"新人穆时英"[3] 的诞生首先有赖于施蛰存及其与杜衡合编的《现代》。当年叶灵凤、施蛰存、戴望舒、杜衡、穆时英等志趣相投，同气相求，一度聚居于刘呐鸥租住[4] 的公园坊，或"饮水漫话"[5]，或"望月亮，谈上下古今"[6]，其乐融融。而 1932—1933 年的施蛰存也正处于"新感觉派"时期，"在创作方法上，可以说与穆、刘有共同处"[7]。在此，私交兼之同人相惜的双重情谊无疑为穆时英进入现代书局的视野提供了便捷。

故此，身为作者，穆时英免却了都市文人习见的屡投屡败的沮

---

[1] 施蛰存. 《现代》的始末 [M] // 宋原放. 中国出版史料：现代部分·第 1 卷. 济南：山东教育出版社，2001：16.

[2] 朱光潜. 谈文学 [M]. 上海：上海文艺出版社，2001：21.

[3] 钱杏邨. 一九三一年中国文坛的回顾 [J]. 北斗，1932，2（1）.

[4] 此处应是刘呐鸥的产业. 许秦蓁. 前言刘呐鸥小传 [M] // 摩登·上海·新感觉：刘呐鸥（1905～1940）. 台北：秀威资讯科技股份有限公司，2008：16.

[5] 施蛰存. 浮生杂咏·五十三·注释 [M] // 沙上的脚迹. 沈阳：辽宁教育出版社，1995：209.

[6] 穆时英. 致叶灵凤函一通 [M] // 孔另境. 现代作家书简. 广州：花城出版社，1982：192.

[7] 吴福辉认为施蛰存对"新感觉派"身份仅为"有限认同"，这也正是穆时英为其激赏的原因之一. 参阅吴福辉. 施蛰存对"新感觉派"身份的有限认同 [J]. 汉语言文学研究，2010，1（3）：93.

丧，享有在《现代》连续刊发作品的机缘，计有小说 11 篇，译作 1 篇，而施蛰存主编期间即刊发 11 篇小说，文学才华得以充分展示。小说有《公墓》(创刊号)《偷面包的面包师》(第 1 卷第 2 期)《断了条胳膊的人》(第 1 卷第 4 期)《上海的狐步舞》(第 2 卷第 1 期，创作增大号)、《夜总会的五个人》(第 2 卷第 4 期)、《街景》(第 2 卷第 6 期)、《本埠新闻栏编辑室里一札废稿上的故事》(第 3 卷第 1 期)、《父亲》(第 4 卷第 3 期)、《PIERROT——寄戴望舒》(上、下)(第 4 卷第 4、5 期)、《烟》(第 5 卷第 1 期)、《玲子》(第 6 卷第 1 期，特大号)；译作有《第一个恋人》(第 5 卷第 6 期)。自 1932 年 5 月 1 日创刊号首发小说《公墓》，至 1934 年 10 月 1 日第 5 卷第 6 期刊发译作《第一个恋人》，穆时英作品的发表贯穿了《现代》5 卷 13 期，前后持续了三年多的合作关系，可见其与《现代》的关系十分亲密，合作也相当愉快。

穆时英声名鹊起适逢《现代》的鼎盛阶段，从而为之提供了迅速进入市场的佳机。当时，《现代》平均每期销售量 7000 份，有时甚至上万。比较轰动的有两次。第一次为创刊号，再版两次，"销售大约六千册，这是当时文艺刊物发行量的新纪录"[1]，而普通文艺期刊销售 2000 册已属不易。第二次为第 2 卷第 1 期，创作增大号，发行当日上海门市即售出 400 本，初印 8000 册在当月就销完，即刻再版，销售总量突破一万[2]。每卷第 1 期常为杂志社倾力打造，名人新作借机隆重推出，有增大号、特大号之抢眼标志。在备受关注的这两期上，穆时英颇负盛名的都市小说《公墓》《上海的狐步舞》赫然在列。《公墓》叙述"我"在公墓邂逅一位"丁香一样地结着

［1］ 施蛰存. 我和现代书局［M］// 刘凌，刘效礼. 施蛰存全集·北山散文集：第 1 辑. 上海：华东师范大学出版社，2011：289-291.

［2］ 施蛰存. 致望舒函十四通.［M］// 孔另境. 现代作家书简. 广州：花城出版社，1982：72.

愁怨的姑娘"，后姑娘因伤寒离世，爱情戛然而止的伤感故事。这篇小说很特别，是穆时英小说中情欲色彩最少的，文中多处借用戴望舒的"雨巷"意象抒发愁怨情怀。穆时英对戴望舒几近崇拜，在小说中他向诗人频频致意。而《现代》也正好借用"雨巷诗人"的大众声望，渲染穆时英的浪漫气质；1933年第二个小说集由现代书局出版时，"公墓"为书名即为明证。《上海的狐步舞》则为代表作，"造在地狱之上的天堂"几成上海的名片，狐步舞"既是诡异和魅惑的代名词，更是都市空间中充满欲望陷阱和人性沉沦这一现代性特质的生动隐喻"[1]。从"愁怨"到"狐步舞"，演绎了穆时英由青涩的文学青年走向都市"新感觉派"的心路历程。而《现代》紧扣都市趣味，量身定制，为穆时英打造忧郁、颓废的多面气质，既耀眼又迷离，展现先锋姿态而抢占文坛领地；穆时英则依托《现代》平台，闪亮出场，令人耳目一新。两者联袂胜出，挺进文坛，博取市场份额。

《现代》关于穆时英的大力宣传不遗余力。宣传的重要是不言而喻的，"只要你睁开眼睛看看天下一切事件，每一件事情成功和失败的分歧点，有一大半在宣传的有无和巧拙"[2]。郭沫若、郁达夫、叶灵凤等都曾被力捧，但郭、郁是名人，自然具有商业效应；叶时任书局出版部主任兼《现代小说》的主编。故此，《现代》对"新人穆时英"的广告相当醒目。小说《公墓》刊发时，"编辑座谈"向读者郑重推荐："尤其是穆时英先生，自从他的处女创作集《南北极》出版了以后，对于创作有了更进一层的修养，他将自本期所刊载的《公墓》为始，在同一个作风下，创造他的永久的文学生命。"夸赞穆时英自我突破、勇于革新的艺术精神。继之，小说《上海的

[1] 张德明. 想像城市的方式：中国现当代城市文学侧论[J]. 上海文学，2014，（6）：108.
[2] 章克标. 文坛登龙术[M]. 哈尔滨：黑龙江教育出版社，1988：137.

狐步舞》刊发时，"社中日记"又褒扬艺术技巧之"圆熟"。9月24日写道："论技巧，论语法，也已经是一篇很可看看的东西。"10月8日又写道："在目下的文艺界，穆时英君和刘呐鸥君的以圆熟的技巧给予人的新鲜的文艺味是很可珍贵的。"发刊仅6期，《现代》一边连续刊载穆时英小说，一边刊首、刊尾辅以广告宣传，嘉奖褒誉，更是自不待言。作品与宣传同步，创作与赏鉴并行，"新人穆时英"光彩夺目。

现代书局以出版小说集的方式对穆时英予以重新"言说"。对于作家，和出版社结盟是利益与实力的保证；而对于出版社，出版作品集既是明确了后台老板的身份，更是借此彰显自身的出版理念而谋取文坛话语权。1933年1月20日现代书局出版小说集《南北极》改订本。初版本曾于1932年1月20日由湖风书局出版，收入《黑旋风》《咱们的世界》《手指》《南北极》《生活在海上的人们》五篇。改订本再收入1932年穆时英创作的《偷面包的面包师》《断了条胳膊的人》《油布》三个短篇，因为"这八篇东西的气氛是一贯的"[1]。为此，3月1日发行的《现代》第2卷第5期在扉页刊登广告。适逢穆时英与左翼文坛的论战告终，于是编者集合关于各方观点，用整整两个版面广而告之：

> 请读这批评：
>
> 施蛰存先生——我们特别要向读者推荐的，是《咱们的世界》的作者穆时英先生，一个能使一般徒然负着虚名的壳子的"老大作家"羞惭的新作家。《咱们的世界》在 Ideologie 上固然是欠正确，但是在艺术上面是很成功的。这是一位我们可以

---

[1]　穆时英. 改订本题记 [M]// 穆时英. 南北极. 上海：现代书局. 1933：1.

加以最大希望的青年作者。

文艺新闻——穆君的文字是简洁，明快而有力，确是适合描写工人农人的慷爽的气概，和他们有了意识的觉悟后的敢作敢为的精神。所以我最初看到穆君的这种作品，我觉得他若能用这种文字去描写今日的过着斗争生活的工农的实际生活，前途是不可限量的。

傅东华先生——在四月底买到了刚出版的写明着是一月十日发行的小说月报——中国历史最久的文艺杂志，中有使人惊奇的创作《南北极》一篇。先不谈这篇创作的笔调像谁，而也许要比那类似的别的笔调更好的。是生动、别致、简洁、沉着的调皮。……这篇创作非但在小说自身完成了它的价值，也可以作为新兴电影的极好材料。

杜衡——关于《南北极》那一类，我到现在还相信，他的确替中国的新文艺创造了一种独特的形式。在文学大众化的问题被热烈地提出之前，时英是已经巧妙地运用着纯熟的口语来造出了一种新形式……（以及天翼一部分作品）是比不论多少关于大众化的"空谈"重要得多的。

北斗——以流氓的意识作基调，作者颇能很巧妙地用他的艺术手腕把穷富两层的绝对悬殊的南北极般的生活写出来，给我们一个深刻的印象……这些地方都可以说是作者的技巧得到了成功的地方。

钱杏邨先生——作者的表现力量是够的，他能以发掘这一类人物的内心，用一种能适应的艺术的手法强烈的从阶级对比的描写上，把他们活生生地烘托出来。文字技术方面，作者是已经有了很好的基础，不仅从旧的小说中探求了新的比较大众化的简洁、明快、有力的形式，也熟习了无产者大众的独特的为一般智识分子所不熟习的语汇。

之所以长篇引述，是因为这则广告长达 741 字，与其说是出版广告，不如说是一束文艺批评集。虽然 6 位论者秉持不同的文艺立场，施蛰存（上述引文即为小说《咱们的世界》在《新文艺》刊载时的介绍）、杜衡秉持"现代"原则，《文艺新闻》《北斗》、钱杏邨代表左翼，复旦大学中文系教授傅东华时为学院派评论家，但对穆时英的文学才华已成共识。左翼赞扬其描写工农斗争生活的表现力及其大众化风格；评论家欣赏笔调之"生动、别致、简洁、沉着的调皮"，并且具有现代电影视觉叙述的跨艺术性；海派同人更以之为"替中国的新文艺创造了一种独特的形式"而寄寓厚望。应该说，这则出版宣传跳脱了广告习见的文字浮夸、作风古板的窠臼，解读到位，突出穆时英小说的先锋性与时尚性，彰显其艺术创新的当代价值。

次年 5 月，穆时英小说集《南北极》改订本第三版出版。2 月 1 日，《现代》第 4 卷第 4 期又预先广告：

> 以小说《南北极》轰动了中国文坛的穆时英先生，现在将他底处女创作集交本局出版了。我们在这里，可以用毫不带广告色彩的话，来说明穆时英底成功在那里。穆先生不像现在的一般作家，被传统的校样束缚他底笔，逃不出旧的辞藻的圈子，结果变成了新的八股文章，只能成为限于几个知识分子的读物。他，是一个新人，是一个通俗的言语的运用者，他能够运用一枝通俗的笔写出了大众所要说，为大众所了解的话，但他仍然有着自己底特殊的作风，自己底美丽辞藻，自己底热情的描写。他最近一年来所产的数量虽然不少，但每一篇都是成功的作品。

> 他底作品和高尔基初年的作品一样，褴褛的流浪汉是他底描写的对象，但他又决不是高尔基底模仿者，因为出现于他底小说里的人物是中国型的流浪汉，是在几千年的封建制度破产之下产生出来的末路英雄。现在本局谨将一群末路英雄们底生活的横断面，献给生活在这时代里的年青的读者。

1933 年 1 月改订本《南北极》出版，7 月即再版，次年 5 月 3 版。一版再版，不论对于现代书局还是作家本人，着实可喜可贺，说明了读者和市场对穆时英的喜爱与接受。在此，《现代》不必再引述百家观点，并且，一反先前的稳健、审慎，此则广告极度夸饰其文学才华，甚至以为"褴褛的流浪汉"形象直逼大师高尔基，用词华美、高调。"新人穆时英"灿若新星，光芒四射。

同时，穆时英的第二个短篇小说集《公墓》列入现代书局"现代创作丛刊"之第五种，1933 年 6 月 15 日出版，10 月再版。11 月 1 日，《现代》第 4 卷第 1 期扉页即通告已印行的八种丛刊书籍，《公墓》位列第五。12 月 1 日，《现代》第 4 卷第 2 期扉页又书有广告："本书系著者写《南北极》同时所作，而题材则完全相反。这位轰动中国文坛的年青作者，实为具有南北极之矛盾性的人。读过《南北极》者，本书亦必一读。"这则广告很有噱头。《公墓》的风格不曾道明，却借用《南北极》的普罗色彩凸显其"矛盾性"，以示作家的别样风格。读者若不同时拥有这两本小说集，何以窥探作家全貌？

在现代城市，视觉感官获得了前所未有的重要地位，以至于整个城市都被视觉官能特征化。[1] 在当时，摄影已然作为现代科技元素进入文学，1928 年 3 月 16 日《良友》编辑梁得所摄"在书房"

---

[1] 李今. 海派小说与现代都市文化[M]. 合肥：安徽教育出版社，2000：141.

的照相为鲁迅形象建构的扛鼎之作，故《现代》在发表小说《上海的狐步舞》的同期刊出照相（见图 3-4），小标"上海的狐步舞之作者"字样，以加深读者印象。时年 20岁的穆时英，双目透着"憎恶一切的，冷峭的神气"，"浓秀的眉""锁着英俊"，"口紧闭着，显着毅然地绝然地"[1]愤世嫉俗的模样。这帧照相传播甚广。"自从他的照片给施蛰存在《现代》登载后，一般年轻的女学生，几乎都在朝夕地想看看他"，兼之穆时英的狐步舞、华尔兹、西班牙探戈都跳得极好，"因

上海的狐步舞之作者

图 3-4 《现代》1933 年第 1 期

此一般年轻的女生们为了要看看这位名小说家，也就有了上舞场的嗜好"[2]。年轻女性读者对穆时英的迷恋与崇拜，几乎就是当下"铁粉"们追星的预演。在此，穆时英的铁血形象、高超舞技与都市小说构成互文关系，文学与人生、艺术才华与都市时尚，如此完美地熔铸一身，十里洋场最华丽的文坛传奇徐徐开演。

在出版业中，出版机构倘若注重创作、发行、批评的共生互动，使之构成良性的循环机制，不仅有助于书籍的发行与销售，而且可以促成文学场的生成，扩大文学传播的路径与范围，从而反过来为出版商谋取更大的利益。为配合图书的宣传与发行，1932 年的 6月 1 日现代书局创办了《现代出版界》专刊。该刊由宋易任主编，每月一期，前后发行了 20 多期。作为"批判性的刊物"[3]，该刊旨

[1]　这是穆时英小说《交流》（上海芳草书店，1930 年版）中男主人公"革命家"雄霄因爱人为世俗所逼另择配偶，抑郁而病中的神情。与此帧照像外形、神态均十分相近，可谓作者的自画像。转引自严家炎，李今. 穆时英全集：第 1 卷. 北京：北京十月文艺出版社，2008：49.

[2]　迅俟. 穆时英［M］// 杨之华. 文坛史料. 上海中华日报社，1943.

[3]　编者的话［J］. 现代出版界，1932，（4）.

在及时介绍文坛消息、动态，"致力于新兴文化事业之报道与批判，作国外出版家与读书界之媒介"[1]。不过，就紧跟《现代》发刊仅一月即创办而言，相当程度上是配合《现代》发行的有意为之。

如果说，发现穆时英的才华是施蛰存，那么，促其走红的是20世纪30年代初勃兴的"普罗文学"。穆时英如日中天之际遭遇左翼的强烈冲击，《现代出版界》为之提供平台，抵御异见而予以保护，显示出现代书局商业运作的有序性与有效性。诚然，如今回望过去，在这一个"智力活跃的时代"，"有太多的偏见与小心眼儿"，乃至于"单调的洋八股有点讨人厌"，[2]但这般众声喧哗倒为"新人穆时英"构建了一个色彩斑斓的公共空间。

穆时英有"充满原始粗野精神"和"表现现代细腻复杂的感觉"[3]两副笔墨，前者以小说《南北极》为代表，后者以小说《公墓》《白金的女体塑像》为代表。显然，符合左翼吁求的是前者。当时文艺以"左倾"为自傲，而左翼文坛虽作品迭出，却尚未形成一种成熟的小说范式，"革命＋恋爱"模式已成明日黄花。穆时英恰逢其时，"一时传诵，仿佛左翼作品中出了个尖子"[4]。李二爷、于尚义等草野之徒"冲进新文坛，宛若半路杀出的程咬金，三板斧一挥，令人大喝其彩"[5]。粗野的无产者形象、直率的大众语，都深合左翼批评家的期许。1931年9月，"左联"的机关刊物《北斗》甫一创刊，阳翰笙（署名寒生）即撰文宣称《南北极》的小狮子是"反叛上层社会的英雄好汉"。钱杏邨更充分肯定其文学"大众化"

[1] 现代[J].1932,2（2）.
[2] 张爱玲.银宫就学记[N].太平洋周报,1944-02-07.
[3] 苏雪林.新感觉派穆时英的作风[M]//二三十年代作家与作品.广州：广东出版社,1980:421.
[4] 施蛰存.我们经营过三个书店[M]//刘凌,刘效礼.施蛰存全集·北山散文集：第1辑.上海：华东师范大学出版社,2011:337.
[5] 杨义.中国现代小说史：第2卷[M].北京：人民文学出版社,2001:686.

成绩，断言"在 1931 年，《南北极》的发现，使读者感到新人穆时英的存在"[1]。吊诡的是，作为左翼的最高评价，此论广为流传，"新人穆时英"成为个人形象的标志性用语。

　　遗憾的是，穆时英志不在焉。按照施蛰存的说法，他虽被冠为"普罗小说中之白眉"[2]，其实，"连倾向马克思主义的思想基础也没有，更不用说无产阶级的生活体验。……他的小说，从内容到创作方法，都是摹仿，不过他能做到摹仿得没有痕迹"[3]。对此，司马长风也认为"'普罗文学'和'大众文学'全不是穆时英的真志趣，他所仰慕的是烂熟的都市文明，是'白金女体的塑像'，是'圣处女的风情'，是'笼罩着薄雾的秋巷'，是爵士狐步舞，是用彩色和旋律交织成的美"。而《南北极》的情节"不合情理"，甚至有"迎合普罗文学的旨趣"[4]之嫌。作家早期创作多趋奉潮流，后期则视心性、禀赋发展所致。1935 年穆时英加入刘呐鸥、黄嘉谟与左翼的"软性电影"与"硬性电影"之争，也说明与左翼的分道是必然的。于是，穆时英转而遭到左翼的批伐。1932 年 1 月，《北斗》第 2 卷第 3、4 期连续刊载瞿秋白（署名司马今）的《财神还是反财神》一文，抨击小说《被当作消遣品的男子》充斥"颓废感伤，歇死替痫的摩登态度""性神经衰弱等类的时髦病"不良倾向，以及即"表面做你的朋友，实际是你的敌人""红萝卜"式的阶级立场。6 月，一度被热捧的小说集《南北极》被判定"无论在意识、形式、技巧方面，都是失败的"。[5]

　　文学场是一个力量场，这个场对所有进入其中的人发挥作用，

［1］　钱杏邨. 一九三一年中国文坛的回顾［J］. 北斗，1932，2（1）.
［2］　编者的话［J］. 新文艺，1930，2（2）.
［3］　施蛰存. 我们经营过三个书店［M］// 刘凌，刘效礼. 施蛰存全集·北山散文集：第 1 辑. 上海：华东师范大学出版社，2011：337.
［4］　司马长风. 中国新文学史：中卷［M］. 香港：昭明出版社，1978：85-86.
［5］　舒月. 社会渣滓堆的流氓无产者与穆时英君的创作［J］. 现代出版界，1932（2）.

而且依据他们在场中占据的位置以不同的方式发挥作用，这个场同时也是一个充满竞争的斗争场，这些斗争倾向于保存或改变这个力量的场。[1]左翼集团军作战的态势不容小觑，"人多手众，此呼彼应，非孤军抗战所能抵御"[2]。1928年，继鲁迅之后，茅盾因三部曲小说《蚀》遭到左翼严责；1930年10月，一度为"民众所需要""青年崇拜"[3]的普罗作家蒋光慈被逐出队伍；1932年杜衡与"左联"展开"第三种人"论争，后不堪"横暴的左翼文坛的幻影"[4]之"压迫"[5]宣告搁笔，对此，有切身体会的茅盾也表示同情[6]。故此，现代书局积极应对，《现代出版界》相继刊发7篇文字，保护穆时英。继舒月《社会渣滓堆的流氓无产者与穆时英君的创作》（第2期，7月1日）、思澄《关于穆时英的创作》（第3期，8月1日）两文刊发之后，9月1日，第4期刊发穆时英的《关于自己的话》一文。针对创作主旨被批评，穆时英认为信仰"决不是对于某种思想或主义的情感的崇拜与接受，而需要理智的探讨"，表明"不会有一种向生活、向主义的努力"，以示反击。文坛意见交锋本属常态。值得注意的是穆文后附"编者按"。编者回顾了关于穆时英争论的经过，并借读者思澄、李心君的观点，认为舒月褊狭、"太苛刻"，"内容固然失败，可是技巧上认为是有相当成功的，是可以批判地应用的"，更何况"穆君的'自白'，是很坦白地表明了他自己是在生

［1］ 皮埃尔·布迪厄. 艺术的法则：文学场的生成与结构［M］. 刘晖，译. 北京：中央编译出版社，2011：208.
［2］ 曾今可准备反攻［J］. 社会新闻，1933，3（22）.
［3］ 钱杏邨. 地泉序［M］//华汉. 地泉. 上海：上海平凡书局，1930：24.
［4］ 鲁迅. 论"第三种人"［J］. 现代，1932，2（1）.
［5］ 韩侍桁. 论第三种人［M］//文学评论集，上海：现代书局，1934：202.
［6］ 杜衡回忆茅盾曾当面表示，对他在论争中所持观点"差不多大部分同意"。而夏衍在《懒寻旧梦录》中记载茅盾说左联"批第三种人的调子，和过去批我的《从牯岭到东京》差不多"，故陈漱渝对杜论予以采信，本书也认同。详见陈漱渝. 关于杜衡先生的一篇回忆［J］. 鲁迅研究动态，1989，（2）：56.

长中的一个"，请大家给予作家"新的鼓赞"。读者真实存在与否，现在已然无法查证，但行文之间，编者对穆时英的包容与支持是十分显然的。

继之，次年2月1日，《现代出版界》第9期集中刊发穆时英的《改订本南北极题记》《我的生活》与杜衡的《关于穆时英的创作》、刘微尘的《穆时英的"上海狐步舞"》四文。前两文是穆时英的自述。写作的热诚与现实的逼仄令人抑郁伤怀，作家丰富而多元的内心世界在此展露。后两文是评论，四文并置则兼有辨正与炒作的意味。在《关于穆时英的创作》一文中，杜衡首度论定穆时英作为现代都市文学开创者的文学史地位，"中国是有都市而没有描写都市的文学，或是描写了都市而没有采取了适合这种描写的手法"，穆时英却属于"这一个"。此论得到苏雪林的认同[1]，并广为后人引证。刘文的态度则较尖锐。他肯定穆氏"简练活跃的笔致"和"突进"的技巧，也指出"天堂地狱观"的局限："简直没有怀胎着一些变动的东西，人物不是苦闷无出路，便是恣情与浪谑，或赌杀。"在这里，且不论孰是孰非，《现代出版界》为之创设了一个"众声喧哗"的论争平台，作者、编辑、论者以即时对话的方式展开评说，从而提供了多维解读的可能性与合理性。而对于"新人"穆时英，不论臧否如何，这都是大为裨益的，观点龃龉反而激起读者的兴趣与关注，文坛新秀的声名进一步升温。可见，当穆时英被左翼捧作"尖子"时，现代书局不置一词，听凭自然；而遭遇批伐时，现代书局则立场鲜明、观点明确，体现了作为文学生产者斡旋文坛、掌控市场的机敏与力量。

同时，现代书局竭力消解"抄袭事件"的负面影响。1933年4

---

[1] 苏雪林. 新感觉派穆时英的作风[M]//二三十年代作家与作品. 广州：广东出版社，1980：421.

月1日，《现代》第2卷第6期刊载穆时英的小说《街景》，不曾料想，13日，北京读者雪炎来信，揭发《街景》首段抄袭池谷信三郎的《桥》（收入刘呐鸥的译著《色情文化》，第一线书店，1928年）的结尾，并比照两文以示相似度。施蛰存旋即转给穆时英。24日，穆时英来信告白，"承认是'取巧'，可不承认'抄袭'"。于是，6月1日第3卷第2期《现代》"读者、编者、作者"一栏同时刊出雪炎来信、穆时英的《致施蛰存》以及编者的《附语》三文。对于作家，"抄袭"，不论是何种程度上，都是难以辩说的硬伤。但初创者对新文艺潮流的学习或模仿，一般多持包容态度，"穆时英起初的创作中文底子不十分好，旧文学的修养尤嫌不够，但吸收新名词新东西很快"[1]，受横光利一和《色情文化》的影响深厚[2]。施蛰存私下也不以为意[3]，但当时身为编辑，他不讳饰，也不辩解，以客观、平和的方式告知于众，既是对新人的规训，也在一定程度上修复了作家及期刊形象。

　　而出版作品集进一步稳固了穆时英的文坛声誉。在穆时英出版的四个作品集[4]中，现代书局出版了三个——《南北极》《公墓》《白金的女体塑像》。继《南北极》改订本重磅出击之后，1933年6月15日第二个短篇小说集《公墓》列入现代书局"现代创作丛刊"第5种，1934年7月20日第三个短篇小说集《白金的女体塑像》

[1]　灵凤. 三十年代文坛的一颗彗星：叶灵凤先生谈穆时英[J]，四季，1972（1）.
[2]　林希隽. 第四代的文章[J]. 文化列车，1934，（10）.
[3]　1937年，施蛰存在《一人一书（下）》一文中提出穆文并非简单的抄袭，而是"别人的好思想、好辞句的大融化"，"还是一篇完整的他自己的作品"。参阅刘凌，刘效礼. 施蛰存全集·北山散文集：第3辑[M]. 上海：华东师范大学出版社，2011：1048.
[4]　良友图书印刷公司出版其单行本《被当作消遣品的男子》（1931年10月）、《空闲少佐》（1932年3月），以及作品集《圣处女的感情》（1935年5月）。而编者赵家璧之所以选择穆时英，一是因为同学之谊，二是感于其风头之盛。换言之，正是现代书局对穆时英的倾力打造引起"良友"之侧目。参阅赵家璧. 编辑忆旧[M]. 北京：生活·读书·新知三联书店，2008：18-19.

再度列入该丛书第 17 种予以出版。该丛书由施蛰存主编，共有 18 种[1]，穆时英是唯一一个两部作品入选的作者，可见施蛰存及现代书局的珍爱与偏重。小说集《白金的女体塑像》收入《白金的女体塑像》《父亲》《旧宅》《百日》《本埠新闻栏编辑室里一札废稿上的故事》《街景》《空闲少佐》《PIERROT》8 篇小说。而《街景》的收入，也可视作现代书局对"抄袭事件"中穆时英的侧面回应与认同。

　　商业经济兴起之后，文化产品开始面向市场和大众，作者、读者、批评者的平等关系得以确立，新的讨论关系逐渐萌生。文化产品变成一种商品，变得可以质疑和批判。[2]20 世纪 30 年代的中国文坛政党、宗派之间烽烟四起，"新人穆时英"遭遇异见批伐、读者质疑乃情势必然。庆幸的是，虽然出于商业利益，但现代书局对于穆时英的打造与保护连贯而有效。它以文学生产者和传播媒介的双重身份，运用商业运作的模式，促成穆时英文学场的生成与流播，双双获取了文坛话语权与市场盈利，从而提供了一种都市文学生产的路向与启示。

---

[1] 其中，叶灵凤的《紫丁香》在 1934 年 2 月《现代》第 4 卷第 4 期广告中发布出版信息，但不知何故未出，故实际出版 17 种。
[2] 李丁赞. 市民社会与公共领域[M]// 许纪霖. 公共空间中的知识分子，南京：江苏人民出版社，2007：89.

第三节 "不全然的海"[1]：文学的艺术化

在一定意义上，文学不应只是作家在象牙塔里的自娱自乐，也不应只是运用语言文字的盛装舞步。与绘画、藏书票等多种艺术形式的融创是海派文学现代性的重要特征。当文学突破纸质传媒的藩篱，与绘画、摄影、书法等其他艺术携手营造一方天地，以自由放飞的姿态驰骋于艺术空间，那么，给读者带去的审美愉悦将是别有姿态而富有意味。从读者接受而言，在欧风美雨的熏陶之下，上海的大众读者也不再满足于单一的文字阅读，渴望跨艺术、多层次相融汇的艺术美感。艺术能使人摆脱日常性的奴役，具有亚里士多德所说的悲剧的净化作用，使人的痛苦和不快的情绪获得一种宣泄，转化成一种积极的激情。海派作家是一个才子云集的群体，在电影、戏剧、绘画、藏书票等艺术领域多有涉猎，寓艺术于文学，这为海派文学的现代主义提供了丰富而深厚的养分。

一、"文艺而称为画报"

艺术看似无用，实则大用。很多时候，其效用不是从物质层面可以量化地体现，而是以隐性的、精神的方式而存在，现代知识分子早有关注。1927年，从日本留学归来的傅彦长与朱应鹏、张若谷合著《艺术三家言》一书，良友图书公司出版。在开篇《艺术之标准》

---

[1] 编者随笔[J]. 文艺画报, 1934（1）.

一文中，傅彦长开宗明义点出现代艺术的重要性。他认为，艺术不仅关系着一国文化的发展，也与人们的日常生活紧密相连，而城市则是现代艺术发展的重镇："近代艺术，必集中于城市，即好以山林生活为标榜之艺术家，亦不得不居于城市。盖伟大之建筑音乐歌剧绘画展览会，大公园，华丽之雕刻等，非有城市不足以表现也。"[1]

鲁迅兴趣广泛，学术视野开阔，在文艺方面常为时代的引路人。1935 年，应《世界文库》之邀翻译《死魂灵》，鲁迅四处托人寻求 Taburin 的两种插画本做参考："欢迎插图是一向如此的，记得 19 世纪末，绘图的《聊斋志异》出版，许多人都买来看非常高兴的。而且有些孩子，还因为图画，才去看文章，所以我以为插图不但有趣，且亦有益；不过出版家因为成本贵，不大赞成，所以近来很少插图本。"其实，不仅孩子"因为图画，才去看文章"，就是成人也喜欢读图，一如《历史演义》（会文堂出版的）颇注意于此，帮他销路不少，然而我们的'新文学'家不留心"[2]。编印马克·吐温《夏娃日记》（Eve's Diary，1906 年）更见其对艺术之用的重视。1931 年，保姆带海婴到隔壁刚搬走的外国人家去玩，从弃物中拾来这本小书，其中莱勒孚作的白描插图一下子吸引了鲁迅，他旋即托冯雪峰找人翻译。10 月，单行本由上海湖风书局出版，卷首有鲁迅（署名唐丰瑜）作的《小引》，高度赞誉莱勒孚的插图艺术："莱勒孚（Lester Ralph）的五十余幅白描的插图，虽然柔软，却很清新，一看布局，也许很容易使人记起中国清季的任渭长的作品，但他所画的是仙侠高士，瘦削怪诞，远不如这些的健康；而且对于中国现在看惯了斜眼削肩的美女图的眼睛，也是很有澄清的益处的。"[3]在

[1] 傅彦长，朱应鹏，张若谷. 艺术三家言[M]. 上海：良友图书印刷公司，1927：1.
[2] 鲁迅. 致孟十还[M]// 鲁迅书信集：下卷. 北京：人民文学出版社，1976：817.
[3] 鲁迅. 夏娃日记·小引[M]// 二心集. 北京：人民文学出版社，1973：120.

鲁迅看来，从画风到画品，从审美趣味到艺术鉴赏，我们都可以从莱勒孚插图得到"健康""澄清"的"益处"，有益于世道人心。

感风气之先，海派文学期刊也多洋溢着浓郁的艺术气息，与文学审美相映成趣。施蛰存指出作家应当懂得欣赏艺术，吸取各种艺术的营养而增进文学素养。1932 年 5 月《现代》创刊伊始，倡导以艺术推进文学的主张。刊有三帧剧照，即美国巴沙代剧社出演的两剧——《铁甲车》（苏联，V.V. Ivanov : Le Train Blinde 作）、《假如》（苏珊奈爵士），以及《温柔》剧照。《温柔》是由百代公司根据法国亨利·巴达伊同名小说改编的电影，新近于上海巴黎大戏院公演。小说《铁甲车》（1921 年发表）是新俄作家符谢伏罗德·伊凡诺夫的代表作，时为高尔基所奖掖的文学新秀。拟刊画报 4 页，"预备刊载些中外古今文艺上有价值或趣味的图版"，包括木刻、插绘等，后因"每期的画报，取材于外国文艺者多，而取材于本国文艺者少"，日渐寥落。这种编排既是趋奉时尚，更是提供"有价值或趣味"文艺新思想、新动向，以扩大读者视野、增进识见，可谓用心良苦。

最具规模的是第 3 期，用整整 10 个版面刊载《歌德逝世百年纪念画报》。刊有 52 帧像片，分为画像及肖像、"环境·人物""诗与散文""纪念·展览"四块内容，详细地展现了歌德一生创作历程的情况及成就。"环境·人物"刊载歌德父母、妹妹、夫人，好友席勒、魏玛公爵及魏玛、弗朗克故居等，计 10 帧像片。"诗与散文"刊载"原本《少年维特之烦恼》封面"与插画，歌德曾经的恋人——绿蒂（《少年维特之烦恼》女主人公之原型）、丽丽夫人、玛丽安娜等与创作相关的人物像片，计 11 帧像片。"纪念·展览"从歌德的"死颜"、绝笔、讣告、纪念邮票到后裔及《少年维特之烦恼》《浮士德》中译本等，计 16 帧像片。最突出的是画像及肖像部分，取自歌德 16 岁至临终的 15 帧像片，有画像、浮雕面形像、石膏面形像、速写像、塑像等 5 个种类，选材广泛，神态各异，音容笑貌呼之欲出。总之，《歌德逝世百年纪念画报》全方位地展示了作家作品的风貌与特质，让读者较真切地感知歌德的精神、个性，以及文学创作所具有的伟大魅力。

1934 年施蛰存离开现代书局，6 月 1 日创刊《文艺风景》，刊有日本画家藤田嗣治的《现代画与画家》（济民译）一文，阐述法国著名大画家数人的私生活及艺术表现。编者希望读者借此可以"懂得如何去欣赏现代的西洋画"[1]，并选印两位画家的作品，以供观瞻。同时，《文艺风景》中还开设"诗画舫"，诗画相和，以增加读者的阅读兴味。第 1 期《祝福》由陈江帆作诗，郭建英作画，一诗一画，甚为相谐。可惜因印刷技术不够成熟，第二期取消。

与此同时，画报开始在上海风行。1930 年，张光宇、叶浅予等创办《时代画报》，由中国美术刊行社发行，第一期销路就超过《良友》，后因资金周转不灵，由邵洵美盘下。《时代画报》第 4 期与《上海漫画》合并，更名为《时代》。对于办画报，邵洵美寄予厚望。首先，他认为图画激发阅读兴趣，"我们要增加识字的人对读物的兴味；我们要使不识字的人，可以从图画里得到相应的知识"。其次，图画推动读者的求知欲，"假使他们是有灵魂的，他们一定还会觉得光看图画不能满足，而开始想要识字"，从而"养成一般人对于读书的习惯"。再则，图画足以震撼人的精神灵魂，因为"图画能走到文字所走不到的地方，或者文字所没有走到的地方"[2]。在此热念之下，他不惜冒做赔本生意的风险而"冲锋"陷阵。1934 年 5 月，《万象》画报创刊，主编张光宇和叶灵凤，总出 3 期。这张 8 开画报，印制精美，艺术化成为鲜明的特色。该刊载有叶浅予明快的新装画，

[1]　施蛰存. 编辑室偶记［J］. 文艺风景，1934，1（1）.
[2]　邵洵美. 画报在文化界的地位［J］. 时代，1934，6（12）.

施蛰存轻逸的随笔，日本女作家和法国作家的画像，以及电影的简短新闻。在这里，绘画、摄影、电影等视觉艺术大放光彩，文学似乎淡出，成为一种点缀或装饰。

同年10月10日，《文艺画报》创刊，第1、2期由叶灵凤、穆时英编辑，第3期始叶灵凤主编，封面由郭建英设计，1935年4月第4期终刊。与多数期刊"为了建设中国文学，为了教育大众，为了涵养灵性，为了提拔无名作家"的立意不同，该刊希望"每期供给一点并不怎样沉重的文字和图画，使对于文艺有兴趣的读者能醒一醒被其他严重的问题所疲倦了的眼睛，或者破颜一笑，只是如此而已"。诚然，"文艺而称为画报，或许有人见了要叹气，觉得未免太'海派'了"[1]，而招致批评。在《读书生活》第5期，傅东华（署名伍实）撰文讥讽该刊创刊号张谔的漫画《眼睛吃的冰激凌》，对此，编者反击，认为傅先生"腐朽"，对电影一窍不通却指手画脚，"线装书多读了一点，连报纸也不看"，而本刊"既不提倡低级趣味，却也不想抱住了文学自鸣清高"[2]。不久，在北平一次演讲中，郑振铎也提及《文艺画报》"低级趣味"，叶灵凤予以回应，说第3期封面壁塑就曾为郑所"赞叹"[3]。其实，《文艺画报》虽艺术趣味较重，但创作的分量并不轻，其中散文、随笔居多，也占据相当的比例。并且，结合都市读者的趣味，刊登不少漫画、插图、插绘以及木刻画，均具有前沿性，整体风格"轻松活泼，图文并美，编印得相当考究"[4]，不失为一份质量不错的期刊。

叶灵凤、郭建英两人在艺术方面的造诣，在这次合作中大显身手。叶灵凤本是绘画出身，兼之较深厚的文学功底，具备多年的办

［1］ 编者随笔［J］. 文艺画报，1934（1）.
［2］ 编者随笔［J］. 文艺画报，1934（2）.
［3］ 编者随笔［J］. 文艺画报，1935（3）.
［4］ 侣伦. 三十年代的《文艺画报》［J］. 香港开卷，1979（3）.

刊经验。作为"创造社的小伙计",早在 20 年代就读上海美术专科学校时期,叶灵凤就参与了《洪水》半月刊,封面设计、插画等主要由叶负责。自第 1 卷第 2 号起,每期都有他绘制的黑白插画,如《夜祷》《旧梦》《苦闷的追寻》《希望与崇拜》等。1926 年 10月创办半月刊《幻洲》,1928 年与潘汉年主编刊物《现代小说》等,叶灵凤几乎包揽封面、插图及整体版式设计。可以说,20 年代他在泰东书局、创造社出版部、北新书局、现代书局等多家出版社担任封面、插图等装帧工作,可见其画笔之勤、之功力。总体上,叶氏画风绮丽,用笔舒缓,崇尚唯美、颓废的现代艺术趣味。

郭建英则是 30 年代运用画笔的"新感觉派",曾以笔名述云发表《现代人底娱乐姿态》(《新文艺》,1929)、《巴尔扎克的恋爱》(《现代》,1934)等著译,为刘呐鸥、黑婴等作插图。1934 年 6 月,《建英漫画集》由上海良友图书公司出版,"线条的简洁、柔和、优美,笔触的幽默、悲悯、讥讽以及画面内在的混乱、冲突、动荡不安和多种狂热的迷恋,往往会使读者发出会心的微笑"[1]。故此,该刊由郭建英、叶灵凤执笔漫画、插图等,既充分展示了现代绘画的灵动与想象力,也丰富了文学现代主义的艺术表现形式。

1936 年 2 月 15 日,《六艺》创刊,16 开,由叶灵凤、穆时英、刘呐鸥、高明、姚苏凤合编。较之《文艺画报》,《六艺》在内容、编排与整体风格上更严整而规范。在中国古代,"六艺"指礼、乐、射、御、书、数六种传统技能。在这里,"六艺"指电影、戏剧、音乐、舞蹈、美术、文学六个方面。文学方面,只限于诗与小说,占一半的篇幅,足见仍以文学为重。《六艺》从现代的角度阐发读书人不仅修身齐家,更应有胸怀天下、瞩目世界的视野与气度。当时国际

---

[1]　陈子善. 摩登上海的线条版:郭建英其人其画[M]// 陈子善编. 摩登上海,桂林:广西师范大学出版社,2001:1.

形势风云变幻，世界大战已经在欧洲揭开序幕，中国也面临"山雨欲来风满楼"的严峻局面，全面抗日救亡运动蓄势待发。故此，《六艺》编辑同仁呼吁艺术界（包括文学界）团结起来，以艺术作为斗争的武器。[1]高举文学艺术化与世界化的办刊宗旨。创刊号有文艺评论、散文、译著及专栏《诗与画》；"六艺画苑""六艺文坛""六艺舞台""六艺银幕"四块内容全面介绍当前文艺界的最新动态，分外醒目。文字之外，插入4页粉纸，全部刊印图画，兼之多帧漫画、版画、木刻等，蔚为大观。

　　《六艺》甫一出版，引人注目。最为传诵的是创刊号刊发了漫画家鲁少飞的杰作——《文坛茶话图》[2]（见图3-5），鲁迅、周作人、茅盾、郁达夫、邵洵美、施蛰存等上海文坛名人济济一堂，谈笑风生，姿态各异而神采毕现，兼之用浅黄色道林纸印刷，异常精美，实属逸品。漫画下面附有一段精彩的"说明"，勾勒文坛风波，点评作家风流，描摹各人心绪，诙谐灵动，呼之欲出，故不吝抄录于此：

图3-5　《文坛茶话图》

［1］　侣伦.《六艺》与《文艺茶话图》[J]. 开卷月刊，1979（7）.
［2］　20世纪90年代，关于此画的出处曾波澜突起，鲁少飞含糊其辞"线条像我"，"记不起来了"，施蛰存认为这是鲁少飞"怕沾染邵洵美这个'纨绔公子'的病毒细菌"而"拒不出土"。参阅施蛰存. 鲁少飞的心境[M]// 刘凌，刘效礼. 施蛰存全集·北山散文集：第1辑. 上海：华东师范大学出版社，2011：404.
　　　　邵洵美. 一个人的谈话[M]. 上海：上海书店出版社，2008：扉页.

　　大概不是南京的文艺俱乐部吧，墙上挂的世界作家肖像，不是罗曼·罗兰，而是文坛上时髦的高尔基同志和袁中郎先生。茶话席上，坐在主人地位的是著名的"孟尝君"邵洵美，左面似乎是茅盾，右面毫无问题的是郁达夫。林语堂口衔雪茄烟，介在《论语》大将老舍与达夫之间。张资平似乎永远是三角恋爱小说家，你看他，左面是冰心女士，右面是白薇小姐。洪深教授一本正经，也许是在想电影剧本。傅东华昏昏欲睡，又好像在偷听什么。也许是的，你看，后面鲁迅不是和巴金正在谈论文化生活出版计划吗？知堂老人道貌岸然。一旁坐着的郑振铎也似乎搭起架子，假充正经。沈从文回过头来，专等拍照。第三种人杜衡和张天翼、鲁彦成了酒友，大喝五加皮。最后面，捧着茶杯的是施蛰存，隔座的背影大概是凌叔华女士。坐着的是现代主义的徐霞村、穆时英、刘呐鸥三位大师。手不离书的叶灵凤似乎在挽留高明，满面怒气的高老师，也许是看见有鲁迅在座，要拂袖而去吧？最上面，推门进来的是田大哥，口里好像在说：对不起。有点不得已的原因，我来迟了！露着半面的像是神秘的丁玲女士。其余的，还未到公开时期，想我不说了。左面墙上的照片，是我们的先贤，计有：刘半农博生、徐志摩诗哲、蒋光慈同志、彭家煌先生。

　　至 20 世纪 40 年代，文学艺术化已然成为时尚，以至于有些期刊越走越远。1942 年 3 月朱朴创刊《古今》，封面时有名人题名，兼之古画装饰，极尽风雅之能事。1946 年 4 月，《幸福》创刊，主编沈寂，1949 年 3 月创刊，第 26 期终刊。这份"画报型的杂志"[1]

---

[1]　编者的话[J].幸福，1946（2）.

推出令狐慧、东方蝃蝀（李君维）、施济美、曾庆嘉等文学新人，同时，将作家与畅销书广告、时装介绍、电影首映海报、有奖活动等"一锅煮"，文学、商业、时尚三家"众声喧哗"，尽显上海十里洋场的繁华与喧闹。

文学与艺术两种艺术形式结合较谐和的是小品文期刊《论语》。中与西、传统与现代、书法与漫画等多种艺术元素的有机融合成为该刊鲜明的特色。1932 年 9 月《论语》创刊之际，林语堂认为刊名不宜使用当下流行的艺术体，以古色古香的传统趣味为胜。他一向激赏郑孝胥的书法，但郑出任伪满洲国总理，不便求取一个大汉奸的书法，故剪下郑氏手迹的"论""语"两字拼合，不具名而得墨宝之雅，两全其美。

从 1937 年 8 月 110 期起，邵洵美、林达祖任编辑。《论语》封面多选自中国古代名人名言，常由邵洵美、林语堂、林祖达三人轮流书法。漫画先由张光宇、张正宇兄弟执笔，曹涵美一度任艺术设计。曹涵美原名张美宇，与兄弟张光宇、张正宇享有"一门三杰"之誉。曹涵美自幼临摹陈老莲、仇十洲、改琦、费晓楼、任伯年、吴友如等画家手法，擅长人物，风格工丽，造型适度夸张，生动入微而引人入胜。后来漫画多由丰子恺执笔。丰子恺用笔简洁，古朴风雅，寓意深长，印在"论语"二字旁边更是相得益彰。[1]文画相映的封面设计契合《论语》"幽默""闲适"的办刊理念，增设了浓郁的艺术审美而别具文人意趣，在长久不景气的出版界创造了发行的奇迹，"没想到这本杂志一开始就受到读者热烈欢迎，创刊号一连重印几次；也没想到这本杂志会如此长寿，战前战后一共出版一百七十七期；也没想到这本杂志能始终坚持不脱期，并持续畅销"[2]。

[1] 邵绍红. 我的爸爸邵洵美[M]. 上海：上海书店出版社，2005：94.
[2] 邵绍红. 我的爸爸邵洵美[M]. 上海：上海书店出版社，2005：91.

诚然，在特定的语境中，艺术与文学的结合可能不尽谐和，毕竟文字与绘画、语言与视觉属于两种不同的媒质。载体不同，表达诉求不同，艺术效果自然有别。1927 年曾孟朴、曾虚白父子创办《真美善》，12 月 22 日戴望舒致信曾虚白，提出："封面最好朴素地只写'真美善'三字，不要加彩色画图，而且是并不十分好的画图。"他认为，封面和插图并非小节，事关内容的严正和趣味的高雅，"因为《真美善》是一本高尚的文艺杂志，而不是像 Iecturepourtous 或 GoldenBook 一类的东西，所谓通俗的读物；虽然文艺是要民众化，但我们只能把民众的兴味提高，而不可去俯就民众的低级趣味，插图最好也不用，至少也要好一些的"。这番诚恳的意见得到曾虚白的认同："封面及插图，完全不用，我也甚赞同，但不便骤改，以后惟有加以注意，使增美感。"[1]

有时，倘若作家与画家的艺术理念不同，甚至会造成严重的分歧。比亚兹莱曾应出版社之邀，给王尔德的剧本《莎乐美》（1905年）作插图，被后人视作精品。但王尔德并不认同，"认为比亚斯莱歪曲了他的剧本的本意，两人从此就有了芥蒂"[2]。1933 年 2 月，茅盾小说《子夜》由开明书店出版，三个月内重版 4 次。1937 年 7 月，刘岘为《子夜》创作 28 幅插图，结集为《子夜之图》，由未名木刻社印刷出版。刘岘的木刻刀法工细流畅，具有较好的装饰性，但茅盾不以为然，他认为画家对证券交易所场面及丝厂罢工等情况不熟悉，委婉地建议读者："请欣赏木刻就是了，倘因题目曰《子夜之图》而责以必相印证，甚或抛开木刻本身而注意于图与文之是否

---

[1] 戴望舒. 致曾孟朴. 戴望舒作品集［EB/OL］. https：// m.zhangyue.com/readbook/ 12044083/1. html?p2=116731.

[2] 叶灵凤. 郁达夫先生的《黄面志》和比亚斯莱［M］// 陈子善. 北窗读书录：叶灵凤随笔合集之三. 上海：文汇出版社，1998：40-45.

相合,那就失了刘先生刻图的用意了罢？"[1]1957 年,叶浅予为《子夜》作 16 幅插图，由外文出版社出版。叶图广为流传，为多家出版社所采纳，大约更符合作家本人的心意。

面临十里洋场的压迫，经济资本薄弱的文学期刊生存维艰。作为一种语言文学艺术，文学作品如果仅仅依赖书籍等传统的出版形式，看似专业，出路却可能狭窄，这就需要文学传播的载体趋向丰富多元。艺术与文学的结合正是一种行之有效的传播方法，在一定意义上，它可以实现文学、艺术与商业三者的共赢。并且，作为现代中国的都市文学，借助艺术的翅膀，海派文学"虽然并不怎样的'京'，却也不全然的'海'"[2]，展现一种开放包容的文化姿态，从而拓展了文学场的疆域与界限。

二、藏书票："藏书者情怀乐趣"

如果说，写文章、出书籍是海派作家据此谋取生存、取悦读者的必要手段，那么，藏书票、木刻等是自娱自乐的个人雅好。悖谬的是，恰恰是这种看似散漫随意的个人习性，兼具文学与艺术之神妙。在这里，文人的雅趣、意趣与真趣浑然一体，遗世独立而自得其妙。最突出的有叶灵凤、施蛰存与邵洵美。颇具渊源的是，他们都是书痴，以书为中心，读书、藏书、编辑报刊、出版书籍几乎成为生命中最重要的内容。他们喜爱藏书票，展现出读书人惯有的痴迷与沉静，不经意之间，在现代文学史中开拓了一片神秘而空灵的疆域，为海派文学场增添一份艺术的神光与生命的律动。

---

[1] 姜德明. 插图拾翠：中国现代文学插图选[M]. 北京：生活·读书·新知三联书店，2000：44.
[2] 编者随笔[J]. 文艺画报，1934（1）.

　　叶灵凤素以"杂学"[1]闻名遐迩，在版本、装帧、插画、藏书等方面兴趣盎然，尤其对"'书的乐园'的最后的三昧境"之藏书票的喜好，"不是一般将读书当作消闲或视作畏途的人所能理解的"[2]，享有"藏书票搜集的藏书家"[3]之誉。脍炙人口的是与日本藏书票界权威斋藤昌三的神交。一次，叶灵凤在内山书店读到日本学者内田鲁庵的《纸鱼繁昌记》，这本有关藏书票插图与文字的随笔集，由《书物展望》的编者斋藤昌三编纂。见猎心喜，订购不成后，他致信斋藤昌三，并附上自己设计的藏书票以示同好。接到来信，斋藤昌三十分高兴，赠以专著《藏书票之话》初版本，日本藏书票、《藏书票之卷》等相关研究资料；叶灵凤则购买叶德辉的《书林清话》《书林余话》以回赠。不久，叶灵凤加入日本藏书票协会，与各地会友通信、交换藏品，1932—1933年得到几百枚木版彩色水印的藏书票，精美漂亮。后来，斋藤昌三还辗转托人赠送叶灵凤新制的藏书票十八种和《纸鱼繁昌记》战时改版本。故此，叶灵凤先后在《纸鱼繁昌记》《书斋之成长》《书斋随步》等多篇书话中提及斋藤昌三，表达了对从未谋面却"神交"多年故友的思慕与景仰。超越国界的同好之谊，因藏书票互生怜惜之情，也属难得。

　　为推动国人对藏书票的关注，叶灵凤撰写了系列文章，后人论之"我们羞涩的藏书票文献竟都出自叶氏之手"[4]。叶灵凤《藏书票之话》一文刊于1933年12月《现代》第4卷第2期，这是中国现代最早系统地介绍藏书票的文章，阐述藏书票的由来、历

［1］　叶灵凤. 笔记和杂学［M］// 陈子善. 北窗读书录：叶灵凤随笔合集之三. 上海：文汇出版社，1998：3.
［2］　叶灵凤. 完璧的藏书票［M］// 陈子善. 北窗读书录：叶灵凤随笔合集之一. 上海：文汇出版社，1998：325.
［3］　叶灵凤藏书票与我［N］. 新晚报，1963-09-13.
［4］　谢其章. 我们羞涩的藏书票文献竟都出自叶氏之手［M］// 书蠹艳异录. 北京：中华书局，2009：98.

图 3-6 《灵凤藏书》

史沿革、制作工艺及中西传统等内容。文后附《灵凤藏书》（见图 3-6[1]）一枚，由他本人设计。采用的是汉砖上的图案，是一只凤，"我将它加工，变得更繁复一点，又采用汉碑上的一些碑阴花纹作边框。红字黑花，印了几千张"[2]。这枚藏书票，以缠绕枝花纹布满全票，中间有一只飞翔的凤凰，下面有红色的文字，黑白相间，既有西洋藏书票的繁细复杂，也有东方传统文化的内涵，可谓中国藏书票之佼佼者。[3]同期刊有两面道林纸印的各国藏书票十五枚，自古老的 15 世纪德国始，至现代盛行于日本、德国、英国、法国、波兰等国藏书票，图像绚丽多样，丰富地呈现出世界藏书票的艺术景观。

继之，叶灵凤《现代日本藏书票》一文刊于 1934 年 5 月《万象》创刊号。文中附藏书票六枚，另有整页双面藏书票，计彩色藏书票七枚、黑白藏书票八枚，尺幅较大。[4]再则，《书鱼闲话》一文刊于 1934 年 12 月《文艺画报》第 1 卷第 2 期。此文有三个小题"书斋趣话""旧书店""藏书印与藏书票"。除了在文内附有图片外，另有一整页的彩色插图，计藏书印六枚、藏书票五枚。《书鱼闲话》

［1］ 叶灵凤. 读书随笔［M］. 北京：生活·读书·新知三联书店，2008：扉页.
［2］ 叶灵凤. 藏书票和我［M］// 姜德明. 叶灵凤书话. 北京：北京出版社，1998：324.
［3］ 张泽贤. 民国版画闻见录［M］. 上海：上海远东出版社，2006：370.
［4］ 谢其章. 我们羞涩的藏书票文献竟都出自叶氏之手［M］// 书蠹艳异录. 北京：中华书局，2009：98-99.

信笔叙写个人喜爱藏书、买书的经历，对中外藏书票、藏书印的发展历程，如数家珍，娓娓而道，自有一种文人的风流与惬意。

《藏书票与藏书印》一文收入《读书随笔》，由上海杂志公司1946年出版。文章指出，"西洋的藏书票和中国的藏书印，正是异途同归的事"，因为出自同一个意念，"每一个爱好书籍的人，总愿将自己苦心搜集起来的书籍，好好的保藏起来，不使随意失散"。中国近代藏书家"为了顾计流传子孙和保留的问题"，有的"将诗句或铭语镌成了印章钤在书上"，[1]有的历数收藏之艰辛，教导子孙善加珍爱，饱满着古人对书与知识的敬畏之情。在这里，从藏书票的角度，叶灵凤提出了书与人、人与世界何以相处的问题，看似随意，实则沉重。

1942年8月1日，《新东亚月刊》创刊号刊发《吞旃随笔》，含三篇文章，其一为《完璧的藏书票》，后1943年10月上海《太平》第2卷第10期予以转载。这是叶灵凤撰写的第四篇专文。通过回溯关于藏书票的前尘往事，作者重温这一份"恬静的'书斋趣味'"，希望经历战争的人们"等到秋高气爽，灯火可亲之时"[2]，依旧保持读书、爱书、藏书的热忱。这些文章在藏书票方面，具有较高的文献价值；在随笔写作方面，也自有一份独到的文人意趣。

施蛰存对藏书印有讲究。他的艺术趣味高邈素雅。1922年，出版短篇小说集《江干集》时，他自行设计"江干批评"的印花，"其式样之精雅，尤足令人发生美感"[3]。20世纪30年代初钱君匋、李白凤等篆刻家为其刻藏书印章，至60年代初好友陈居来治一枚朱

---

[1]　叶灵凤. 藏书票与藏书印[M]//陈子善. 文艺随笔：叶灵凤随笔合集之二. 上海：文汇出版社，1998：110-111.
[2]　叶灵凤. 完璧的藏书票[M]//陈子善. 北窗读书录：叶灵凤随笔合集之一. 上海：文汇出版社，1998：325-326.
[3]　金君钰.《读〈江干集〉之后》[N]. 世界日报，1924-03-04—1924-03-07.

图3-7 《施蛰存》全集中插图

文印"施蛰存藏书记"，都为之喜爱，经常用在所藏线装书上。另有一枚圆形蓝色橡皮图章"华亭施氏无相庵藏书"，一般用在外文书籍等。此外，他也喜用藏书票，自制三枚藏书票。"大约30年代初，我在国外杂志上看到这种具有寓意、象征、抒情，表达藏书者情怀乐趣的独特艺术形式，就为自己制作了一枚藏书票，还未使用，因抗战爆发离开上海，等到胜利后回到上海，这枚藏书票已经找不到了。1946年我制作一枚'施蛰存无相庵藏书之券'[1]（见图3-7），画面图案装饰呈外方内圆的框形，中间是书、砂轮、盾牌、花草。50年代初，我以书房'北山楼'为题做了藏书票，图案是一条弯曲的树枝上小鸟在雀巢中伸头迎接母鸟送食的到来，树旁坐看一个心欢意舒的男子汉，在看手中的鲜花，树与人构成一个S型。后来还设计过一张'施蛰存藏书'，是一位蛮人将一棵大树扳得弯曲。"[2]

在施蛰存看来，鸟、花、草对树的依恋，象征着人与书、人与自然之间互为依存而息息相关的神秘与美妙。"外方内圆"则是中国传统内圣外王人格理想的外化形式，体现了施蛰存乐于蛰居、谨于慎独，执意奋进又超然物外的精神追求，烛照其贯彻一生的高蹈的人格、文格。可以说，这一份藏书者的"情怀乐趣"以象征、抒

[1] 刘凌，刘效礼．施蛰存全集·北山散文集：第1辑[M]．上海：华东师范大学出版社，2011：扉页．
[2] 施蛰存．世纪老人的话[M]//林祥．世纪老人的话——施蛰存卷．沈阳：辽宁教育出版社，2003：151-152

情的方式表达，让人领悟丰富而博大
的寓意，并获得一份"心欢意舒"的
审美快感与艺术享受。

邵洵美在绘画、集邮、藏书、藏
书票等多个领域广为涉猎。他曾有一
枚藏书票，自画侧面像，线条简洁，
下书"洵美的书"四字（见图3-8）。
如果说，叶灵凤的藏书票追求中西文
化与艺术的融创，施蛰存的藏书票以
思想与精神见胜，那么，邵洵美的藏
书票则意在美与自我的表达诉求。三
人三枚自制的藏书票，代表了三种关

图 3-8　邵洵美亲自设计的个
人肖像画藏书票，"洵美的书"

于艺术与人生问题的价值观，姿态不一而各具神韵。

在一定程度上，海派同人对藏书票的激赏与传播推动了中国现
代装帧艺术的发展。叶灵凤主编《文艺画报》《万象》，施蛰存主
编《现代》，这些刊物不时刊发、介绍相关文章，不吝版面地印制
多帧设计精美的绘画、藏书票图案，引起了不少人士的关注。1934
年，广州版画家李桦组织"现代版画会"，发动赖少其、唐英伟、
陈仲纲等创作版画藏书票，创刊《现代版画丛刊》，共发行18辑，
其中第9、第18两辑为藏书票专辑。叶灵凤还积极推动木刻与藏
书票两种现代艺术的融合，一软一硬，从而促进了现代艺术史上跨
界创作之路。

1933年5月1日，《现代》第3卷第1期出版，附别册"插绘
特辑"《现代中国木刻选》，叶灵凤编选陈耀唐、陈烟桥、何白涛
等八幅作品，并作《小引》以作介绍。《现代中国木刻选》是中国

青年作者第一本木刻集[1]，引起不小的震动。黄新波受益匪浅，这"使我对木刻发生了兴味"，"我以为那里的强烈的黑白对比的线条是用笔画来的，所以我也很兴趣地以笔作刀而模仿着"。唐英伟也颇"受感动"，因为"当时广州的艺术界很沉静。更找不出一粒木刻的种子；所以我开始在黑暗中摸索木刻的道路了"[2]。同日，赖少其的配诗木刻画集《自祭曲》(《现代版画》丛刊之十一)手印出版。28日，他寄赠鲁迅先生，请予指正。同时也寄赠叶灵凤，扉页上题词"叶灵凤先生敬望批评指导"[3]。这说明在当时青年的心目中，叶灵凤与鲁迅先生同是现代中国木刻的引路人。

1935年，唐英伟出版木刻集《青空集》(《现代版画》丛刊之十三)、《藏书票集》两册。遭到质疑时，1935年6月29日鲁迅致信鼓励他："人是进化的长索子上的一个环，木刻和其他的艺术也一样，它在这长路上尽着环子的任务，助成奋斗，向上，美化的诸种行动。"[4]《藏书票集》则是中国现代第一本藏书票集。1936年4月叶灵凤等主编的《六艺》第1卷第3期刊发唐英伟的《木刻三帧》，其中一帧为《自刻藏书票》，给予支持。5月1日，《现代版画》第十八辑出版，刊发赖少其的《藏书票》、李桦的《藏书票》，一展现代木刻藏书票的风采。稍后，唐弢也参与倡导藏书票。故此，现代藏书票艺术逐渐兴盛，成为与藏书印艺术相映成趣的现代微型版画艺术。[5]

[1] 张泽贤. 民国版画闻见录[M]// 上海：上海远东出版社，2006：111.
[2] 上海鲁迅纪念馆，等. 版画纪程 鲁迅藏中国现代木刻全集：3个人专集[M]. 南京：江苏古籍出版社，1991：1356，1357，1381.
[3] 张泽贤. 民国版画闻见录[M]// 上海：上海远东出版社，2006：328.
[4] 鲁迅. 致唐英伟[M]// 鲁迅全集：第13卷·书信(1934—1935). 北京：人民文学出版社，2005：494.
[5] 黄可. 中国藏书票的开拓者叶灵凤[M]// 叶又红. 海上旧闻. 上海：文汇出版社，1998：239-240.

第四章　文学出版与场域自治

　　作为文化水准的风向标，出版业的质量、运行以及读者接受的情况关乎国家文化建设的兴盛。1860年，美国传教士创办的美华书馆从宁波迁入上海，以当时最先进的印刷设备与最大的生产规模，出版了各种文字的宗教书籍与自然科学类书籍。它采用不同型号的字模，设计出精美的版式装帧，广为中外人士欢迎。次年，墨海书馆迁入上海山东路麦家圈（现福州路以南），为现代出版史上著名的"文化街"奠定第一块基石。大约是从这个时候起，中国现代出版事业与中国文化的变革更新逐渐发生密切关系，它的现代化步伐与整个文化的现代化出现了一致性。[1]

　　海派文学出版业方面有重大贡献的应推邵洵美与叶灵凤。邵洵美被誉为"出版界的堂吉诃德"[2]，毁家兴书之热忱无人能追。不论是前期"唯美"阶段，还是后期创办时代图书公司期间，邵洵美都可谓全力以赴，它是作家文学梦的实现，更彰显了身为出版家挚诚的家国情怀。与邵洵美投身实业不同，叶灵凤更多地以笔的方式投入文学事业。叶灵凤从事文学创作50年，也同时创办、编辑大量的报纸杂志，在上海、香港两地的出版界享有广泛的声誉。除了小

［1］　陈思和. 现代出版与知识分子的人文精神［M］//犬耕集. 上海：上海远东出版社，1996：18-19.
［2］　王京芳. 出版界的堂吉诃德［M］. 广州：广东教育出版社，2012：1.

说、地方志等，叶灵凤上百万字的文艺随笔是一个独异的存在，体现坐拥万卷、人书合一的安然与丰足，闪现出一个读书人纯粹的精神质地。从上海到香港，从创作到实践，从个体到共同体，海派文学承载着深厚的社会文化与心理内容，达成了一种开放、自由而自治的场域形态。

第一节　文学与出版

图书被比喻为创造性行业中最沉默的行业，也是帮助人们了解世界的最得力的益友。[1]当海派文学成为一种市场的消费产品，被卷入政治审查与消费经济的夹击中，大约不再是"最得力的益友"，也难以承受"创造性行业中最沉默的行业"的美誉，而是如一头"沉默的羔羊"无奈地接受种种现实的挤兑，在时代的漩涡中沉浮起伏。

一、时代漩涡中的海派文学出版业

现代出版业大致分为三个时期——由萌芽到启蒙时代、1927年以后书业的发展以及 1932 年以后的萧条时期。第一个时期是随着五四新文化运动出版业的萌芽，涌现了商务印书馆、中华书局等，以及"大革命"前后的北新、现代、创造社等出版机构。第二个时期为兴盛时期。国共相争再加上 1927 年前后北洋军阀的派系斗争，北京文人和出版界纷纷南迁避祸，拥有租界的上海成为避风港，逐

---

[1]　罗苏文．上海传奇　文明嬗变的侧影（1553—1949）［M］．上海：上海人民出版
　　　社，2004：401．

渐取代北京成为新的文学中心。[1]1928—1933 年，据内政部统计，新出版的图书数量逐年上升，由 80 本增至 851 本；全国出版新书的书店有 260 余家，比国民革命以前增加十倍，其中在上海开设而有明白地址者 90 余家，外埠有 40 余家。[2]可以说，这一时期上海的出版业每年都在迅猛发展中，在全国占据绝对优势，格局庞大，实力雄厚。

1932 年以后为萧条时期。"一·二八"淞沪战役激战两个月，据估计，文化事业方面损失的总数，大概占总财产的百分之六十以上[3]。战后上海工商业急骤凋敝，出版业损失惨重，举步维艰。商务印书馆设于闸北的总厂、编译所和东方图书馆被毁，"总计全部损失共大一百五十余万元（其时米价约每石十元）"。"其余各书局厂址多不在战区"，但"大部分的印刷所与装订作是设于闸北的，因此有不少正在排印和装订的原稿和书籍都毁于炮火"[4]。号称文化街的福州路、河南路，每家书店的顾客门可罗雀。对于书店，经济利益是第一位的。多数书店为生计，都不收单行本，连预支百元的创作集也没有出路。[5]当年 12 月，鲁迅致信孟十，写道："现在的一切书店，比以前更不如，他们除想立刻发财外，什么也不想，即使订了合同，也可以翻脸不算的。"[6]1933 年进入"杂志年"，面向大众的读物陡然增多，但质量堪忧。"农村的破产，都市的凋敝，

［1］　彭小妍. 刘呐鸥一九二七年日记：身世、婚姻与学业［J］. 读书，1998（10）：
　　　133.
［2］　傅逸生. 中国出版界何处去？［J］. 现代，1935，6（2）.
［3］　陆费逵. 六十年来中国之出版业与印刷业［M］//宋原放. 中国出版史料：现代
　　　部分·第一卷下册. 济南：山东教育出版社，2001：421.
［4］　杨寿清. 一·二八后出版界的倾向［M］//宋原放. 中国出版史料：现代部分·补
　　　卷中册. 济南：山东教育出版社，2006：307.
［5］　施蛰存. 致望舒函十四通［M］//孔另境. 现代作家书简. 广州：花城出版社，
　　　1982：84.
［6］　鲁迅. 鲁迅书信集：下卷［M］. 北京：人民文学出版社，1976：676.

读者的购买力薄弱得很，花买一本新书的钱，可以换到许多本自己所喜欢的杂志。"[1]至 20 世纪 30 年代中后期，出版界渐趋混乱。书商一面秉承着"杂志年"的意绪，盲目地竞争着市场，专门凭借杂志的销售中间商也就出现了。一面是停止出新书，仅以旧书的贩卖与翻印用以粉饰门面。[2]如一折八扣书，又称标点书，"一部厚厚的《王安石全集》，四本书装一纸匣，只花了四毛钱"[3]，可想而知，不论排版、校对，还是印刷质量，这些以极低价行销的书籍质量堪忧，阅读效果也不可观。

同时，出版业遭遇国民政府严苛的审查管理机制。民国以降，图书审查制度渐趋周密。国民政府相继颁布《宣传品审查条例》（1929年）、《出版法》（1930 年 12 月）、《出版法施行细则》（1931 年 10月）、《宣传品审查标准》（1932 年 11 月）等法令，对于报纸、杂志、书籍及其他出版品的限制，条陈细密。仅 1929 年这一年，国民党中宣部所查禁的各类刊物达 270 种，包括《创造月刊》《幻洲》《无轨列车》等文学期刊。[4]鲁迅曾记述这一时期的情景："当（一九）三〇年的时候，期刊已渐渐的少见，有些是不能按期出版了，大约是受了逐日加紧的压迫。《语丝》和《奔流》，则常遭邮局的扣留"，"那时我能投稿的，就只剩了一个《萌芽》，而出到五期，也被禁止了"，"所以在这一年内，我只做了收在集内的不到十篇的短评"。[5]1934年，图书查禁范围之广、数量之多可谓史无前例。2 月 19 日，沪市党部一举查禁图书 149 种，牵涉书店 25 家，其中有曾经市党部

［1］ 张静庐. 在出版界二十年［M］. 南京：江苏教育出版社，2005：107.
［2］ 徐訏. 从《语堂文集》谈起［M］//徐訏文集·第 11 卷. 北京：生活·读书·新知三联书店，2008：173.
［3］ 平襟亚. 上海滩上的"一折八扣书"［M］//上海市出版工作者协会《出版史料》编辑组. 出版史料：第 1 辑，上海：学林出版社，1982：140.
［4］ 倪伟. "民族"想象与国家统制：1928 ～ 1948 年南京政府的文艺政策及文学运动［M］. 上海：上海教育出版社，2003：5-6.
［5］ 鲁迅. 序言［M］//二心集. 北京：人民文学出版社，1973：1.

审查准予发行，或内政部登记取得著作权，且有各作者之前期作品多部。[1]大规模的查禁引发出版业恐慌，后由中国著作人出版人联合会推举代表，2月25日向市党部请愿后请求重审。

为了规避政治风险，书店不敢贸然出版以免被查封，营业日渐凋敝，生机难以维持，"文化街上的漫步者，除了一折八扣书和明人小品以外，所看到的将只是新书店的冷落门庭和店伙的饥饿的眼光"。曾经喧嚣的上海文坛沉寂下去，"单行本无论是创作还是翻译，都像是候鸟似的，在这满地落叶的季节，不但看不到足迹，连一点音讯也听不到"。在1935年的文学市场上，只有几本定期刊物予以发行，而仅有的期刊"不是患着贫血症，便患着肺痨，患着热病，稍会健全一点的只有一本《文学季刊》"[2]。

继之，1937年抗战全面爆发，"八·一三"淞沪会战等战况进一步加剧了出版业的困顿。1938年9月，《自由谭》创刊之际，邵洵美谈及当时出版界情况："今日之下，要在上海出版一本正式的中文定期刊物，眼前便拥挤着各种的困难。一般出版家都已迁移到汉口，广东，香港去了：于是垫本难找老板，推销缺少内行。大部分著作家，或则为了躲避危险，或则为了接近市场，也都离开了上海；现存的杂志与报章的编辑人莫不叹息着稿荒。"[3]1939年下半年，以抨击时政为主要职责的杂文作家也基本停止了写作。只有少数人仍在写杂文，但阵地大大缩小了，因为报纸屈服于政治压力，有的被和平运动分子收买了，有的纯粹由于经济原因被迫停刊。[4]接踵而至的是物价指数不断上涨，通货

[1] 中央党部禁止新文艺作品[N]. 大美晚报，1934-03-14.
[2] 穆时英. 文学市场漫步（一）[N]. 晨报，1935-11-09.
[3] 编辑谈话[J]. 自由谭，1938-09-01.
[4] 耿德华. 中国沦陷区文学史（1937～1945）[M]. 张泉，译. 上海：新星出版社，2006：23.

膨胀节节攀升，1912 年至 1920 年，物价指数上涨了 26%，银圆购买力降低了 20%；至 1930 年，物价指数上涨了 52.9%，银圆购买力降低了 37.6%；至 1940 年，物价指数飙升近 7 倍，银圆购买力则跌至 14.4%。表 4-1 1912—1940 年物价指数及银圆购买力（1912 年的 1 银圆为参照标准）。

表 4-1　1912—1940 年物价指数及银圆购买力
（1912 年的 1 银圆为参照标准）

年份	物价指数	银圆购买力
1912	100.0	1 圆
1913	106.0	9 角 4 分 3 厘
1914	113.6	8 角 4 分
1915	102.9	8 角 7 分 2 厘
1916	111.6	8 角 9 分 9 厘
1917	105.5	9 角 4 分 8 厘
1918	116.2	8 角 6 分
1919	116.1	8 角 6 分 1 厘
1920	126.2	7 角 9 分 2 厘
1921	139.3	7 角 1 分 8 厘
1922	131.3	7 角 6 分 2 厘
1923	135.8	7 角 3 分 6 厘
1924	130.4	7 角 6 分 7 厘
1925	132.2	7 角 5 分 6 厘
1926	133.2	7 角 5 分 1 厘

年份	物价指数	银圆购买力
1927	145.1	6 角 8 分 9 厘
1928	135.4	7 角 3 分 8 厘
1929	139.1	7 角 1 分 9 厘
1930	152.9	6 角 2 分 4 厘
1931	168.7	5 角 9 分 3 厘
1932	149.7	6 角 6 分 8 厘
1933	138.2	7 角 2 分 4 厘
1934	129.3	7 角 7 分 3 厘
1935	128.3	7 角 7 分 9 厘
1936	164.7	6 角 9 分 2 厘（法币）
1937	171.9	5 角 8 分 2 厘（法币）
1938	204.5	4 角 8 分 9 厘（法币）
1939	326.8	3 角 0 分 6 厘（法币）
1940	692.3	1 角 4 分 4 厘（法币）

资料来源:《上海解放前后物价资料汇编》，第 4、91～92 页，上海人民出版社，1958 年版；陈明远:《何以为生：文化文人的经济背景》，新华出版社，2007 年版，第 229—230 页。

1941 年 12 月 8 日，日军占领上海公共租界，"孤岛"陷落，上海进入日汪当局统辖时期。26 日，中华书局、商务印书馆、开明书店、良友图书印刷公司、世界书局、兄弟图书公司（生活书店）、光明书局、大东书局八家书店被日军查封，所有被认为是宣传抗日和共产主义的书刊都被没收。后来这些书局虽恢复出版，但主要以工具书为主，严重遏制了 20 世纪三四十年代海派文学的发展。1942 年，上海出版界已然沉寂。大批文艺工作者，如徐訏、施蛰存等海派作家先后离开上海。书局纷纷迁离上海，只剩下几家小书店、报社和杂志社维持局面。当年上海联合出版公司成立，太平书局开张，世界书局等老书店也出版一些新书，但"每月平均出不到四五种，返观'八一三'前商务印书馆日出一新书，和各大出版社竞出新书的盛况，那真有天壤之别"[1]。而仅有的出版物中，除了一些适应新环境的报道，便是低级趣味专供大众消遣的普通读物。

纸张价格的飙升，令出版业几乎趋于瘫痪状态。即便出版界巨头王云五也忧心忡忡，"由于纸张的骤涨与奇涨"，"前途黯淡是不能免的"，"今后纸价大涨，成本加重；增加书价，既恐加重读书界的负担；不加书价，便无以维持出版家自身的生存"。[2] 1940年，日本侵华部队早已控制了上海都市，外地运输堵塞，不论白报纸来源断绝，即使有少数纸，亦被"纸老虎'囤积居奇起来了，因此大家就放弃出版廉价书了。[3] 只有中央书店等少数资金雄厚的书店，从黑市购买纸张，维持到了抗战胜利。出书成本昂贵，新书不能销行到全国各地，兼之当地读者的购买力有限，书商转而改变生存策略："一旦白纸上印了黑字，反而不容易随时销售，倒不如囤积着白报纸，利用排印资本去做别的商业，可以一本万利；至于平日开销，那末把存货出售，再裁掉些职员，总可以勉强维持

[1] 杨寿清. 上海沦陷后两年来的出版界 [M] // 宋原放. 中国出版史料：现代部分·第 2 卷. 济南：山东教育出版社，2001：238.
[2] 王云五. 十年来的中国出版事业：1927～1936 年 M // 张静庐. 中国现代出版史料：乙编. 北京：中华书局，1957：349.
[3] 平襟亚. 上海滩上的"一折八扣书" [M] // 上海市出版工作者协会《出版史料》编辑组. 出版史料：第 1 辑. 上海：学林出版社，1982：140.

下去。"[1]

倘若坚持出版，书籍就面临每版调整定价的尴尬现象。1944年，苏青散文集《浣锦集》、小说《结婚十年》由四海出版社出版。1948年，该社出版《浣锦集》（第十版）、《结婚十年》（第十八版）、《续结婚十年》，基本定价分别为5元、4元。据告示："上列各书，价目暂照基本定价八倍发售。如有更动，当以到时本社门市价目为准。"[2]四年之间书价涨至8倍，并且，这是暂拟的，具体价格"以到时本社门市价目为准"。

期刊的情况甚至出现每期涨价的情况。解放前夕，上海物价的涨势像脱缰的野马，法币急剧贬值。以《论语》半月刊为例。1948年初，第148期定价每本三万元；149期，改为五万元；159期，涨至七十万元。及到160期金圆券问世，每本售价为金圆券五角（法币是三百万元作金圆券一元的）；161期改为每本一元；167期改定价为六元；170期又跳到每本一百二十元之多；171期翻了一倍，为二百五十元一本；然后很快就到了四位数，174期变成金圆券一千八百元一本；175期为五千元一本。到1949年3月1日的第176期每本售价竟达三十万元。也就是在金圆券问世的八个月里，《论语》定价就翻了六十倍！[3]涨幅之大、之剧烈令人瞠目结舌。作为20世纪30年代以来最具生命力的期刊，《论语》尚且举步维艰，其他期刊的生存更是难乎其难。可以说，从30年代中后期到40年代中后期，前后十年之间，从经济市场到文化产业，上海整体上处于失序状态，海派文学发展自然举步维艰。

---

［1］杨寿清. 上海沦陷后两年来的出版界［M］// 宋原放. 中国出版史料：现代部分·第2卷. 济南：山东教育出版社，2001：258.
［2］苏青. 结婚十年正续·封底［M］. 上海：上海书店出版社，1989.
［3］邵绡红. 我的爸爸邵洵美［M］. 上海：上海书店出版社，2005：56.

二、"毁家兴书终不悔"：以邵洵美为例

　　文学产品主要有四类经营场地——书店、报馆、团体和学校。开书店是最贴近作家的经营方式，由于拥有创作、编辑等文化资本，发行、销售书籍和期刊有便捷的优势。曹聚仁先生曾曰："书店，本来和其他买卖一样，自以营业牟利为第一义，我们却希望书业中人，'要牟利不忘文化，才好'[1]。一般初版肯定要赔些钱，但有了再版的机会，表格末端就不会有赤字，三版后（每版以二千计），就有赢余了。"[2]不过，除非名家名作，单行本、创作集要保证每版2000册，出版3次很难达到。为了免遭出版机构的盘剥，在上海出版业迅猛发展之际，"许多较有资本的创作家，都自己开书店来印行自己的书；就是自己不开书店，只要和书店老板有相当关系，便不愁作品不能出版"[3]。据不完全统计，1928年上海的新书店合计有59家，其中福州路一带28家，北四川路一带13家，其他地区18家。[4]

　　比较中华书局、商务印书馆等实力雄厚的大书店，海派书店多为小书店，但不妄自菲薄，在出版质量和装帧艺术方面也有一定的优势。单就文艺方面的书来说，大书店的销售往往不如小书店。每逢一书出世，大书店登广告是肯登的，但是他们绝不肯在装帧、纸质、印刷上面讲求，因为对于所谓"血本"有关。反之，小书店常

［1］伍联德.良友一百期之回顾与前瞻［J］.良友画报，1934，（100）.
［2］赵家璧.文坛故旧录——编辑忆旧续集［M］.北京：生活·读书·新知三联书店，1991：56.
［3］谭正璧.新编中国文学史［M］.上海：光明书局，1936：463.
［4］所谓"新书店"，是剔除了专门印行、贩卖碑帖、古籍和旧小说的出版机构，如神州国光社、文明书局、广益书局、新华书局等。另新青年社没有公开的门市，也不列入。不过，这份统计也有疏漏，如开设于福州路267号的光明书局没有列入。详见包子衍.1928年间上海的书店［M］//宋原放.中国出版史料：现代部分·第1卷.济南：山东教育出版社，2001：444-447.

以刊行文艺书籍为他们的主要的任务。他们自己也许就是执笔著作的人，因此对于装帧等等都肯研究改善，他们的牟利心，有的较大书店好些。[1]规模小，周期短，这些小书店还是起到了相当的作用。海派作家开设的书店见表4-2。

表4-2　海派作家开设的书店名

名称	年份	创始人	地址
新月书店	1927—1933	徐志摩等创办，经理予上沆，1931年邵洵美任经理	先在麦赛尔蒂罗路（今兴安路）159号，后迁福州路272弄中和里
真善美书店	1927—1931	曾孟朴、曾虚白	先在静安寺路，后迁至望平街（今山东中路）
第一线书店	1928.9—11	戴望舒、施蛰存、杜衡、刘呐鸥	北四川路（今四川北路）横滨桥宝兴路（今东宝兴路）口
乐群书店	1928—1931	张资平	北四川路（今四川北路）吟桂路(今秦关路)德恩里
金屋书店	1928—1949	邵洵美，经理毛东山	福建路（今福建中路）西侧，南京路（今南京东路）北侧的后马路小巷里
水沫书店	1929—1931	由"第一线书店"查封后改名	北四川路（今四川北路）公益坊16号
新时代书局	1931	曾今可	武定路

[1]　谢宏徒. 篇末[J]. 大江, 1928（1）.

续表

名称	年份	创始人	地址
时代图书公司	1931—1937	邵洵美	霞飞路（今淮海中路）240 号
天地出版社	1943	冯和仪	爱多亚路（今延安东路）160 号 601 室

资料来源: 1843 ~ 1949 年上海出版机构一览表［C］// 宋原放主编. 中国出版史料（现代部分·补卷上册）. 济南: 山东教育出版社, 2006: 275-305.

海派作家开设书店，首先，不在于书店的盈利与否，而在于实现文学理想。1927 年，时年 56 岁的曾朴辞官回到上海，斥资 10 万元开办真美善书店。"他开书店的目的决不想赚钱，只想开创社会提高文艺价值与爱好文艺兴趣的风气，所以我们出版的书全与文艺有关的，并还要编一份研究文艺定期出版的刊物。"［1］所以，真美善书店、《真美善》期刊的创办，主要源于曾朴的文学理想，即有一方自留地，有所作为，并以此为寄托。

其次，开办书店是因现实所需，以保障作者自身的经济利益。有了自家书店，就不必四处卖稿，接受出版商的欺压与剥削，较自由、便捷地出版、销售自己的作品，或喜欢的文艺作品。张资平开乐群书店，源于"没有一家书店的版税靠得住，连最相信的创作社出版社都靠不住，只好自己集资来开书店"，"我和几位青年合办乐群，目的是为一面做点文化工作，一面为维持失业的友人及无出路的青年的生活"［2］。同时，书店是就近接触、了解读者信息的宝地。一般而言，书总是写给人看的，有作者心中设定的受众。倘若作者

［1］ 徐蒙. 曾朴的编辑出版活动［J］. 山东图书馆学刊, 2010（2）: 64.
［2］ 张资平. 我与乐群［M］// 吴福辉、钱理群. 张资平自传. 南京: 江苏文艺出版社, 1998: 276.

可以直接得到读者的信息反馈，第一时间了解他们的阅读感受、意见建议等，对于作者，既是鼓励与安慰，更有利于作者及时调整创作，出版社适时调整销售策略。

再则，书店犹如自家后花园，可以满足创办人爱书、以书会友的心理需求。譬如旧书店都是文人最爱，在寻觅、翻寻五花八门的书籍过程中，流连徜徉，自有一种独特的乐趣与满足。上海的旧书业全国有名，有小而美的意趣。主要为线装旧书、中西文教科书和一般读物的西文书三类。当年的上海是东方的巴黎，外国游客很多，他们在邮轮上看的书，到了上海就常常廉价卖了。旧书店林立，主要分布在福州路、南京路、汉口路等繁华马路，以及城隍庙、蓬莱商场等大型集聚场所。在著名的书店街三马路上，有来熏阁、来青阁、修文堂、富晋书社等。有时一段路上甚至并列着好几家旧书店，门面虽小，但藏书丰富，种类多，价格低，文人"手头一有余钱，就往南京路外滩几家西书铺跑，那里开架陈列着各种不同名目的成套文学丛书，开本装帧统一美观，售价也较原版本低廉"[1]。

施蛰存在旧书店"淘"得英译《莫泊桑小说全集》、杜拉克插绘本《鲁柏集》第三版。戴望舒用十元买到一部三色插绘本法国象征派《魏尔仑诗集》，"皮装精印五巨册"，价廉物美，以致引来爱普罗影戏院的经理寻址寻觅，求一"鉴赏"。这位"书痴"经理自己也开旧书铺，作家的亲笔签字本、初版本、限定本等稀有版本都搜罗一集。[2] 在北四川路添福记旧书店，叶灵凤购得巴黎版乔伊斯的《尤利西斯》（原作《优力栖士》）和《香园》两书，如获至宝。老板不识货，以"贱价"1.4元出售，而《尤利西斯》原价为美金

[1] 赵家璧. 从爱读书到爱编书[N]. 书讯报，1982-01-10.
[2] 施蛰存. 买旧书[M]//刘凌，刘效礼. 施蛰存全集·北山散文集：第1辑. 上海：华东师范大学出版社，2011：73-74.

10 元,《香园》为 100 多法郎。[1]可以想见，当年经营水沫书店、第一线书店、东华书店时，虽店面不大，资金不丰，但老板刘呐鸥、经理戴望舒、营业施蛰存整天忙得不亦乐乎，这一份欢欣之情大概不足为外人道。

故此，倘若家有薄产，海派作家就跃跃欲试，身栖作家、编辑、老板等身份，开设书店、兴办刊物等，力图将文学作品转换为生产力，打造创作、出版、销售、发行一条龙的生产链。但是，书店经营实非易事。首先，创办人缺乏市场经济意识，不善于经营斡旋。海派书店多出版自己、同人及友人作品，受众少，销售渠道狭窄，销量很有限。曾孟朴、曾虚白父子开真美善书店，出版了不少自己的创作，如《孽海花》《鲁男子》等，由于面向的读者多是知识界人士，销行并不广泛[2]。文人从商是跨行作业，张资平经营乐群书店不顺遂，一边被讥为作家"商人化"，一边面临资金链断裂等问题，不得已，把自己的作品拿来卖给其他书店，换得稿费来维持书店，可想而知，这种贴补、拆借的方式也难以为继。

反之，如果书籍畅销或发行畅销书，投读者大众之好，那么，书店利益可观。水沫书店出版的书籍中，在业界反响最好、盈利最多的是德国作家雷马克著《西部前线平静无事》。《西部前线平静无事》是第一部描写第一次世界大战的小说,1929 年 1 月在德国出版，三个月内发售 60 万册；英译本在四个月内，发售 9.1 万册；法译本在 11 天内，发售 7.2 万册。这是一部轰动世界的畅销书。林疑今利用暑假，翻译成中文。拿到林译书稿后，施蛰存等以最快的速度完成了编辑、排版,1929 年 11 月初水沫书店率先推出，离最初

[1] 叶灵凤. 旧书店[M]// 苇明、乃福. 叶灵凤散文选集. 天津：百花文艺出版社，2004：171.
[2] 平襟亚. 上海出版界琐闻[M]// 上海地方史资料：四. 上海：上海社会科学院出版社，1986：225.

出版的德文版时间相差不到十个月。同时，在《申报》刊登关于
《西部前线平静无事》中文本面世的大幅广告。在此运作下，该书
出版获得巨大的成功。以后，在五个月内，再版了四次，大约卖了
一万二千册，在一九三〇年的中国出版界，外国文学的译本，能在
五个月内售一万多册，已经是了不起的事了。[1]

其次，文化管制、战争频发等外界多种力量的压迫之下，小书
店的生存空间狭小。刘呐鸥 1928 年创办第一线书店，因有"宣传
赤化嫌疑"，开业两个月即被当局勒令停业，后改名为水沫书店，
为恐查封，1931 年又另办东华书店以"转变出版方向"，不料书还
未出即遭遇淞沪战役而夭亡。在三个书店的经营中，刘呐鸥非但没
有盈利，反而亏空了一万多元。

致力于文学出版事业的，以大量资金和全身心投入的，莫过于
邵洵美。他也缺乏商业经济规划，只是抱着赤诚的信念与满腔的热
情，怀抱振兴民族文化事业的宏愿。他认为，中国艺术的兴盛需要
一批拥护、促进其发展的"班底"，所以，他立志从出版着手，培
养读者阅读兴趣，"第一便是要设法去养成一般人的读书习惯；要
引起他们的兴趣，于是从通俗刊物着手，办画报，办幽默刊物，办
一般问题的杂志"，在此努力下，取得了不菲的成绩，"五年来总
算合计起来已有近十万的读者。这近十万的读者，无疑地是一个极
大的'文化的班底'了"。[2]自 1928 年起，邵洵美先后成立金屋书
店、上海时代图书公司、第一出版社，其间接办时代书店、新月书
店，先后拥有报刊 12 种。1928 年开设金屋书店，出版文艺刊物《金
屋月刊》，邀请章克标同为编辑。这本用黄色纸作封面杂志的刊物，

［1］　施蛰存. 我们经营过三个书店［M］// 刘凌，刘效礼. 施蛰存全集·北山散文集：
　　　　第 1 辑. 上海：华东师范大学出版社，2011：333.
［2］　邵洵美. 文化的班底［J］. 人言周刊，1935（2）：20.

是仿效英国 19 世纪唯美派文学刊物 "Yellow Book" 而发行的，意在 "打倒浅薄"，"打倒顽固"，"打倒有时代观念的工具的文艺"，"示以人们以真正的艺术"[1]。金屋书店出版了几十种书，大致可分为三类。一是狮吼社同人著作，腾固的《外遇》、章克标的《银蛇》、邵洵美的《花一般的罪恶》等；二是朋友作品，如郭子雄的《春夏秋冬》、傅彦长的《十六年之杂碎》、张若谷的《文学生活》等；三是朋友相托之书，如沈端先的《北美印象记》（厨川白村作）、陈白尘的《漩涡》、王任叔的《死线上》等。[2] 友人送来沈译时，说刚从日本留学回来，生活无着，希望帮忙出版。他连稿子也没有看，立马拿出 500 元作为稿酬。[3] 长此以往，书店几乎是赔本买卖。金屋书店出版了一些书册，但没有一册能够得到畅销，因之书店是长期蚀本亏损。洵美却自恃有钱，甘心亏损，并不失望。[4]

第一出版社曾计划出版一套 12 位作家自传丛书，后有五种面世，为《庐隐自传》（1934 年 6 月出版）、《从文自传》（1934 年 7 月出版）、《资平自传：从黄龙到五色》（1934 年 9 月出版）、《巴金自传》（1934 年 11 月出版）、《钦文自传》（1936 年 11 月由上海时代图书公司出版）。这五个初版本，十分珍贵。如《从文自传》版本很多，后有 1936 年的良友版、1943 年的开明版。这说明邵洵美的出版已然得到沈从文、巴金等名家认可，也展示了他在文学成就方面的识见及魄力。这五部作家自传，在文学界的地位和在作家研究上的意义，它们的价值是不言而喻的。[5]

———————

［1］ 邵洵美（当时未署名）. 色彩与旗帜［J］. 金屋月刊，1929，（1）.
［2］ 参阅张伟. 序［M］// 邵洵美. 不能说谎的职业. 上海：上海书店出版社，2008：5.
［3］ 邵绡红. 我的爸爸邵洵美［M］. 上海：上海书店出版社，2005：56.
［4］ 章克标. 邵洵美搞出版事业［M］// 萧乾. 胡滨掠影. 北京：中华书局，2005：34.
［5］ 倪墨炎. 邵洵美的事业也有其辉煌的时期（下）：出版《新诗库》与《自传丛书》［J］. 博览群书. 1999（10）：31.

1929 年，邵洵美创办时代图书公司，章克标出任总经理并主编《十日谈》旬刊。1930 年，张光宇、叶浅予等创办《时代画报》，只出了一期而无力为继，就找到邵洵美，恳请接办该刊。为此，邵洵美毅然关闭金屋书店，"他要以出版书刊来发家致富，是下了决心来办书店"[1]，谋划印制精美画报以拓展事业。1931 年，邵洵美将出卖房产所得的 5 万元美金巨款，订购了德国全套影写版的照相、制版、印刷设备。并且，为了运输安装的方便，特意在虹口杨树浦地区靠近公兴码头的平凉路租了一排房子。1932 年 9 月 1 日成立了时代印刷厂。为了方便管理，他甚至将家从市中心搬到杨树浦麦克利克路（今临潼路），距印刷厂仅隔一条马路。可以说，为了时代印刷厂，他不惜重金，投注了大量的人力物力，不幸的是最终也因此陷入了困顿。

如果说前期文学活动，邵洵美主要以唯美主义为鹄，在编辑《新月》（1928）、《狮吼月刊》（1928.4—1929.4）、《金屋月刊》（1929.1—1930.10）、《诗刊》（1931.1—1931.7）等刊物中，体现"诗人邵洵美"的本我特质。那么，后期出版"时代"系列刊物则体现了出版家邵洵美敢为天下先的非凡气度。以"时代"为旗帜，他先后创办了九大系列刊物，为《时代画报》（1927—1937）、论语（1932.9—1937.8；1946.12—1949.5）、《十日谈》（1933—1934）、《时代漫画》（1934—1937）、《人言周刊》（1934—1936）、《万象》（画报，1934—1935）、《时代电影》（1934—1937）、《声色画报》（出三期后改组为《声色周报》，1935.9—1936.3，4 期止）、《文学时代》（1935—1936）。[2]除此，抗战胜利后，曾担任《见闻》（1946）

[1] 章克标. 邵洵美与金屋书店、时代书店［M］// 宋原放. 中国出版史料：现代部分·第 1 卷. 济南：山东教育出版社，2001：258.
[2] 张伟. 序［M］// 邵洵美. 不能说谎的职业. 上海：上海书店出版社，2008：6.

时事周报总编辑，参与编辑《天下》月刊最后两期；孤岛时期从事《自由谭》（1938）的编辑工作。

文学的流通过程通常有多个因素共同制约，呈现一环套一环的形态。出版商对作者作品的挑选限制书商的挑选，书商限制着读者的挑选。读者的挑选，由书商反映给出版商，也通过批评界表述。同时，审查委员会通过制度表达对作家作品的意见，限制出版商的选择方向。[1] 时代图书公司包括时代印刷厂和时代书局，由于机构设置和设备安装等都较完善，规模宏大，形成了一套文学出版的运行体系。集出版商、编辑、销售商于一体，邵洵美整合作者、编辑、读者、批评界等相关意见，统筹书籍的策划、创作、出版、流通和销售各步骤，除了审查委员会，几乎可以掌控整个文学生产流通过程。

上海时代图书公司在它最兴旺的 1934—1935 年同时出版七份刊物，每隔五天至少有两种新刊物出笼。[2] 这些刊物装帧漂亮，内容丰富、风格新异而独领风骚。《人言周刊》兼蓄时论和文学作品，色彩鲜明，出版期数多达 115 期，时有胡适、郁达夫、林语堂等名家供稿。漫画家们集聚在时代图书公司，成为邵洵美的左膀右臂。《时代漫画》出版时间长达三年半，由鲁少飞主编，拥有百人以上的作者群，发行数量达 1 万册，是现代出版时间最长、影响也最大的漫画刊物。《万象》是一份大开本、印刷精良、图文并茂的综合性画报，由张光宇主编，介绍中西美术、古今名画、讽刺画等，刊有林语堂、施蛰存、张若谷、徐訏、吴祖光、叶灵凤、穆时英、高明，及郁风、叶浅予、丁聪等作品。仅出三期，但内容充实、水准较高。

---

[1] 罗贝尔·艾斯卡皮. 文学社会学[M]. 于沛. 杭州：浙江人民出版社，1987：61.

[2] 邵绡红. 我的爸爸邵洵美[M]. 上海：上海书店出版社，2005：403.

叶浅予编《时代画报》、作漫画《王先生》，可谓现代美术史的经典。在黄苗子看来，"《时代画报》《时代漫画》和《万象》对中国漫画的发展起很大的作用，漫画的发展也影响到绘画的发展。如果没有洵美，没有时代图书公司，中国的漫画不会像现在这样发展"[1]。

　　之所以取得如此骄人的成绩，与邵洵美对书籍装帧艺术的追求密切相关。这也是中国文人的艺术传统。在他们看来，书籍也是艺术品，装帧、印刷等构成不可忽略的审美部分。施蛰存回忆年少时看到那部"两色套印的桃色虎皮纸封面，黄绫包角的《李长吉集》"，"爱不忍释"，揣摩把玩之际，也"引起了我对于书籍装帧的兴趣"，而"酷爱精装书本的癖性实在是从那时开始的"。[2] 1933年5月，卞之琳在北平用薄渗墨纸出版诗集《三秋草》，印制美观，邵洵美看到后，致信希望将来自己也在北平印一本书。[3]

　　并且，在都市文学文化语境中，尤其需要契合市场的消费需求，装帧艺术则有助于提升产品形象而激发读者的购买欲望。20世纪30年代"良友"书籍之所以销量见长，原因之一也在于装帧精美，外形美观。根据赵家璧的回忆："我们的文艺书极大部分是布面或纸面精装，有的外加封套封腰，许多书用米色道林纸印，这就深得作者的欢心。张天翼的《畸人集》，共有八百页，布面精装一厚册，包封正面印上作者近影，底面介绍作者另外两部新作。当年天翼拿到样书时，逢人便夸说这部书："我的书第一次穿上西装，看多美啊！"[4]这无疑作者为出版社作免费广告，信服力非一般商业广告所及。40年代《古今》月刊打造名士风度，也首先从封面做起。

[1]　邵绍红. 黄苗子、郁风夫妇及丁聪谈邵洵美往事[J]. 新文学史料, 2006 (1): 5.
[2]　施蛰存. 我的创作生活之历程[M] // 刘凌, 刘效礼. 施蛰存全集·十年创作集: 第1卷. 上海: 华东师范大学出版社, 2011: 629.
[3]　卞之琳. 追忆邵洵美和一场文学小论争[J]. 新文学史料, 1989 (3).
[4]　赵家璧. 我是怎样爱上文艺编辑工作的[J]. 书林, 1983 (1).

苏青当初就是被第九期封面吸引而决定购买:"《古今》封面雅得很，一树和石头之外还有一只渔船。"[1] 文载道由读者成为撰稿人，也是感于"江流岸草，令人真要发起思古之幽情来了"[2]。

金屋书店出版的书籍，装帧设计最精致、最讲究。在邵洵美看来，书籍不是用来谋利的商品，而是作家和艺术家合力制造的精品，既是自娱，更为娱人。书页不是用古雅的米黄色的书纸，就是用粗面的重磅厚道林纸，虽则是薄薄的一本三四十页的小书，看起来，却显得又厚又可爱。封面又是在芸芸的出版物当中，别出心裁，使爱书家常常不忍释手。如邵洵美的文艺论集《火与肉》以大红纸作封面，中间贴上一张小方形的金色纸，有作者自成的寥寥几笔的画像，无书名也无作者，有读者就是因为此举"新颖"，"够刺激"，因而"从那天开始便爱上了'金屋书店'出版的书籍"[3]。由于品貌不凡，书价贵得可观。在当年的出版物当中，除创造社的书价较贵之外，要算金屋书店的书价最高。书卖得少，相应地，生产成本就提高了，这对整个流通过程十分不利，以至于后期订货不多，印件除了《时代画报》，只有《申报画刊》每周一次的半页报纸。总之，精美的彩色影写版价格高昂，受众少，难以形成规模化的生产体系，所以，实际上公司的收益甚微。

布尔迪厄指出，经济配置在场的某些区域，与生产者完全无关，而智力配置接近生产者的配置，他们只有懂得欣赏和利用生产者的劳动，才能剥削这种劳动。而出版商与艺术家或作家的场之间的结构同源性逻辑，使每个艺术"圣殿商人"表现出与"他的"艺术家

---

[1] 冯和仪.《古今》印象记[J]. 古今, 1943 (19).

[2] 文载道. 借古话今[J]. 古今, 1943 (19).

[3] 温梓川. 邵洵美金屋藏娇[M]// 文人的另一面. 桂林：广西师范大学出版社, 200: 264.

或"他的"作家相似的特征，这就促成了相信和信任的关系。[1]在海派作家，邵洵美就是"这一个""圣殿商人"。作为一个富有艺术趣味的出版商，邵洵美"懂得欣赏和利用生产者的劳动"，本应获取较好的商业利益而发扬光大，但适逢抗战爆发、上海沦陷等不可抗力因素，整个国家的经济文化生态处于混乱局面，兼之重文学轻利益的诗人气质以及豪侠意气，即便投入全部家产，时代图书公司也不免颓败，邵氏五彩的出版梦被击毁，消散于历史的风尘之中。

应该说，没有相应力量的扶持，仅凭文人、"圣殿商人"们的个人行为，20 世纪 30 年代上海出版业呈现出这般蓬勃景观，已属不易。进入 40 年代，由于汪伪政府的文化管控，上海书业各书店正式出版的书越来越少，大多转由报社或杂志社出版。1941 年 12 月 8 日太平洋战争爆发后，原有的出版机关悉遭封闭，16 日上海新书业公会被取缔。商务印书馆、中华书局、世界书局、开明书店、良友图书公司、兄弟图书公司（即生活书店）、光明书局、大东书局等 8 家书局，被日本宪兵司令部以宣传抗日或共产嫌疑为借口，检查、没收图书并予以查封。翌年 1 月，各书局虽经整理而复业，但只以存书维持门面，不再出版新书，文学出版陷入几近停滞的状态。

[1]　皮埃尔·布迪厄. 艺术的法则：文学场的生成与结构[M]. 刘晖，译，北京：中央编译出版社，2011：193.

第二节　行动者、共同体与文学自治

布尔迪厄反思社会学认为，社会阶级不平等的内部根源来自惯习，社会环境、生活方式及兴趣喜好的差异造成人们获得资源的不同。趣味相投的个体会形成一个群体，进而形成一个阶级，惯习就是阶级区隔的标志之一。这是一种个体性情倾向系统，即"持久的、可转换的倾向，是一种被结构的结构，而有倾向于作为结构化的结构发挥功能"[1]。"客观结构倾向于生产结构化的主观倾向，而这种生产结构化行为的主观倾向又反过来倾向于再生产客观的结构。"[2]即是说，通过教育习得和社会环境的影响，作为个体性情倾向系统的惯习被建构，同时以一种"结构化的结构"方式反过来对人的实践行为产生影响，最终促成个体以及整个外部客观世界的生成。惯习是作者、批评家、出版商等行动者共同体建构的内驱力。从水沫书店到金屋书店，从刘呐鸥公园坊到邵洵美"文艺花厅"，正是一群惯习相近的作家在文艺上切磋和交流，形成相应的朋友圈并获取象征资本，以共同体的方式在文学场占位，从而以自治的方式构成场域的生态平衡。

---

[1]　戴维·斯沃茨. 文化与权力[M]. 陶东风，译. 上海：上海译文出版社，2006：116.
[2]　戴维·斯沃茨. 文化与权力[M]. 陶东风，译. 上海：上海译文出版社，2006：120.

一、作家共同体的建构

哈贝马斯提出"文学公共领域"是一个由咖啡厅、出版业（报纸、期刊、杂志、书籍）、文化人士（作者、读者、批评家等）以及各种文化展演场所（博物馆、音乐厅、画廊等）所构筑的领域。在 18 世纪初叶英国，由于文人喜欢聚集在咖啡厅讨论书籍，重要书籍的第一版几乎都是在咖啡厅发行的。经过咖啡厅的专业检验后，书籍得以印发、出版，由此层层扩大读者群。"其间，读者反应投书、批评家写评论登载报纸、咖啡厅内的二度、三度讨论等等，所有这些过程的接合，就把相关的文化人士连接在一起，共同构筑成一个文化上的公众。一个新的社会范畴诞生了。"[1] 在法国，贵族妇女和中上层阶级的夫人们常常组织多种聚会方式，如讨论会、音乐会和科学实验等。沙龙逐渐成为一种时尚，成为名人集聚、新作扬名的重要场所。1775 年，若弗兰夫人的客厅里举行了一场文学作品朗诵会，朗读的篇目即著名作家伏尔泰的一部悲剧作品。

20 世纪是空间的纪元。在一个非人格化的都市空间里，人与人之间的交往已丧失中国乡村社会的地缘和血缘传统，而是按照个人的审美趣味、生活方式而随聚随散。以文会友、切磋交流兼娱乐消遣成为时尚的生活方式。现代知识分子多具有留洋的背景，闲暇之余，沙龙、集会逐渐成为友人不定期聚会的方式。在 20 年代的北平，闻一多居住的屋子里时常举行诗歌朗诵会，朱光潜、朱湘、刘梦苇等抒情诗人集聚一堂，或吟诗，或赏文，或介绍新人。沈从文就是由徐志摩带入这个圈子里，以至于一度被呼之"英美派"或"新月派"。30 年代，林徽因家居东城区北总布胡同，"太太的客厅"

---

[1] 李丁赞. 市民社会与公共领域 [M] // 许纪霖. 公共空间中的知识分子，南京：江苏人民出版社，2007：89.

成为知识人公共生活的经典记忆。这里聚集了知名人士，有金岳霖、钱端升、张熙若、陈岱孙、沈从文、萧乾、卞之琳等，俨然成了一个京派文人的公共领域。

自由、散漫而多元的海派文化自然更有利于上海文人集聚。1932年，文艺圈的一群人，以徐仲年、华林和孙福熙为核心成员，包括许多从法国留学归来的人士，开始每周星期天在上海举办"文艺茶话会"。自第17次集会后，8月，该团体创办《文艺茶话》，至1934年5月第2卷第10期，共17册。在《谈谈"文艺茶话"》一文中，主编章衣萍阐述举办茶会及创办杂志的缘由：

> 文艺茶话并不是专为了狼吞虎咽，海上有所"狼虎会"，听说是专门为了吃的。吃饭几十碗，喝酒几十斤，那都是英雄们的勾当。我们惭愧没有那样的能力。在斜阳西下的当儿，或者是在明月和清风底下，我们喝一两杯茶，尝几片点心，有的人说一两个故事，有的人说几件笑话，有的人绘一两幅漫画，我们不必正襟危坐地谈文艺，那是大学教授们的好本领，我们的文艺空气，流露于不知不觉的谈笑中，正如行云流水，动静自如。我们都是一些忙人，是思想的劳动者，有职业的。我们平常的生活总太干燥太机械了。只有文艺茶话能给予我们的舒适，安乐，快心。它是一种高尚而有裨于知识或感情的消遣。
>
> 有的人说话比作文好，有的人作文比说话好，有的人绘画比作文说话都好，那都没有关系，因为说话和作文和绘画都是表现（Expression），都是表个人的思想和感情的最好方法。我们要口里的文艺茶话有点成绩，所以我们刊行这个小小的文艺茶话，这是我们同人的自由表现的唯一场所，——不，我们也希望能引起全国或全世界的文艺朋友的注意，接受或领悟我们

的一些自由表现的文艺趣味。我们是欢喜而且感谢的。

这是一种自由而放达的文人集聚方式。不论主义,不论信条,以交流与友谊为核心,畅所欲言,"表现"各自的文艺趣味,让"思想的劳动者"获得职业之外的消遣。这既是"文艺茶话会"及《文艺茶话》杂志的主旨,也是大多数文人所向往的文学之乐。相对而言,海派作家的同人色彩较为鲜明,虽然他们并未有明确的宣言。热心构筑文学公共空间的,有曾朴、刘呐鸥和邵洵美,他们的文人气质较为西化,聚会也近似沙龙。尤其是刘、邵两人,拥有较丰富的跨文化交流体验、都市人的文化心态及世界先锋文艺理念。对他们而言,友朋集聚既是艺术发展所需,也是不可或缺的日常生活内容。

龚古尔兄弟认为,艺术家职业之所以吸引人和令人着迷,与其说是因为艺术,不如说是艺术家的生活,一如安纳托尔的想象:"他幻想着画室。他怀着学院的想像和天生的欲望向往着。他从中看到的,是从远处蛊惑他的放荡不羁文人的这些前景:苦难的传奇,拜托联系和规则,自由,无拘无束,偶然,冒险,天天出乎意料,逃离规规矩矩的生活,逃开家庭和家庭礼拜天的愁闷。"[1]此论也适用于曾朴。真美善书店、《真美善》期刊命名深受法国浪漫派影响。虽从未去过霞飞路,但似乎毫不影响曾朴在书斋中展开关于法国的诗意向往:

> 马斯南是法国一个现代作曲家的名字,一旦我步入这条街,他的歌剧 Leroi de Lahore 和 Werther 就马上在我心中响起。黄昏的时候,当我漫步在浓荫下的人行道,LeCid 和 Horce 的

---

[1] 皮埃尔·布迪厄. 艺术的法则:文学场的生成与结构[M]. 刘晖,译,北京:中央编译出版社,2011:214.

故事就会在我的左边，朝着皐乃依路上演。而我的右侧，在莫里哀路的方向上，Tartuffe 或 Misanthrope 那嘲讽的笑声就会传入我的耳朵。辣斐德路在我的前方展开……让人想到辣斐德在 La princesse de Clèves 中所描绘的场景和 Mémoires Interessants 中的历史场景。法国公园是我的卢森堡公园，霞飞路是我的香榭丽舍大街。我一直愿意住在这里就是因为她们赐给我这古怪美好的异域感。[1]

他是幻想世界里的人物，在那里无时间，无空间，只有颗摇曳的心灵，包裹着热烘烘永久不灭的感情，在那里要求着发泄的机会。[2]在曾朴租住的法租界马思南路的编辑所里，经常有文艺爱好者上门切磋，高谈阔论，如邵洵美、张若谷、傅彦良、徐蔚南、郁达夫、叶圣陶等，"朝夕盘桓，造成一种法国式沙龙的空气"[3]。在曾虚白的印象里，客厅里没有一晚不是灯光耀目一直到深夜的。[4]大家会聚一堂，悠哉悠哉。这段欢聚的时光，这些曾经畅谈的夜晚，对于个人还是海派文学，其影响是巨大而深远的。

对于"新感觉派"，施蛰存松江县（今上海市松江区）老家的小厢楼与刘呐鸥公园坊的住所是两个重要的场所。1927年"四一二"事件后，施蛰存、戴望舒和杜衡曾一度聚居在松江。"我家里有一间小厢楼，从此成为我们三人的政治避难所，同时也是我们的文学工场。我们闭门不出，甚至很少下楼，每天除了读书闲谈之外，大

---

[1] 李欧梵. 上海摩登：一种新都市文化在中国 1930—1945 [M]. 毛尖，译. 上海：上海三联书店，2008：23.
[2] 虚白. 我的父亲[M]// 程德培等编. 1926—1945 良友人物，上海：上海社会科学院出版社，2004：251.
[3] 邵洵美. 我与孟朴先生的秘密[J]. 人言周刊，1935（2）17.
[4] 徐蒙. 曾朴的编辑出版活动[J]. 山东图书馆学刊，2010（2）：64.

部分时间用于翻译外国文学。"[1]后来冯雪峰从北京南下,也栖居于此。次年,文学工场兴旺起来,四人投身翻译和创作,出了不少成果。酝酿着出版同人刊物《文学工场》,学习鲁迅主编的《莽原》发表他们的译文和作品,后虽因故不能出版,也为后来的《无轨列车》奠定了基础。

1928年春,拥有"祖产六百余甲田地"[2]的刘呐鸥游学日本后旅居上海,租住了在虹口江湾路六三花园旁的公园坊(北四川路尽头)。这是一幢单间三层楼的小洋房。不久,施蛰存、戴望舒应邀搬来同住。刘呐鸥与戴望舒同为上海震旦大学法文班的同学,比施蛰存和杜衡高一级。20世纪20年代始,北四川路与南京路、霞飞路成为上海鼎足而三的现代消费街区。四川路周围,商店、书店、西餐馆、咖啡厅、电影院、舞厅等云集,成为休闲、娱乐的好去所。公园坊地处热闹,友人们多住于附近,"杜衡在老靶子路自赁一小室。雪峰与鲁迅均住景云里,相去甚近。徐霞村从法国归,住俭德公园。亦于此时相识"。不久,穆时英、杜衡先后迁入。"此六青年(指刘呐鸥、戴望舒、施蛰存、杜衡、冯雪峰、徐霞村,笔者注),几乎每天下午均聚于刘寓,饮水漫话,或同至江湾游泳池游泳。"[3]1935年6月7日,穆时英致信叶灵凤:"这几天,我们这里很热闹,有杜衡,有老刘,有高明,有杨邨人,有老戴,白天可以袒裼裸裎坐在小书房里写小说,黄昏时可以到老刘花园里捉迷藏,到江湾路上去骑脚踏车,晚上可以坐到阶前吹风,望月亮,谈上下古今。希望你也搬

[1]　施蛰存. 最后一个老朋友——冯雪峰[M]// 沙上的脚迹. 沈阳: 辽宁教育出版社, 1995: 122.
[2]　彭小妍. 刘呐鸥一九二七年日记: 身世、婚姻与学业[J]. 读书, 1998(10): 134.
[3]　施蛰存. 浮生杂咏·五十三·注释[M]// 沙上的脚迹. 沈阳: 辽宁教育出版社, 1995: 209.

来。"[1]果然，不久叶灵凤也欣然迁入。

　　至此，公园坊成为刘呐鸥、戴望舒、施蛰存、杜衡、叶灵凤、徐霞村等海派作家的聚居点，他们或同窗，或文友，意气相投，其乐融融。"文士三剑客"戴望舒、施蛰存、杜衡各具风骚，"望舒的声音很轻，很温柔，跟你很亲热；蛰存则很豪爽，说话时很有精神，声音很高，虽然面部和身材都很瘦削；杜衡则不大说话，即使说也是很慢的，时常手支着颐，像是哲学家一般的思索"[2]，自有一种默契与交好。他们筹划创办第一线书店、水沫、东华三个书店，创刊《璎珞》《无轨列车》《新文艺》等，拉开了现代中国都市文学的序幕。尤其是刘呐鸥，受东京时行文化的影响，带来了最"尖端"、最时兴的文艺思想，刷新了他们的文学观。

　　　刘呐鸥带来了许多日本出版的文艺新书，有当时日本文坛新倾向的作品，如横光利一、川端康成、谷崎润一郎等的小说。文学史、文艺理论方面，则有关于未来派、表现派、超现实派、和运用历史唯物主义观点的文艺论著和报道。在日本文艺界，似乎这一切五光十色的文艺新流派，只要是反传统的，都是新兴文学。刘呐鸥极推崇弗里采的《艺术社会学》，但他最喜爱的却是描写大都会中色情生活的作品。在他，并不觉得这里有什么矛盾，因为，用日本文艺界的话说，都是"新兴"，都是"尖端"。共同的是创作方法或批评标准的推陈出新，各别的是思想倾向和社会意义的差异。刘呐鸥的这些观点，对我们也不

[1]　穆时英.致叶灵凤函一通[M]//孔另境.现代作家书简.广州：花城出版社，1982：192.
[2]　赵景深.戴望舒、施蛰存和杜衡[M]//我与文坛.上海：上海古籍出版社，1999：164-165.

无影响，使我们对文艺的认识，非常混杂。[1]

　　现在看来，刘呐鸥搬来的"新感觉"理论及作品不无"混杂"，施蛰存等有些"消化不良"，一如穆时英小说《街景》"取巧"日本新感觉派池谷信三郎的《桥》而招人揭发，引起争议[2]。但毋庸置疑，这段聚居时光意义重大，世界先锋文艺思想的介绍与学习打开了一个崭新的视域，启迪大家关于文艺新事业的方向，施蛰存多年后回忆刘呐鸥，"当时在日本流行的文学风尚，他每天都会滔滔不绝地谈一阵，我和望舒当然受了他不少影响"[3]。在这个意义上，刘呐鸥可谓中国"新感觉派"的急先锋，中国现代主义文学由此发端。

　　倘若不定期地聚会，友朋们通常自发前往静安寺路或霞飞路的咖啡馆、茶室。霞飞路有一个名叫 Renaissance（文艺复兴）咖啡店，在那里总可以遇到三三两两，或成群结队的文艺界人士。一起喝茶，随意谈说，评论文艺；文流情况；或约稿或交稿；或送刊物、赠书和给稿酬。[4]位于南京路附近，虹江路四川北路口的新雅茶室"简直是许多'马路文人'的俱乐部"[5]。这是一家高级饭店，在那里吃饭很昂贵，下午供应很高级的点心。"曹礼吾、曹聚仁、叶灵凤、姚苏凤、画家张光宇、正宇昆仲及鲁少飞诸人，皆在此相识。天津作家潘凫公（伯鹰），常偕曹礼吾同来，我（施蛰存，笔者注）亦

[1]　施蛰存. 最后一个老朋友——冯雪峰[M]// 沙上的脚迹. 沈阳：辽宁教育出版社，1995：127-128.
[2]　为避免行文重复，此处不赘展开，详见相关章节。
[3]　施蛰存. 我们经营过三个书店[M]// 刘凌，刘效礼. 施蛰存全集·北山散文集：第 1 辑. 上海：华东师范大学出版社，2011：329.
[4]　徐迟. 我的文学生涯[M]. 天津：百花文艺出版社，2006：143.
[5]　胡山源. 林微音[M]// 文坛管窥：和我有过往来的文人. 上海：上海古籍出版社，2000：57.

因缘定交。"[1]"艺术三家"朱应鹏、傅彦长、张若谷也是新雅茶室的常客。"三人一桌，放论艺术，顾盼自豪，目无余子。"[2]后三人合著《艺术三家言》，1927 年由良友图书公司出版。年轻一辈如令狐彗，当时友人们一起订了一个固定了大圆桌，记者、作家与编辑们随进随出，饮茶闲谈。不同政见者也无妨来往，林微音就是在此地结识周扬，解放后致信周，请帮忙解决生计困顿问题[3]。偶尔，一些舞女或歌星也会加入，她们在娱乐界消息灵通，可以供给小报记者一些专栏资讯[4]。在这里，编辑、作家、画家，老将、新人等荟萃，互为介绍、引荐，为交友，也为发表作品寻找机会，为创作捕捉写作资源，悠然自得。

"诗人邵洵美"似乎是天生的沙龙男主人。早在留学巴黎期间，他参加了一个"天狗"留学生聚会。天狗的大本营便驻扎在别离咖啡馆。天狗并不在巴黎，一大半在附近乡村租房，但每天下午总到这里来聚会。行当不一，有学医的，有研究政治的，有弄文学的，有画画的；可是大家的趣味相同，谈话的题材便脱离不了文学和艺术。[5]受此影响，他回国后也热心组织聚会、文化会社等。他认为，"要文学大众化，最好从男女的交际着手；而交际场中的领袖便应当是提倡文学的第一人"[6]。以文会友促进思想沟通，扩大作家作品的影响力，是文艺发展的第一步。世界上最爱的三样东西是：老婆，诗

[1] 施蛰存. 浮生杂咏·五十七·注释[M]// 沙上的脚迹. 沈阳: 辽宁教育出版社, 1995: 211.
[2] 施蛰存. 浮生杂咏·三十三·注释[M]// 沙上的脚迹. 沈阳: 辽宁教育出版社, 1995: 201.
[3] 胡山源. 林微音[M]// 文坛管窥: 和我有过往来的文人. 上海: 上海古籍出版社, 2000: 57.
[4] 董鼎山. 赴美前的报界轻松生活:八八回忆之四[M]// 忆旧与琐记:鼎山回忆录. 天津: 百花文艺出版社, 2012: 16.
[5] 邵洵美. 儒林外史[M]. 上海: 上海书店出版社, 2012: 93.
[6] 邵洵美. 花厅夫人[N]. 时代, 1933, 4 (7).

歌和朋友。[1]邵洵美爱好文艺，耽于笔墨情趣，行侠好义，乐于为友人解忧纾难，人称"文坛的孟尝君"。久而久之，生性豪爽又颇有家产的邵洵美身边聚集了不少文人，如"一堂三宇"——林语堂和张光宇、张正宇、叶浅予，朋友有数百，好朋友有数十。他不时在新雅茶室请客，与曾孟朴父子、傅彦长、张若谷、郑振铎等友人，从早到晚，讲古论今。也爱在金屋书店碰面，有书有朋友，不亦乐乎。郁达夫如斯回忆当年相聚的欢乐时光："我们空下来，要想找几个人谈谈天，只须上洵美的书店去就对，因为他那里是座上客常满，樽中酒不空的。"[2]在这里，他因而结识了傅彦长、张若谷等文友，结下深厚的友谊。

1932年9月16日《论语》创刊，源于邵家聚会。8月中旬饭后纳凉一晚，林语堂、章克标、潘光旦、李青崖、郁达夫、张光宇、张正宇等聚会邵家，商议着出一本幽默刊物，章克标提议"论语"。《编辑后记》释义："我们同人，时常聚首谈论……这是我们'论'字的来源。至于'语'字，就是谈话的意思，便是指我们的谈天。"友朋聚会，如切如磋，思想交锋，固然是盛事。以笔为器，兼济天下，岂不快哉！《论语》以"幽默闲适"和"性灵嬉笑"见长，暴露现实，抨击时弊，语言犀利而不失风趣。一经发行，为人追捧，创刊号屡次加印，每期发行量很快达到三四万册。而后类似刊物纷纷亮相，幽默文章一时成为时尚，以至于1933年被称作"幽默年"。抗战全面爆发后，作家纷纷南下，几经辗转，陆续来到香港，学士台成了上海文化人的临时栖息地，叶灵凤、戴望舒、穆时英、杜衡、张光宇、张正宇兄弟、卜少夫、黄苗子、郁风等相聚于此，"我们在那里过着'波西米人'的生活，为友辈所乐道"。在这里，冯亦

[1] 邵洵美. 第六个朋友[M]//张若谷. 文学生活. 上海：金屋书店，1928：11.
[2] 郁达夫. 记曾孟朴先生[M]//郁达夫散文集. 北京：西苑出版社，2006：240.

代结识了前辈夏衍、阳翰笙，一眼瞅见叶浅予；与戴望舒一见如故，除了接受他的法文辅导，"不能忘怀望舒的，是他的一言指明了我的写作方向"[1]。

海派文学作品的趣味是混杂的。一方面，接续了近代以降鸳鸯蝴蝶派的传统，具有迎合都市市民口味的通俗性，如鲁迅所说的"海式的有趣"，"无论怎样的惨事"[2]，小说报刊都使出浑身解数，说得"有趣"、以谑带虐，吊足读者的胃口。另一方面，追崇西方现代主义的先锋性，将都市荒诞、光怪陆离的生活景象，以颓废、唯美的方式呈现荒诞、异化的现实本质，创造出一种中与西、传统与现代相融创的新格局。世界先锋文艺思想的模仿与习得固不可少，文人聚会、朋友切磋也是文学生产与传播不可忽略的一环。在这里，通过惯习的作用，作家、批评家、出版商等行动者之间，文学场域与文化场等社会空间的关联得以建构，既有集体认同所获得的心理慰藉，又有共同文学实践的力量支撑，海派文学场得以生成、绵延而长存。

二、被游离的行动者

在海派作家中，施蛰存是独领风骚的"这一个"。他是早早出道的文学青年，更是具有多年实践经验的老编辑。作为文学场的行动者，编辑的地位理应举足轻重。但实际上，由于上海商业文化市场的复杂性，相当程度上，编辑施蛰存处于一种被游离的状态，无法保障作家施蛰存的合法权益，两者之间形成分裂的尴尬局面。在出版方面，最具传播效应的当属丛书出版。作者多、时间长、规模大，

[1] 冯亦代. 在香港认识的朋友[J]. 香港文学, 1988（39）：18.
[2] 鲁迅.《某报剪注》按语[J]. 语丝, 1928, 4（6）.

以集体亮相的宏伟阵营出场，在较短的时段不断地推陈出新，从而发挥时空两方面的最佳优势。施蛰存发表、出版的文章、作品数量多，所涉及的报章、出版社有各种类别，故本节以其作品集在上海出版的丛书为例，解读其作为作家、编辑的行动者在文学场里的沉浮曲折。

1923年，施蛰存第一部短篇小说集《江干集》自费刊印。8月，由上海维纳丝文学会出版，交松江印刷所印刷，仅印100册。1928年，第二本短篇小说集《绢子姑娘》由上海亚细亚书局出版，收《幻月》《绢子》《花梦》小说三篇。自此，随着施蛰存创作的日渐成熟，作品集的出版渐趋规范。最为显著的，是依托出版社的力量，作为丛书之一，以集体营造相当的规格、规模，闪亮登场，从而跻身海上文坛。

对于文学青年施蛰存而言，1929年意义重大。1月，第三本短篇小说集《追》由水沫书店出版，收小说《追》和《新教育》，共85页。收入小丛书"今日文库"，共两种。另一种为冯雪峰（署名画室）的新俄诗选译著《流冰》（俄国查洛夫等著），1929年2月出版。这是施蛰存唯一表现无产阶级革命的普罗文学创作，显然是赶一时之风潮，借同人书店出版之便利，试笔而已。

同年，第四本短篇小说集《上元灯》由水沫书店出版。列入"水沫丛书"，另有戴望舒诗集《我的记忆》、刘呐鸥小说集《都市风景线》、徐霞村小说集《古国的人们》、姚蓬子诗集《银铃》，共五种。这是"新感觉派"同人创作的第一次集体亮相，本意多在夺人先声，以壮声势。戴望舒诗集《我的记忆》、刘呐鸥小说集《都市风景线》可谓上乘之作，具有相当的文学价值。《上元灯》是合乎施蛰存"创作"水准的"第一本书"，因为"一篇小说，从故事、结构到景物描写，都必须出于自己的观察和思考，这才算得是'创作'"。故此，

"我不愿意把初期的一些多少有摹仿痕迹的作品，老着脸说是我的创作，因此，我否定了《上元灯》以前的几个'第一本书'"[1]。《上元灯》初版本收《扇》《上元灯》《梅雨之夕》等短篇小说十篇。1932年新中国书局出版修订版，1933年2月再版，删去《妻之生辰》与《梅雨之夕》，加入了《旧梦》《桃园》《诗人》三个短篇。该书出版后，受到业界一致好评。朱湘、叶圣陶、沈从文等纷纷致函以嘉许，坚定了施蛰存的创作信念："我想写一点更好的作品出来，我想在创作上独自去走一条新的路径。"[2]

在文学创作的起步阶段，作家因为势单力薄，往往选择同人出版社。不过，当施蛰存羽翼渐丰，创作走向成熟时，其作品集未曾在就职的现代书局出版，而是在新中国书局。1932年5月1日，《现代》杂志创刊，施蛰存任主编。1935年第六卷第二期"革新号"起，由汪馥泉接编，施蛰存等辞去《现代》编务。自创刊至第六卷第一期，共出版三十期，施蛰存担任主编长达三年多。代表其小说创作成就的作品集《上元灯》《将军底头》《梅雨之夕》，均由新中国书局出版，列入"新中国文艺丛书"。其中，小说《梅雨之夕》《将军底头》被文学史列为海派小说的经典之作。施蛰存对新中国书局之倚重与对现代书局之失望立见。

1932年1月，小说集《将军底头》由新中国书局出版，1933年1月再版。收《鸠摩罗什》《将军底头》《石秀》《阿褴公主》（《孔雀胆》改名）四篇小说。《将军底头》代表中国现代主义的新探索，"运用历史故事写的侧重心理分析的小说。在当时，国内作

［1］施蛰存. 我的第一本书［M］//沙上的脚迹. 沈阳：辽宁教育出版社，1995：74.
［2］施蛰存. 我的创作生活之经历［M］//应国靖. 施蛰存散文选集. 天津：百花文艺出版社，2009：120

家中还没有人采用这种创作方法,因而也获得一时的好评"[1]。1933年3月,小说集《梅雨之夕》由新中国书局出版,1936年9月3版,收《梅雨之夕》《在巴黎大戏院》《魔道》等短篇小说十篇。此前,1931年8、9月,《在巴黎大戏院》《魔道》分别刊于《小说月报》22卷8号、9号,遭到左翼人士的批判。楼适夷冠之以"新感觉主义文学",作品表达"一种生活解消文学的倾向"[2],充斥着颓废、空虚的思想意识。钱杏邨指出,"证明了曾经向新的方向开拓的作者的'没落'"[3]。新中国书局似乎并不理会,施蛰存作品集在此持续出版,并一版再版。

新中国书局,1930年前后成立,计志中创办,在福州路山东路东首。主要出版物有小学课外读物数十种。文学方面,主要有巴金的《雾》(1931)、郑振铎的《海燕》(1932)、丁玲的《水》(1932)等少量作品。由新中国书局出版三部所倚重的小说集,非施蛰存本意,而是出于无奈。1932年11月,施蛰存拿小说集《梅雨之夕》向现代书局预支150元,未得,一怒之下卖断版权给新中国书局,就无法抽取版税。1988年晚年施蛰存感叹当年的艰辛:"发表文章,可得稿费,取得稿费,可以补贴生活。我不能饿着肚子,自鸣清高。"[4]身为《现代》主编,尚且如此失据,普通作家的境况自然更难。

20世纪30年代最为醒目的当属光华书局、现代书局、良友图书公司等新书业。这些书店自成一类,以出版新文艺书、社会科学

[1] 施蛰存.我们经营过三个书店[M]//刘凌,刘效礼.施蛰存全集·北山散文集:第1辑.上海:华东师范大学出版社,2011:337.
[2] 楼适夷.施蛰存的新感觉主义:读了《在巴黎大戏院》与《魔道》之后》[J].文艺新闻,1931(33).
[3] 钱杏邨.一九三一年中国文坛的回顾[J].北斗,1932,2(1).
[4] 施蛰存.我为什么写作[M]//刘凌,刘效礼.施蛰存全集·北山散文集:第1辑.上海:华东师范大学出版社,2011:378.

新书为主，既有别于商务印书馆、中华书局等综合性书店，也与广益书局、百新书店等通俗图书店不同。与施蛰存合作关系最密切的是良友图书公司。这主要源于施蛰存与赵家璧两人的私谊。两人渊源很深，是同乡、同学兼同行。施蛰存出生在杭州，八岁举家迁至松江，一直在松江和上海工作与生活，自称"我是松江人"。赵家璧小他四岁，祖籍松江，十三岁到上海求学。自 1932 年就职于良友图书公司后，与时任《现代》主编的施蛰存成为同行，工作方面互为提携、支持，生活方面志趣相投，号称"一对板烟斗"[1]。赵家璧曾为《现代》撰稿十三篇。"在我编辑生涯中，蛰存是第一个提携我的作家"[2]，为赵家璧主编的"一角丛书""良友文学丛书""良友文库"送去《李师师》《善女人行品》《小珍集》。对于施蛰存而言，由于赵家璧及良友图书公司的成功发行，作品集与新文学名家名作结集出版，以集团军作战的运作模式形成广泛的共时效应，为其在新文学史的地位奠定了基础。

　　1931 年 9 月至 1933 年 12 月，良友图书公司推出"一角丛书"，赵家璧主编，共 78 种[3]。应赵家璧之邀，施蛰存为丛书作《李师师》[4]，列入第一批丛书之第 12 种。1931 年 11 月，历史小说《李师师》由良友图书公司出版；1932 年 9 月 3 版，包括《李师师》《旅舍》《宵行》三个短篇。丛书的内容为综合性，门类繁多，包括政治、经济、文学等自然与人文科学。出版的 20 种丛书中，文艺方面

[1] 赵修慧. 他与书同寿·赵家璧[M]. 北京：东方出版中心：127.
[2] 赵修慧. 他与书同寿·赵家璧[M]. 北京：东方出版中心：127.
[3] 上海图书馆. 中国现代近代丛书目录：上. 上海：上海图书馆，1979：6. 赵家璧回忆共出版 80 种，参阅赵家璧. 我编的第一部成套书：《一角丛书》[M]//编辑忆旧. 北京：生活·读书·新知三联书店 2008：21.
[4] 施蛰存.《梅雨之夕》后记[M]//刘凌，刘效礼. 施蛰存全集·北山散文集：第 3 辑. 上海：华东师范大学出版社，2011：1288.

的占八种。[1]既是第一批丛书，又是少有的文学论书籍，可见《李师师》在该丛书中的重要地位。

1933年1月至1946年11月，由赵家璧编，上海良友图书印刷公司陆续出版"良友文学丛书"，出版44种。作为新文学丛书系列，这是赵家璧用心打造的品牌产品。作者声望之高，作品质量之高，持续时间之长，规模之盛，在良友系列丛书以及现代文学史丛书史上均为罕见。前十种多为新文学名家名作，分别是《竖琴》（俄国E.札弥亚丁等著，鲁迅编译）、《暧昧》（何家槐）、《雨》（巴金）、《一天的工作》（苏联B.毕克涅克著，鲁迅编译）、《一年》（张天翼）、《剪影集》（蓬子）、《母亲》（丁玲）、《离婚》（老舍）、《善女人行品》（施蛰存）、《记丁玲》（沈从文）、《记丁玲续集》（沈从文）。1933年11月，施蛰存的小说集《善女人行品》出版，列入第九种，收《狮子座流星》《雾》等12个短篇小说。这个文学场近似新文学的作家排行榜，以成就论座次。文坛泰斗鲁迅先生以《竖琴》高擎革命的大旗。失踪的左翼作家丁玲的《母亲》，与京派新锐作家沈从文为丁声援的两部传记，形成一股巨大的思想漩流，激荡着本不平静的上海文坛。京味作家老舍以小说《离婚》豁显新文学写实主义的另一种风格，幽默的里子藏着尖锐的文明批判，玩笑的京话透着苦涩的生命底色。置身于新文学名家名作的场域，是海派作家罕见的"礼遇"。现代心理小说集《善女人行品》被郑重推出，这说明施蛰存已然忝列于现代文学名家。

1935年11月，短篇小说集《旅舍及其他（名家小说集）》由上海良友图书印刷公司出版精装本，1940年3月出版普及本。收施蛰存、张天翼、何家槐、林微音、穆时英六人的12篇短篇小说，

---

[1]　赵家璧. 我编的第一部成套书:《一角丛书》[M]//编辑忆旧. 北京:生活·读书·新知三联书店，2008:21.

其中有施蛰存的《李师师》《旅舍》《夜行》三篇。以施蛰存的"旅舍"作为小说集的题名，并再度出版，可见良友图书公司一以贯之的认可与支持。其间，自1935年3月至1936年9月，良友图书公司推出"良友文库"丛书，共16种。1936年9月，《小珍集》出版，列为第16种。

编辑出身的施蛰存的视野相当开阔。经他编辑，由现代书局出版的其他作家的作品，需要在书局利益与作者利益之间从中斡旋。即是说，既服从书局老板的意志，规避政治风险，又同时保障作者的经济效益。那么，对于出版自己的作品集，施蛰存只服从他自己。除了早期阶段的同人书局水沫书店，中期勃起的新书业翘楚良友图书公司，他中意名气响、规模大的商业性出版社——商务印书馆。除了小说创作，施蛰存译著颇丰。书业中，规模最大的五家书店为商务印书馆、中华书局、世界书局、大东书局、开明书店。自1897年创办以降，商务印书馆一直雄踞上海出版业之首。它实力雄厚，综合性很强，除出版教科书外，其他各类图书也囊括其中。自1929年至1934年7月，王云五主编"万友文库"丛书，第一辑凡1000种。1931年4月，施蛰存编著评论集《魏琪尔》出版，列为第936种。继之，"万友文库"第二辑出版，凡700种。1936年9月，施蛰存选译《波兰短篇小说集》（波兰式曼斯奇等著）、《匈牙利短篇小说集》（匈牙利克思法路提等著）出版，分别为第576、585种。1937年2月、1939年12月，两书相继被收入"万友文库"之通本[1]出版。自1928年4月至1950年2月，商务印书馆出版"世界文学名著"丛书。1937年2月，施蛰存译著《波兰短篇小说集》再度被收入并出版。

---

[1] 除第一集、第二集外，"万有文库"不定期地出版书籍，以"通"的目录列入. 参阅上海图书馆. 中国现代近代丛书目录：上[M]. 上海：上海图书馆，1979：94-104.

中华书局居出版业第二，1916 年搬入河南中路福州路转角自建的四层楼房屋，与商务毗邻，即今河南中路 221 号。两大龙头出版机构强强并峙，成就了一番壮观的景象。1939 年 8 月，施蛰存译著《劫后英雄》（英国 W. 司各脱著）由中华书局出版。1939 年 8 月至 1947 年 10 月，由张梦琳主编，出版"世界少年文学丛书"，凡八种；施蛰存的《劫后英雄》为第二种。施蛰存的译著由商务印书馆、中华书局这两家实力最雄厚的出版机构出版，迅速提升了其在上海乃至全国翻译界的影响力。[1]

至 40 年代末期，随着海派文学整体创作实绩在文坛合法性地位的确立，施蛰存屡屡被出版社的主编们选中，与戴望舒、徐訏等核心作家联袂出场，俨然作为实力派作家而形成较壮观的场域效应。如 1947 年 3 月至 1948 年 10 月怀正文化社出版"怀正文艺丛书"，刘以鬯主编，凡 10 种。其中，1947 年 3 月戴望舒译著《恶之华掇英》（法国波特莱尔著）出版，为第 3 种。5 月，施蛰存散文集《待旦录》出版，为第 4 种。9 月，徐訏剧本《灯尾集》出版，为第 7 种。

三、另一种场域：以叶灵凤为例

叶灵凤也是一个独异的存在。与施蛰存不同，叶灵凤在海派文学作家群中最突出的不是编辑出版，而是文艺随笔的独树一帜。在近 50 年的写作生涯中，除了小说、地方志等，他著有上百万字的文艺随笔。"散文易写而难工。"[2]，张横渠"为天地立心，为生民立命"

---

[1] 另有零星译著，因丛书规模较小，故不展开。1933 年 7 月，译著《恋爱三昧》（挪威哈姆生著）由光华书局出版，1937 年 5 月 3 版，被收入"欧罗巴文艺丛书"，共十三册。1948 年，编译《称心如意（欧洲诸小国短篇小说集）》（匈牙利 M. 育凯等著）由正言出版社出版，被收入"域外文学珠丛"，仅有一册。
[2] 王国维. 人间词话译注 [M]. 施议对. 译注. 上海：上海古籍出版社，1998：137.

一语事关宏旨，但在笔者看来，叶灵凤看似潇洒散漫的随笔，含蓄着"立心"与"立命"的双重意蕴。"立心"，为自我构建一方书斋胜地，以漫游者的身份捧卷展读，沉吟曼诵，灵魂得以诗意地栖居与安放；"立命"，秉承中国文学现实关怀的精神传统，以思想者的视野审忖作家存在、文学创作及文艺批评，吁求个体、文艺拒绝合唱，以自在自为的姿态卓立于世。

（一）人书合一的安然与自足

文章即人，随笔中有"我"。梁实秋说，散文没有一定的格式，最自由，也最容易见出一个人的真性情，"因为一个人的人格思想，在散文里绝无隐饰的可能，提起笔来便把作者的整个的性格纤毫毕现的表示出来"[1]。吸引我们走近叶灵凤的，正是这一类书写自我的独语体随笔。黄仲则曾是他喜爱并聊以自慰的诗人。十有九人堪白眼，百无一用是书生。在小说《长门怨》（1935）里，叙述者借女主角之口，说喜欢黄仲则的旧体诗；在《秋灯夜读钞》（1942）一文里也提及当年爱读黄仲则；更不消说在文中多次引用诗句。但阅读这类读书随笔时，一扫旧时埋首书堆落魄文人的寂寞愁苦，我们相遇的，是一个优游自在、畅意遨游书海的读书人。他不是皓首穷经以求高蹈深义的学者，也不是激扬文字指点江山的名望，而是沉溺于自我世界里的惬意老头。自我世界，可以是厮守终生的情爱，可以是舌尖上的美食，也可以是——书。在坐拥万卷、人书合一的安然与丰足之中，呈现着读书人澄澈通透的精神质地，传达着人世的另一种暖意与真意。

不论寓居上海、漂泊广州，还是最终定居香港，书是叶灵凤一

---

[1] 梁实秋. 论散文[M]//俞元桂. 中国现代散文理论. 南宁：广西人民出版社，1983：35.

直念兹在兹的。在他看来，读书是人生无上的享受。在《书痴》一文中，他描述三类爱书人。学问家的读书，抱着"开卷有益"的野心，估量着书中每一个字的价值而定取舍，这是在购物，不是读书。版本家的藏书，斤斤较量着版本的格式、藏家印章的有无，他是在收古董，并不是在藏书。至于暴发户和大腹贾，为了装点门面，在旦夕之间便坐拥百城，那更是书的敌人了。真正的爱书家和藏书家，他必定是一个在广阔的人生道上尝遍了哀乐，而后才走入这种狭隘的嗜好以求慰藉的人。叶灵凤正是这样一位嗜书成痴的读书人，他读书不为学问，不为功名利禄，"他是将书当作了友人，将读书当作了和朋友谈话一样的一件乐事"[1]。甚或，书是他"唯一无言的伴侣。他任我从他的蕴藏中搜寻我的欢笑，搜寻我的哀愁，而绝无一丝埋怨"[2]。因之，朝夕与之相伴的"座右书"，不是高深莫测的大部头巨著，而是都德的《磨坊文札》、果庚（今译高更，注）的《诺亚诺亚》以及比亚兹莱的画集等"最知己的朋友"[3]。这些书可以赏鉴、把玩，"时常令我在忙碌之中获得片刻喘息的调剂，给予我面对人生的新的勇气"[4]，不啻于一汪生命的甘泉。

读书既是一种生活的趣味，也是一种人生态度，人格情操的自我冶炼。诚然，叶灵凤一生未曾有过鸿篇巨著，也没有享有荣誉等身，但"道在瓦砾，道在粪土"[5]，意义隐性而深远。门外的俗世纷纭扰攘，门里的世界静谧如诗，正是因为四壁的书为之缔造出一方天地。

[1]　叶灵凤. 书痴 [M]// 陈子善. 文艺随笔：叶灵凤随笔合集之二. 上海：文汇出版社，1998：103.
[2]　叶灵凤. 书斋趣味 [M]// 陈子善. 文艺随笔：叶灵凤随笔合集之二. 上海：文汇出版社，1998：107.
[3]　叶灵凤. 座右书 [M]// 陈子善. 北窗读书录：叶灵凤随笔合集之三. 上海：文汇出版社，1998：12.
[4]　叶灵凤.《北窗读书录》校后记 [M]// 陈子善. 北窗读书录：叶灵凤随笔合集之三. 上海：文汇出版社，1998：126.
[5]　叶灵凤. 我的看书趣味 [N]. 新晚报，1963-03-16.

在这里，一如油画《书痴》的白发老人，在藏书室高高的梯凳顶上，叶灵凤"胁下夹着一本书，两腿之间夹着一本书，左手持着一本书在读，右手正从架上又抽出一本。天花板上有天窗，一缕阳光正斜斜的射在他的书上，射在他的身上"[1]。或者，仿佛茨威格笔下的门德尔，三十六个年头天天坐在格鲁克咖啡馆方桌旁，全神贯注地诵读书籍，不管周围发生什么事，他看不到，也听不到，"沉潜忘我"，过着一种"完全自成一体的精神生活"[2]。一杯茶，独斟千古，平日里无以抵挡的功名利禄，或久未释怀的心绪羁绊，屏息退场。这种对于书，对于阅读，罔顾周遭的专注、偏执乃至于近乎神圣的狂热，涌动着生命个体的自觉自为、信念守持以及不倦行走的激情与力量。同时，我们咂摸那份"心境澄澈的享受"[3]，神往知性世界的美与温暖，由此求证内心渴求的丰盈与宁静。

（二）"作家何为"：从问"学"到问"人"

1927年叶灵凤第一本散文集《白叶杂记》由光华书局出版；1933年，《灵凤小品集》由现代书局出版，收入《双凤楼随笔》《她们》《北游漫笔》《白叶杂记》《太阳夜记》5辑。这些早期创作多为小品文一脉之因袭，即厨川白村之所谓 essay[4]，自适、随意，偏重感性，现在看来抒情、雕琢的痕迹较重。进入20世纪40年代，叶灵凤放弃小说家的梦想，致力于文艺随笔，重分析、思索与考证，近乎西方的 treatise，或者 dissertation[5]。进入五六十年代，叶灵凤侵染百家，

[1] 叶灵凤. 书痴[M]//陈子善. 文艺随笔：叶灵凤随笔合集之二. 上海：文汇出版社，1998：102.
[2] 斯·茨威格. 旧书商门德尔[M]//茨威格小说全集：第三卷. 高中甫，译，西安：西安出版社，1995：591.
[3] 叶灵凤. 写文章的习惯和时间[M]//陈子善. 北窗读书录：叶灵凤随笔合集之三. 上海：文汇出版社，1998：132.
[4] 厨川白村. 出了象牙之塔[M]//鲁迅，译. 北京：人民文学出版社，1988：113.
[5] 孙绍振. 审美、审丑与审智[M]. 广州：广东人民出版社，2014：14.

所取颇杂，笔意引而不发，文风简约冲淡。随笔"虽小，但必须有和写大作品一样的思想的体系，知识的基础，技术的程度"[1]。叶灵凤无心做学问家，读书常常兴之所至，但这份随意并非散漫无序，而是时作有心人，"钻研一个问题，尽可能的将有关资料集中在一起看个痛快"[2]，借以丰富的史料、深厚的学养与缜密的思辨，学术随笔熔铸一种学理见长、谐趣相生的独特风范。

叶灵凤主张，即便是一人一物，写作时必定要指明出处，辨别真伪。换言之，不是如"阅微草堂笔记"式的"姑妄言之"，而是近于"梦溪笔谈"有益于考证之事的文字[3]。《伊索寓言》是叶灵凤的案头书之一，曾先后撰写相关随笔多篇。1963年南苑书屋出版的《文艺随笔》收入《关于〈伊索寓言〉》一文。继之，该文拆解为《明译本的〈伊索寓言〉》《寓言家伊索的故事》《伊索的相貌和他的画像》三篇，收入1969年由上海书局出版的《北窗读书录》。较之前文，后三篇对相关内容做进一步的勾稽与考证。以《明译本的〈伊索寓言〉》为例。《明译本的〈伊索寓言〉》一文主要介绍《伊索寓言》的两个中译本，《况义》（明天启五年在西安出版）与《意拾蒙引》（清道光七年在广州出版），有两处较大修改。一处为《意拾蒙引》遭禁一事，《关于〈伊索寓言〉》费了相当笔墨，引用周作人《再关于伊索》以及1840年广州版的《中国文库》的英文介绍予以说明。《明译本的〈伊索寓言〉》则只在文末一笔带过，言简意赅，干净利落。显然，经过严谨的考证与推理，作者已然成竹在胸，无须再纠缠个中细节，读者便可坐享其成，后夏衍特意剪下报纸给

[1]　徐懋庸. 大处入手.［M］//徐懋庸选集：第一卷. 成都：四川人民出版社，1983：398.
[2]　叶灵凤. 读延平王户官杨英的《从征实录》［M］//陈子善. 北窗读书录：叶灵凤随笔合集之三. 上海：文汇出版社，1998：72.
[3]　叶灵凤. 读《听雨楼丛谈》［N］. 新晚报，1964-04-16.

戈宝权作研究参考[1]。考证和推理保障学术随笔的科学性，繁难内容的详略则见笔墨功夫。另一处是该文增加《况义》所译的一则寓言，叙述那只衔了骨头过桥的狗，从水中见到自己的影子，以为另一只狗也有骨头，起了贪心去抢，结果连自己原有的骨头也失去的故事。写文史小品多为作者兴趣使然，但对于读者，却往往是一种挑战，因为钩沉史料的文字读来不免枯燥乏味，但经由这则广为流传的寓言的穿插，文章顿然一扫沉闷迂腐之气，显得生机盎然。

1969 年版《北窗读书录》同时收录《伊索本人的轶事》《伊索和女主人的轶事》《没有教训的〈伊索寓言〉》，这三篇文章独辟蹊径，内容大胆奇异，新颖独特。《伊索本人的轶事》叙述伊索敏于人事、小处识人的高情商；一反以往习见的古板与严正，《伊索和女主人的轶事》叙述伊索戏谑浪荡女、猥亵男的奇闻；《没有教训的〈伊索寓言〉》描述英国新译本中伊索不失天真的机智谐趣，都显示出作者跳脱道德戒律，追崇纯正的人性诗学，闪烁着一种遥接古人的活泼与渊雅。在这里，作为一个系统有序而新见层出的专题，叶灵凤关于《伊索寓言》的系列随笔不是如所谓的学者散文，食古不化、望之俨然而令人却步，而是熔铸厚积的学力、广博的胸襟以及自由放达的生命旨趣，兼之行文收放自如，行于所当，止于所不可不止，凸显融史识、思辨与趣味一炉的写作智慧。

随笔写作也是一种关于内心和思想的自我训练。如果说学术随笔重在学理的严谨、求真，那么作家随笔则关乎精神信仰与人生追问。综观叶灵凤的文艺随笔，问"学"与问"人"如同一枚硬币的两面，相融相生，相得益彰。随笔看似自由、随性，但其实不然，"需要力度硬度，不是说些慷慨激昂之词，亦不是写什么重大题

---

[1] 戈宝权. 忆叶灵凤[N]. 新晚报，1980-06-10.

材,主要是要大的境界,要有个人对宇宙人生的感应"[1]。在许多文字中,叶灵凤一直执念于作家存在的精神逼问:作家何以活着,怎样摆脱生存与创作的两难之境。英国作家乔治·季辛的小品集《越氏私记》(今译《四季随笔》)是叶氏最爱。自1923年第一次邂逅,多年以来他反复展读。读季辛,就是读自己,与另一个自我进行对话;写季辛,便是解剖自己,观照作家困厄于文学与人生的共同运命。季辛对人生有两大"希望"。文学上,他希望做英国的巴尔扎克;生活上,他只求每天吃饱。为了生活,季辛拼命地写,但仍时常挨饿,以至于利用大英博物馆的盥洗间去洗涤而遭警告。更不幸的是,身体因此拖垮,1903年成名作《越氏私记》出版当年,年仅46岁便溘然离世。《乔治吉辛和他的散文集》写季辛一生在穷苦中挣扎,可视作为天下"卖文为活"的作家们立此存照。曾几何时,年少时候的文学梦已然"被无情的社会和生活担子磨折得干干净净"[2]。在香港的作家一般没有固定收入,几乎完全依赖报纸杂志的稿费。1961年3月,在文化界接待中国作家代表团的茶会上,叶灵凤对老友沙汀叹息,在港作家每天至少要写五千字,才能维持一家生计[3]。更有甚者,号称"三苏怪论"的杂文家高雄最忙时日产一万二千字,每天写稿十小时,涉足多类文体,同时刊于十四种报刊[4]。

故在《身后之名》一文中,叶灵凤提出"作家何为"这一普遍性难题。纵观季辛一生,由于"秉性孤高,写文章不肯俯合时流",不为时人所识而"衣食不全,潦倒终身",岂料身后声名日隆而书

[1] 贾平凹. 关于散文[M]. 北京:生活·读书·新知三联书店,2015:78.
[2] 叶灵凤. 乔治吉辛和他的散文集[M]//陈子善. 文艺随笔:叶灵凤随笔合集之二. 上海:文汇出版社,1998:177.
[3] 梁秉钧. "改编"的文化身份:以五十年代香港文学为例[J]. 文学世纪,2005,5(2):60.
[4] 范培松. 中国散文史:下[M]. 南京:江苏教育出版社,2008:676.

价暴涨，"我不知道他是微笑还是痛哭"。"我们是该迎合时流，以期眼前的温饱，还是为了自己文字的永久生命，宁可忍受生前的冷落和饥饿？"[1]这正是亘古以来作家无法绕开的问题。"文学是倒霉晦气的事业，出息最少，邻近着饥寒，附带了疾病。"[2]钱锺书此论虽以反讽喻之，却准确勾勒出经济压迫之下作家的生存困境。伏案书桌，笔耕不辍，写作的意义终究何以实现？另一方面，写作是作家的生命所系，他们甘愿一生为之呕心沥血，匆忙草就、敷衍读者岂非虚掷年华而糟践自我？不过，执笔于斯，因寄所托，叶灵凤既是清醒的知之者，当是自觉的行之者，一如季辛面对死亡时"富有理性的平静"[3]，只要生命之花曾如夏花般灿烂绽放，贫富与否何须挂齿？叔本华曾将作家分为流星、行星和恒星三类。流星一闪而逝，行星之光借自他者而行将退出，恒星则自身发着光芒，持续不变地运转，因其高远，光线需要多年才被地球人看见[4]。在此，叶灵凤通过书写季辛作为"这一个"恒星的灿烂与悲情，穿越信仰与生存、虚空与实有的重重纠葛，追索作者与读者、当下与身后对话的路径与意义，身在书斋却心怀宇宙，抵达"立心"与"立命"的完美契合。

（三）立言：情发于心而意通智慧

按照朱光潜的观点，文章可分为三等，"最上乘的是自言自语，其次是向一个人说话，再其次是向许多人说话"[5]。就创作心理而言可谓公论。叶灵凤书写自我的独语体随笔引人入胜，学术随笔激起

［1］叶灵凤. 身后之名［M］// 陈子善. 文艺随笔：叶灵凤随笔合集之二. 上海：文汇出版社，1998：15.
［2］钱锺书：《论文人》［M］// 人·兽·鬼：写在人生边上. 福州：海峡文艺出版社，1992：179.
［3］乔治·吉辛. 四季随笔［M］// 刘荣跃，译. 成都：四川文艺出版社，2014：213.
［4］叔本华. 叔本华美学随笔［M］// 韦启昌，译. 上海：上海人民出版社，2009：126.
［5］梁实秋. 论散文［M］// 俞元桂. 中国现代散文理论. 南宁：广西人民出版社，1983：122.

读者求真求实的生命冲动，而看似平淡、"向许多人说话"的第三种文章风生水起，别具一番炽热的情怀与深邃的意境。忆故人的文章历来是作者愿写，读者爱读。对于读者，它可以满足重返历史现场、感受故人气息的好奇与窥视欲，增加关于那人那时那事的感性认知。但对于作者，"传人适如其人，述事适如其事"[1]，实属不易。在这个意义上，叶灵凤忆郁达夫检摄心气，持论公允而适如其人。

郁达夫对叶灵凤一生具有重要影响。两人相距不足十年，可谓情谊深厚，"义兼师友"[2]。自1924年前后成为"创造社小伙计"，从美学趣味、写作风格乃至日常生活习惯，郁达夫对叶灵凤的影响是全方位的。青年叶灵凤以之为鹄，达夫喜欢的黄仲则、龚定庵及比亚兹莱等成为他的酷爱；"郁达夫式的笔调"[3]在长篇散文《白叶杂记》中俯拾即是。平时，老跟着郁达夫逛城隍庙、淘旧书店，上小馆子时蹭吃蹭喝，天马行空地海聊，感情笃厚纯挚。但叶灵凤对郁王婚恋颇有微词，当年曾因此而失和，多年以后忆达夫，他依然坦陈己见，认为这使之从新文艺作家沦为结交权贵的旧时"名士"[4]，导致文学与个人的全面溃退。不过，他同时直指达夫"旧文人的气质"的性格缺陷："喜欢在文字上自怨自艾，自暴自弃；一时认为生不逢辰，潦倒穷途；一时又认为天降大任，国家兴亡都挑在他这个匹夫的肩上。"无疑，这种习性对婚姻的伤害是巨大的，以至于意气之下发表《毁家诗》，自称"曳尾涂中"，一面又刊登启事，说王

［1］　章学诚. 古文十弊［M］// 文史通义. 刘公纯，标点. 上海：上海古籍出版社，1956：71.

［2］　叶灵凤. 读《诗人郁达夫》［M］// 陈子善. 文艺随笔：叶灵凤随笔合集之二. 上海：文汇出版社，1998：275.

［3］　叶灵凤. 记《洪水》和出版部的诞生［M］// 陈子善. 北窗读书录：叶灵凤随笔合集之三. 上海：文汇出版社，1998：263-271.

［4］　叶灵凤. 郁达夫和王映霞［M］// 陈子善. 文艺随笔：叶灵凤随笔合集之二. 上海：文汇出版社，1998：275.

映霞卷逃，呼之为"下堂妾"。[1]

不仅如此，叶灵凤以在场者的身份，还原一个"我所认识的"郁达夫。首先，在经济方面，他澄清有关郁达夫在上海期间"穷愁潦倒"的文坛传闻。叶灵凤指出，达夫"当时在上海，事实上所过的并不是全然的'卖文为活'的生活"，初以教书和兼差，后有稿费和版税，收入尚可，只是他"很会花钱"而显得不富有。据记载，1927年1月郁达夫受邀担任上海法科大学的德文教学，单这一项就月薪48元[2]。比照1929—1930年上海工人家庭全年生活费支出454.38元，月支出仅37.85元[3]的生活水平，郁氏不可谓不富裕。其次，在写作信仰方面，郁达夫常以季辛自况，也有不实之处。季辛虽然有从事新闻工作谋生的机会，却甘愿在贫困中写小说；并且，"宁愿书店付的酬报小，不肯写佳人才子的流行小说"[4]。而达夫在"风雨茅庐"期间就写下不少"诗酒征逐"[5]的应景之作。叶灵凤追念前辈，目达夫为"先生"，但不为尊者讳，不趋附潮流，以一颗"真率"之心，"坦白"[6]地书写故人旧事，既充溢着温暖的人间烟火，又体现审视个体生命的清醒与理性。在郁达夫身后喧哗一时的当代文坛，这样的声音实属稀少。

叶灵凤与戴望舒为知交。两人一生有多次交集。20世纪30年代在上海曾先后共居于江湾路、亨利路住处，1938年共赴香港，

[1] 叶灵凤. 郁达夫的气质[M]//陈子善. 文艺随笔：叶灵凤随笔合集之二. 上海：文汇出版社，1998：272.
[2] 郁达夫. 日记九种·村居日记[M]. 上海：北新书局，1927：50.
[3] 忻平. 1930年代上海工人生活水平与状况的调查及分析[M]//上海市档案馆. 上海档案史料研究：第4辑. 北京：生活·读书·新知三联书店，2008：215.
[4] 叶灵凤. 郁达夫和吉辛[M]//陈子善. 文艺随笔：叶灵凤随笔合集之二. 上海：文汇出版社，1998：274.
[5] 叶灵凤. 郁达夫的气质[M]//陈子善. 文艺随笔：叶灵凤随笔合集之二. 上海：文汇出版社，1998：271.
[6] 叶灵凤. 写随笔的甘苦[N]. 文汇报，1961-06-21.

继而在《星岛日报·星座》、文协香港分会等共事，并共同创办《大众周报》(1943)、《华侨日报·文艺周刊》(1944)，"有许多时候差不多整天的在一起"[1]，携手走过一段友人兼合伙人的岁月。1942年戴望舒被日军逮捕，经叶灵凤多方斡旋下得以保释，出狱后就被安排在叶家住下；1949年冬北上前望舒也栖居叶家，叶为之奔走购票诸事并相送于码头。两人相交20多年，精神默契近乎亲人，以至于1950年2月底获悉望舒在京逝世，叶灵凤深感"凄然"[2]，是年日记就此辍笔，至12月31日才恢复。叶灵凤写过多篇回忆戴望舒的文章，发抒对亡友故去的伤怀，更寄寓对其人其诗"重读"的期望，以及对当下国内文艺思潮的侧面回应。惜乎用语曲折，表达隐晦，未曾引起研究者的注意。

　　一个安静地阅读、思索、写作的人，他的生命观必定是宽广、仁慈而圆通的。有一个人便有一种散文。[3]叶灵凤的文艺随笔，既有小说家叙事状物的物质性，又有思想者冲谦和易的笔墨风雅，情趣、理趣与意趣无不具备。心命归一，真正的散文家大抵如此。

[1] 叶灵凤. 望舒和《灾难的岁月》[M]//陈子善. 文艺随笔：叶灵凤随笔合集之二. 上海：文汇出版社，1998：289.
[2] 罗孚. 叶灵凤的日记[J]. 书城，2008，(5)：54.
[3] 梁实秋. 论散文[M]//俞元桂. 中国现代散文理论. 南宁：广西人民出版社，1983：35.

第五章　文学消费与大众接受

　　艺术品涉及四个要素——作品、艺术家、欣赏者与世界。尽管任何一种理论多少都考虑到了这四个要素，但几乎所有的理论都只明显地倾向于一个要素。就是说，批评家往往只是根据其中一个要素，就生发出他用来界定、划分和剖析艺术作品的主要范畴，并形成藉以评判作品价值的主要标准。[1]若想规避文学批评的褊狭，我们必须对四个元素予以整体考量与客观评估。对于海派文学而言，"欣赏者"的主体为大众读者。

　　中国古代的文学批评十分重视读者的重要性。故事作用于读者的方式主要表现为四个方面——熏、浸、刺、提。"熏""浸"展现故事对读者的陶冶之功，读者浸染于小说的意境之中，年深日久，潜移默化。"刺"指读者接受的审美过程，故事对读者产生强烈冲击，引起读者情感的激烈变化，变化强度、作用效果与读者受体的敏感程度相关。"提"指读者随着阅读的深入，情感发生变化，把自己融入其中。但"熏、浸、刺、提"强调故事之于读者的单向效果，忽略了读者作为阅读主体，选择、接受乃至扬弃的能动意识。20世纪60年代兴起的英美读者反应批评标举读者之于文本的意义。他们认为，文本的某个确定的性质或"意义"隐藏于文本之中，有

---

[1]　艾布拉姆斯. 镜与灯 [M]. 北京：北京大学出版社，1989：146.

待读者或批评家去发现、提取并呈现。在此过程中，读者的欲望、需要、经验、抵抗等个体生命体验融入阅读与阐释过程，以此促成文本意义的完满。强调故事或强调读者都有其合理性。某种意义上，文本阅读是一个人的事，始于生命的某种冲动与寻觅，终于人生的某种理念的印证与表现，读者对于文本的解释具有"一种身份的功能"，"我们所有人，一旦阅读，便是使文学作品成为象征符号并最终复现了我们自己"。[1] 故此，作家意识、报章传媒、出版机制与大众读者共同组成海派文学场的有机部分，不可或缺而互生共存。

第一节　读者大众的生成

"大众"（mass）是关涉市场、国家和世界层面大众传播力的重要因素。路易斯·沃斯强调大众作为个体的典型特征：由很多孤立的个体组成、社会阶层多样化、相互匿名、缺乏组织性、易于接受意见、个体具有相对独立行动的能力。当人在大规模的、彼此孤立的、多样化的群体中保持相对匿名的状态，既无组织身份认同也无机构惯例可循时，我们便完全可以将其视为相对独立行动能力的个体；而无数个这样的个体叠加起来，就形成了具有某些总体性特征的"大众"。[2] 大众的形成有赖于无数"相对独立行动能力的个体"，完成于"某些总体性特征"的存在。雷蒙·威廉斯则指出"大众"是一种"具有购买力的群众"："众多的数量（为数众多的群众或大

---

[1] 安德鲁·本尼特、尼古拉·罗伊尔. 关键词：文学、批评与理论导论[M]. 汪正龙，李永新，译. 桂林：广西师范大学出版社，2007：13.
[2] 路易斯·沃斯. 共识与大众传播[M]//伊莱休·卡茨，约翰·杜伦，彼得斯，等. 媒介研究经典文本解读. 常江，译. 北京：北京大学出版社，2011：115.

部分的人）；被采纳的模式（操纵的或流行的）；被认定的品位（粗俗的或普通的）；最后导致的关系（抽象异化的社会传播或一种新的社会传播）。"[1]这描绘了"大众"生成的流水线过程：身处繁华而喧嚣的都市，在"操纵的或流行的"消费模式导向下，众多孤立个体"接受意见"、趋同某种通俗"品位"而形成"某些总体性特征"，最终以"购买"行动等对抗都市社会"相互匿名"的隔膜与孤独。

对于大多数百姓而言，"相互匿名"的状态无碍于其安然度日，"大众要求的是安逸的生活，谁愿意来顾问这些头痛的勾当。只要我们生活的权利不被无故攫夺，只要我们生活的自由不被无故剥削，我们便绝不再有旁的要求"[2]。在革命文学的视野里，不问世事、驯良安稳的大众是被批判的对象，但对于海派文学，孤立、安逸而具有购买能力的读者正是其"理想读者"的重要组成部分。正是这一群既"具有独立行动能力"又"具有购买力的群众"，与作者、出版商及批评家等共同促进了海派文学场的生成与绵延。

一、海派作家的读者意识

随着现代小说观念的革新以及报章传媒的兴起，作者与读者关系的重要性已然成为共识。关于作者与读者，朱光潜认为，"真正伟大的作者，必须了解现实人生，因此他就必须接近民众"，并且，彼此的影响相辅相成，"就作者说，他多接近民众，就多对于人生起深刻的同情和了解，多吸收文学的生命力。就民众说，他们多接

［1］ 雷蒙·威廉斯. 关键词：文化与社会的词汇［M］. 刘建基，译. 北京：生活·读书·新知三联书店，2005：287.
［2］ 邵洵美. 驯良的百姓［J］. 人言，1936，3（1）.

近作者（这就是说，多读他们的作品），也就多学会作者的较敏锐的观察，较丰富的想象，和较深挚的情感，因此对于人生得到较深广的了解和较纯正的感受"[1]。萧乾也指出，"除了艺术，一个作者最凄惨的失败是得罪了作者"，因为读者对作者有殷切的期望，"看样子，每个读者都像是很虚心地捧读着当前的作品。实际上，是下意识地每个读者都希望或都要求作者在适当的地方留一些缝罅，让读者用自己的想像与作品合作，在作者暗示出的圈子里，去摸索补充那些朦胧隐现的影像。惟这样，读者才觉得是在积极地读一本书"。所以，一个优秀的作者"直觉地会节省自己在不必须的处所"[2]。不然，作者费心地写作恐怕也是事倍功半，得不偿失的事情。

20世纪20—30年代，现代中国教育的普及情况有显著改善。入学率在1919年、1929年分别为11%、17%，1935年则近31%，从1929年到1936年的七年间，接受初、中、高等教育的学生数量都激增了两到三倍。[3]这些在校学生和毕业生是新文学的主体读者群。自然，无论是阅读数量还是鉴赏水平，大都市的读者都高于全国普通读者。有两种读者，一种是一般读者，其购买与阅读，乃纯粹的文学消费；另一种则是理想读者，不只阅读，还批评、传播、再创造。前者如上海的店员，后者如北京的大学生。[4]在北方，纯文学刊物一度拥有较稳定的读者群体。1935年，天津《大公报·文艺副刊》主编沈从文谈到"固定读者约二十万人，且多数为大中学生阶段"，"于文学作品欣赏力似不弱"，兼之"北方人态度又稍沉

[1]　朱光潜. 谈报章文学［M］//天资与修养：朱光潜谈阅读与欣赏. 沈阳：辽宁教育出版社，2006：145.
[2]　萧乾. 小说［N］. 大公报（天津），1934-07-25.
[3]　熊明安. 中华民国教育史［M］. 重庆：重庆出版社. 1997：69.
[4]　陈平原. 现代中国文学生产机制及传播方式：以1890年代至1930年代的报章为中心［M］//文学的周边. 北京：新世界出版社，2004：119.

静，于创作小说尤具兴味"。[1] 欣喜之情溢于言表。孙犁当年就是该报读者之一。《大公报》的社论，"我在中学时，老师经常选来给我们当课文讲"；在北京居住、保定求学期间，他也一直读《大公报》，"最吸引我的还是它的副刊，它有一个文艺副刊，是沈从文编辑的，经常登载青年作家的小说和散文"。在他看来，"这是一份严肃的报纸，是一些有学问的，有事业心的，有责任感的人，编辑的报纸"[2]。1935 年春季，他失业居于安平家中，家贫但渴望订这一份大报。后来在父亲的支持下，用枭麦子的钱订了一个月，一字不漏地读完后予以珍藏，反复阅读，奉若至宝。在一定程度上，青年孙犁走上文学之路也得益于《大公报》的引领与鼓励。

较之天津等中国其他城市，上海拥有更优越的文化资源。首先，创办了众多新颖而具影响力的文学期刊。以《洪水》半月刊为例。1925 年 9 月 1 日《洪水》半月刊创刊，"洪水本来不是可以代表创造社或代表创造周报"，这是周全平、洪为法、叶灵凤等"小伙计""胡搅"[3]着编辑创办，内心充满惶恐，"然而出于我们的意外；第一期产生了还未满十日，初版已经不够支配了"，读者很欢迎，"在现在的定期刊物中确能算是较好而且有希望的"，并"希望它能达于完善之域"[4]。读者柳亚子时居乡间，为孩子柳无忌、柳无非计，来信要订购该社每一种出版物。"上海新文艺出版物的销路特别大，北京和广州不用说了"，南方地区的汕头、梅县和海口等读者也纷纷函购，"往往一来就是十几封信，显示这些爱好新文艺的读者非常多"。个别地方，"如浙江白马湖的春晖中学，河南焦作的一座煤矿，

[1] 沈从文. 致施蛰存函四通[M]//孔另境. 现代作家书简. 广州：花城出版社，1982：41-43.
[2] 孙犁. 报纸的故事[N]. 光明日报，1982-02-18.
[3] 编者. 报告两个动听的消息[J]. 洪水，1925，1（6）.
[4] 编辑余话[J]. 洪水，1925，1（2）.

寄信来订阅刊物和买书的也特别多。后来上海的一些书局还直接到焦作去开了分店"。短短半年间，《洪水》第一期到第十二期，发行量骤增，印数从一千增至三千。1926年，创造社出版部公开招股，每股五元，各地读者反应热烈。"认股的情形非常踊跃，好像不久就足额。"创造社出版部得以顺利开张。同时，杂志社与读者建立了亲密的关系，"许多通过信的朋友，来到了上海，一定要找到我们这里来谈谈"[1]，一见如故，相谈甚欢，出版部虽地处偏僻的阜民路，但俨然成为一个文艺中心。

其次，上海拥有一个较稳定而数量庞大的读者群。近代上海城市人口的增加，主要是从农村来的移民。这些人大概有一半粗识文字。他们是城市居民的重要组成部分，也是各种报章媒体争取的对象。[2]为占据更多的市场份额，出版物必须有意识地培养，乃至于网罗一批固定读者，成为文学消费与信息交流的对象。大众读者的审美趣味对作家作品以及杂志有相当的影响。这种市场定向造成了海派文学的通俗化与大众化。任何个体读者都是读者"共同体"中必不可少的组成部分。斯坦利·费什认为，每一个读者会按照其所属的"解释共同体"的习惯来进行阅读。换言之，阅读习惯决定了个体读者的反应，这些阅读习惯形成于读者受教育时特定的社会历史语境。[3]对于大众读者，文学的首要功能是自我消遣，"能够有兴趣，或闲暇，或金钱来购读小说或戏曲一类的读物的人们，往往十之八九是以消遣为目的的"[4]。而洋场文化的昌盛以及战事频发的颓靡加剧了混乱、腐朽而奢靡的风气。中学毕业的青年读者，

[1] 叶灵凤. 记《洪水》和出版部的诞生[M]//陈子善. 北窗读书录：叶灵凤随笔合集之三. 上海：文汇出版社，1998：263-271.
[2] 熊月之. 五四运动与上海[J]. 社会科学，1999（5）.
[3] 安德鲁·本尼特、尼古拉·罗伊尔. 关键词：文学、批评与理论导论[M]. 汪正龙，李永新，译. 桂林：广西师范大学出版社，2007：14.
[4] 远. 译者与读者[J]. 文学，1935，4（3）.

"还在大看张恨水的小说与礼拜六的刊物"[1]。沦陷时期，在政局不明而战事稍息的情况下，民众看不到进步报刊，感到苦闷无聊，只好看些中间性、软性的刊物及小说消遣，如综合性杂志和小型报等。[2]

海派文学的读者主要有鸳鸯蝴蝶派的"老"读者和新进青年两类，即位于中等或者中下阶层的人们，包括小商贩、各类公司职员、高中学生、家庭主妇和其他受过一定教育的、生活富裕的都市人。因为多年居于城市，见多识广，前一类"老"读者通常拥有较广泛的阅读兴趣，也具备一定的阅读能力。1922年，周作人在《贵族的与平民的》一文中指出："平民的精神可以说是淑本好耳（即叔本华，笔者注）所说的求生意志，贵族的精神便是尼采所说的求胜意志。前者是要求有限的平凡的存在，后者是要求无限的超越的发展；前者完全是入世的，后者却几乎有点出世的了。"[3]平民大多居住在上海弄堂，粗通文字，有一定的文化水平。[4]对他们来说，阅读的目的不在"求胜"，更不在于"出世"，而是寻觅"有限的平凡的存在"中的欢乐与喧闹。如张爱玲笔下开电梯的司机，"天热的时候任凭人家将铃揿得震天响，他也要在汗衫背心上加上一件烫得溜平的纺绸小褂，才出来"。他"对公寓里每一家的起居都是一本清账"[5]，每天总要买一份小报，与她交换着看，活得那么自在和惬意。"牛肉庄"里的伙计们空闲之余，"一只脚踏着板凳，立着看小报"[6]，随处可见，也不乏生动与可爱。对于作品，他们并不需要

[1] 孔若君. 学校文艺[J]. 现代, 1934, 5（4）.
[2] 蔡登山. 游戏于"市井文化"的王小逸[J]. 名作欣赏, 2010,（9）: 27.
[3] 仲密. 贵族的与平民的[N]. 晨报副镌, 1922-02-19.
[4] 张爱玲. 童言无忌[J]. 天地, 1944（7）-（8）.
[5] 陈丹燕. 上海的风花雪月[M]. 上海: 上海文艺出版社, 2015: 55.
[6] 张爱玲. 童言无忌[J]. 天地, 1944（7）-（8）.

深邃的思想、高超的技术，而是熟悉的故事、习见的技巧。[1]"书里的故事轻松，热闹，伤感，使社会上的小市民看了以后，颇感到亲近有味。尤其是妇女们，最爱看这类小说。"[2]

新进青年是文化程度在中学以上，具有新文艺审美趣味的青年，包括洋行、海关、邮政、铁路等职员，公司雇员，大中学校教员及学生。他们是海派文学的年轻读者。20世纪30年代晚期，上海有25万～30万从事职员工作。[3]他们广泛服务于经济、文化、政治等机构，包括坐办公室的文员、各类白领以及店员等。消费社会的逻辑根本不是对商品的使用价值的占有，而是满足于对社会能指的生产和操纵；它的结果并非在消费产品，而是在消费产品的能指系统。人们从来不消费物的本身（使用价值）——人们总是把物（从广义的角度）用来当作能够突出你的符号，或让你加入视为理想的团体，或参考一个地位更高的团体来摆脱本团体。[4]在上海，作为大众消费的符号，文学成了人们展现身份与地位的"能指系统"，一种摩登而新潮的时尚趣味。文学新人、文坛名人是他们热衷谈论的话题，标榜自我的尊严与优雅，显示地位与身份的阶层优势。百货商场里的小伙计咬文嚼字地向同伴解释："喏，就是张'勋'的'勋'，'功勋'的'勋'，不是'薰风'的'薰'。"[5]在咖啡馆里，女招待"谈的是文艺，国民党，政治，什么都谈，她们说完了郭沫若，又说鲁迅，郁达夫，也说汪精卫、蒋介石"[6]。张爱玲读穆时英的小说《南北

［1］　吴福辉. 予且小说论［J］. 中国现代文学研究丛刊，1993（1）：45.
［2］　张恨水. 写作生涯回忆［M］//张占国、魏守忠. 张恨水研究资料. 天津：天津人民出版社，1986：41.
［3］　上海市总工会. 抗日战争期间上海工人运动史［M］上海：上海远东出版社，1992：62.
［4］　鲍德里亚. 消费社会［M］. 刘成富，全志钢，译. 南京：南京大学出版社，2000：153、48.
［5］　张爱玲. 到底是上海人［J］. 杂志，1943，11（5）.
［6］　马国良. 咖啡［M］//吴红婧. 白领丽人. 上海：上海文化出版社，2006：110.

极》，奚落弟弟租看连环图画之落伍。1944 年 7 月，苏青小说《结婚十年》由天地出版社出版，一经面世，立即受到读者的狂热欢迎，以至于 20 来岁的女性读者"认为人生在世，不读《结婚十年》，真是天大的冤枉"[1]。

大中学校教员和学生则是作者心理期待的"理想读者"，有更清晰、更强烈的阅读需求，文学作品、文艺期刊成为其了解文艺动向、学习新知的重要来源。1934 年 9 月，《现代》第 5 卷第 5 期发布启事，举办读者征文活动，题目为"文艺作品对于我的生活的影响"，"以普遍的读者群为对象"。一月内收到读者征文 199 篇，后选登 10 篇刊载于第 6 卷第 1 期。这些作者"以年龄论，是以二十岁上下的，以职业论，是以学生占绝对的大多数"[2]。大学里读外国文学的学生很欢迎《现代》，因为传统、守旧的高等教育无以提供这些世界文艺等新讯息、新知识。[3]

故此，无论是编者还是作家，要想在上海文坛立足，必须具备充分的读者意识。作为编者，叶灵凤有强烈的读者意识。《现代文艺》创刊之际颇具抱负，"中国新文学已经发动了十多年，但是对于本国文坛和西洋文坛从未有过系统地有计划地的努力"，故此，"本刊的创设，即想弥补这个缺陷，肩起这二重的重担"[4]。第 1 卷第 2 期（1931 年 5 月号）增设"Cocktail"栏目，刊载读者通信和"有趣味的小文字"，以加强与读者的联系。"极欢迎读者来信批评本志的内容和讨论其他一般的文艺问题"[5]，诚恳地希望："我的理想的读者是要一个忠实的文艺研究人，他能将编者每月苦心所编辑出

［1］ 姜贵. 我与苏青［J］. 名作欣赏，2011（13）：44.
［2］ 施蛰存.《文艺生活对于我的生活的影响》引言［J］. 现代，1934，6（1）.
［3］ 施蛰存. 为中国文坛擦亮"现代"的火花：答新加坡作家刘慧娟［N］. 联合早报（新加坡），1992-08-20.
［4］ 现代文学评论［J］.1931，1（1）.
［5］ 编者随笔［J］. 现代文艺，1931，1（2）.

来的杂志细读一遍，吸收他的滋养，扬弃他的渣滓，然后更将他所得的告诉他的编者，以便编者和其他的读者都能有所参证。我们绝不需要一种不关痛痒的赞扬。"[1]以山东读者王减之的来信为例。王减之关注二十年来中国文坛的起伏盛衰，对创刊号刊载的诸文逐篇写下感想，一一批评，可谓"忠实的文艺研究人"。这封读者来信也许是真实的，也许仅仅是编者代为捉笔，但叶灵凤重视读者接受，努力构建编者与读者的互动之用心窥豹一斑。

作为作家，叶灵凤则不奢望拥有理想读者。相反，他对文学批评不以为然。这"不是盲目的自信自己作品"，"我知道她们那一篇写得最好，那一篇写得最坏；那一句写得最好，那一句写得最坏"。并且，"我在脱稿之初觉得这样，我在几年之后再读一遍仍觉得这样，我的印象不会轻易的改变。我不愿他人不相称的称誉我，我也不愿随意的称誉他人。几年以来，我见了不少批评我小说的文字，我觉得都不能中肯。只有一个忠实的作者才是他自己的作品的透彻的理解人"[2]。在文学创作中，叶灵凤有两套笔墨——短篇小说的现代性与长篇小说的通俗性。"对于小说，我向来是一个忽略其中所包含的教训与哲学的读者"[3]，他不看重故事，"现代短篇小说，已经不需要一个完美的故事，一个有首有尾的结构。而是立脚于现实的基础上，抓住人生的一个断片，革命也好，恋爱也好，爽快的一刀切下去，将所要显示的清晰的显示出来，不含糊，也不容读者有呼吸的余裕"[4]。故此，叙事结构、艺术手法才是他关注的。他"自满"于三篇小说——《鸠绿媚》《摩枷的试探》《落雁》。这三篇

[1]　编者与读者[J]. 现代文艺，1931，1（2）.
[2]　叶灵凤. 前记[M]//灵凤小说集. 上海：现代书局，1931：2.
[3]　叶灵凤. 纪德的《赝币犯》[M]//读书随笔. 上海：上海杂志公司，1946：112-114.
[4]　叶灵凤. 谈现代的短篇小说[J]. 六艺，1936，1（3）.

小说运用虚幻、诡异、心理分析等手法，"以异怪反常、不科学的事作题材——颇类似于近日流行的以历史或旧小说中的人物来重行描写的小说——但是却加以现代背景的交织，使它发生精神综错的效果"[1]，并且用笔细腻，"同芥川一样，喜散在其中渗入肉欲的香料，使得那种因了性爱苦闷而起的挣扎分外强烈。"[2]确实，不论是创作理念，还是叙事模式，这些短篇小说在中国现代小说中享有一席之地。

关于长篇小说，叶灵凤深知文学理念与大众趣味存在着相当的错位。在论及普罗斯特的小说时，他认为小说之所以"使人难读，并不由于它的长，而是由于它的深"，因为"现代小说读者要求长的长篇，但是仅愿作者触及生活的表面"[3]。他明白，读者"希望我能不断的写出像《浴》《浪淘沙》那样，带着极强烈的性的挑拨，或极伤感的恋爱故事的作品"[4]。1932年，应《时事新报》之邀，创作长篇小说《时代姑娘》，连载于《时事新报》副刊《青光》。1934年冬，再度应邀创作小说《未完的忏悔录》，连载于《时事新报》副刊《青光》。1935年秋，连载于《小晨报》的小说《永久的女性》。这些小说"用着极通俗的句法"[5]叙述十里洋场上都市男女的情爱悲剧，"避免了一些所谓'文艺的'描写"，希望借此"吸引一般刚从旧小说撰写新文艺的读者"，以至于自嘲"和我的短篇小说，看起来判然是两个人的作品"。[6]

［1］ 叶灵凤. 前记［M］//灵凤小说集. 上海：现代书局，1931：2.
［2］ 叶灵凤. 湿发的故事［N］. 华侨日报，1945-04-08.
［3］ 叶灵凤. 读普洛斯特［M］//读书随笔：一集. 北京：生活·读书·新知三联书店，1988：49.
［4］ 叶灵凤. 前记［M］//灵凤小说集. 上海：现代书局，1931：2.
［5］ 叶灵凤. 自题［M］//时代姑娘. 上海：四社出版部，1933：1-4.
［6］ 叶灵凤. 未完的忏悔录·前记［M］//叶灵凤小说全编：下. 上海：学林出版社，1997：580-581.

作家穆时英甚至有一种"反读者"倾向。穆氏小说时为上海青年热衷阅读，广泛流行于报刊、画报和商业媒介，掀起了一股强大的"穆时英风"，以至于读他的小说成为一种都市白领身份的标志，读者深以为耀，但作者似乎不屑一顾。在《Pierrot》一文中，主人公潘鹤龄质疑"读者"的合理性，讥嘲读者崇拜作者的盲目与随意：

> 批评家和作者的话是靠不住的；可是读者呢？读者就是靠得住的吗？读者比批评家和作者还要靠不住啊。他们称颂着我的作品的最坏的部分，模仿着我的最拙劣的地方，而把一切好处全忽略了过去。他们盲目地叹息着："你的作品感动我了。读第一遍，它们叫我流泪，第二遍，它们叫我叹息；第三遍，它们叫我沉思。"可是问一问他们吧，究竟什么东西叫他们流泪，叫他们叹息，叫他们沉思呢？他们会说："你书里那个可怜的舞女的命运。"或者说："你书里那些优美的感伤的句子！"甚至有人会说："为了你的名字"，那么莫名其妙的话。

这也可谓穆时英的夫子自道。在他看来，读者之所以选择其小说，不是因思想的震撼或求艺术的兴味，而仅仅是为摩登的舞女、"感伤的句子"乃至漂亮的作家形象等所蛊惑。在他看来，让普通的读者大众去解读现代主义的"蒙太奇"、通感、电影技巧等手法，切入文本肌理是不可能的，因为"读者为了要娱乐他们自己，为了要在你作品里边找出他们自己喜欢，他们自己需要东西来读我的书"[1]。对此，在《一九三〇年春上海（之一）》一文中，丁玲也有类似描述："他们觉得这文章正合了他们的脾胃，说出了一些他们

---

[1] 穆时英.PIERROT［M］//严家炎、李今.穆时英全集：第二卷，北京：北京十月文艺出版社，2008：102-105.

可以感到而不能体味的苦闷。或者这情节正是他们的理想，这里面描写的人物，他们觉得是太可爱了，有一部分象他们自己，他们又相信这大概便是作者的化身。"[1]读作品，是为了满足自我的心理需求；读作家，是为了印证自我世界观的合法性。对读者阅读心理的准确判断和清醒态度，也正是穆时英小说独具魅力的缘由之一。

施蛰存的读者意识则较为中正，不断修正而渐趋成熟。在"文学习作"时期，施蛰存不看重普通读者的反应，只盼望"小众"读者精读、发生共鸣而给予"切实的批评"。1922 年，时年 18 岁的施蛰存出版小说集《江干集》。在附录《创作余墨》一文中，他不卑不亢地向读者宣告："我只是冷静了我的头脑，一字一字地发表我一时期的思想，或者读者不以我的思想为然，也请千万不要不满意。请恕我，这些思想都是我一己的思想，而我也并不希望读者的思想都和我相同。"[2]1928 年，小说集《上元灯》由水沫书店出版。在《自序》中，他写道："或有以文字卑琐，漫灾梨枣相病者，是则发兑贸利者贾人，而我又未尝强人以购吾书，当置不问。"[3]同时，又表达了对读者细读文本的期许："必须从第一字看到末一字为好"，在阅读中"请用一些精明的眼光。有许多地方千万不要说我有守旧的气味，我希望读者更深的考察一下"。[4]两种自述看似矛盾，实则一体两面,道出了作者既期待理想读者又不屑于普通买家的心声。随着小说创作实践的丰富与深入，作家施蛰存开始转变，逐步重视读者接受，将读者视为创作的组成部分。1932 年，小说集《将军

---

［1］ 丁玲. 一九三〇年春上海（之一）［J］. 小说月报，1930，21（9）.

［2］ 施蛰存. 创作余墨［M］//刘凌，刘效礼. 施蛰存全集·十年创作集：第一卷. 上海：华东师范大学出版社，2011：560.

［3］ 刘凌，刘效礼. 施蛰存全集·十年创作集:第一卷［M］. 上海:华东师范大学出版社，2011：621.

［4］ 施蛰存. 创作余墨［M］//刘凌，刘效礼. 施蛰存全集·十年创作集：第一卷. 上海：华东师范大学出版社，2011：633.

底头》由新中国书店出版。在《自序》中，他廓清批评家以"普罗意识""民族主义"等标签对作品的"误读"，向读者直陈作品主旨，以进入其现代心理小说的文学世界。1933 年 3 月，小说集《梅雨之夕》由新中国书局出版。在《后记》中，施蛰存诚恳地表示："要读者知道我对于这里几个短篇的自己的意见，并且要告诉读者，我已得到了一个很大的教训：'硬写是不会有好效果的。'"[1]

施蛰存开始重视中国文化传统，认同大众读者欣赏与消遣作品的合理性，摸索文学创作的新路径。一件文艺作品若能成为大多数读者的好的（即真的、美的、善的）欣赏品或消遣品，它即是一件好的文艺作品。[2] 他由爱好欧洲的白话文转而激赏中国的唐传奇，因为重故事、重描写的文体"对于读者的效果，却并不逊于西洋小说，或者竟可以说，对于中国的读者，有时仍然比西洋小说的效果大"，故此，"我们不能忽略了中国人欣赏文艺作品的传统习惯，到现在《水浒传》《红楼梦》始终比新文学小说拥有更广大的读者群"[3]。他试图"创造"一种评话、传奇和演义诸种文体相融合的文体，并付诸实践。1937 年 6 月，施蛰存的小说《黄心大师》刊发之时，主编朱光潜赞许其创设了"一种'听故事'所应有的空气"，"家常，亲切"，"证明小说还有一条被人忽视的路可走，并且可以引到一种新境，就是中国说部的路"[4]。

当然，在现代文学史上，施蛰存最大的贡献当数编辑《现代》杂志。1947 年，德裔美籍社会心理学家勒温首先提出 Gatekeeper，即守门人的概念。他认为影响渠道通行的首要因素是人的因素，即

————————
[1] 刘凌,刘效礼. 施蛰存全集·十年创作集:第 1 卷[M]. 上海:华东师范大学出版社,2011: 624-625.
[2] 施蛰存. 书评家即读者[N]. 大公报, 1937-05-09.
[3] 施蛰存. 关于黄心大师[M]// 刘凌, 刘效礼. 施蛰存全集·十年创作集: 第 1 卷. 上海: 华东师范大学出版社, 2011: 626.
[4] 编辑后记[J]. 文学杂志, 1937, 1（2）.

"守门人的认知结构"和"守门人的动机"。在"守门"过程中，个人的因素，即个体的价值判断起着主要作用。这一理论后来被广泛应用于传播者的行为研究。在海派文学场中，作为编辑的"守门人"具有重要作用。编辑的文学观、世界观及政治倾向直接影响到作品的选编、录用，乃至出版和销售。同时，编辑与作者、读者的关系紧密，可以或激活或遏制作家的创作动力，从而制约着作家及期刊的发展之路。

可以说，《现代》的成功有赖于编辑施蛰存独特而卓越的读者意识。通过反思以往文学期刊之得失，他力图建构编者、作者与读者之间的良性沟通，提出杂志应当成为读者的"伴侣"，而不是"师傅"："对于以前的我国的文学杂志，我常常有一点不满意。我觉得他们不是态度太趋于极端，便是趣味太低级。前者的弊病是容易把杂志的对于读者的地位，从伴侣升到师傅。杂志的编者往往容易拘于自己的一种狭隘的文艺观，而无意之间把杂志的气氛表现得庄严，于是他们的读者便只是他们的学生了；后者的弊病，足以使新文学本身目趋于崩溃的命运，只要一看现在礼拜六派势力之复活，就可以知道了。"故此，从创刊号到第五卷，每期编讫后，他都写一篇"编辑后记"，以专栏"社中日记""编辑座谈""社中谈作"等形式刊发，以期"把本杂志编成一切文艺嗜好者所共有的伴侣"[1]，为读者搭建一个自由阅读、随意讨论的开放性空间。因为每期有编后记，读者的来信来稿也就非常踊跃，许多来信提出了各自不同的意见和建议，施蛰存就选一些有代表性的来信编发在刊物上，从而营造了编者与读者双向平等交流的良好效果。[2]

编辑一职千头万绪，单是回复读者来信就浩繁纷杂，但施蛰存

［1］ 编辑座谈[J]. 现代，1932，1（1）.
［2］ 林祥. 世纪老人的话：施蛰存卷[M]，沈阳：辽宁教育出版社，2003：64.

几乎有址必复，一一作答，他希望"筹刊一个供给大多数文学嗜好的朋友阅读的杂志"[1]，与读者且读且成长。当时，徐迟多次向《现代》投稿而未中，"但寄出一回，退回一回，多少次了。大约在五月，我终于看到在退回的彩色诗上，批着一行雅谑似的小字：不要失望，再寄。蛰存五月四日"。这八个字给了他"极大的鼓舞"，信心大增，"不用说，诗兴大发，不久就有第一旨诗被放在一组诗选中刊登出来。神圣的文学之门被我叩开，我的作品，渐渐地，在一些刊物上刊出"[2]。1934年9月，《现代》第5卷第5期发布读者征文启事，题为"文艺作品对于我的生活的影响"。声明"本刊举行的征文，将以普遍的读者群为对象"，"绝不欢迎带理论性的文字，我们所要的只是最坦白而最又真实的经验的报告"，因为理论家、著作家的宏论，是作为"文学的制作者"而发，并非"出于文学的接受者"[3]，这种促进期刊与读者互动的举措无疑是适时的。[4]

并且，编辑施蛰存还力图引导读者葆有良好的投稿心理，以坚守学术的严肃、公平与纯正。他深知"编出来的书总是迎合读者趣味的书，迎合读者趣味的书总不会好书"[5]，身为编者，他并非一味地顺从、附和读者意向，而是有所为，有所不为。《现代》创刊后不到六个月，在大量来稿中施蛰存发现"不少读者，摹仿他（指编者施蛰存，笔者注）所喜爱的作品，试行习作，寄来投稿。也许他

[1]　施蛰存.《现代》编辑座谈[J]. 现代，1932，1（1）.
[2]　徐迟. 我的文学生涯[M]. 天津：百花文艺出版社，2006：80.
[3]　《现代》杂志第一回征文启事[J]. 现代，1934，5（5）.
[4]　有论者认为《现代》派并不重视读者，也并不把读者接受作为自己研究的课题"，本书认为有些偏颇。不同于刘呐鸥、施蛰存等早期创办的同人期刊，《现代》的出现本出于现代书局的商业利益，故此，作为编辑的施蛰存必须看重读者，而鼎盛期高达上万的销售数也说明读者接受之广泛。参阅马以鑫. 中国现代文学接受史[M]. 上海：华东师范大学出版社，1998：239.
[5]　施蛰存. 教师与编辑[M]// 刘凌，刘效礼. 施蛰存全集·北山散文集：第1辑. 上海：华东师范大学出版社，2011：247.

们以为揣摩到编者的好恶，这样做易于被选录"。"我写过几篇以历史故事为题材的短篇小说，来稿中就有很多历史故事的短篇。我发表过几首诗，题作《意象抒情诗》，不久就收到许多'意象派'诗。"[1]他正告读者"决不想以《现代》变成我底作品型式的杂志"[2]。1933年6月第13期《现代出版界》刊发施蛰存的《投稿妙法种种》一文，描述投稿者种种"有趣味的方法"，"要编辑人特别注意他的稿子"。这激起了开封读者孟海若的不满。他认为施文"将投稿者大为奚落"的态度不足取，作为投稿者，"他只希望编者耐心的一句一句读下去。不要'立刻扔在字纸篓里'"，并质疑《现代》作者多为友人、专家、学者用稿现象的公正性。对此，施蛰存说明用稿的原则，"他们即使不是我的朋友，也仍然是一个作家，并不因为是我的朋友，才成为一个作家的"，同时致歉，"态度不庄则有之，存心奚落则尚未敢。今既承先生指斥，我知过矣"，[3]赤子之心可见。

　　诚然，身处都市上海，施蛰存注重商业营销策略，不仅在选题上精挑细选，顺应时代潮流，适合青年脾胃，而且运用各种手段来吸引和扩大读者群，可谓用心良苦。《现代》从"特大号"，到"增大号"，再到"狂大号"，以及第5卷第6期"现代美国文学专号"等专题的推出，施蛰存可谓翻尽花样，栏目编排丰富而充实。并且，运用许多辅助手段拉动销售，增进作者与期刊的联系。现代书局先后成立了"现代读书会""现代儿童读书会"等机构，广为吸纳各个年龄层次的读者。作为"现代读书会"的会员，只需交纳全年五元的会费，可享受诸多优惠，如获赠《现代》杂志半年一份、获赠

[1] 施蛰存.《现代》杂忆[M]//刘凌，刘效礼.施蛰存全集·北山散文集：第1辑.上海：华东师范大学出版社，2011：278-279.
[2] 施蛰存.编辑座谈[J].现代，1932，1（6）.
[3] 施蛰存.投稿妙法种种[M]//刘凌，刘效礼.施蛰存全集·北山散文集：第1辑.上海：华东师范大学出版社，2011：471-474.

《现代出版界》全年一份等。

　　作为出版人,邵洵美经历了从宣扬艺术"唯美"到与读者"合奏"的转变过程。在 20 世纪 20 年代末"金屋"时期,他大力倡导唯美的艺术观,"我们要打倒浅薄,我们要打倒顽固,我们要打倒有时代观念的工具的文艺,我们要示人们以真正的艺术"[1]。但市场无情地击溃了他的艺术之梦,正如周楞伽所回忆,"金屋书店所出的刊物如《金屋》月刊《狮吼》半月刊等,较之《新月》还仿佛要不行,这因他们所拥有的作者都不是读者所欢迎的,所以到后来新月书店无法维持,金屋书店更无法维持"。进入 30 年代的"时代"时期,他开始"贴近现实,贴近大众","走下了高贵的文坛,换了一副'大众面孔'"[2],因为文学要获得长足的发展,首先"须使他变成大众的需要",因为"社会的需要增加,文学的销路便也增加:一件事物要变成商品的时候,他便有了发达的可能"[3]。故此,他改弦易辙,根据市场需求谋划新的出版举措,"把金屋书店改为时代图书公司,仿良友图书公司的样,出版《时代图书》半月刊,又代林语堂提倡幽默,出版《论语》,才得苟延生命至数年之久"[4]。

　　邵洵美希望颠覆以往编辑与读者之间的主客关系,建构一种平等合作的良性互动,使杂志成为编者与读者的"合奏"。为此,从《论语》第 106 期开始封底印"编辑"改为"文字编读",并解释良苦用心:"这区区四个字是表示着编者一些心愿的。因为我们希望一个编者不要把寄来的文章,看看作者的名字,看看题目,再约略看看内容,便把来'编辑'起来。一个'编者',同时须得有'读

[1]　邵洵美. 色彩与旗帜[J]. 金屋月刊, 1929,(1).
[2]　谢其章. 序[M]//邵洵美. 编辑随笔卷·自由谭. 邵绡红. 上海:上海书店出版社, 2012: 2.
[3]　邵洵美. 花厅夫人[J]. 时代, 1933, 4(7).
[4]　周楞伽. 续文坛沧桑录[M]//伤逝与谈往. 哈尔滨:黑龙江人民出版社, 1998: 263-264.

者'一样的耐心和诚心：他须和读者一般，也能有欣赏每一篇文章的机会。""一个编者不仅以把许多文章'编辑'在一起便可得意，他还得'读'，还得'读'出神来。"同时，关于读者，他希望能积极参与编辑，"他非特读，还得带着编；便是说，他应得随时把自己所希望于《论语》的，让我们知道，使《论语》成为他'趣味的寄托'"[1]。换言之，刊物的"趣味"有赖于编者与读者的通力协作。编者不是简单地整合、汇编来稿，而是要在来稿中"'读'出神来"；读者也不是被动地读，而是要"带着编"，将自己视为杂志的一部分，两者相辅相成，共同完成杂志的生产与传播。从第111期起，林达祖参与《论语》编辑。他原是苏州读者，因投稿与邵洵美相识，其间只见过一次面，从"读者"升格为"读编"。另一方面，对于某些读者的指责，邵洵美绝不迁就，毫不妥协。对于读者张先生来信提到友人关于"受骗购来数期"《论语》，他质疑其可信性与合理性，因为"一个对于自己的意见负切实责任的，绝不会'受骗购来数期'；一个了解幽默的人，绝不会把罪名卸在人家的身上"[2]，体现了一个出版人不盲目屈从读者，坚持原则的良好素养。

肤浅、匿名与短暂是城市社会关系的特性。通常被指责的城市居民的伪善与刻板就是表征。生活中的每个人都首先是实现自己目标的手段。在这个意义上，熟悉的人们之间保持一种功利关系。因此，个体在某种程度上摆脱了亲密关系群体对个人与情感的控制；另一方面，他也失去了那种整体性社会中自然的自我流露、集体精神与参与意识。这从根本上导致了社会的失范（anomie）或社会空洞化

---

[1] 邵洵美. 编辑随笔[J]. 论语, 1937（112）.
[2] 邵洵美. 编辑随笔[J]. 论语, 1937（108）.

（social void）。[1]都市的商业化使人们养成了趋利避害、冷漠而务实的处事方式。但在张爱玲笔下，上海是另一番景致。她自诩小市民，是"母亲刻意培养她成为淑女的小市民"[2]，"每一次看到'小市民'的字样我就局促地想到自己，仿佛胸前佩着这样的红绸字条"[3]。实际上，她的内心自洽而愉快，内心充溢对小市民的喜爱与自得。在《公寓生活记趣》一文中，张爱玲赞美开电梯的老工人"知书达理，有涵养"，对于低微的工作和平凡的自我，自有一种笃定的信念，"再热的天，任凭人家将铃揿得震天响，他也得在汗衫背心上加上一件熨得溜平的纺绸小褂，方肯出现。他拒绝替不修边幅的客人开电梯"，因为，"他究竟是个有思想的人"[4]。20世纪30年代南京路靠近外滩旧沙逊大厦旁有一家规模不小、专售西文书的别发书店，西文名为"Kelly & Wash"。鲲西回忆当年店中唯一的老师傅，中式服装，不言语，对店主和顾客都忠诚可靠。他平常不太开口，顾客买了一本杂志，付了钱，他为你包好。再多一句话也没有，但并非冷漠。[5]

苏青自谓："我办杂志当然是给大众看的，而且还要他们心甘情愿地出钱来买，于是我决定迁就读者。"[6]如果说，这种投合读者的目的主要是"为稻粱谋"，那么，张爱玲对于读者趣味的迎合，除了取悦读者，也是创作理念使然。1944年，散文集《流言》由上海五洲书报社出版。之所以命名"流言"，30多年后的张爱玲作出了阐释。在《红楼梦魇·自序》中，她称这是引一句英文，"Written on water（水上写的字），是说它不持久，而又希望它像谣言传得一

［1］路易斯·沃斯.作为一种生活方式的都市生活［M］//赵宝海，魏霞，译，孙逊、杨剑龙.阅读城市：作为一种生活方式的都市生活.上海：上海三联书店，2007：10.
［2］李君维.且说炎樱［M］//人书俱老.长沙：岳麓书社，2005：64.
［3］张爱玲.童言无忌［J］.天地，1944（7）-（8）.
［4］张爱玲.公寓生活记趣［J］.天地，1943（3）.
［5］《万象》编辑部.城市记忆［M］.沈阳：辽宁教育出版社，2011：37.
［6］苏青.做编辑的滋味［M］//饮食男女.南京：江苏文艺出版社，2009：284.

样快"[1]。这里或许可做多种解读[2]，不过，希望作品像"谣言"一样迅速、广泛地传播而获得大众的认可应是基本的含义。在张爱玲看来，"作文的时候最忌自说自话，时时刻刻都得顾及读者的反应"，若"要迎合读书的心理，办法不外这两条：（一）说人家所要说的，（二）说人家所要听的"。[3]故此，《倾城之恋》里的白流苏，原意是造就一种美人迟暮的感觉，"绝不止三十岁，因为恐怕这一点不能为读者大众所接受，所以把她改成二十八岁"[4]。

她乐于为大众读者写作，有一种由衷的喜爱与得意。她认为，较之学而优则仕的中国传统文人，"'学成文武艺，卖与帝王家'"；现代作家享有更多的自由与权利，"我很高兴我的衣食父母不是'帝王家'而是买杂志的大众"。"不是拍大众的马屁的话——大众实在是最可爱的顾主，不那么反复无常，'天威莫测'；不搭架子，真心待人，为了你的一点好处会记得你到五年十年之久。而且大众是抽象的。如果必须要一个主人的话，当然情愿要一个抽象的。"[5]抛弃道统、学统的囿制，从心所欲，与身边真实具体的大众读者对话，写作是一件何其快乐的事情！

《传奇》是张爱玲的第一本小说集，用一种倾情奉读的姿态呈给上海人，表明为之写作一本"香港传奇"的心理动机，"我喜欢上海人，我希望上海人喜欢我的书"，"写它的时候，无时无刻不想到上海人，因为我是试着用上海人的观点来察看香港的。只有上

---

［1］ 张爱玲. 自序［M］// 红楼梦魇. 台北：皇冠出版社，1977：1.
［2］ 如"生命的脆弱与人生的无常"，"文如流言，意即像水一样灵动、快捷；文如流言，意即像闲言蜚语般轻佻、不经意"，参阅黄心村. 乱世书写：张爱玲与沦陷时期上海文学及通俗文学［M］. 上海：上海三联书店，2010：151、153.
［3］ 张爱玲. 论写作［J］. 杂志，1944，（13）1.
［4］ 张爱玲. 我看苏青［J］. 天地，1945（19）.
［5］ 张爱玲. 童言无忌［J］. 天地，1944（7）-（8）.

海人能够懂得我的文不达意的地方"[1]。对于生于斯、长于斯的张爱玲，此番表白不完全是作秀，对大众读者的在意也是真切的。1947年12月14日张爱玲编剧、文华影片公司出品的电影《太太万岁》上映。在《太太万岁题记》一文中，她阐释电影与文学的区别，"文艺可以有少数人的文艺，电影这样东西可是不能给二三知己互相传观的"，所以，《太太万岁》意在豁显大众日常生活的苦与痛，"他们所经历的都是些注定了要被遗忘的泪与笑，连自己都要忘怀的。这悠悠的生之负荷，大家分担着，只这一点，就应当使人与人之间感到亲切的罢"？[2]如果说新感觉派着重对都市中人沉溺浮华以至于被异化的文化批判与文明批判，那么，张爱玲对上海人"生之负荷"怀有切实的体谅与"亲切"的关怀。为这个都市写作，为一群上海读者写作，张爱玲的读者意识自然而热忱。

当然，张爱玲熟谙都市写作与商业运作的规则，看重年轻读者这一文学消费的主要群体。1944年夏沪江大学英语系学生章珍英在自家客厅召开茶话会，张爱玲出席。与会大学生多是上流社会子弟，追捧文学明星张爱玲意在炫示时尚而高雅的审美趣味，而张爱玲之所以出席，是因为她看重这群贵族读者的经济实力与文化资本。多年以后，参会者夏志清回忆当时的张爱玲很有策略，关于自己作品的评述、阐发收放有度，显示进退自如的社交能力。作为当红作家，张爱玲学了乖，不仅要应付拉稿的编辑们，也得留几篇有趣的文章，当谈话的题材在不同的场合开讲。[3]如当时张爱玲谈及《存稿》（后12月收入《流言》，由中国科学公司出版）一文，"是尚未公开发表的，适当自我爆料自然引爆读者"。1994年，具有浓厚自传

[1]　张爱玲. 到底是上海人[J]. 杂志，1943（11）5.
[2]　张爱玲.《太太万岁》题记[N]. 大公报（上海）. 1947-12-03.
[3]　夏志清. 初识张爱玲，喜逢刘金川：兼忆我的沪江岁月[M]// 岁除的哀伤. 南京：
　　　江苏文艺出版社，2006：26.

色彩的《对照记——看老照相簿》由皇冠出版有限公司出版。晚年张爱玲归于平和，但也在意与读者对话："我希望还有一点值得一看的东西写出来，能与读者保持联系。"[1]

好的作家，关心的只是自己的创作，他甚至不去关心读者对自己作品的看法。他关心的只是自己的作品中人物的命运，因为这是他创造的比他自己更为重要的生命，与他血肉相连。[2]从文学创作的角度，超然物外是葆有文学独立性的重要前提。不过，这也并非绝对意义上的。在动荡的历史背景和都市商业经济的语境下，海派文学与大众读者建构一种较平等、较流畅的对话关系，既是文学现实生存的迫切需要，也不失为一种高超的叙事策略，从而为现代文学史提供了一种叙事的可能性与丰富性。

二、"通俗"如何"升级换代"

阅读行为并非一个单纯获得知识的行为；这是让一个有生命的人整个儿地同时进入他的个性及共性中的一次实验。读者是消费者，他跟其他各种消费者一样，与其说进行判断，倒不如说受着趣味的摆布；即使事后有能力由果溯因地对自己的趣味加以理性的、头头是道的说明。即是说，作为一种消费行为，阅读有两个特性：一是非理性的，受"趣味的摆布"摆布的个人；二是集体行为，虽然形式上是个体的。从读物的发行情况可知，对于读者而言，文人圈子中流通的大部分读物，要求持有充实的动机；而在大众圈子中流通的大部分读物，则要求持有逃跑的动机。[3]鉴于此，对于大部分读

---

[1] 张爱玲. 对照记——看老照相簿[M]. 北京：北京十月文艺出版社，2007：81.

[2] 莫言. 在京都大学的演讲[M]//莫言文集·用耳朵阅读. 北京：作家出版社，2012：9.

[3] 罗贝尔·艾斯卡皮. 文学社会学[M]. 于沛. 杭州：浙江人民出版社，1987：86、93.

者而言，阅读不是为了"充实"自我，而是从现实中"逃跑"，"趣味的摆布"是其阅读随意性与主观性的表征。1931 年 8、9 月间，因战火停办三个星期的《时事新报》的文艺副刊《青光》复刊，黄天鹏担任主编，至 1934 年冬。对于《青光》副刊，黄天鹏提出三个要求——通俗、精悍、趣味。他认为，作为大众的读物，报纸的文字必须通俗、短小精炼，追求"趣味"："名贵的题材，曲折的经过，惊人的事迹，应有趣味之笔来描写，才能表现她的特色。"[1]

随之，经淞沪战役、抗战爆发及"孤岛"陷落等战争危机，读者的阅读趣味更趋通俗化与平民化，求质量、重品质的文学现代性似乎悄然退场。1937 年 8 月 13 日淞沪战役之于上海的创伤是巨大而深远的。进入"孤岛"时期，上海经济全面萧条，"随着战事的变化，年来汽车数量已减少到十分之一，往日'车如流水马如龙'的胜景，早成为历史的遗迹，红绿灯遂为人们所淡忘"[2]。然而，生活必须继续。为了适应生活的重挫与消解政治的高压，大众"思维能力不需要任何震撼和内在变革，更加保守的思维才能够适应大都市事件的变化节奏"。久而久之，会自觉形成某种意识，"以阻止威胁性的潮流和外部环境的紊乱，后者将改变他的生活方式"[3]。严苛的政治审查、文化管制之下，大众不再如 20 世纪 30 年代前期敏于新科技、新思想与新景观的出现，而是退守休养，以不变应万变，沉溺于日常生活的安稳与享受。文学消费，尤其是通俗类的读物，读者正可以借此"逃跑"，造成与外部世界的想象性隔离，获得一种心理的补偿与满足。

---

[1] 天庐. 青光编辑室的文案[M]// 逍遥阁随笔集. 上海：上海女子书店，1932：94-95.

[2] 王仲鄂. 车、马、道路[J]. 万象，1943（12）.

[3] 格奥尔格·西美尔. 大都市与精神生活[M]// 郭子林，译，孙逊，杨剑龙. 阅读城市：作为一种生活方式的都市生活. 上海：上海三联书店，2007：21-22.

文学叙事是社会转型的表征，历史危局为文学想象提供了合法性的前提。在国家主权丧失、政局危殆的情势下，上海滩奢靡之风愈发浓重，醉生梦死成为大众普遍的文化心理，文学发展呈现出芜杂的景象。1943年，周楞伽用"荒漠的丰收"为题形容小说创作，刊物虽多，但质量堪忧。在作者方面，没有文艺社团，也没有创作流派，仅有作家的写作也主要以稿费维持生计，"在生活和时代的双重压迫之下，却没有一个人敢瞻仰那光明的未来，他们大都低徊于过去的光荣，或者以恋爱和平凡的身边琐事为题材"。在作品方面，以八种纯文艺刊物——《万象》（上半年陈蝶衣编，下半年柯灵编）、《大众》（钱须弥编）《春秋》（陈缨衣编）《小说月报》（顾冷观编）、《万岁》（危月燕编）、《杂志》（吴诚之编）、《风雨谈》（柳雨生编）、《紫罗兰》（周瘦鹃编）为计，共刊有短篇小说412篇，长篇小说27部。看似洋洋大观，但经细心检验，"大半仅是供人做消遣阅读之用，作者写作的态度既不严肃，题材的本身也欠真实"，并且"编者出版者的目的在此，读者购买的目的也在此"[1]。可以说，整个文学场呈现一种衰颓而低迷的状态。

要想从被边缘化的局面中脱颖而出，养成一批理想读者，创作就应当结合社会现实，释放读者集体性的焦虑与郁闷。对于创作而言，文学性与通俗性始终是一对难以调和的矛盾。法国哲学家保尔·维里利奥则说："听听不愿意读书的年轻人怎么说吧：'看得我头昏脑胀'，他们希望读起来不费力气。然而，一个作家只能是奇特的，意思是说，他的作品要有费力的东西，要有一种与世界化时间的无所不在和瞬间性的东西。"[2]诚然，如果作品没有刻画出"与世界化时间的无所不在和瞬间性的东西"，具有某种普遍性与

---

[1] 周楞伽. 三十二年度的上海小说：上[J]. 文潮，1944，1（1）.
[2] 张辛欣. 黑眼珠·红昼夜·我Me[J]. 上海文学，2011（8）：49.

永恒性，作家无以在文学场安身立命；但如果作品没有通俗性，读者就会减少以至于消失，那么对作家及文学发展都是不利的。

自新文学以降，文学消费的受众不再限于象牙塔的知识分子，而逐渐转向市民读者，主要是学生之外加上了青年和中年的公务人员和商人。这些人在小学或中学时代的读物里接触了现代中国文学，所以会有这种爱好。读者群的扩大不免暂时降低文学的标准，减少严肃性而增加消遣作用。[1]据1946年出版的《上海市统计总报告》显示，当时上海市民受高等教育者占2.41%，受中等教育者占11.10%，受初等教育为27.57%，受私塾教育者9.92%。[2]新文学的读者多为受高等、中等教育者，通俗文学的读者则多为初等、旧式教育者。以上海人口300万计，新文学的读者为40万余人，占13.51%；通俗文学的读者群则高达117万人，占37.49%，是主体读者群。并且，上海本是消费主义盛行的都市，大众读者的趣味通俗而浅显。清末民初《海上花列传》"走的是表现人生的路子"，几乎同时创作的《海上繁华梦》"走的便是单纯暴露妓家奸诡，揭露其欺骗嫖客伎俩的'溢恶'路子"。但吊诡的是，文学市场所欢迎的，不是为史家所激赏的《海上花列传》，"反倒是《海上繁华梦》'溢恶''媚俗'的通俗小说渐成气候"[3]。

较之新文学作品平均每种印行2000～3000册，"《封神榜》《三国志》等印行不衰，《江湖奇侠传》《啼笑因缘》也都卖到若干万部"。30年后，情况似乎并没有得到改善。为了"夺取大部分落后的读者"，1947年9月上海中央书店出版一套"现代创作

————————

[1]　朱自清. 短长书[M]//朱自清全集：第3卷，南京：江苏教育出版社，1998：50.

[2]　张仲礼主编. 近代上海城市研究[M]. 上海：上海人民出版社，1990：735.

[3]　陈伯海、袁进主编. 上海近代文学史[M]. 上海：上海人民出版社，1993：240.

文库"，"用一折书的方法来印行"[1]推动发行与销售。该丛书编选鲁迅、郁达夫、林语堂、叶绍钧、徐志摩、王独清、叶灵凤、冰心、庐隐、王统照、田汉、老舍、沈从文、茅盾、鲁彦、巴金、丁玲、张天翼等作家选集，共18辑。以《叶灵凤选集》为例，此书收入《忧郁解剖学》《朱古律的回忆》《流行性感冒》等15篇小说，共157页，与上海万象书屋的《叶灵凤创作选》初版本（1936年9月）、再版本（1937年1月）内容相同。利用翻印市场发行较好的旧书，兼以一折书的让利营销手段，成本低、出书快、规模大，中央书店希冀用丛书的营销策略将现代作家推向大众读者。

有思想、有趣味的理想读者占比少，讲通俗、求消遣的大众读者占比多，这是现代作家必须面对的文学现实。如何让"通俗"升级换代亟待解决。面临大众读者，题材与趣味这两个元素至关重要。张恨水广为新旧读者所接受，是因为明白新小说的问题所在："新派小说，虽一切前进，而文法上的组织，非习惯读中国书、说中国话的普通民众所能接受。正如雅颂之诗，高则高矣，美则美矣，而匹夫匹妇对之莫名其妙。我们没有理由遗弃这一班人；也无法把西洋文法组织的文学，硬灌入这一批人的脑袋。"[2]他善于抓住大众喜闻乐见的题材，运用章回体的"旧瓶"装"现代"的新酒，自有独到之处。新感觉派作家也十分重视文学的通俗性。1937年在《小说中的对话》一文中，施蛰存质疑新文学运动"西洋的形式被认为文学上的正格"，提出重视小说故事性的主张。他引证日本文体家谷崎氏的《春琴抄后语》，提出描写、对话等文法技巧并非小说的核心要素，"无论把小说的效能说得如何天花乱坠，读者对于一

[1] 现代创作文库·序[M]//何须忍.叶灵凤选集.上海：中央书店，1947：2.
[2] 张恨水.总答谢：并自我检讨[M]//张占国、魏守忠.张恨水研究资料.天津：天津人民出版社，1986：280.

篇小说的要求始终只是一个故事", "从引起读者的实感之点来说，素朴的叙事的记载似的才能副其目的，至于运用小说的形式则越巧越像虚构"[1]。

通俗性是《论语》最重要的特质。邵洵美在《小说与故事——读郁达夫的薇蕨集》(《新月》第 3 卷第 8 期，1930 年 10 月)、《不朽的故事》(《人言周刊》第 2 卷第 45 期，1936 年) 等多篇文章，谈及"故事"之于小说的重要。他认为："故事与小说，内容与形式，正如针与线一样，我从没有听见过有什么裁缝只用针不用线，或是只用线不用针。"[2]同时，不定期地开设激发大众兴趣的专号，有"家""灯""癖好""吃""病""鬼故事"等 20 多个，均为大众所喜闻乐见的主题。以 1936 年"鬼故事"专号为例。作为民间文学的一种，鬼故事是以推理、穿越、血腥、架空、恐怖、刺激等风格模式构成的虚幻故事。自魏晋南北朝以来，鬼故事这一文学类型绵延悠长，至清代，蒲松龄的《聊斋志异》抵达了巅峰。进入近代，随着西方科技的引进，中国传统的通俗文学渐趋衰退，但"通俗小说自有它存在的理由"，都市大众享受着现代科技文明的新奇，也离不开通俗小说制造的"'刺激'或'麻醉'"。"'鬼故事'是通俗小说题材的法宝之一种，利用这法宝我们可以达到种种的目的"。与主编林语堂创设"美术批评""萧伯纳""西洋幽默""现代教育"等专号不同，邵洵美开设的专号富有民间性、趣味性，显示出编者走下高坛、亲民的姿态，因为对于期刊而言，"无论你的目的与希望是如何的高如何的大，先从浅近处着手是不会错的。有了读者，作品方才会发生效力"[3]。

---

[1] 施蛰存. 小说中的对话[J]. 宇宙风，1937 (39).

[2] 邵洵美. 小说与故事[J]. 人言周刊，1936 (2).

[3] 邵洵美. 编辑随笔[J]. 论语，1936 (92).

同时，为促进"通俗"的升级换代，报刊还发起了相关专题讨论，以期引起学界人士的关注与研究。1942 年 10 月 1 日、11 月 1 日，《万象》杂志第 2 年第 4、5 期开设"通俗文学运动"专号，是第一次现代相关论题的研讨活动。刊发了陈蝶衣的《通俗文学运动》、丁谛的《通俗文学》、危月燕的《从大众语说到通俗文学》、胡山源的《通俗文学的教育性》、予且的《通俗文学的写作》及文宗山的《通俗文艺与通俗戏剧》等 6 篇文章，论者从语言、教育、社会学等角度讨论通俗文艺及其与戏剧的关系，引起了相应的关注。

陈蝶衣的《通俗文学运动》一文是这场讨论的思想纲领。他指出，新旧文艺双方壁垒森严的局面是人为造成的，希望以通俗文学为旗帜统一新旧文学。他主张思想意识与通俗性并举，思想意识是"通俗文学的灵魂"。如果作者的意识"不合乎时代思潮，或者充满了时代落伍的封建意识，则他的文章纵使写得很通俗，对于读者也还是无益有害"，但同时，正确的意识应当"用通俗的文笔，在具体的形象中表现出来"，因为"大众要求的是具体的事象和说明，抽象的说教是他们所不能理解的"。故此，他提议，作家"综合新旧文艺，兼采新旧文艺之长"，创造出"和过去的纯文艺或带政治宣传作用的文艺不同"的"新的文艺之花"。他提出，"以新内容新观念而组织新的通俗的观念"；在题材选择上，以生动有趣为前提，但同时要"忠于现实""人物个性描写深刻""不背离时代意识"；在情节构思上，设法营造"生动的故事""出乎意料的结局"；语言表达则要"周详"而"经济"，忌雕琢。[1]

---

[1] 陈蝶衣. 通俗文学运动[J]. 万象，1942（4）.

其实，关于文学的通俗性，胡适、周作人、刘半农等新文化先驱早有论述。在《中国新文学的源流》（在辅仁大学上的讲演，1932年）、《关于通俗文学》（在北大国文系的讲演，1933年）两文中，周作人做详细阐述。他将文学分为原始文学（后称之为民间文学）、通俗文学、纯文学三类。由于看似格调低下，通俗文学时常为文史家所轻视，但其实不论是言情小说，还是侠义小说，"通俗文学所表达的乃是包括士大夫和平民的一切人的思想，具有广泛的代表性"[1]，寄寓着民众对人生的美好理想。因此，他提出："影响中国社会的力量最大的，不是孔子和老子，不是纯粹文学，而是道教（不是老庄的道家）和通俗文学。"[2]此论虽有偏颇，但也一语中的，"人的思想"应是文学的本色。对于大众读者，通俗性是文学的底色，是文学用以阅读、消遣的来路与去向。

从脱胎于近代侠邪小说的都市通俗言情叙事的尝试，到20世纪30年代探索文学现代主义"新感觉派"等群体崛起，以及40年代市民日常叙事的繁荣，海派文学经历了媚俗—向雅—趋俗的演绎过程，秉承"以交织着繁华与糜烂同体的文化模式描绘复杂的现代都市图像"[3]的叙事传统，吸纳"五四"新文学与欧美文学的营养，至40年代，海派文学已然完成通俗性的现代转化。东方蝃蝀、令狐彗和曾令嘉都有相当好的现代派文学素养，写出的言情小说已是比较高明的新旧混合体。[4]令狐彗从幼年识字开始，狼吞虎咽地看过《西游记》《封神榜》《三国演义》《水浒传》，平江不肖生的《火烧红莲寺》《江湖奇侠传》，张恨水的《啼笑因缘》《金粉世家》等。

［1］周作人. 关于通俗文学［J］. 现代，1933（6）.
［2］周作人. 中国新文学的源流［M］// 中国新文学的源流，石家庄：河北教育出版社，2002：8.
［3］陈思和. 海派文学的传统［M］// 草心集. 广州：广东教育出版社，2004：58.
［4］李楠. 海派文学、现代文学的通俗化走向［J］. 文学评论，2008（3）：118.

1934 年（时年 12 岁）受巴金小说《电》《家》的启蒙，阅读鲁迅、茅盾等新文学作家以及蒋光慈、穆木天等左翼作家作品，而走上文学创作之路。[1] 小说《幻想的地土》《漩涡》等集中表现新一代洋场儿女风情，扑朔迷离，巧妙耐读。曾令嘉的代表作中篇小说《女人们的故事》写小女子爱上自小以叔叔相称的家庭医生，故事凄楚不幸，笔法细腻传神，雅俗兼得而韵味十足。

运用"通俗"妙笔且技巧娴熟的是予且。他多描写上海普通市民的俗世百态，但具有"不施滥情"[2]、"琐"而不"屑"的人文情怀与笔法情致。在予且的小说里，没有暴力争端，没有社会信条，没有苟且之事，没有诲淫行为；只是在朴实无华的文体中含有轻度的享乐思想和一种喜剧氛围。[3] 在他看来，家庭不再是新文学作家笔下羁绊思想的牢笼，而是酿造人生"甜蜜"味道的场所。即便手头拮据，但生活依然洋溢着点点滴滴的乐趣："大家相互研究如何省俭，如何分工，如何刻苦自己，如何支配着缴纳房租和房税"，"在这精密的计算和努力维持之下，得以跟着时光老人一同向前走。"[4]。其次，关于道德与物质等重大命题，予且不是高高在上的说教，而是以俏皮的口吻为大众"代言""立言"。他指出，"以道德的某种退让来换取、占有现代物质文明，是上海这个都市教会人们的通常生活哲学"[5]。他认为"道德"可以对"物质"作适度的让步："有时因为物质上的需要，我们无暇顾及我们的灵魂了。而灵魂却又忘

———————————

［1］ 董鼎山. 从《火烧红莲寺》到巴金：八八回忆之一［M］// 忆旧与琐记：鼎山回忆录. 广州：百花文艺出版社，2012：1.
［2］ 吴福辉. 予且是谁［M］// 游走双城. 北京：人民文学出版社，2006：132.
［3］ 耿德华. 中国沦陷区文学史（1937～1945）［M］. 张泉，译，北京：新星出版社，2006：49.
［4］ 予且. 予且随笔·甜蜜的家［J］. 良友，1939（142）.
［5］ 吴福辉. 予且小说论［J］. 中国现代文学研究丛刊，1993（1）：40.

不了我们。它轻轻地向我们说：'就堕落一点吧！''这是灵魂向我们说的话，而且是个好魂灵，好魂灵用好面孔叫我们堕落一点，我们于是就堕落一点罢！'"[1]再则，予且塑造了一批看似日常却独具个性，思想开放而行为果断的都市新女性。有为爱而生，求自由独立的过彩贞（《过彩贞》），也有为物质享受而坦然跟男人的女人（《灯和桌》），更有善于与男子斡旋的女子（《凤》《伞》），以及通过掌控钱财而改变命运的夏太太等。这些异彩纷呈的女性形象，显示出都市新女性不畏人生遭际，机智、勇敢的处事能力与生活智慧，为我们提供了现代都市社会的多彩面影。

在叙事层面，他实现了对中外各种文艺资源的扬弃与超越，"擅长侦探结构、戏剧场面、揭秘探险气氛等通俗文学程式，融化到现代婚恋小说中去，将欧美文学描写技巧和传统文学叙事模式不露痕迹地结合在一起"[2]，综合新旧、中西文艺之长，绽放出"新的文艺之花"。予且的创作颇受大众读者的喜爱，广泛刊发于《万象》《小说》《良友》《大众》《杂志》《戏剧杂志》等杂志。1941—1943年，长篇小说《金凤影》《乳娘曲》先后连载于《万象》杂志。以《××记》命名的短小说在《大众》月刊刊载，包括《追无记》《窥月记》《传道记》《止酒记》《埋情书》《离魂记》《留香记》等多篇小说，连续两三年均置于每期的首篇。随笔、戏剧等作品则在《杂志》上发表居多，统计如表5-1所示。

---

[1] 予且. 我怎样写七女书[J]. 风雨谈, 1945（19）.
[2] 李楠. 海派文学、现代文学的通俗化走向[J]. 文学评论, 2008（3）: 119.

表 5-1　1942—1944 年予且作品在《杂志》上的刊载情况

作品	年、卷、期
玻璃灯（独幕喜剧）	1942，9（6）
《碧云天外》	1942，10（1）
父亲的烟斗	1942，10（2）
灯和桌（江栋良图）	1943，10（4）
赵老太（迎晓刻图）	1943，10（5）
止酒记（董天野图）	1943，10（6）
新文艺写作问题笔谈：文与质	1943，11（1）
留香记（董天野图）	1943，11（2）
关于提高文化人生活及扩大作者群	1943，11（5）
春游苏州特辑：苏州印象记；酒糊涂	1944，12（6）
守法记	1944，13（2）
教子记（江栋良图）；手迹展览：《教子记》之原稿	1944，13（5）
传道记（江栋良图）	1944，14（1）
读者随感：读"挞妻记"	1944，14（3）

资料来源：上海图书馆近代文献数据库。

　　张爱玲既是一个通俗小说的读者，又是一位推陈出新的写作者，以至于有论者将之与徐訏、无名氏并列为"中国通俗小说作家中的集大成者"[1]。在《论写作》《私语》《存稿》等多篇文章中，张爱玲

---

[1]　范伯群，张弘. 通俗文学不是文学史的"陪客"[N]. 新京报，2007-03-22.

屡次表达对通俗小说作家张恨水和老舍的喜欢。在文学史家的眼里，他们分属新、旧两个文学阵营，之所以为张爱玲所喜爱，是因为都是擅写世俗人生的大家。穆时英的小说《南北极》、曹禺的话剧《日出》也是她喜欢看的[1]。可见，对于张爱玲，中西古今艺术手法都是倚重的文学资源，关键在于如何进行创造性的转化，"作品决不会与新文学"绝缘"，但又有着浓郁的通俗韵味"，至张爱玲这里，海派文学的通俗性的"升级换代"[2]抵达了一种新的高度。

　　张爱玲深以都市为喜，与姑姑居于赫德路 195 号爱林登公寓（今名常德路常德公寓）。公寓始建于 1933 年，1936 年竣工，呈现代艺术派风格。楼高 8 层。据不完全统计，从 1929 年到 1937 年抗战全面爆发，上海建成的 10 层以上的高层建筑至少有 30 座。[3]可见，爱林登公寓在当时属中上水平。公寓内有两个小单元，各自拥有独立的卧室、卫生间，采光良好；东边、北边各有阳台。留洋归来的姑姑还自行设计一些沙发等组合家具，室内有地毯、热水汀、落地台灯以及"生在地上的瓷砖沿盆和煤气炉子"[4]等现代化设备（见图 5-1）。在当年的上海，这样的居住条件虽比不上鲁迅在施高塔路

图 5-1　张爱玲《对照记: 看老照相簿》
北京: 北京十月文艺出版社, 2007 年

[1]　参阅张子静. 我的姊姊张爱玲[M]// 子通、亦清. 张爱玲评说六十年. 北京: 中国华侨出版社, 2001: 4.
[2]　范伯群, 张弘. 通俗文学不是文学史的"陪客"[N]. 新京报, 2007-03-22.
[3]　伍江. 上海百年建筑史（1840 ~ 1949）[M]. 上海: 同济大学出版社, 1997: 116-117.
[4]　张爱玲. 私语[J]. 天地, 1944, (10).

（今名山阴路）大陆新村拥有一栋自家小楼的惬意与自得，但也颇为小资。1939年张爱玲第一次与母亲、姑姑入住50室，后赴香港读书，1942年再度与姑姑入住60室，至1947年9月，前后六年多，名篇《倾城之恋》《金锁记》以及电影剧本《不了情》等在此写成。长期寓居此地，除了一些人事、生活的便利，张爱玲个人的喜爱应该是情理之中。公寓地处赫德路与静安寺路（今名南京西路）交汇，临近苏州河，附近有愚园、静安寺等景点，门前车马穿梭，可谓闹市。对于故土，不论是都市还是乡村，人们常会有一种旁人难以体会的亲近与安宁。与沈从文等乡土文学作家对都市的排斥不同，海派作家大都欣享都市给予的欢乐。18岁的张爱玲享受都市上海带给她的种种"欢悦"，"懂得看'七月巧云'，听苏格兰并吹bagpipe，享受微风中的藤椅，吃盐水花生，欣赏雨夜的霓虹灯，从双层公共汽车上伸出手摘树巅的绿叶"[1]，一幅幅生动的画面徐徐展开，都市少女的快乐仿佛夏日里的阵雨，叮咚作响，明亮而清脆。

她热爱都市的日常生活，提篮买菜、上街购物；也喜欢钱，面对通货膨胀，不是如一般作家感于困顿而振臂呐喊，而是囤货以待价而沽，享受一种既痛苦又喜悦的"小资产阶级"的"拘拘束束的苦乐"[2]。对于她，繁华都市造成的"喧哗吵闹"[3]，远处飘来跳舞厅的音乐、夜营的喇叭以及楼下电车编织而成的"市声"不是喧嚣与骚动，而是小日子的安稳与踏实，"我喜欢听市声。比我较有诗意的人在枕上听松涛，听海啸，我是非得听见电车响才睡得着觉的"。在她看来，市声是都市文化的载体，是沉淀在大众心中的集体无意识，"长年住在闹市里的人大约非得出了城之后的才知道他离不了

［1］ 张爱玲. 天才梦［J］. 西风. 1940（48）.
［2］ 张爱玲. 童言无忌［J］. 天地，1944（7）-（8）.
［3］ 张爱玲. 谈音乐［J］. 苦竹. 1944（1）

一些什么。城里人的思想，背景是条纹布的幔子，淡淡的白条子便是行驶着的电车——平行的，匀净的，声响的河流，汩汩流入下意识里去"[1]。当年居于上海的靳以也有类似感受："市声尽管还喧闹地从窗口流进来，街车的经过虽然还使我的危楼微微震颤着；可是我可以不受一点惊扰，因为我个人已经和这个大城的脉搏相调谐了。"[2]都市与个人，正如衣服与身体，是相谐相融的亲密关系。

其次，作为作家，张爱玲看重通俗性对文学的意义，深知大众读者对日常生活题材的喜爱。她自陈："我对于通俗小说一直有一种难言的爱好；那些不用多加解释的人物，他们的悲欢离合。"[3]作为小报的"忠实读者"，张爱玲在那些常为文人所鄙视的八卦氛围里领略一种另类的滋味。在她看来，"只有中国有小报；只有小报有这种特殊的，得人心的机智风趣"[4]，"它有非常浓厚的生活情趣，可以代表我们这里的都市文明"，"它写的是它自己"。并且，作品并非拙劣的娱记，作家并非高居文坛的文学家，"总可以清楚地看到作者的面目，而小报的作者绝对不是一些孤僻的，做梦的人，却是最普通的上海市民"[5]。小报的文学价值自当别论，不过，在笔者看来，此番表白虽不无讨好大众读者的用意，但也源自其由衷的认同与喜爱。她宣告抛弃"新文艺腔"，探求新的都市文学的言说方式："我愿意保留我的俗不可耐的名字，向我自己作为一种警告，设法除去一般知书识字的人咬文嚼字的积习，从柴米油盐、肥皂、水与太阳之中去找寻实际的人生。"[6]突破新文学传统的束缚而注目

[1] 张爱玲. 公寓生活记趣[J]. 天地，1943（3）.
[2] 靳以. 忆上海[J]. 良友画报. 1940（150）.
[3] 张爱玲. 多少恨[M]// 张爱玲文集：第二卷. 合肥：安徽文艺出版社，1992：279.
[4] 张爱玲. 致力报编者[J]. 春秋，1944（2）.
[5] 纳凉会记[J]. 杂志，1945，15（5）.
[6] 张爱玲. 必也正名乎[J]. 杂志，1944，12（4）.

于"实际的人生"，寻求通俗文学的新路径，这无疑为海派文学的现代性开拓了一种新的视野。

通俗的模式由来已久，鸳蝴派以情爱为题材，制造曲折的故事已然过时。"在广大的人群中，低级趣味的存在是不可否认的事实。文章是写给大家看的，单靠一两个知音，你看我的，我看你的，究竟不行。要争取众多的读者，就得注意到群众兴趣范围的限制。"[1]并且，"中国观众最难应付的一点并不是低级趣味或是理解力差，而是他们太习惯于传奇。"[2]故此，张爱玲以"传奇"为旗帜，通过写俗世"你贴身的人与事"[3]，构造以一个普通人心向往之、"温婉、感伤，小市民道德的爱情故事"[4]。上海是一个具有复杂的历史文化底蕴的都市，"东方巴黎"的洋衫下蓄积着封建文化的老底子。在张爱玲笔下，旧式家庭里的叔伯妯娌之间的纷争，种种隐秘的人性扭曲，让人感觉既传统又现代，既熟悉又陌生。她的小说人物和现实人物的距离只有半步之遥。在她生活周边的知情者，一看她的小说就知道她写的是哪一家的哪一个人。[5]但是，她从现代人的视角刻画人性之历变，描摹人物身处新旧、中西文化夹缝中的焦灼与挣扎，其用笔之深之细自有独到之处。将"小姐落难，为兄嫂所欺凌，'李三娘'一类""烂熟"的故事写得摇曳生姿，成就了一代名作《倾城之恋》，因为这些"古中国的碎片，现社会里还是到处有的"[6]。就是普通人家的太太陈思珍，也有一份动人之处，"她的气息是我们最熟悉的，如同楼下人家炊烟的气味，淡淡的，午梦一般的，微

---

[1] 张爱玲. 论写作[J]. 杂志，1944，13（1）.
[2] 张爱玲.《太太万岁》题记[N]. 大公报（上海）. 1947-12-03.
[3] 张爱玲. 罗兰观感[N]. 力报，1947-12-08、1947-12-09.
[4] 张爱玲. 论写作[J]. 杂志，1944，13（1）.
[5] 张子静述，季季整理.《金锁记》与《花凋》的真实人物[M]// 子通、亦清. 张爱玲评说六十年. 北京：中国华侨出版社，2001：6.
[6] 张爱玲. 自序[M]// 张爱玲小说集. 香港：香港天风出版社，1954：1.

微有一点窒息；从窗子里一阵阵地透进来，随即有炒菜下锅的沙沙的清而急的流水似的声音”。她卑微、亲切，但也不失修养，“少一些圣贤气，英雄气”[1]，有一种邻家大嫂的温婉和朴实。

都市的社会结构、经济环境以及人际关系造就一种互为疏离和孤立的境况。虽然都市人际关系的传统纽带被货币经济和金钱关系冲淡了，但都市生活意味着人与人之间更多的相互依赖，更复杂、脆弱、不稳定的人际关系，而很多情况下个体对此几乎无能为力。[2]如果说，穆时英描画都市生活繁华的底色，注重表现作为个体的颓败与生命的颓靡，那么，张爱玲通过书写市民生活常态的无聊、悲哀及其内心的挣扎，展现人性的阴暗、诡秘与复杂，抒发个体陷于世俗、困于日常的孤独与绝望。在小说《白金的女体塑像·自序》中，穆时英感叹："人生是急行列车，而人并不是舒适地坐在车上眺望风景的假期旅客，却是被强迫着跟在车后，拼命地追赶列车的职业旅行者。以一个有机的人和一座无机的蒸汽机关车竞走，总有一天，会跑得精疲力尽而颓然倒毙在路上的吧！"人与都市社会的关系，正如"有机的人"和"无机的蒸汽机"的"竞走"，何其惨厉！张爱玲则着力于展现时代对人的灵魂的吞噬，"时代的车轰轰地往前开。我们坐在车上，经过的也许不过是几条熟悉的街道，可是在漫天的火光中也自惊心动魄。就可惜我们只顾忙着在一瞥即逝的店铺的橱窗里找寻我们自己的影子——我们只看见自己的脸，苍白，渺小；我们的自私与空虚，我们恬不知耻的愚蠢——谁都像我们一样，然而我们每人都是孤独的"[3]。在这个意义上，开掘人性的"自私与

[1]　张爱玲.《太太万岁》题记[N]. 大公报（上海），1947-12-03.
[2]　路易斯·沃斯. 作为一种生活方式的都市生活[M]// 赵宝海，魏霞，译，孙逊，杨剑龙. 阅读城市：作为一种生活方式的都市生活. 上海：上海三联书店，2007：15-16.
[3]　张爱玲. 烬余录[J]. 天地，1944（5）.

空虚""恬不知耻的愚蠢"是张爱玲比穆时英走得更远、更深的地方。小说《封锁》借一段定格的时光描写男女主人公短暂出轨的心路历程。面对陌生的吴翠远，吕宗桢可以一吐人生的心酸与悲哀，包括累赘的家庭以及失落的壮志："平时，他是会计师，他是孩子的父亲，他是家长，他是车上的搭客，他是店里的主顾，他是市民。可是对于这个不知道他的底细的女人，他只是一个单纯的男子。"[1]这与其说是一段情爱出轨，不如说是一场灵魂倾诉的自白。吕宗桢渴望逃避，远离千丝万缕羁绊他的生活之网，只想做一个"单纯的男子"。放任自我，拥有一段只属于自己的时空，无关乎整个世界，享受一份时光停顿、生命放飞的任性与惬意，正是许多都市中人，乃至日常生活中的你我，苦苦渴求的乌托邦之境。

　　基于"不回避通俗感性商业包装，更对小市民生活有历史价值的理性肯定"[2]，张爱玲作品寄寓着关于历史叙事与文化传统的审视，从而一面为上海读者大众所喜爱，一面也为文坛所认可，在相当程度上抵达了将通俗化与精英化融会贯通的高度。在她笔下，小奸小坏的市民看似"幻美轻巧"，却"有着对人生的坚执，也竟如火如荼"[3]。20世纪40年代上海市民在婚恋方面日趋大胆、自由，摒弃"父母之言命，媒妁之言"的传统，"假如男工和女工恋爱了，不经过什么麻烦仪式，直接实行同居的很多"[4]。苏青从社会学的角度提出，性是人类的自然要求，为他人计，也为自己计，职业女性可以选择与人同居，就是婚内也应该有更多自由，选择同居或分居，因为"婚姻原是完成性关系之美满的，若一味只作限制及束缚

[1]　张爱玲. 封锁[J]. 天地，1943（2）.
[2]　许子东. 张爱玲的文学史意义[J]. 读书. 2011（12）：138.
[3]　胡兰成. 民国女子. 今生今世[M]. 北京：中国社科出版社，2003：159.
[4]　朱邦兴，等. 上海产业与上海职工[M]. 上海：上海人民出版社，1980：142.

用，以为它便是爱情的金箍圈，自然要发生种种流弊了"[1]。对此，张爱玲从心理学的角度解读都市社会婚外两性关系的合理性与必要性。她认为，姘居之所以成了很普遍的现象，是因为"不像夫妻关系的郑重，但比高等调情更负责任，比嫖妓又是更人性的"。对于"勤勤俭俭"过日子的都市男性而言，"他们不敢太放肆，却也不那么拘谨得无聊。他们需要活泼的，着实的男女关系，这正是和他们其他方面生活的活泼而着实相适应的"。而姘居的女人"有着泼辣的生命力的。她们对男人具有一种魅惑力，但那是健康的女人的魅惑力。因为倘使过于病态,便不合那些男人的需要"[2]。撇开传统伦理，结合都市的社会语境，理性地阐释两性关系的心理需求，此番论见大胆、新颖而中肯。

张爱玲曾自嘲"我的作品,旧派的人看了觉得还轻松,可是嫌它不够舒服。新派的人看了觉得还有些意思,可是嫌它不够严肃"[3]，实则不然,新旧人士多持喜爱与褒奖。《紫罗兰》主编周瘦鹃展读《沉香屑·第一炉香》，"不管别人读了以为如何，而我却是'深喜之'"："当夜我在灯下读起她的《沉香屑》来，一壁读，一壁击节，觉得它的风格很像英国名作家 Somerset Mayghm 的作品,而又受一些《红楼梦》的影响"[4]，随即刊发。对于普通读者,他们无意于文学资源的源与流问题，张爱玲文学叙事的生动、亲切而摇曳多姿的笔法直观而强烈。"刺激性的享乐，如同浴缸里浅浅地放了水，坐在里面，热气上腾，也感到昏濛的愉快，然而终究浅，就使躺下去，也没法子淹没全身，思想复杂一点的人,再荒唐,也难求得整个的沉湎。"[5]

[1]　苏青. 谈婚姻及其他[M]// 苏青经典散文. 北京：中国三峡出版社，2010: 256.
[2]　张爱玲. 自己的文章[J]. 苦竹. 1944（2）.
[3]　张爱玲. 自己的文章[J]. 苦竹. 1944（2）.
[4]　周瘦鹃. 写在《紫罗兰》前头》[M]// 子通、亦清. 张爱玲评说六十年. 北京：中国华侨出版社，2001: 6.
[5]　张爱玲. 我看苏青[J]. 天地，1945（19）.

以此论之其通俗性之于读者的感受，也还恰切。在"浅浅"的浴缸里，在关于日常生活的描述中获得"昏濛的愉快"，是普通读者想要的阅读体验。而对于理想读者，这种浅层次的"愉快"太短暂，但也可以用满缸的水"淹没全身"，获得"整个的沉湎"，譬如张爱玲关于人性隐秘心理的解剖与省察，关于个体为时代淹没的悲悯与悲凉，读来有一种痛彻心扉的深刻与畅快。在这个意义上，张爱玲文学的通俗性具有既入乎其内，又出乎其外的热力，如论者所言，不是"通俗"，反而是"反媚俗"（anti-kitsch），"真正的进入小老百姓的生活中，把他们最'真实'（real），也最反'现实'（reality）的部分表露无遗"[1]。"通俗"为表，"现代"为里，作品既有市场销售量的保证，又当得起文坛中人的赞誉，两者互为推动、造势，声名鹊起即成必然之势。

第二节 "传奇"的缔造：张爱玲与现代传媒

张爱玲无疑是 20 世纪 40 年代海派作家中最出彩的"这一个"。她在一个恰当的时空出场："偌大的文坛，哪个阶段都安放不下一个张爱玲；上海沦陷，才给了她机会。日本侵略者和汪精卫政权把新文学传统一刀切断了，只要不反对他们，有点文学艺术粉饰太平，求之不得，给他们什么，当然是毫不计较的。天高皇帝远，这就给张爱玲提供了大显身手的舞台。"[2]与思潮涌动、流派迭出的 30 年

---

[1] 蔡美丽. 以庸俗反当代：读张爱玲杂想［M］// 金宏达. 回望张爱玲·镜像缤纷. 北京：文化艺术出版社，2003：53.

[2] 柯灵. 遥寄张爱玲［M］// 天意怜幽草. 北京：人民日报出版社，2007：69.

代不同，此时海上文坛冷清寂寥。"现代杂志派的作家从此沉寂，左翼作家的报告文学也没有人要看"；鸳鸯蝴蝶派重新泛滥起来，但"人们不耐烦 sentimental，留下了的便只有赤裸裸的色情，水准低落了"；论语派散文家除了出洋，留下来的"幽默的绅士外套已给剥掉，成为小报的打诨"[1]。正是在上海沦陷与主流文学退场的历史语境下，现代传媒缔造了一个关于张爱玲的海上"传奇"。

现代传媒具有一种抗衡权力的巨大能量，为海派文学开启了全新的公共领域。与先前一切旨在建设世界或毁灭世界的社会工具相比，这种新力量已隐隐透露出无限的可能性——它既有可能为美德服务，也有可能变成邪恶的帮凶。它能量巨大，时而忠诚，时而背叛，以此促进或阻碍共识的形成，从而对一切权力来源产生深远影响。[2]张爱玲最负盛名是1943年至1945年。时值抗战末期，滞留上海的文人大多"搁笔辞稿，闭门杜客"，甚至"一不写稿，二不演讲，三不教书"，[3]以恪守知识分子的民族气节。新人张爱玲犹如横空出世，分外耀眼。不同政治势力、文学趣味的期刊纷纷抛出橄榄枝，有鸳蝴派的《紫罗兰》、"闲适"风的《古今》、新文学品质的《万象》等，其中与张爱玲合作最多的是《杂志》。

一、与《杂志》的相遇

《杂志》创刊于1938年5月10日，原为时政类刊物，因反日亲共倾向两度被租界当局勒令停刊。1942年8月《杂志》复刊，1945年8月出至第15卷第5期后停刊，隶属于《新中国报》系统。

［1］　胡兰成. 乱世文谈［J］. 天地，1944（11）.
［2］　路易斯·沃斯. 共识与大众传播［M］//伊莱休·卡茨、约翰·杜伦、彼得斯，等. 媒介研究经典文本解读. 常江，译. 北京：北京大学出版社，2011：110.
［3］　赵景深. 我与文坛［M］. 上海：上海古籍出版社，1999：363、365.

社长袁殊，主编吴江枫。袁殊身份复杂，原为左翼文艺工作者，后出任伪江苏省教育厅厅长。实际上，他和《新中国报》的经理翁永清、总编鲁风（刘慕清）、主笔恽逸群与吴诚之等都是潜伏于日伪的中共特工。复刊后的《杂志》为时事、文艺、新闻报道等兼有的综合性月刊，内容倾向于文艺方面，"以通俗读物为旗帜，形成鸳蝴作者同新市民作者的合流"[1]，文情灿然，深受"思想开明而又苦闷的青年知识分子"所喜爱，被誉为"最新颖动人"[2]的文艺刊物。同时，该刊注重社会影响力，"现地报告与人物评述以及不时有特辑与座谈会的记录，是其最大的特征"[3]。销行良好，每期可达1万多册。

张爱玲与《杂志》的相遇因缘际会。张爱玲的小说《茉莉香片》首次刊发于1943年7月第11卷第4期，适逢该刊发起关于"新文艺写作问题"往何处去的讨论热潮。继1942年10月《万象》开设关于"通俗文学运动"的专号，1943年2月《杂志》第10卷第5期再续讨论，反思新文学发展之得失，以重建"孤岛时期"的文学秩序。《新中国报》主编李默（李白英）的《论"新文艺"笔法》一文为发轫之作，以巴金的《激流三部曲》为例，指出某些作品刻意"欧化""装腔作势"，"走上了新文艺的一条岔路"，号召大家学习鲁迅与叶绍钧的写实手法。1943年9月5日，南容（李白英）《新中国报》副刊《学艺》上发表《文艺腔》一文，次日又发表《再谈文艺腔》一文，倡导口语写作，力求语言的"简洁有力"。对此，9月8日讨容在《中华日报》的副刊《中华副刊》发表《又是文艺腔》一文，讥讽南容的文章用语啰嗦、拖沓，这又激起了南容的辩

［1］ 吴福辉. 都市漩流中的海派小说［M］. 上海：复旦大学出版社，2009：127.

［2］ 董鼎山. "铃声"打开了柯灵的门：八八回忆之二［M］// 忆旧与琐记：鼎山回忆录. 天津：百花文艺出版社，2012：8.

［3］ 杨寿清. 上海沦陷后两年来的出版界［M］// 宋原放. 中国出版史料：现代部分·第2卷. 济南：山东教育出版社，2001：249.

驳。1944 年 12 月《杂志》第 14 卷第 3 期刊发南容（李白英）的《文腔与语言》一文以告终，文章重申瞿秋白文艺"大众化"的主张，可谓左翼文艺对新文艺写作的规训与总结。

为期一年半的讨论似乎并没有引起大家的关注，不过，扬弃新文艺的"欧化""文艺腔"，倡导文学的"大众化"、通俗化已成共识。1943 年 10 月 10 日苏青创办《天地》，创刊词宣称"新文艺腔过重者不录"，也可视作对这场讨论的一种回应。人们期待文艺创作以一种崭新的面貌出现，这为即将出场的张爱玲拉开了序幕，如论者所言，"她正是讨论者苦心孤诣寻求的站在雅和俗、传统和现代交会点上'新文艺之花'"[1]。她为批判"新文艺滥调"的论者提供了一个鲜活的标本，而得到褒奖。李白英认为张爱玲作品"不像现在那种文艺滥调，有另一种风格"[2]，愕厂夸赞其散文"属于正宗的文艺的散文，既不獭祭典籍，又不见滥施新文艺滥调"[3]，目之为新文艺的佳作或范本。

张爱玲虽不是有心摘取"新文艺之花"桂冠，但也十分享受这份荣耀。受都市商业文化的熏染，上海十几岁的小孩子，就想着"扬名声，显父母"。二十几的，每日里大谈生活艰难，柴昂米贵，膝下绕着几个孩子，那骨瘦如柴的妻，实在照顾不来了。在中学里的人，恨不得眼睛一霎，就大学毕业。在大学里的，恨不得一年就得着三五百个学分，拿了文凭立刻飞来一只金碗。他们年岁都轻，身心都没有完全发展，他们都想成龙，飞翔于社会。[4]个性"放恣"[5]的张爱玲宣称"出名要趁早呀，来得太晚的话，快乐也不那么痛

[1]　张梅. 上海沦陷区"新文艺腔"讨论的史料钩沉[J]. 新文学史料，2011，（4）：126.
[2]　记者.《传奇》集评茶会记[J]. 杂志，1944，13（6）.
[3]　愕厂.《流言》管窥：读张爱玲散文集后作[J]. 春秋，1945，2（3）.
[4]　予且. 龙凤思想[M]// 浅水姑娘. 北京：华夏出版社，2008：290.
[5]　胡兰成. 评张爱玲[J]. 杂志，1944，13（2）、1944，13（3）.

快"[1]，以至于当柯灵受郑振铎之托，"希望她静待时机，不要急于求成"，建议先交给开明书店保存再印行，因为"以她的才华，不愁不见知于世"，但她自有决断而执意"趁热打铁"[2]，小说集《传奇》旋即问世。

作为职业作家，张爱玲有明确的商业意识与世故的精明。她的创作始于英文而不是中文。1942 年 11 月她辍学后决定卖文为生，而怀揣习作登门拜访周瘦鹃时已是 1943 年 4 月，可见，在此半年里，她有过观望与思考，应该对当时的理论声口作过大致的了解[3]。成名之后的张爱玲在《存稿》一文中对"新文艺腔"大加批伐。她回忆自己的三篇习作，少作《理想中的理想村》"有我最不能忍耐的新文艺滥调"，语言华丽，感情夸张。中学毕业在校刊上发表《牛》与《霸王别姬》这"两篇新文艺腔很重的小说"。"《牛》可以代表一般'爱好文艺'的都市青年描写农村的作品，虽然是其志可嘉，但是我看了总觉不耐烦"。《霸王别姬》"当时认为动人的句子现在只觉得肉麻与憎恶"，以至于"因为摆脱不开那点回忆"[4]想重写一篇也终究不成。这番对于"新文艺腔"的批评与不屑相当彻底，悔其少作本是一种普遍现象，但聪敏如张爱玲自然明白趋奉文坛风尚的必要性。

自 1943 年开始，张爱玲作品广泛刊发于上海各类报章，以期刊为重，统计如表 5-2、表 5-3 所示：

［1］ 张爱玲.《传奇》再版的话［M］// 流言. 上海：五洲书报社，1944：203.
［2］ 柯灵. 遥寄张爱玲［M］// 天意怜幽草. 北京：人民日报出版社，2007：69.
［3］ 张梅. 上海沦陷区"新文艺腔"讨论的史料钩沉［J］. 新文学史料，2011（4）：126.
［4］ 张爱玲. 存稿［J］. 新东方，1944，9（3）.

表 5-2　1943 年张爱玲主要作品的发表情况

月份	《紫罗兰》	《杂志》	《万象》
5	《沉香屑·第一炉香》		
6	《沉香屑·第二炉香》		
7		《茉莉香片》，第 11 卷 4 期	
8		《杂写集：到底是上海人》，第 11 卷 5 期	《心经》，第 2 期
9		《倾城之恋》，第 11 卷 6 期	《心经》（续完），第 3 期
10		《倾城之恋》，第 12 卷 1 期	
11		《金锁记》，第 12 卷 2 期	《琉璃瓦》，第 5 期

表 5-3　1944—1945 年张爱玲主要作品的发表情况

月份	《杂志》	《天地》
1	《必也正名乎》，第 12 卷 4 期	《道路以目》，第 4 期
2	《年青的时候》，第 12 卷 5 期	《烬余录》，第 5 期
3	《花凋》，第 12 卷 6 期	《谈女人》，第 6 期
4	《论写作》；《小品特辑》系列——《爱：还是真的》《有女同车》《走！到楼上去》，第 13 卷 1 期	
5	5—7 月，《红玫瑰与白玫瑰》连载于第 13 卷 2、3、4 期	《童言无忌》《造人》，第 7、8 期

续表

月份	《杂志》	《天地》
6		《打人》，第 9 期
7	《小品五章：说胡萝卜》，第 13 卷 4 期	《私语》，第 10 期
8	《诗与胡说》《写什么》，第 13 卷 5 期	8—9 月《中国人的宗教》连载于第 11、12、13 期
9	《忘不了的画》，第 13 卷 6 期	
11	《列女传之一：殷宝艳送花楼会》，第 14 卷第 2 期	《谈跳舞》，第 14 期
12	《推拿医生鹿松龄的诊所里坐了许多等候的人……》，第 14 卷第 3 期	
2	《留情》，第 14 卷第 5 期	
3	3—5 月，《创世纪》连载于第 14 卷第 6 期，第 15 卷 1、3 期	《双声》，第 18 期
4	《吉利》，《炎樱的一个朋友结婚……》，第 15 卷第 1 期	《我看苏青》，第 19 期
5	《姑姑语录》，第 15 卷第 2 期	
7	《浪子与善女人》，炎樱作，张爱玲译，第 15 卷第 4 期	

资料来源于：万燕. 新编张爱玲年谱［A］// 女性的精神：有关或无关乎张爱玲. 上海：同济大学出版社，2008：356-385；上海图书馆近代文献数据库。

除此，张爱玲作品也刊发于多种文艺期刊。1943 年有：《古今》第 34 期发表《洋人看京戏及其他》；《天地》第 2 期、第 3 期，分别发表《封锁》《公寓生活记趣》。1944 年有：《万象》第 3 年第 7—12 期连载小说《连环套》；《新东方》第 9 卷第 3 期发表

《存稿》，第9卷第4、5期发表《自己的文章》，第9卷第6期发表《鸿鸾喜》；《小天地》第1期发表《炎樱语录》《散戏》；《苦竹》第1期发表《谈音乐》，第2期发表《桂花蒸阿小悲秋》并转载《自己的文章》。1945年有：《小天地》第5期发表《气短情长及其他》。

《紫罗兰》是张爱玲文学事业的第一步，之所以"选择了这家鸳鸯蝴蝶派杂志作为步入文坛的第一台阶，自然有些人事上的因素，但也证明了她对自己的创作与文坛上的门户没有什么定型的选择标准"[1]。不过，鸳鸯蝴蝶派已是明日黄花，不宜逗留太久。柳雨生述及初次读张作，看到发表于《紫罗兰》，"想到其内容的庸俗，不高兴去读去说"[2]。刊物的品质影响读者对作家的定位，张爱玲自然明白个中道理。在《姑姑语录》一文中，她劝诫姑姑"狠好"应改为"很好"，说已经过时，不然便"把自己归入了周瘦鹃他们那一代"[3]。故此，借周瘦鹃及《紫罗兰》出道，迅速改变自己的"无名"状态后，张爱玲走向更开阔的文学世界。

受柯灵赏识，张爱玲作品刊发于《万象》，但数量有限，分量也不重。继1943年连续刊发小说《心经》《琉璃瓦》之后，1944年仅连载《连环套》部分。并且，《心经》和《琉璃瓦》是张爱玲自己不满意的作品，后者更是被斥为"轻薄味"[4]。《万象》的风格偏重端庄、厚实，与张爱玲"出名要趁早"的理念不甚相投[5]，兼之与平襟亚的纠纷及"《连环套》腰斩事件"的影响，双方短暂合作后而告终，取而代之的是《天地》。《天地》月刊为苏青创办，多

---

[1]　陈思和. 关于张爱玲现象[M]//犬耕集. 上海：上海远东出版社，1996：204-205.
[2]　柳雨生. 说张爱玲[J]. 风雨谈，1944（15）.
[3]　张爱玲. 姑姑语录[J]. 杂志，1945，15（2）.
[4]　傅雷. 论张爱玲的小说[J]. 万象，1944，（11）.
[5]　尽管柯灵当时很赏识张爱玲的才华，两人的私交也不错，但不论是人生还是艺术观，两人还是"隔着一道悠悠忽忽的心理长河"。参阅柯灵. 遥寄张爱玲[M]//天意怜幽草. 北京：人民日报出版社，2007：69.

刊载散文小品，张爱玲发表的作品有《道路以目》《烬余录》等11篇散文。之所以选择《天地》，一是因为当时此刊声名甚大，时有周佛海夫妇、陈公博政界人士及周作人、周越然等文坛名人撰稿，可以借此博取声名。二是因为与苏青的友人关系。张爱玲与苏青两位"当红女作家"惺惺相惜，随意而愉快。

相比之下，张爱玲与《杂志》建立了长期而亲密的合作关系。1943—1945年，张爱玲在《杂志》上独占鳌头。从数量上，张爱玲刊发了大量作品，计有小说《茉莉香片》《倾城之恋》《金锁记》《年青的时候》《花凋》《红玫瑰与白玫瑰》《殷宝滟送花楼会》《创世纪》，共8篇；散文《到底是上海人》《必也正名乎》等10篇；小品及其他6篇。共计24篇。从质量上，有代表作《金锁记》《倾城之恋》，张爱玲自己最满意的《年青的时候》，以及脍炙人口的《到底是上海人》《必也正名乎》等；也有为人所诟病的文章，如《说胡萝卜》这类"短得无可再短的文章"，艺术上乏善可陈，充斥着一种"撒娇的轻滑"[1]。从发表周期上，自第11卷第4期至第15卷4期，除了第12卷第3期、第14卷第1期、第15卷第3期三期空缺，3卷25期里有22期均有张作面世；并且，连载小说《红玫瑰与白玫瑰》《创世纪》期间同时刊有散文，第13卷1期一期竟同时刊登4篇之多。可以说，只要是张爱玲作品，《杂志》一概为之刊发，不论良莠或长短。在这里，张爱玲与《杂志》的合作关系非常融洽，前者是后者倾力打造的文学新星，后者是前者深为倚重的根据地。

不仅如此，《杂志》社积极筹划小说集《传奇》的出版事宜，展开了全方位的作品宣传与形象包装。1944年9月小说集《传奇》

[1] 愕厂.《流言》管窥：读张爱玲散文集后作[J]. 春秋, 1945, 2（3）.

出版。8月《杂志》第13卷第5期出版,对于作家张爱玲有四个举措。其一,以作品展示作家实力,这也是一个作家的立身之本。刊发张爱玲的两篇散文《诗与胡说》《写什么》。其二,《文化报道》栏目首条刊发短讯:"张爱玲小说集'传奇'业已出版","内容甚为精彩,并由作者装帧,售价二百元,由本社发行"。其三,从文学观的角度呈现作家的思想,表达作家关于现实与文学的思考与见解,以激发读者的理解与共鸣。推出特辑《我们该写什么》,由张爱玲、谭惟翰、谭正璧等作家执笔。迥异于其他作家感于时局动荡"苦闷",提倡写反映时代的作品,张爱玲另辟蹊径,淡定地提出"文人只须老老实实生活着","文人该是园里的一棵树,天生在那里的,根深蒂固,越往上长,眼界越宽,看得更远,要往别处发展,也未尝不可以,风吹了种子,播送到远方,另生出一棵树,可是那到底是艰难的事",凸显遗世独立的卓然姿态。其四,从艺术的角度展示作家手迹,有予且、谭惟翰、文载道、张爱玲等。这里,其他作家又一次成了陪衬,张爱玲"'红玫瑰与白玫瑰'之原稿"笔法飘逸,自有一番灵秀之美。

同时,《杂志》运用茶会等形式,进一步提高作家张爱玲的社会知名度。8月26日,由《杂志》月刊社主持,在康乐酒家召开评茶会,集合作家、评论家及友人等各方人士,广开言路,廓清异议,以促成作者、读者与批评者之间的沟通与共识。被邀者有吴江枫(主编)、鲁风(罗烽)、谷正、炎樱、柳雨生(书面参加)、南容、陶亢德、哲非、班公(书面参加)、袁昌、尧洛川、实斋、钱公侠、谭正璧、谭惟翰、苏青等,阵营庞大。张爱玲与会,9月10日第13卷第6期随即刊发《〈传奇〉集评茶会》的报道。同期,还赫然刊发张爱玲的散文《忘不了的画》、绘画作品《新秋的贤妻:格个绒线,颜色倒蛮清爽》,在这里,文学与绘画、自我展示与社会评议构成一种联合、互动的良好格局。最后，《编辑后记》宣告小说集的出版盛况，"不数日而初版销售一空，开出版界之新纪录"，"再版本在印刷中，不日出书"。[1] 可以说，不论对于作家张爱玲还是《杂志》社，这一系列有组织、有规模的造星活动是空前而颇具成效的。果不其然，9月21日，《传奇》由上海杂志社出版发行，畅销一时，4天后再版，创造了名副其实的"张爱玲传奇"。

对于作家，也许最有力的支持莫过于遭到质疑时出版社的反击与维护。相对于《万象》有意规训张爱玲创作之路而言，《杂志》则极力呵护这颗耀眼的新星，这在一定意义上给了张爱玲更大的文学空间。[2] 1944年4月《万象》第3年第11期发表傅雷（署名迅雨）《论张爱玲的小说》一文，他褒扬《金锁记》为"我们文坛最美的收获之一"，也提出了严厉的批评，指出作品叙事的模式化、主题的单一化，以及《倾城之恋》耽于"顽皮而风雅的调情"、《连环套》"内容的贫乏"[3] 等严重缺陷。对此，《杂志》积极回应，精心呵护其社会形象。一方面，继续刊发张爱玲的作品，以示支持；另一方面，刊发相关评论以纠傅文之偏。

大众传媒需要吸引尽可能多的读者／受众，因而，夸张的语调，杂文的笔法，乃至"挑战权威"与"过激之词"等，都是必不可少的佐料。[4] 5月《杂志》第13卷第2期、6月第13卷第3期连续刊发胡兰成的长篇评论《评张爱玲》，褒扬张爱玲具有"放恣的才华"，"她的小说和散文，也如同她的绘画，有一种古典的，同时又有一种热带的新鲜的气息，从生之虔诚的深处并激出生之泼刺"。

[1] 编辑后记[J]. 杂志，1944，13（6）.
[2] 李相银.《杂志》的文学史意义[J]. 陕西师范大学学报，2011（1）：86.
[3] 傅雷. 论张爱玲的小说[J]. 万象，1944，（11）.
[4] 陈平原. 现代文学的生产机制及传播方式：以1890年代至1930年代的报章为中心[J]. 书城，2004（2）：49.

傅、胡两文一反一正，观点、风格迥然不同，一严谨一闲适，无疑
将刚刚掀起的"张爱玲热"推向了新一波浪潮。"热恋之际，胡兰
成将张与和苏格拉底、卢梭乃至耶稣作比，不免誉之过份，以至于
潘柳黛在《论胡兰成论张爱玲》一文中将两人戏谑、调侃了一通"[1]，
但也无碍于业界对张爱玲的普遍认可。

在8月26日的《传奇》评茶会上，论者对傅雷的批评做了相
应的反驳。柳雨生指出，《金锁记》显示作者具备相当的艺术功力，
"以上海为背景者有上海气，以香港做背景者有香港风"[2]；相关内
容见于10月《风雨谈》第15期《说张爱玲》一文。如傅雷所言，
谭正璧认为张作确实存在着"情欲的奴隶"的局限；但对具体文本
的解读，谭正璧则不以为然，认为"《倾城之恋》不如《金锁记》，
这是一种极苛刻的批判"，反之，"有着高人一等的技巧，它的富
于传奇性的故事确比《金锁记》安排和剪裁得妥当"，而"《金锁记》
全像是一个长篇小说的节本，时时流露出支离脱节，捉襟见肘的窘
状"[3]；相关内容见于1944年12月、1945年1月合刊之《风雨谈》
第16期《论苏青与张爱玲》一文。其实，最重要的不是孰是孰非，
而是作家在遭到文坛非议时，出版社敢于挺身而出，发出不同声音
的姿态。

由于特殊的政治背景，《杂志》"并不纯以赚钱为目的"而致
力"使寂寞的文坛起点影响"[4]，以广纳人才而推动新文艺的发展。
在这里，在杂志社的运作下，作者、批评者与《杂志》形成同盟合
围之势，以强劲、不屈的锋芒回应傅雷的质疑与批责。不久，1944

---

[1] 潘柳黛. 记张爱玲[M]//金宏达. 回望张爱玲·昨夜月色. 北京：文化艺术出版
　　社，2003：37.
[2] 记者.《传奇》集评茶会记[J]. 杂志，1944，13（6）.
[3] 谭正璧. 论苏青与张爱玲[M]//苏青. 歧途佳人. 北京：中国三峡出版社，
　　2010：210-218.
[4] 记者.《传奇》集评茶会记[J]. 杂志，1944，13（6）.

年 12 月张爱玲散文集《流言》由上海五洲书报社出版;次月,街
灯书报社再版、三版。同月,《杂志》第 14 卷第 4 期《每月评坛》
一栏刊出许季木的书评《评张爱玲的"流言"》,夸赞作品立意与
语言之高妙,甚至提出"散文比她的小说写得更流利",可视作《杂
志》对作家张爱玲的全程呵护。

　　总之,《杂志》不断设法为张爱玲制造议题,举办系列社交活动,
倾力支持以打造文学明星的风范。1944 年 3 月 16 日,新中国报社
举办女作家聚谈会,议题为女性文学,出席者有汪丽玲、吴婴之、
潘柳黛、谭正璧、蓝业珍、关露、苏青、鲁风、吴江枫等,随后报
道《女作家聚谈》一文刊发于当月《杂志》第 11 卷第 3 期。这次
聚谈,张爱玲俨然以"半年来上海女作家中作品产量最丰富的一位"
(吴江枫语)的身份出席,其他女作家仅作陪衬。1945 年 2 月 27 日,
邀约苏青、张爱玲在张爱玲寓所对谈;次月,《苏青张爱玲对谈
记——关于妇女、家庭、婚姻诸问题》一文刊发于《杂志》第 14
卷第 6 期。文章称赞两位作家叙事和情感描写之精细之真切,尤其
在女性写作方面最具力量,因为"由女人来写女人,自然最适当,
尤其可贵"。两大当红女作家对谈的意义,与其说在于关于文学的
切磋,不如说互为造势,以博取声名与市场。

　　库特·兰和格拉迪斯·恩格尔·兰认为"大众传媒建构了话题
和人格形象",虽然"其效果不像改变和稳固某种投票决定那样引
人注目",但通过"在一段时间内逐步地产生影响"。[1] 通过推出
作品、抵挡非议、设置议题、作家座谈等公关营销手段,大众传媒
塑造完美的人格形象,在文化市场中获得话语权及相应的利益。《杂
志》之所以力挺张爱玲,主要源自文化统一战线的政治需求,"张

[1] 奥利弗·博伊德—巴雷特,克里斯·纽博尔德. 媒介研究的进路:经典文献读本[M].
汪凯,刘晓红,译. 北京:新华出版社,2004:116.

爱玲的文学创作介于新旧雅俗之间，为各方所认可，她与政治若即若离的复杂性又恰好符合了《杂志》的特殊需要"[1]。从"新文艺之花"到"传奇"女作家，《杂志》关于张爱玲个人形象及其"传奇"故事的建设意义深远，不仅为20世纪40年代的上海文坛打造了一位时尚、摩登而异常"出彩"的文坛新星，更为20世纪文学史留下了都市叙事的精彩一笔。

二、"繁弦急管"：40年代张爱玲的图像叙事

　　20世纪40年代的张爱玲不仅享有丰富的象征资本，卓越的文学才华，还显示出不凡的艺术天赋。作为艺术的一个分类，文学叙事本也不应独立，而是与戏剧、绘画、摄影等其他形式相生相成，以一种"改变世界的操练"实现"对现实的丑陋和重负的摆脱"[2]，从而创造那一个神秘的艺术世界。1994年6月，张爱玲的《对照记——看老照相簿》一书由皇冠出版有限公司出版。文末她感慨往事如烟："时间加速，越来越快，越来越快，繁弦急管转入急管哀弦，急景凋年倒已经遥遥在望。一连串的蒙太奇，下接淡出。"[3]作为被主体化的客体，图像是本文意义的表象或隐喻。在40年代张爱玲"繁弦急管"式的荣华盛年，图像叙事便是其中不可或缺的背景音乐，进而成为用以表达文学乃至个人诉求的有机部分。

　　张爱玲的图像叙事有五类：插图、封面画、扉页画、自绘像和照片。作为一种书籍艺术，插图并不是作品的图解，它不但具有绘画的品格，而且承担传情达意的叙事功能。鲁迅曾指出"书籍的插

[1]　李相银.《杂志》的文学史意义[J]. 陕西师范大学学报，2011（1）：87.
[2]　尼古拉·别尔嘉耶夫. 论人的奴役与自由[M]. 张百春，译. 北京：中国城市出版社，2002：284.
[3]　张爱玲. 对照记：看老照相簿[M]. 北京：北京十月文艺出版社，2007：81.

图，原意是在装饰书籍、增加读者兴趣的，但那力量，能补助文字之所不及，所以也是一种宣传画"，并且，它契合读者的阅读期待，"大众是要看的"[1]。故此，插图可呈现"方寸虽小，气魄极大"的气象，在予人艺术欣赏的同时，开拓文学叙事的空间，丰富读者的阅读感知。绘制插图不仅需要生花妙笔，对于作品的准确解读更是重要前提。叶浅予曾指出："给诗画配图，除了必须具有诗人的气质，还必须具有特殊的头脑，将意识形态翻译为抽象图像。"[2]30年代的叶浅予、梁白波、黄苗子等画家糅合西方现代派、抽象派和中国木刻、传统年画等风格，或恣意，或古朴，或谨严，为"新感觉派"配设了不少文画相谐的插图。

"好的艺术原该唤起观众各个人的创造性，给人的不应当是纯粹被动的欣赏。"[3]随着小说《沉香屑——第一炉香》《第二炉香》的华丽登场，张爱玲开始挥洒自幼酷爱的画笔，为小说绘制插图，以激发读者"各个人的创造性"，让文学想象获取更丰盈的审美享受。张爱玲的插图既指向具体故事，又有超越具体所指的抽象性、普泛性内涵。她是一个对图像叙述有自觉意识的人，她的图不仅是文的附带——旨在释文，更是一种独立的叙事方式，她追求图像那种难以为文字所包含的意味。[4]就文中插图而言，大致有两类，一为开篇前山水、人物造型等配图，多为点缀。第二类为人物肖像，她不时用白描或漫画的笔法绘制人物形像。《花凋》中"郑先生与郑夫人"的插图（图5-2）笔法简练，形神兼具。一缕烟，一杯茶，胖胖的郑先生悠然而坐。消瘦的脸，尖尖的下巴上翘，郑夫人斜睨着倒梢

[1] 鲁迅. "连环图画"辩护[J]. 文学月报，1932（4）.
[2] 姜德明. 插图拾翠：中国现代文学插图选[M]. 北京：生活·读书·新知三联书店，2000：26.
[3] 张爱玲. 流言[M]. 上海：五洲书报社，1944：193.
[4] 姚玳玫. 从吴友如到张爱玲：19世纪90年代到20世纪40年代海派媒体"仕女"插图的文化演绎[J]. 文艺研究，2007（1）：134-146.

眉，风吹起旗袍下摆一角。这是
一对视儿女婚姻为产业投资的夫
妻。颇具意味的是，这帧插图显
现了两种异质元素——郑先生与
郑夫人的组合与关联。郑先生是
放松的，肥胖的，任凭世事动荡
仍可安享一口青烟；郑夫人则是
紧张的，消瘦的，与这个世界是
对立、冲突的，一如蓄溢着由于
丈夫滥情生发的无尽愤懑。这种
构图上的二元性与统一性预示了
女儿川嫦的惨淡人生，因为不论

图 5-2 《杂志》1944 年第 6 期

紧张还是放松，郑先生与郑夫人在意的都是自己。眼见女儿病重、
婚姻无望，他们互相推诿，弃之不顾，任其自生自灭。"花凋"之下，
插图既写真又审丑，物质社会的炎凉世故、封建大家庭里的人情淡
漠均可据此"迁想妙得"[1]。

　　图像解读须放在历史的上下文中来展开，"如果把形象孤立起
来，切断它所处身的前后关系，这些形象中没有哪个可以得到正确
的解释"[2]。张爱玲的插图，倘若单独地观赏，从美术的角度，构图、
刀法、风格都未见独到之处，但联系着上下文展读，匠心立见。《茉
莉香片》中聂传庆与母亲的插图（见图 5-3）情境浮现，气韵流溢。
小说讲述了一个弗洛伊德式的忧伤故事。聂传庆暗恋同学言丹朱，
此人为先母冯碧落恋人言子夜教授的爱女。传庆"纤柔"、阴郁，

[1] 顾恺之. 画品[M]. 孟兆臣校释. 北京：北方文艺出版社，2005：3.
[2] E·H.贡布里希. 象征的图像[M]. 杨思梁，范景中，译. 上海：上海书画出版
　　社，1990：12.

图 5-3 《杂志》1943 年第 4 期

丹朱美丽、活泼。后来在羡慕、妒忌乃至憎厌的精神压迫下，聂传庆心生畸形，暴打丹朱以自我宣泄。当传庆在书房寻找当年言子夜赠冯碧落杂志所题手迹而不得时，曾陷入了对母亲的怀念与幻想。一个女人就是一个故事，"她在那里等候一个人，一个消息。她明知道消息是不会来的"。"前刘海长长地垂着，俯着头"，"青郁郁的眼与眉"，风吹袭她长而空的裙摆，纤弱的身子写满"昏暗的哀愁"。[1]聂传庆剪着手后立，垂目注视，目光所及是少女冯碧落，抑或她身后的那段20多年的时空域地？这正是小说的精彩之处。因为在他看来，正是母亲当年的退缩导致他的人生错位，痛失为人敬仰的言家血统，跌落于颓唐的父亲与严苛的后母组成的家境。故此，聂传庆看冯碧落，既是观望，也是沉溺。20岁的儿子与十七八岁的母亲前后并立，似近亦远，似真亦幻，前世与今生交织出一幅"参差对照"[2]的景观。而插图就配置在当年冯碧落与言子夜爱情图景的旁边。情人之间，母子之间，这层层"浮世的悲欢"[3]、隔空的哀怨如何化解？凭谁说？图文并置令人恍然陷入小说的迷离之境。

[1] 张爱玲. 茉莉香片[J]. 杂志，1943，11（4）.
[2] 张爱玲. 童言无忌[J]. 天地，1944（7）-（8）.
[3] 张爱玲.《太太万岁》题记[N]. 大公报，1947-12-03.

就个体的人物肖像而言，《金锁记》里曹七巧的插图[1]（见图5-4）最具人物精髓。作为"文坛的最美的收获"[2]，作为自陈小说中唯一"彻底"[3]的人物，曹七巧凝聚着张爱玲对于中国女性运命蹇怪的解剖与批判。关于曹七巧的容貌，文中并未细描，但插图神态毕现，呼之欲出，活画出叙述者眼里的曹二奶奶。出身麻油店的七巧虽算不上漂亮，但也五官端正，圆弧的前额、坚挺的鼻子和樱桃朱唇本可形构一张温柔

图 5-4

的脸庞，但经受多年封建大家庭的人际历练，曹二奶奶长成了一双犀利的三角眼，一对高挑、坚硬的小山眉，拖曳出一股肃杀、凌厉而不可侵犯的傲慢气焰。

而紧裹脖子、高高竖立的元高领如同曹二奶奶的心意告白。"我们各人住在各人的衣服里"，元宝领代表"歇斯底里的气氛"与身心分裂的"无均衡的性质"。在《更衣记》中，张爱玲阐释元宝领两度兴盛的浪潮及其历史意义。其一，是晚清西风东渐之际，元宝领"高得与鼻尖平行的硬领""逼迫女人们伸长了脖子"，但"与

---

[1] 有些作品，如《倾城之恋》中流苏、《红玫瑰与白玫瑰》中红玫瑰王娇蕊等人物画像，气象不大，多为自娱。1944年12月，散文集《流言》由五洲书报社出版，1945年1月，街灯出版社连续3版。书中收散文30篇，《风兜》《青春》《势利》等21个主题的手绘插图，以及照片三幅。这些插图与所选散文无关，多是围绕某一主题，或青春少女（《青春》），或大家闺秀（《大家闺秀》），或小市民（《小人物》），取材古今中外，发抒关于日常生活的讯喻或讽喻，穿行于散文之间而营造一份生动、活泼的意趣而已。杂志，1943，12（2）.
[2] 傅雷. 论张爱玲的小说[J]. 万象，1944（11）.
[3] 张爱玲. 自己的文章[J]. 苦竹，1944（2）.

下面的一捻柳腰完全不相称，头重脚轻，无均衡的性质正象征了那个时代"。其二，是 20 世纪 30 年代元宝领再度流行，"直挺挺的衣领远远隔开了女神似的头与下面的丰柔的肉身"，"革命"加剧了女性的身心分裂，"理智化的淫逸的空气"里飘荡着"讽刺"和"绝望后的狂笑"[1]。在曹家大院，既无西风侵袭，也未见"革命"兴起，但蛰伏在人性深处的金钱欲望是一把古老而沉重的枷锁。它是七巧们为自己落下的金锁，妖艳迷魅而终生无以挣脱。它销蚀了七巧浑圆的胳膊与热烈的爱情，陪葬了长白、长安们的青春活力。七巧挥舞"平扁而尖利的喉咙四面割着人"[2]，而元宝领就是那一把锋利的刀片。图像具有提供最大视觉信息的能力，大众读者有时不一定深得小说的真味，但面对这帧形状乖张、意象突兀的人物肖像，"金锁"的意味终可觅得一二。

而张爱玲在书籍的装帧方面也用心颇深。装潢的优美，足以引起读书的兴趣。如果书籍的内容好，装潢又富于艺术的色彩，那就相得益彰，真令人有不忍释卷之感了。[3] 1944 年 9 月，小说集《传奇》出版，这是张爱玲一生的杰作。初版的封面是她自己设计的，整个一色的孔雀蓝，没有图案，只有黑色隶体字——书名和作者名，尽管浓稠得使人窒息，但放在五颜六色的报摊上，还是有一种视觉冲击力。四天后再版，张爱玲摒弃前作，采用了炎樱画的封面，以她最喜欢的蓝绿作底色，画面的内容十分饱满："像古绸缎上盘了深色云头，又像黑压压涌起了一个潮头，轻轻落下许多嘈切喊嚓的浪花。细看却是小的玉连环，有的三三两两勾搭住了，解不开；有的单独像月亮，自归自圆了；有的两个在一起，只淡淡地挨着一点，

---

[1] 张爱玲. 更衣记 [J]. 天地，1943 (3).
[2] 张爱玲. 金锁记 [J]. 杂志，1943，12 (2).
[3] 申符. 才子英年：谢六逸集 [M]. 沈阳：辽宁人民出版社，2009：55.

却已经事过境迁——用以代表书中人相互间的关系。"[1]封面以"人相互间的关系"寄寓世俗人生的悲欢离合、聚散无常,而论者更是由此解读小说的文化地理学意义,"那蓝色决不是海,不为象征着汪洋,而是象征着陈腐的宝石蓝,我们的老祖母或其友人们所服御过,而今日尚保留在香港的门阀里面的衣服"[2]。不过,个中深意,读者实难揣摩。

对这个意象嘈杂而令人费解的封面,张爱玲终究不满意,1947年小说集《传奇》增订本出版之际,启用了第三个封面。仍由炎樱设计,借用了晚清吴友如所作《已永今夕》图(刊于《飞影阁画报》,1891年6月):"画着个女人幽幽地在那里弄骨牌,旁边坐着奶妈,抱着孩子,仿佛是晚饭后家常的一幕。可是栏杆外,很突兀地,有个比例不对的人形,像鬼魂出现似的,那是现代人,非常好奇地孜孜望里窥视。如果这画面有使人感到不安的地方,那也正是我希望造成的气氛。"[3]由于增设了"现代人"窥视的意象,这个封面意到笔随,运思、意境都获得论者的一致好评,以至于成为张氏小说的最佳注脚,颇具玩味。在幽灵般"现代"的压迫下,骨牌世界中的人们"忘却了时代,也被时代忘却,整个地封闭在旧的生活方式中,始终背向着时代盲目地挣扎"[4]。封面俨然成为张爱玲其人其文的标志性图像。

如果说,插图、封面画多是为文而作,图像被视作一种潜在的、隐性的叙事手段,那么,扉页画则是杂志借此走向读者、市场的重要窗口。它立足杂志的办刊理念,结合读者大众的审美情趣,以"文"外的图像方式表达杂志诉求,谋求艺术与市场的双赢效应。《杂

[1] 张爱玲. 流言[M]. 上海:五洲书报社, 1944: 205.
[2] 柳雨生. 说张爱玲[J]. 风雨谈, 1944 (15).
[3] 张爱玲. 传奇[M]. 上海:上海山河图书公司, 1947: 2.
[4] 余彬. 张爱玲传[M]. 桂林:广西师范大学出版社, 2001: 122.

志》是缔造张爱玲"传奇"的主打期刊，对此，张爱玲投桃报李，不仅提供稿源，而且多次为之绘制扉页，有《三月的风》（第13卷第1期）、《四月的暖和》（第13卷第2期）、《小暑取景》（第13卷第3期）、《等待着迟到的夏》（第13卷第4期）、《跋扈的夏》（第13卷第5期，同期刊有《诗与胡说》一文）、《新秋的贤妻：格个绒线，颜色倒蛮清爽》（第13卷第6期，同期刊有《忘不了的画》一文）、《听秋声》（第14卷第1期）7帧。从第13卷第1期至第14卷第1期，

图5-5 《杂志》1944年第6期

在长达一年多的时间里，随季节变迁，每期《杂志》都刊有张爱玲应时而作的扉页画。开卷即见，赫然在目，故此，张爱玲不仅散发出作为文学新星的熠熠光芒，也显示出一种顺手拈来的文人意趣，一份才女难得的生活情趣。如《新秋的贤妻：格个绒线，颜色倒蛮清爽》（见图5-5），秋意乍起，贤妻开始为家人准备御寒织线衣，颜色清新，恬淡素雅，更有股股暖意，体贴入微，一如《杂志》对读者的温馨提示。

除了《杂志》，与张爱玲业务联系最多的就是苏青主编的月刊《天地》。《天地》封面时有张爱玲的手笔。该刊自1943年10月10日创办至1945年6月终刊，共出21期。张爱玲是供稿最多的作者，其中有16期都刊有其文字作品，有《封锁》《公寓生活记趣》《道路以目》《烬余录》《谈女人》《童言无忌》《造人》《打人》《私语》《中国人的宗教》《谈跳舞》《双声》《我看苏青》《"卷首玉照"及

其他》14篇。据目前资料所及，张爱玲为《天地》设计了两幅封面。一为第11至14期的封面，一个女人平躺着，身穿旧式裙子，头戴簪子，远处泛着浮云。这基本是照搬高更的名画《永远不再》的思路，因为"曾经结结实实恋爱过，现在呢，永远不再了"，但"没有一点渣滓的悲哀，因为明净，是心平气和的"。另一幅封面设计也基本搬用原作。据考证，灵感可能来自法国画家亨利·卢梭的《睡眠中的吉人赛女郎》[1]，"一个女人睡倒在沙漠里……沙上的天……想是汲水去，中途累倒了。一层沙，一层天，人身上压着大自然的重量，沉重清净的睡，一点梦也不做……"[2]。两帧封面都展露"一种最原始的悲怆"。而张爱玲与苏青的关系复杂，并不如常人以为的文人相惜，不时推崇对方。[3] 比较给《杂志》的原创作品，这两帧封面虽也属于"忘不了的画"，但思路、立意方面几无新意，相关文字全可从《忘不了的画》一文中见出。可见，张爱玲之于《天地》并不十分用心，在名人如流的《天地》上多露脸、扬声名恐怕是她作画的主要动机。

　　视觉印象具有唤起各种情感的力量。在贺拉斯看来，"心灵受耳朵的激励慢于受眼睛的激励"，换言之，有时舞台的影响力较之于文字叙述更直接、强烈，甚至左右人们的情感认知。鲜美的水果、富于挑逗的裸体、令人生厌的漫画以及使人毛发竖起的恐怖图画都影响着人们的情感，引起我们的注意。[4] 如果说插图、封面画、扉

［1］　王一心. 海上花开：民国上海四才女之苏青传［M］. 合肥：安徽文艺出版社，2011：122.
［2］　张爱玲. 忘不了的画［J］. 杂志，1945，13（6）.
［3］　王一心认为张爱玲与苏青的关系很诡秘。碍于文友及与胡兰成的情感纠葛等因素，张爱玲看似推崇苏青，其实是"降贵纡尊"，"多的是示以关怀甚至提携"，并非尊敬。参阅王一心. 海上花开：民国上海四才女之苏青传［M］. 合肥：安徽文艺出版社，2011：137-139.
［4］　E·H. 贡布思希. 图像与眼睛：图画再现心理学的再研究［M］. 范景中，等译. 杭州：浙江摄影出版社，1989：170.

页画是文本叙事的扩张，那么自绘像则能更自由、直接的个人秀。1944年张爱玲进入盛名时期，1月《万象》杂志开始连载其小说《连环套》。不曾料想，连载期间遭到傅雷(署名迅雨)的批责。在4月《万象》刊发的《论张爱玲的小说》一文中，傅雷褒扬《金锁记》为"我们文坛最美的收获之一"，但指出小说叙事存在模式化、主题的单一化，以及《倾城之恋》耽于"顽皮而风雅的调情"、《连环套》"内容的贫乏"[1]等缺陷。次月，《杂志》旋即刊发胡兰成的评论《评张爱玲》一文，并配发自绘像（见图5-6）一帧。这可谓张爱玲"自己的文章"的图解版。画中的她烫发，身着西式束腰洋装，亭亭而立。因为以黑作底，虽面向读者而立，但看不到任何表情、神态，不过，刻意勾勒的脸部、洋装轮廓、体态线条等分外流畅、鲜明。

图5-6 《杂志》1944年第5期

这帧自绘像不乏写真，更有夸饰与想象的成分，线条的精心勾勒显然意在展示都市女作家的摩登范儿，黑底则标示一种岿然面对世人评议的孤傲，如论者所言，"她画别人，有点近漫画笔法，轮到画自己（或拍摄），知道自己并不美丽，注意的是风度，气质，不自觉地露出一副凄清的旷世才女相来"[2]。

工业社会将其民众转化成形象的瘾君子。需要由照片来确证和美化经验，这是每个人如今都醉心的

---

[1] 傅雷. 论张爱玲的小说[J]. 万象，1944，3（11）.
[2] 吴福辉. 序[M]// 来凤仪. 张爱玲散文全编. 杭州：浙江文艺出版社，1992：3.

美学用户第一主义。[1]身处乱世，张爱玲深谙人们无意关注作品的艺术价值，消遣、逃避成为文学消费的第一要义。而作品的畅销需要制造亮点或卖点，持续地挑起读者的购买欲。作品集之所以有照片，她一面投合读者一窥真人的猎奇心理，"纸面上和我很熟悉的一些读者大约愿意看看我是什么样子，即使单行本里的文章都在杂志里谈到了，也许还是要买一本回去"[2]。同时，也坦陈营销谋生的私心，真切而自然，"那么我的书可以多销两本。我赚一点钱，可以彻底地休息几个月，写得少一点，好一点；这样当心我自己，我想是对的"。

　　当然，博取大众读者的欢心并非易事，尤其是群英荟萃的海上文坛，读者见识了太多的商业套路。"旷世才女"的形象打造需要多种现代艺术的支撑。较之静态的插图、封面画、扉页画、自绘像等图像叙事，摄影有目的的、强制性的输出，以动态的形式唤起观赏者的潜在意念，从而达到回应、接受，进而认同的良好效果。摄影已要求有一种特定的接受，它不再与自由玄想的静观沉思相符合。[3]故此，声名鹊起之际，张爱玲走出静穆的书房，频频现身镁光灯下，以视觉形象亮相杂志，满足大众对女性在知识、个性与公共空间的现代性想象，从而大力地拓展文本叙事所不能抵达的场域。

　　铸造摄影之特性的乃是姿势。[4]照片是一种奇特的媒介，一种新的幻觉形式：在感知的层面上是虚假的，在时间的层面上又是真

---

［1］　苏珊·桑塔格. 论摄影［M］. 艾红华，毛建雄，译. 长沙：湖南美术出版社，1999：35.

［2］　张爱玲. "卷首玉照"及其他［J］. 天地，1945（17）.

［3］　瓦尔特·本雅明. 机械复制时代的艺术作品［M］. 王才勇，译. 北京：中国城市出版社，2002：23.

［4］　尼古拉斯·米尔佐夫. 视觉文化导论［M］. 倪伟，译. 南京：江苏人民出版社，2006：290.

实的。[1]她时而端庄，时而怅惘，时而低首垂眉，以丰富的肢体语言表达关于世事纷飞的万千心绪，自我打造大俗大雅、感性与知性相融合的新女性形象。1944年12月，散文集《流言》由上海五洲书报社出版，附照片三帧。其一，仰头望上，似若有所虑；其二，身着清朝大褂，依墙而立，图旁作先知式的预言："有一天我们的文明，不论是升华还是浮华。都要成为过去的。"第三帧则是青春飞扬的面部特写，眼神向侧面顾盼，下标一行文字（出自《〈传奇〉再版的话》一文）："然而现在还是清如水明如镜的秋天，我应当是快乐的。"[2]这既是张氏"苍凉"美学的真人秀，也展现即使末世来临，我心安然的淡定与自得，因为其时张氏作品已然"像谣言传得快"[3]，20世纪40年代最华丽的海上传奇正"繁弦急管"般隆重开演。

对乱世的惶恐与自我的迷恋令人着迷于某一时刻的定格，以期永葆生命的真实与永恒。摄影的重要性在于准确及时地把某一个时刻记录为图像。按下快门就能捕捉到转瞬即逝的某一刻，这一刻虽然短暂，却最接近于对当下时刻的认识。[4]1945年7月21日《新中国报社》召开的纳凉会上的两帧合影则展现了张爱玲在镁光灯下的即时心理。一为金雄白、陈彬龢、陈女士、李香兰、张爱玲、炎樱、张女士的集体合影，一为《李香兰女士与张爱玲女士》[5]的合影（见图5-7）。有意思的是，两帧合影中，都只有张爱玲一人端坐，或众人围聚，形成拱月之势，或名噪一时的亚洲影星李香兰盛装而

［1］ 尼古拉斯·米尔佐夫. 视觉文化导论［M］. 倪伟，译. 南京：江苏人民出版社，2006：309.
［2］ 张爱玲. 流言［M］. 上海：五洲书报社，1944：205.
［3］ 张爱玲. 红楼梦魇［M］. 台北：皇冠出版社，1977：1.
［4］ 尼古拉斯·米尔佐夫. 视觉文化导论［M］. 倪伟，译. 南京：江苏人民出版社，2006：86.
［5］ 张爱玲. 对照记——看老照相簿［M］. 北京：北京十月文艺出版社，2007：59.

依，"侍立一旁"[1]。这既是杂志
社运用视觉媒介的宣传与造势，
缔造海上传奇的有意而为，也正
合这位明星作家有意打造"看"
与"被看"的心理诉求。说到底，
神情也许是某种精神方面的东
西，一种把生命的价值神秘地反
映到脸上去的东西。[2]她头微微
低下，眼神朝下，"无视"正面
的镜头，一副"自标高格"的模样，
"就是清风明月，她觉得好像也
不足以陪衬她似的"[3]

图5-7　李香兰与张爱玲

　　莱辛认为诗与画两种艺术关
系紧密，"经常携手并行，诗人总是要向艺术家看齐，而艺术家也
总是要向诗人看齐"，不过，诗终究胜于画，"有一些美是由诗随
呼随来的而却不是画所能达到的；诗往往有很好的理由把非图画性
的美看得比图画性的美更重要"。[4]而贡布思希认为，"图像的真正
价值在于它能够传达无法用其他代码表示的信息"[5]。可见，诗与画
两种艺术方式均有其独到而对方难以企及的空间所在。就绘画而
言，张爱玲的画作多为人物素描，没有色彩，文化学意义的"画面

[1]　张爱玲. 对照记——看老照相簿［M］. 北京：北京十月文艺出版社，2007：58.
[2]　罗兰·巴特. 明室：摄影纵横谈［M］. 赵克非，译. 北京：文化艺术出版社，
　　　2010：171.
[3]　潘柳黛. 记张爱玲［M］// 金宏达主编. 回望张爱玲·昨夜月色. 北京：文化艺术
　　　出版社，2003：36.
[4]　莱辛. 拉奥孔［M］. 朱光潜，译. 北京：人民文学出版社，1979：51.
[5]　E·H.贡布思希. 图像与眼睛：图画再现心理学的再研究［M］. 范景中，等译. 杭
　　　州：浙江摄影出版社，1989：175.

的外延"[1]也很稀薄，故应物象形、骨法用笔的格局不大；就文学而论，她的"苍凉"美学虽独树一帜，终究难以跻身大家行列。但是，张爱玲的绘画、影像与文学联袂而出[2]，时间与空间、想象与直观，表达形式的融汇为我们创设一幅景象绚丽的文本语境，从而在20世纪40年代的十里洋场缔造了一个别具意味的文学场。

---

[1] 罗兰·巴特. 明室：摄影纵横谈[M]. 赵克非，译. 北京：文化艺术出版社，2010：39.

[2] 1994年《对照记——看老照相簿》一书的出版再次印证张爱玲迷恋运用图像与文字自我展演的心理，以至于老之将至追忆往事点滴，沉溺于岁月流散的华丽碎片，为后人预留一本个人传记的图本。

参考文献

E·H. 贡布思希. 图像与眼睛:图画再现心理学的再研究 [M]. 范景中，等译. 杭州：浙江摄影出版社，1989.

阿英. 晚清小说史 [M]. 北京：人民文学出版社，1980.

艾布拉姆斯. 镜与灯 [M]. 北京：北京大学出版社，1989.

安德鲁·本尼特，尼古拉·罗伊尔. 关键词：文学、批评与理论导论 [M]. 汪正龙，李永新，译，桂林：广西师范大学出版社，2007.

奥利弗·博伊德-巴雷特，克里斯·纽博尔德. 媒介研究的进路：经典文献读本 [C]. 汪凯，刘晓红，译. 北京：新华出版社，2004.

包天笑. 钏影楼回忆录 [M]. 香港：大华出版社，1971.

鲍德里亚. 消费社会 [M]. 刘成富，全志钢译. 南京：南京大学出版社，2000.

本尼迪克特·安德森. 想象的共同体 [M]. 吴叡人，译. 上海：上海人民出版社，2003.

柄谷行人. 日本现代文学的起源[M]. 赵京华，译. 北京：生活·读书·新知三联书店，2003.

布埃尔·布迪厄，华康德. 实践与反思：反思社会学导引 [M]. 李猛，李康，译. 北京：中央编译出版社，1998.

蔡翔，董丽敏．空间媒介和上海叙事［M］．上海：上海大学出版社，2013.

陈伯海，袁进．上海近代文学史［G］．上海：上海人民出版社，1993.

陈梦家．新月诗选［M］．上海：上海书店，1981.

陈明远．文化人的经济生活［M］．上海：文汇出版社，2007.

陈乃欣，等．徐訏二三事［M］．台北：尔雅出版社，1980.

陈平原．文学的周边［M］．北京：新世界出版社，2004.

陈平原．现代文学的生产机制及传播方式：以1890年代至1930年代的报章为中心［J］．书城．2004（2）.

陈平原．现代中国（15册）［C］．北京：北京大学出版社，2008.

陈漱渝．甘瓜苦蒂集［M］．广州：百花文艺出版社，1999.

陈漱渝．叶灵凤的三顶帽子［N］．人民政协报，2006-08-24.

陈思和．草心集［M］．广州：广东教育出版社，2004.

陈思和．复杂的叛逆性——现代海派文学的特点［J］．郑州大学学报，2009（1）.

陈思和．犬耕集［M］．上海：上海远东出版社，1996.

陈损康，蒋山青．章克标文集（2册）［G］．上海：上海社会科学院出版社2000.

陈子善．北窗读书录：叶灵凤随笔合集（三册）［C］．上海：文汇出版社，1998.

陈子善．比亚兹莱在中国［M］．北京：生活·读书·新知三联书店，2019.

陈子善．摩登上海［G］．桂林：广西师范大学出版社，2001.

陈子善．夏日最后一朵玫瑰：记忆施蛰存［G］．上海：上海书店出版社，2008.

程德培，等.1926-1945 良友人物［G］.上海：上海社会科学院出版社，2004.

厨川白村.出了象牙之塔［M］.鲁迅，译.北京：人民文学出版社，1988.

川端康成.川端康成散文（2 册）［M］.叶渭渠，译.北京：中国广播电视出版社，1999.

戴望舒.戴望舒诗选［M］.北京：人民文学出版社，1957.

东方蝃蝀.伤心碧［M］.北京：人民文学出版社，2005.

董鼎山.忆旧与琐记：鼎山回忆录［M］.天津：百花文艺出版社，2012.

窦康.戴杜衡先生年谱简编［J］.新文学史料，2004（1）.

端传妹.媒介生态与现代文学的发生:《小说月报》（1910-1931）［D］.南京：南京师范大学，2012.

范伯群.中国现代通俗文学史（插图本）［M］.北京：北京大学出版社，2007.

范培松.中国散文史（2 册）［M］.南京：江苏教育出版社，2008.

费正清.剑桥中华民国史（1912～1949）（下册）［M］.北京：中国社会科学出版社，1993.

傅彦长，朱应鹏，张若谷.艺术三家言［M］.上海：良友图书印刷公司，1927.

耿德华.中国沦陷区文学史（1937～1945）［M］.张泉译.上海：新星出版社，2006.

顾恺之.画品.孟兆臣校释［M］.北京：北方文艺出版社，2005.

韩侍桁．文学评论集［M］，上海：现代书局，1934.

黑格尔．美学（3册）［M］．朱光潜，译．北京：商务印书馆，1997.

胡兰成．今生今世［M］．北京：九州出版社，1990.

胡梦华，吴淑贞．表现的鉴赏［M］．上海：现代书局，1928.

胡山源．文坛管窥：和我有过往来的文人［M］．上海：上海古籍出版社，2000.

黄心村．乱世书写：张爱玲与沦陷时期上海文学及通俗文学［M］．上海：上海三联书店，2010.

纪弦．纪弦回忆录（3册）［M］．台北：联合文学出版社，2013.

贾平凹．关于散文［M］．北京：生活·读书·新知三联书店，2015.

姜德明．插图拾翠：中国现代文学插图选［M］．北京：生活·读书·新知三联书店，2000.

姜德明．书廊小品［M］．上海：学林出版社，1990.

姜德明．叶灵凤书话［M］．北京：北京出版社，1998.

杰姆逊．后现代主义与文化理论［M］．唐小兵，译．北京：北京大学出版社，2005.

金宏达．回望张爱玲［M］．北京：文化艺术出版社，2003.

金宏达．纪念一位"注"销过的作家：写在《叶灵凤文集》出版之前［J］．出版广角，1998，（4）.

柯林武德．历史的观念·原编者序［M］．何兆武，张文杰，译．北京：商务印书馆，2007.

柯灵．天意怜幽草［M］．北京：人民日报出版社，2007：69.

孔另境．现代作家书简［G］．广州：花城出版社，1982.

邝可怡．战争语境下现代主义的反思［J］．中国现代文学研究丛刊，2014（10）．

旷新年．1928年的文学生产［M］//1928：革命文学．济南：山东教育出版社，2002.

莱辛．拉奥孔［M］．朱光潜，译．北京：人民文学出版社，1979.

雷蒙·威廉斯．关键词：文化与社会的词汇［M］．刘建基译．北京：生活·读书·新知三联书店，2005.

李今．海派小说与现代都市文化［M］．合肥:安徽教育出版社，2000.

李君维．人书俱老［M］．长沙：岳麓书社，2005.

李楠．海派文学、现代文学的通俗化走向［J］．文学评论，2008（3）．

李欧梵．漫谈中国现代文学中的"颓废"［M］//现代性的追求．北京：生活·读书·新知三联书店，2000.

李相银．上海沦陷时期路易士(纪弦)行迹考[J].新文学史料，2014（3）．

梁秉钧．"改编"的文化身份:以五十年代香港文学为例［J］．文学世纪，2005，5（2）．

梁慕灵．想象中国的另一种方法：论刘呐鸥、穆时英和张爱玲小说的"视觉性"［D］．香港：香港中文大学，2010.

林林．八八流金［M］．北京：北京十月文艺出版社，2002.

林祥．世纪老人的话——施蛰存卷［G］．沈阳：辽宁教育出版社，2003.

刘保昌．戴望舒传［M］．武汉：崇文书局，2007.

刘川鄂．张爱玲传．北京：北京十月文艺出版社，2000.

刘凌，刘效礼．施蛰存全集（6册）［G］．上海：华东师范大学出版社，2011．

刘呐鸥．色情文化［M］．上海：第一线书店，1928．

卢玮銮，郑树森．沦陷时期香港文学作品叶灵凤、戴望舒合集［G］．上海：天地图书有限公司，2013．

鲁迅．鲁迅全集（10册）［M］．北京：人民文学出版社，1958．

罗贝尔·艾斯卡皮．文学社会学［C］．于沛，选编．杭州：浙江人民出版社，1987．

罗孚．叶灵凤日记［J］．书城，2008（5）．

罗兰·巴特．明室：摄影纵横谈［M］．赵克非，译．北京：文化艺术出版社，2010．

罗兹·墨菲．上海：现代中国的钥匙［M］．上海社会科学院历史研究所，编译．上海：上海人民出版社，1986．

马逢洋．上海：记忆与想象［G］．上海：文汇出版社，1996．

马克思恩格斯全集（第7卷）［M］．中共中央马克思恩格斯列宁斯大林著作编译局，译．北京：人民出版社，1974．

马泰·卡林内斯库．现代性的五副面孔［M］．顾爱彬，李瑞华，译．北京：商务印书馆，2004．

马以鑫．中国现代文学接受史［M］．上海：华东师范大学出版社，1998．

尼古拉·别尔嘉耶夫．论人的奴役与自由［M］．张百春，译．北京：中国城市出版社，2002．

尼古拉斯·米尔佐夫．视觉文化导论［M］．倪伟，译．南京：江苏人民出版社，2006．

倪墨炎．邵洵美的事业也有其辉煌的时期：出版《新诗库》与

《自传丛书》[J]．博览群书．1999（10）．

倪伟．"民族"想象与国家统制：1928～1948年南京政府的文艺政策及文学运动［M］．上海：上海教育出版社，2003．

彭小妍．浪荡天涯：刘呐鸥一九二七年日记［J］．中国文哲研究集刊，1998，（12）．

皮埃尔·布迪厄．艺术的法则：文学场的生成与结构［M］．刘晖，译．北京：中央编译出版社，2011．

平襟亚．上海地方史资料（6册）［G］．上海：上海社会科学院出版社，1986—1988．

钱穆．中国文学论丛［M］．北京：生活·读书·新知三联书店，2016．

钱锺书．钱锺书集（10册）［M］．北京：生活·读书·新知三联书店，2001．

乔治·吉辛．四季随笔［M］．刘荣跃，译．成都：四川文艺出版社，2014．

上海鲁迅纪念馆,等．版画纪程［G］．南京:江苏古籍出版社，1991．

上海市出版工作者协会《出版史料》编辑组．出版史料（6册）［G］．上海：学林出版社，1982．

上海通社．上海研究资料［G］．上海：上海书店，1984．

邵培仁,杨丽萍．媒介地理学:媒介作为文化图景的研究［M］，北京：中国传媒大学出版社，2010．

邵绍红．邵洵美作品系列（9册)［G］.上海:上海书店出版社，2012．

邵绍红．我的爸爸邵洵美［M］．上海：上海书店出版社，2005．

申符. 才子英年：谢六逸集［G］. 沈阳：辽宁人民出版社，2009.

沈从文. 沈从文全集（28册）［M］. 太原：北岳文艺出版社，2002.

盛佩玉. 盛氏家族邵洵美与我［M］. 北京：人民文学出版社，2013.

施蛰存，应国靖. 戴望舒［M］. 香港：香港三联书店，1987.

施蛰存. 施蛰存海外书简［M］. 郑州：大象出版社，2008.

史书美. 现代的诱惑——书写半殖民地中国的现代主义（1917～1937）［M］. 何恬，译. 南京：江苏人民出版社，2007.

叔本华. 叔本华美学随笔［M］. 韦启昌，译. 上海：上海人民出版社，2009.

司马长风. 中国新文学史（3册）［M］. 香港：昭明出版社，1978.

宋原放. 中国出版史料（现代部分/补卷，4册）［G］. 济南：山东教育出版社，2006.

苏青. 苏青经典散文［M］. 北京：中国三峡出版社，2010.

苏青. 苏青文集［M］. 上海：上海书店出版社，1994.

苏珊·汉森. 改变世界的十大地理思想［C］. 肖平，等译. 北京：商务印书馆，2009.

苏珊·桑塔格. 论摄影［M］. 艾红华，毛建雄，译. 长沙：湖南美术出版社，1999.

苏雪林. 二三十年的作家与作品［M］. 广州：广东出版社，1980.

孙犁. 孙犁全集（11册）［M］. 北京：人民文学出版社. 2004.

孙绍振. 审美、审丑与审智［M］. 广州：广东人民出版社，2014.

孙逊,杨剑龙.阅读城市:作为一种生活方式的都市生活［M］.上海：上海三联书店,2007.

孙郁.鲁迅藏画录［M］.广州：花城出版社,2008.

谭正璧.新编中国文学史［M］.上海：光明书局,1936.

唐弢.晦庵书话［M］.北京：生活·读书·新知三联书店,2007.

唐弢.唐弢杂文集［M］.北京：生活·读书·新知三联书店,1984.

唐文标.张爱玲研究［M］.台北：联经出版事业公司,1983.

唐沅,等.中国现代文学期刊目录汇编（七卷）［G］.北京：知识产权出版社,2010.

唐振常.上海史［M］.上海：上海人民出版社,1989.

藤井省三.鲁迅与料治朝鸣:关于《战争版画集》［J］.陈福康,译.绍兴文理学院学报,1996,（1）.

天庐（黄天鹏）.逍遥阁随笔集［M］.上海：上海女子书店,1932.

《万象》编辑部.城市记忆［G］.沈阳：辽宁教育出版社,2011.

王德威.文学的上海:一九三一年［J］.上海文学,2001（4）.

王国维.人间词话［M］.沈阳：万卷出版公司,2014.

王京芳.出版界的堂吉诃德［M］.广州：广东教育出版社,2012.

王晓明、杨庆祥访谈.历史视野中的"重写文学史"［J］.南方文坛,2009（3）.

王瑶.中国新文学史稿（2册）［M］.上海：新文艺出版社,1954.

王一心．海上花开：民国上海四才女之苏青传［M］．合肥：安徽文艺出版社，2011.

王宇平．戴望舒在里昂中法大学始末［J］．新文学史料，2017（2）．

王增如．丁玲年谱长编（2册）［M］．天津：天津人民出版社，2006.

温梓川．文人的另一面［M］．桂林：广西师范大学出版社，2004.

翁灵文．刘呐鸥其人其事［N］．明报，1976-02-10.

吴福辉、钱理群．张资平自传［M］．南京：江苏文艺出版社，1998.

吴福辉．都市漩流中的海派小说［M］．上海：复旦大学出版社，2009.

吴福辉．施蛰存对"新感觉派"身份的有限认同［J］．汉语言文学研究，2010，1（3）．

吴福辉．游走双城［M］．北京：人民文学出版社，2006.

吴福辉．中国现代文学编年史：以文学广告为中心（1928～1937）［M］．北京：北京大学出版社，2013.

解志熙．美的偏至［M］．上海：上海文艺出版社，1997.

夏志清．岁除的哀伤［M］．南京：江苏文艺出版社，2006.

夏志清．新文学的传统［M］．北京：新星出版社，2010.

小思．香港故事［M］．济南：山东友谊出版社，1998.

肖进．《古今》研究［D］．上海：华东师范大学，2008：17.

谢其章．书蠹艳异录［M］．北京：中华书局，2009.

忻平．从上海发现历史：现代化进程中的上海人及其社会生活（1927～1937）［M］．上海：上海人民出版社，1996.

熊明安．中华民国教育史［M］．重庆：重庆出版社．1997.

徐步军．张爱玲长篇小说《连环套》夭折之谜［J］．新文学史料．2010（4）.

徐迟．我的文学生涯［M］．天津：百花文艺出版社，2006.

徐懋庸．徐懋庸选集（3 册）［G］．成都：四川人民出版社，1983.

徐蒙．曾朴的编辑出版活动［J］．山东图书馆学刊，2010（2）.

徐訏．徐訏文集·第 11 卷［M］．北京：生活·读书·新知三联书店，2008.

许道明．海派文学论［M］．上海：复旦大学出版社，1999.

许纪霖，罗岗，等．城市记忆：上海文化的多元历史传统［G］．上海：上海书店出版社，2011.

许纪霖．公共空间中的知识分子［M］．南京：江苏人民出版社，2007.

许秦蓁．摩登·上海·新感觉：刘呐鸥（1905 ～ 1940）［M］．台北：秀威资讯科技股份有限公司，2008.

许子东．张爱玲的文学史意义［J］．读书．2011（12）.

亚里士多德．形而上学［M］．北京：商务印书馆，1981.

严家炎，李今．穆时英全集（3 册）［G］．北京：北京十月文艺出版社，2008.

严祖佑．父亲严独鹤散记［J］．档案春秋．2006（5）.

杨扬，陈树萍，王鹏飞．海派文学［M］．上海：文汇出版社，2008.

杨义．中国现代小说史（3 卷）［M］．北京：人民文学出版社，1986

杨之华．文坛史料［G］．上海：上海中华日报社，1944.

姚玳玫. 从吴友如到张爱玲：19世纪90年代到20世纪40年代海派媒体"仕女"插图的文化演绎［J］. 文艺研究，2007（1）.

叶灵凤. 读书随笔（三集）［M］. 北京：生活·读书·新知三联书店，1998.

叶灵凤. 叶灵凤小说全编（上、下）［M］. 上海:学林出版社，1997.

叶又红. 海上旧闻［M］. 上海：文汇出版社，1998.

叶中强. 上海社会与文人生活（1843～1945）［M］. 上海：上海辞书出版社，2010.

余彬. 张爱玲传［M］. 桂林：广西师范大学出版社，2001.

余斌. 文坛文事［M］. 南京：南京大学出版社，2009.

俞元桂. 中国现代散文理论［M］. 南宁：广西人民出版社，1983.

郁达夫. 郁达夫全集（12册）［M］. 北京：西苑出版社，2006.

袁殊. 记者道［M］. 上海：上海群力书店，1936.

曾逸. 走向世界文学：中国现代作家与外国文学［M］. 长沙：湖南文艺出版社，1986.

张爱玲. 张爱玲全集（14册）［M］. 北京：北京十月文艺出版社．2019.

张德明. 想象城市的方式：中国现当代城市文学侧论［J］. 上海文学，2014（6）.

张芙鸣. 执着的中间派——施蛰存访谈［J］. 新文学史料，2006（4）.

张静庐. 在出版界二十年［M］. 南京：江苏教育出版社，2005.

张均.月光下的悲凉：张爱玲传［M］.广州：花城出版社，2002.

张梅.上海沦陷区"新文艺腔"讨论的史料钩沉［J］.新文学史料.2011（4）.

张若谷.十五年写作经验［M］.上海：谷峰出版社，1940.

张伟.花一般的罪恶：狮吼社作品、评论资料选［G］.上海：华东师范大学出版社2002.

张羽.台湾都市文学与海派文学[J].台湾研究集刊,2007(1).

张泽贤.民国版画闻见录［M］上海：上海远东出版社，2006.

张仲礼.近代上海城市研究［G］.上海：上海人民出版社，1990.

章克标.世纪挥手：章克标回忆录［M］.深圳：海天出版社，1999.

章克标.文坛登龙术［M］.哈尔滨：黑龙江教育出版社，1988.

章锡琛,周建人、百年.新性道德讨论集［G］.上海:开明书店，1926.

章学诚.古文十弊［M］//文史通义.刘公纯，标点.上海：古籍出版社，1956.

章衣萍.随笔三种［M］.上海：现代书局，1934.

赵家璧.编辑忆旧［M］.北京：生活·读书·新知三联书店，2008.

赵家璧.文坛故旧录——编辑忆旧续集［M］.北京：生活·读书·新知三联书店，1991.

赵家璧.中国新文学大系小说三集［G］.上海：上海文艺出

版社，2003.

赵景深．我与文坛［M］．上海：上海古籍出版社，1999.

赵景深．现代文人剪影［M］．武汉：湖北人民出版社，2009.

赵毅衡．对岸的诱惑：中西文化交流记［M］．上海：上海人民出版社，2007.

郑逸梅．艺海一勺［M］．天津：天津古籍出版社，1994.

中国近现代出版史料（8册）［G］．张静庐，辑注，北京：中华书局，1959.

中国文艺年鉴社．中国文艺年鉴（1932）［M］．上海：现代书局，1933.

周楞伽．伤逝与谈往［M］．哈尔滨：黑龙江人民出版社，1998.

周天籁．逍遥逍遥集［M］．台北：星光出版社，1967.

周小仪．唯美主义与消费文化［M］．北京：北京大学出版社，2002.

周作人．周作人自选集（9册）［M］．石家庄：河北教育出版社，2002.

朱邦兴，等．上海产业与上海职工［G］．上海人民出版社，1980.

朱光潜．朱光潜全集（20册）［M］．合肥：安徽教育出版社，1987.

朱自清．朱自清全集（7册）［M］．南京：江苏教育出版社，1998.

子通,亦清．张爱玲评说六十年［G］．北京:中国华侨出版社，2001.

后　记

这是我的第二本学术著作。第一本专著 2012 年由浙江大学出版社出版，由博士学位论文修改而成，主要考察乌托邦作为思想方式进入近现代小说后文学想象的差异性和复杂性。时隔多年，在博士后出站报告基础上修改而成的这本书，聊作对岁月流逝的些许交代，有安慰，有进步，更有许多的惶恐。

择定海派文学为研究对象是经过慎重考虑的，因为不再是急于拿出一点东西来展示于人。除了个人兴趣，课题的科学性、持续性才是最重要的。为此，进流动站的第一年，我一直在寻觅、思考合适的选题，设想倘若没有较充分的准备、较到位的感觉，就不应贸然落笔。如何利用文学专业的基础，有机地整合传播学的理论与方法，以有效地切入研究对象，似乎不是一件容易的事情。

我彷徨于几个选题而难以抉择，师妹徐艳蕊提议我做海派文学研究。在当下大众文学的语境下，上海、海派文学一直备受学界关注，且上海不远，往返查资料也相对便捷。随后，我查阅了相关资料，这一研究对象看似红火，不过关于文学场域的发生及传播方面存在一些待开拓之处。这一想法得到了导师邵培仁先生的大力支持。之后，他多次耳提面命，或电话，或电子邮件，指导我研读文学传播等理论书籍，要求我力图探索海派文学场域生产机制的内在脉络，以便切实地还原这一已然消逝的文学场。母校华中师范大学的刘安海先生亦师亦友，全程关注我的研究。自读硕士始，近20年，不论是学问还是生活，刘老师一直呵护与勉励我，使我不惮于前行。我常呼之"你"，而不是"您"，以为"您"反而失却一份亲近与随意。虽然自己也从教多年，但老师们的教诲与恩泽是我人生无比温馨而珍贵的记忆。

由于课题需要较详尽的文献资料，我多次赴上海图书馆查阅。在那里，有和善而不知名的老先生告诉我如何利用电子数据，求索胶卷、复印报刊等各种资料。那个下午总是人员满满的现代文学文献室，没有嘈杂，没有纷扰。比起窗外淮海路上的喧闹与繁芜，真是闹市里的一块净土、一方福地。浙江大学、杭州师范大学、浙江工商大学图书馆资料库等也是宝地。对我来说，每次进出图书馆与其说是查资料，不如说是一种灵魂的洗涤。浙大西溪校区图书馆门口的"竺可桢之问"镌刻于心，无法忘怀。

图书馆的老师们常常不辞辛苦，为帮我找一本书而四处询问、在书库里寻寻觅觅，尽心尽力。浙江工商大学图书馆的钱霞老师多次特意为我从市区图书馆调借影印本等，不惮其烦，让我一睹书籍、资料的原版"真容"，感激之情难以言表。我常常想，我的世界里还是应该安放一张书桌，不仅仅为自己的灵魂寻求一方安静的空间，也为许多默默无闻的人，他们（她们）一直以自己的方式支持我、鼓励我，从事这一份看似无用而意义单薄的职业。

多年以来，我的家人，父亲、丈夫与儿子都在全力地支持着我。儿子远赴美国求学，他认为，我与书在一起是一件美好的事情。母亲已然离世十年，但她一直与我同在，我知道她希望我过得好，努力向上，有出息。总之，家人给予我一份自我求索的自由，一种沉甸甸、厚敦敦的温暖与支持，令我沉溺于一方世界，欣享问学的愉悦，实现生命的一种较完满的状态。

最后，感谢浙江大学出版社各位老师为本书的出版付诸大量细致、烦琐的编辑工作，眼光之独到，治学之严谨，令我敬佩。

周黎燕

2022 年 3 月于金沙学府